KB043967

널 사랑하다가

널 사랑
하다가

최유원 장편소설

I Love you

가하

널 사랑하다가

지은이 최양윤
펴낸이 이형기
펴낸곳 도서출판 가하

초판인쇄 2017년 12월 28일
 1판 2쇄 2018년 2월 1일
출판등록 2008년 10월 15일 제 318-2008-00100호

주소 서울 영등포구 양평로 67, 1209 (당산동5가, 한강포스빌)
전화 02-2631-2846 **팩스** 02-2631-1846

www.ixbook.co.kr

ISBN 979-11-300-2588-9 03810

값 10,800원

헤어진 사람과 같은 건물에 있다는 건 역시 피곤할 때가 훨씬 많다. 아무리 층이 달라 자주 마주칠 일이 없다고 해도 말이다.

어쨌거나 이 건물은 아버지의 소유이고 그녀야 얹혀 지내는 것뿐이지만, 그는 달랐다. 아니, 그때와는 사정이 조금 다른가?

엘리베이터에 올라타서 층별 안내도에 있는 바움 법률사무소의 이름을 보며 한숨을 푹 내쉬었다. 갑자기 머리가 지끈거리며 아파오는 느낌이었다.

엘리베이터가 1층에 도착해 내렸을 때 로비 안으로 걸어 들어오는 남자가 시선에 들어와 그녀는 이마를 긁적였다.

단정한 슈트 차림에 짙은 회색의 울 롱코트를 입은 채 걸어오는 남자와 눈이 마주쳤다. 물론 그의 옆엔 법률사무실 직원들도 있었다. 직원들의 얼굴이 난감함으로 굳어졌다. 남자는 그녀를 발견하곤 살짝 고개를 끄덕이며 말을 붙였다.

"밥 먹었어?"

"아직."

"그러다 또 위염 온다."

얼마 전에 심한 위염으로 새벽에 위경련까지 와 그가 얼떨결에 병원으로 달려오지 않았던가. 그 뒤로 밥을 제때 챙겨먹으려 노력하고 있는 중이기는 했다.

"그러게."

"나중에 봐."

"그래."

그가 먼저 그녀를 지나쳐 엘리베이터 앞에 섰다. 직원들은 눈치를 보다 그녀를 향해 고개를 숙이며 스쳐지나갔다. 왠지 입안이 쓰다.

저 남자와 어떤 사이냐 묻는다면…… 간단히 말할 수 있다.

두 사람은 이혼한 사이다.

비가 내리는 날

"청승맞게 뭐 하니?"

오늘은 선배의 전시회가 있는 날이다.

카페에 들어선 혜령이 태이의 어깨를 툭 치고 앞자리에 앉아 먼저 시켜놓은 키위주스를 벌컥벌컥 마셨다. 입덧이 심해 키위주스밖에 마시지 못하겠다는 혜령을 보며 그녀도 커피를 한 모금 마셨다.

"밥은?"

"대충."

"너 그러다 또 병원 실려가. 한태이, 정신 좀 차리지?"

못마땅하다는 얼굴로 혜령이 자리에서 일어나 카운터 앞으로 걸어갔다. 그녀만 보면 사람들은 밥이 생각나는 모양이다. 다들 먼저 하는 말이 밥 먹었냐는 거라니.

워낙 단골 카페라 그런지 혜령은 카운터 앞에 서서 바리스타와 즐겁게 이야기를 나누었다. 그리고 곧 생크림이 듬뿍 올라간 허니 브레드를 가지고 와 내밀었다.

"먹고 출발해. 너 또 뭐 라면 이런 거 먹은 거지?"

"아니야."

"아니야?"

"삼각김밥."

그 말에 혜령이 혀를 찼다. 사실 건물 앞에 있는 맛집으로 유명한 일식집에서 초밥을 먹을 생각이었다. 하지만 엘리베이터에서 내리자마자 그를 마주치는 바람에 입맛이 뚝 떨어져 결국 향한 곳은 건물 안에 있는 편의점이었다. 그래도 밥은 먹고 약은 먹어야겠다 생각해서 삼각김밥 하나를 사서 우걱우걱 씹어댔다.

결국 혜령이 허니 브레드 조각을 뜯어 생크림을 듬뿍 찍은 뒤 태이의 입에 집어넣어주었다. 씹어도 맛이 잘 느껴지지 않는다. 겨우 한입을 먹고 나서 포크로 죄 없는 생크림만 찍어대고 있자 혜령이 접시를 빼버렸다.

"왜? 오늘 유지환이랑 마주치기라도 했어?"

"귀신이다."

"너 그냥 그 건물에서 나와. 너 돈이 없니, 뭐가 없니? 뭐하러 거기로 나가. 너 설마 아직도 유지환한테 미련 남았니?"

"미련은 무슨. 우리가 무슨 사이였다고."

"무슨 사이긴. 이혼한 사이. 그것도 1년하고 한 달이나 같이 산 사이. 너희 아버지는 뭐 그런 남자를 소개시켜주신 거야. 가진 건 쥐뿔도 없고, 그나마 직업 좋다는 거?"

태이가 눈을 크게 굴렸다. 지환의 직업이 좋은 건 맞다.

비록 1년밖에 하지 않았지만 검사 출신 변호사였으니까. 하지만 정말 그것뿐이었다. 그래서 태이가 결혼을 할 때 여기저기 말이 많이 돈 것도 사실이었다. 사학재벌의 딸이 가진 것 없는 변호사에게 시집간다면서 말이다.

지환은 부모님이 안 계셨다. 할머니 소원이 그가 검사가 되는 것이라고 해서 그냥 검사를 했다고 했다. 그리고 할머니가 돌아가시자 미련 없이 그만두었다나? 그녀의 아버지가 작은 소송에 걸려 있을 때 의뢰자와 변호사로 만난 것이 인연이 되어 둘은 결국 결혼까지 하게 되었다.

"넌 지환 씨하고 동문이라면서 왜 그렇게 못 잡아먹어 안달이야."

"왜긴. 너하고 이혼했는데 그럼 좋게 보이겠니?"

혜령은 대학에서 만난 가장 친한 친구였다. 그녀가 결혼을 한다면서 지환을 소개시켜주었을 때에는 학교 선배라며 무척이나 놀라워했다. 지환은 고등학교 시절에도 준수한 외모와 좋은 성적으로 인기가 무척이나 많았다고 했다. 그때의 혜령은 지환을 칭찬하지 못해 안달이더니 이제는 욕을 하느라 입이 모자르다.

"여자 문제 없는 남자는 없나 보다."

"상현 씨도 그러니?"

"어머, 우리 상현 씨는 너도 알다시피 나밖에 모르지."

살짝 불러온 배를 쓰다듬으며 혜령이 말했다. 어차피 처음부터 태이도 결혼에 크게 기대가 있었던 건 아니다. 지환과 결혼을 하지 않으면 할머니가 남겨주신 별채를 없애 버리겠다는 아버지의 협박에 넘어간 것이다. 그냥 바람을 피우더라도 들키지만 않았다면 계속 살았을지도 모르겠다. 아니, 엄연히 말해 그걸 바람이라고 할 수 있는 건가.

그 '일'을 목격하고 태이가 이혼을 말했을 때 지환은 순순히 받아들였다. 너무 순순한 그 태도에 오히려 놀란 사람은 태이였다. 남자가 술을 마시고 실수 좀 할 수 있는 거 아니냐며 오히려 그녀를 비난하는 사람도 있었다. 어쨌거나 이혼을 하면서 지환은 몸만 그대로 빠져나갔다. 들어왔을 때도 그랬듯이. 그리고 지금까지 그녀의 통장으로는 매달 일정액이 들어오고 있다. 위자료는 됐다고 했는데도 불구하고.

"선보러 나간 건 어떻게 됐어?"

혜령이 입을 크게 벌려 허니 브레드를 먹었다. 하여간 말만 입덧이다. 언제는 키위주스밖에 못 마시겠다더니. 태이는 트레이를 혜령의 앞으로 더 밀어주었다.

"오늘 저녁 같이 먹재."

"오, 이번엔 잘될 것 같다. 뭐 하는 남자야?"

이혼을 하고 나서 선을 몇 번이나 봤던가. 어머니인 윤 여사의 등쌀에 열댓 번은 나간 것 같다. 꽤나 괜찮은 남자들이 제법 나왔다. 대한민국에 아직 결혼을 하지 않은 남자가 이렇게 많았나 싶을 정도로. 물론 윤 여사가 고르고 고른 것이겠지만. 개중엔 재벌 3세도 있었고 벤처 사업가,

전문직 종사자도 있었다. 만남으로 이어지지 못한 건 역시 그녀의 이혼 경력 때문이기도 하고, 그녀 자신이 딱히 흥미가 없었기 때문이었다.

"이번엔 처음으로 두 번째 만나는 거 아니야?"

"다짜고짜 약속을 잡아서."

"그 남자가?"

"응. 좋은 분 만나셨으면 좋겠네요 했는데, 그럼 수요일 저녁 같이 먹자고 해서."

"웬일이야. 잘생겼어? 키는 커? 뭐 하는 남잔데!"

태이가 눈동자를 굴리며 정주를 떠올렸다. 어떻게 생겼었더라……. 고작 닷새가 지났는데 기억이 잘 나지 않는다.

"키는 보통보단 컸던 것 같고, 세화 병원 의사. 부모님은 부산에서 병원 운영하신대."

"오, 괜찮다. 이번엔 잘 좀 해봐."

그 말에 태이가 픽 웃었다. 사람이 괜찮을 수 있다는 건 어떤 것을 보고 말하는 것일까. 그 사람이 가진 직업, 지위, 외모? 이젠 도무지 모르겠다. 혜령이 빵을 먹다 말고 그녀의 눈치를 살짝 보았다.

"총각 맞아."

"그렇지? 너희 어머님이 보통 분이시니? 제발 그 남자하고 잘됐으면 좋겠다. 그래서 유지환 땅을 치고 후회하게."

"우리 서로 좋아서 한 결혼 아니야. 그러니 후회할 일이 없지."

"그래서, 그 유지환은 지금 신미주 만난대?"

태이가 고개를 저었다. 미주는 지환과 대학시절 사귀었던 여자였다. 그리고 이혼에 막대한 영향을 준 여자이기도 했다.

"나는 한태이 너도 진짜 이해가 안 가. 뭐? 둘이 계속 만나는 거 안 들켰으면 이혼 안 했을 거라고?"

"이쪽에 그렇게 사는 사람이 어디 한둘이니?"

"얘, 얘, 이거 네 일이야. 이거 보니까 아직도 만나네. 너 완전히 기만당한 거라니까?"

"만나는지 안 만나는지는 저도 모르겠구요. 이제 일어나자. 이번에 승연 선배 그림 좋다더라."

이제 그만 자리에서 일어나라 혜령을 부추겼다. 하여간 어디 한번 앉으면 엉덩이가 떨어질 줄 모른다. 물론 혜령이 궁금해하는 것도 이해는 한다. 유지환은 고등학교 시절에도, 대학시절에도 눈에 뜨일 만큼 유명인사였으니. 그런 인물이 친한 친구와 결혼을 하고 결국 이혼까지 했으니 혜령이 얼마나 궁금하겠는가. 말이 없는 친구를 둔 것을 안타까워해야지 어쩌겠는가.

친구가 된 지 얼마 안 됐을 때 혜령은 태이를 보고 넌 속말을 너무 안 한다며 거리를 둔 적이 있었다. 그것도 금세 풀리긴 했지만 이럴 때면 혜령은 여전한 듯싶다.

"나 오늘 간만에 외출한 거거든? 이거나 좀 다 먹고 일어서자."

태이가 고개를 끄덕였다. 입덧이 심하긴 한지 혜령은 임신 사실을 알고 한 달 가까이 외출을 못 하긴 했었다. 그래도 태이가 먹을 것을 사들고 가면 또 잘 먹었다.

"천천히 먹어."

입술에 생크림을 묻혀가며 먹는 혜령을 보고 태이가 팔을 뻗어 티슈로 닦아주었다. 정말 혜령이 엄마가 되기는 하는 건지 신기했다.

"내가 맨날 너 사진 보고 빌잖아. 성격은 몰라도 얼굴은 우리 한태이 닮게 해주세요 하고. 상현 씨도 같이 빌어."

"어떻게 날 닮니?"

"유전자를 거슬러보자는 거지. 우리 한태이가 다른 건 몰라도 얼굴은 잘났잖아?"

혜령이 입을 크게 벌려 빵을 집어넣었다. 대학 오리엔테이션 때 처음 만난 자리에서 혜령이 '너 미스코리아니?'라고 하는 바람에 태이는 꽤 주목을 받았었다. 그런 식의 관심은 정말 좋아하지 않았다. 어려서부터 괜히 생김새 때문에 불편한 일을 많이 겪었기 때문이었다.

고등학교 시절엔 결혼하자며 웬 아저씨들이 교문 앞에서 기다리고 있어서 그 뒤론 집에서 운전기사를 보내주었다. 덕분에 또 유명인이 되고 말았다. 내성적이라 어려서부터 주목받는 건 정말 딱 질색이었다. 다행히 대학에선 혜령이 옆에서 많은 실드를 쳐주어 제법 수월하게 다니기는 했다.

"너 좀 많이 먹어. 살 좀 빠진 거 같아."

"안 그래도 저번 주에 병원 다녀왔어."

"병원? 왜?"

"위경련으로 실려갔지, 뭐."

"부모님 놀라셨겠다."

"오피스텔에 있다가 그래서, 부모님은 지금도 모르셔."

"그럼 나라도 부르지! 누가 왔어? 오빠?"

"지환 씨."

그 말에 혜령이 입을 벌리고 태이를 보았다.

"내가 아직도 전화기에서 번호를 안 지웠더라."

"하여간 넌 그게 문제야. 대학 때도 너 좋다고 스토커처럼 달라붙던 선배 번호 안 지워서 아직도 뜬다며."

"지금은 연락 안 오니까 됐어."

"하긴, 너희 집안 알고 제 풀에 찌그러졌지."

혜령이 혀를 차며 고개를 저었다.

"너 이런 거 아니라 죽 먹으러 갔어야 하는 거 아니야? 전시회 보고 죽집 가자. 내가 전복죽 잘하는 곳 알아."

혜령이 서둘러 주변을 정리하기 시작했다. 몸도 무거우니 가만히 있으라고 이르고 태이가 트레이를 들고 일어섰다. 직원에게 건네주고 테이블로 돌아오던 태이가 카페 문을 열고 들어서는 여자를 보고 멈춰 섰다. 그 여자도 태이를 보고 굳듯 멈칫했다. 신미주였다.

미처 우산을 쓰지 못한 것인지 미주의 가는 어깨며 결 좋아 보이는 머리카락이 빗물에 젖어 있다. 어떤 말을 해야 할지 모르는 얼굴로 서 있는 미주를 보며 태이는 테이블로 돌아가려고 했다. 하지만 혜령이 이미 그녀의 가방까지 들고 걸어오는 중이다. 그러다 고개를 돌리며 미주를 발견하고는 인상을 험악하게 찌푸렸다.

"기가 막히다. 이제 불륜 아니라고 사무실에도 막 찾아오는 모양이지? 저거 진짜 뻔뻔함이 도를 넘었네."

"혜령아."

태이가 서둘러 혜령의 손에서 가방을 가져오며 어깨를 감싸안았다. 그리고 힘을 주었지만 혜령은 꿈쩍도 하지 않으려고 했다.

"그만 가."

"한태이, 넌 뱉도 없니?"

"없어. 없으니까 가자."

고개를 반쯤 숙인 채 안절부절못하는 미주를 보자 왠지 모르게 미안한 생각이 들기도 한다. 어쨌거나 지환과 서로 좋아했지만 태이에게 빼앗겼던 게 아닌가.

간호사라고 했던가. 일이 힘들어서인지 굉장히 말라 보였다. 아무래도 지환에게 위자료는 됐다고 말해야겠다고 생각했다. 가정을 꾸리려면 돈이 많이 들 것이다. 물론 지환의 수입은 보통사람들보다 훨씬 많을 테지만 역시 위자료로 나가는 금액은 만만치 않으니 부담이 될 것이다.

혜령이 툴툴거리며 꼴도 보기 싫다는 듯 먼저 카페를 나섰다. 가까스로 고개를 든 미주는 무척이나 수척했다.

"미안해요, 친구가 입이 좀 걸어서."

"아, 아뇨."

"그럼."

고개를 살짝 숙여 인사를 하고 카페를 나섰다. 혜령은 팔짱을 낀 채 기가 막힌다는 얼굴로 태이를 보고 있었다.

"고개를 왜 숙여!"

"그냥 인사 한 거야."

"너 진짜 제정신이니?"

"혜령아, 고운 말 써야지. 배 속에서 애가 다 듣는다."

서둘러 지하주차장으로 가야겠다고 생각했다. 미주가 여기 온 것을 보니 아마 곧 지환이 내려올 모양인 듯하다. 그런 지환을 보면 혜령은 또 사냥개처럼 달려들어 물어뜯으려 할지도 모른다. 오늘은 지하 1층과 2층에 자리가 없어 3층까지 내려갔다. 혜령의 몸을 생각해 엘리베이터를 기다려야 하는 게 또 곤욕이었다. 이 잠깐 사이라도 지환을 만나지 않길 비는 수밖에.

괜한 기우였나 보다. 엘리베이터가 도착할 때까지 지환은 나타나지 않았다. 안심하고 지하주차장으로 내려가 재빨리 차문을 열었다. 혜령이 툴툴거리며 자리에 앉아 벨트를 하는 것까지 확인하고 페달을 밟았다.

"넌 진짜 자존심도 없니? 어떻게 인사까지 하고 나와?"

"그럼 뭐 거기서 머리카락이라도 쥐어뜯어야 했어?"

"어휴, 속 터져. 너희 어머니 속 안 터지시는 거 보면 참 대단하시다."

"말도 마. 2개월째 언제 집에 들어오냐고 난리시니까."

"안 들어갈 거야?"

그녀의 집에서 독립은 용납이 되지 않았다. 오빠인 태림도 그랬고 그녀 역시도 결혼을 하고 나서야 집을 나갈 수 있었다. 그래서인지 막 결혼했을 땐 신혼집으로 가는 게 어색했었다. 지금은 신혼집을 벗어나 다시 본가로 들어간다는 게 어색할 것 같다. 서른 해 가까이 산 집이었음에도 불구하고.

"아마 못 들어갈 것 같아."

"왜?"

"이제 이상하게 지금 살고 있는 집이 훨씬 편하고 좋아. 그리고 우리 엄만 개를 병적으로 싫어하시잖아. 바닥에서 타다다닥 소리 내면서 걷는 게 너무 싫대."

"그래서 몽글이 못 데리고 들어가니까?"

웃으며 고개를 끄덕였다. 몽글이는 그녀가 생일에 선물 받은 강아지로 요크셔테리어였다. 같이 살게 된 건 이제 겨우 8개월 남짓 되었을까. 사람들이 왜 그렇게 자기 자식이 예쁘다고 하는지 아주 조금은 이해를 할 수 있을 것 같았다. 집에서 살아 있는 생명체를 키워본 것은 처음이었다. 그래서 처음엔 강아지의 숨소리만 조금 이상해도 바로 병원으로 가곤 했다.

"하여간, 핑계는."

"따로 살다 보니까 이게 편해. 엄만 아마 나 혼자 사는 게 계속 불만이실걸. 자유 조금만 더 누리는 것도 나쁘지 않을 것 같아서."

"하긴, 자유가 좋긴 하지."

한창 좋을 때 저런 말을 하는 혜령을 보며 태이는 웃고 말았다.

"그나저나 몽글이도 이제 중성화수술 해줘야 하나 봐. 벌써 다 컸다니까."

"아주 그냥 공주님처럼 키우지."

"당연하지."

"아, 그냥 몽글이도 유지환 줘버리지 그랬어."

"내 새끼를 누굴 주니?"

"유지환이 다짜고짜 생일선물이라고 안겼다며!"

"혜령아, 몽글이 내 새끼야."

"어휴, 내가 못살아."

혜령이 가슴을 팍팍 쳤다. 아무래도 오늘 저러다 혜령의 가슴에 멍이 들진 않을까 걱정이 될 정도였다. 몽글이가 없는 삶은 이제 상상이 되질 않는다. 겨우 2킬로그램이 될까 말까 한 작은 강아지였지만 태이의 가슴엔 크게 들어찼다. 그녀가 그나마 즐기는 것은 여행이었는데 몽글이가 생긴 뒤로 한 번도 가지 못했다. 그렇지만 불만스럽지 않았다.

"그래, 그 개새끼 끼고 살아라."

"얘, 애가 들어."

"얘 아직 귀도 안 생겼을 거야."

혜령은 무슨 말을 할 때마다 내가 남고를 관둬야지, 라고 한마디 덧붙이곤 했다. 언젠가 태이의 아버지인 한 이사장이 우리 재단으로 학교를 옮겨보는 건 어떻겠냐고 물었을 때 혜령은 '친구의 빽인 것 같아서 싫습니다.'라고 아주 당돌히 대답했다. 그 이후로 태이의 부모는 혜령을 무척이나 좋아했다.

"너 이렇게 막 돌아다녀도 되는 거야?"

"방학인데 선생도 이렇게 좀 쉴 때도 있어야지. 내가 정말 뭐하러 선생이 됐는지 모르겠어요. 그나저나 너 강의는?"

"나야 계절강의 없지. 강사 신분이잖아."

"하여간 너도 똥고집이다. 그냥 너희 대학 들어가. 교수 자리 보장되는데 무슨 강사는."

"우리 백혜령 선생님을 제가 좀 존경해서요."

"훗, 내가 좀 멋있긴 하지."

유학까지 다녀오느라 주변에선 저렇게 나이만 채울 거냐 몰아댔고 결국 한 이사장이 칼을 빼든 것이었다. 그녀가 미술을 시작한 건 온전히 할머니의 영향이었는데 그 별

채가 없어진다면 정말 스스로가 무너질 것 같았다.

태이가 이혼을 결정했을 때 윤 여사는 남편에게 모진 말을 했다. 자기 능력도 있고 실력도 있어 혼자 살아도 될 애를 왜 그렇게 결혼 자리에 들이밀어 이혼녀 딱지를 붙여놨냐고 말이다. 그러면서도 윤 여사는 태이가 이혼을 하자마자 열심히 딸의 선 자리를 알아보고 다녔다.

"그나저나 유지환 진짜 뻔뻔하네. 너도 이 오피스텔에 있는 거 뻔히 알 거 아냐. 너희 아버지 건물인데 어떻게 거기로 신미주를 불러들여?"

"우리 이제 남이야. 누가 누굴 부르든 상관없어."

"야, 이걸 쿨하다고 해야 하는 거니, 냉정하다고 해야 하는 거니?"

혜령이 어이가 없다는 얼굴로 고개를 저었다. 평일의 도심 도로는 비가 내려서인지 평소보다 더 북적거리는 느낌이었다. 평소 10분이면 될 거리를 20분이나 넘게 걸려 두 사람은 겨우 도착했다.

승연은 인터뷰를 하느라 바빠 보였다. 인사는 나중에 하기로 하고 먼저 작품을 보기로 했다. 태이는 천천히 둘러보던 중 한 작품 앞에 멈춰 섰다. 승연의 그림은 과감한 붓터치가 인상적이었다. 그런데 이 바다를 바라보고 있는 여자의 뒷모습은 어딘지 무척이나 위태롭기만 했다.

"태이야, 왔어?"

"선배, 이 그림 좋네요."

"그런데 못 팔아."

"저 이거 살 돈도 없어요. 그런데 왜 못 팔아요?"

"우리 신랑이 산 거거든."

"이렇게 또 부부애를 과시하신다."

승연과 윤성은 잉꼬부부로 아주 유명했다. 항간엔 정략적 결혼이다 말도 많았지만 결혼한 이후로 잡음 없이 잘 살고 있지 않은가. 이제 그런 말도 안 되는 소문들은 모조리 들어갔다. 살짝 불러온 승연의 배를 보며 태이가 웃었다.

"선배, 안녕하세요."

"어서 와, 혜령아."

"선배도 배 좀 나왔네요? 지금 몇 개월 됐어요?"

"8개월."

"그런데 배가 이것밖에 안 나왔어요? 전 이제 3개월인데 막 나오는 것 같아요. 역시 날씬한 사람은 임신해도 배만 나온다더니."

"입덧 힘들지 않아?"

"힘들죠. 그래서 신랑이 고생이긴 하죠, 뭐."

그렇게 말하면서도 혜령의 얼굴엔 만족감이 어려 있었다. 결혼은 사치일 뿐이라고 늘 말하고 다니던 혜령이 결혼을 하겠다고 했을 때 태이는 놀라서 한참이나 말을 하지 못했다. 하지만 상현을 만나자 왜 혜령이 결혼을 결심하게 되었는지 충분히 이해할 수 있었다.

"그나저나 태이는 아직 좋은 소식 없니?"

승연의 물음에 혜령의 얼굴에서 미소가 사라졌다. 그리고 어찌해야 할지 모르겠다는 얼굴로 태이를 보았다.

"저 이혼했어요, 선배."

"어? 아……."

"괜찮아요. 그래서 지금 열심히 선보고 다니는 중이거든요."

"태이야."

"아직 소문 다 안 퍼졌나 보네. 진짜 괜찮다니까요. 선배, 오래 서 있으면 피곤한 거 아니에요? 저희는 그림 보다 갈게요."

"그래, 나중에 통화하자."

"네."

무척이나 곤란해하는 승연을 보자 왠지 더 미안해졌다. 그냥 대충 넘길 걸 그랬나 보다. 아직 소문이 덜 퍼졌을 줄은 몰랐다.

나머지 작품들을 보고 건물을 빠져나왔을 때 다행히 비는 그친 뒤였다. 혜령이 전복죽을 먹으러 가자고 졸랐지만 태이는 고개를 저었다.

"저녁에 데이트한다니까?"

"너는 좀 많이 먹어야 돼. 그나저나 정말 너 연애할 거야?"

"연애는 무슨. 오늘 만나서 정중히 거절해야지."

"거절을 왜 해. 그냥 좀 몇 번 만나 봐."

"집까지 바래다줄게."

"왔다 갔다 시간 다 빼앗겨. 그냥 택시 타고 갈게."

차에 탄 혜령이 나중에 통화하자며 손을 흔들자 곧 택시가 움직였다. 멍하니 멀어지는 택시를 보며 한숨을 내쉬는데 누군가가 태이를 불렀다.

"한태이."

"오빠, 안녕하세요."

한 손에 가득 안개꽃을 들고 차에서 내린 사람은 윤성이었다. 숙였던 고개를 들었을 때 태이는 아주 조금 후회를 했다. 윤성의 차에서 따라 내리는 사람이 지환이었던 탓이다.

"오랜만이다?"

"그러게요."

"유 변호사하고 회사일로 좀 상의할 게 있어서."

"네."

차에서 내린 지환이 가까이 다가왔다.

"벌써 보고 나오는 거야?"

"네, 오빠."

"그래도 같이 가자. 간만에 시간 났는데 부부끼리 저녁하는 것도 좋을 것 같은데."

윤성의 말에 태이가 지환을 보았다. 지환은 아직 윤성에게 이혼했다는 말을 하지 않은 듯했다.

"저 선약이 있어서요."

"선약?"

"데이트 있거든요."

"두 사람 데이트 있었어?"

윤성이 태이와 지환을 번갈아 보았다. 지환은 고개를 반쯤 돌려 시선을 피하고 있었고 그 모습을 본 윤성이 눈썹을 찌푸렸다.

"저 선봤거든요."

"그게 무슨 소리야?"

"저희 이혼했어요. 못 들으셨어요?"

방금 전까지 마음에 들지 않는 듯한 표정을 짓고 있던 윤성의 얼굴이 순식간에 당혹감으로 물들었다. 아마 짧지만 그녀가 바람을 피운다고 생각했던 모양이다.

"부부가 둔하시기는. 아무튼 그렇게 돼서 먼저 가볼게요."

"넌 선배가 중요해, 그 몇 번 보지도 않은 선본 남자가 중요해?"

보통 윤성은 이렇게 자신의 위치를 내세우지 않는다. 태이는 이마를 긁적이다 고개를 들었다. 다시 비가 내리기 시작하고 있다.

"선배가 중요하죠."

"그럼 저녁 같이 해."

독단적이기까지. 대체 승연은 이 인간의 어디가 좋았던 것일까. 몸을 틀다 지환과 눈이 마주쳤다. 뭔가 할 이야기가 있어 보이는 것 같기도 하고, 아닌 것 같기도 하다.

"먼저 들어가 계세요. 상대방에게 취소 전화는 해야죠."

"잠시 후에 보자. 유 변호사, 들어가."

몸을 돌리고 휴대전화를 가방에서 찾아들었다. 하긴, 얼굴을 마주 보고 그만 만나자고 하는 것보다 이게 나을 수도 있다. 괜한 시간낭비를 할 필요가 없으니까.

— 네, 태이 씨. 이정주입니다.

"지금 바쁘세요?"

— 아뇨, 마침 커피 마시려고 잠깐 나왔습니다.

"죄송해요. 아무래도 만남은 무리인 것 같아요."

잠시 휴대전화 너머에서는 말이 없었다. 통화가 끊긴 건가 싶었다.

— 제가 무슨 실수라도…….

"아뇨. 아시다시피 제가 이혼한 지 오래되지 않았잖아요."

다시 말이 없다.

"죄송합니다."

— 저는 상관없습니다.

"네?"

— 기다리고 싶습니다.

이번엔 태이가 할 말을 잃었다. 정주와는 겨우 두 시간 남짓 얼굴을 본 게 전부다. 그는 자신과 저녁을 같이 먹고 싶지만 선을 보고 밥을 먹으면 이어지지 않는다는 속설 때문에 다음에 먹자고 했었다.

"아뇨, 그러지 않으시는 게 좋겠어요. 저는 연애도, 결혼도 할 생각이 없거든요. 어른들껜 제가 말씀드릴게요. 죄송합니다."

― 그렇게 깔끔하게 정리하시니 제가 더 뭐라 할 말이 없네요. 먼저 전화 끊어도 될까요?

"네, 그러세요."

― 그럼 끊겠습니다.

상당히 매너도 좋은 남자였다. 아버지가 소문날 정도로 가정적이라고 했는데 정주 본인도 무척이나 다정다감한 사람이었다. 지환을 만나기 전이라면 아마 결혼 상대자로 괜찮았을지도 모르겠다.

정주와 결혼했다면 편안했을 수도 있다. 윤 여사도 정주가 원래 태이의 결혼 전 선 상대 명단에 들어 있었다며 두고두고 아쉬워했었다.

왠지 모르게 웃음이 났다. 저도 모르게 웃으며 몸을 돌리는데 익숙한 향기에 저도 모르게 숨을 들이켰다. 지환의 향은 짙다. 집에는 아직도 그가 썼던 향수 향이 배어 있다. 풀향 같기도 하고, 나무향 같기도 했다.

"안 들어갔어?"

"선봤어?"

동시에 말을 뱉었다. 왠지 죄를 지은 것도 아닌데 마음이 불편하다. 괜히 흘러내린 잔머리를 정리하는 척 쓸어올렸다.

"우리 엄마 알잖아."

지환은 말이 없었다. 이런 분위기는 역시 거북하다.

"뭐 하는 사람인데?"

"의사. 왜? 그게 중요해?"

그가 고개를 저었다.

"지환 씬?"

그 말에 지환이 한쪽 눈썹을 치켜올렸다. 무슨 뜻인지 제대로 알아듣지 못했다는 얼굴이었다.

"연애 잘돼가냐고."

"연애?"

지환의 미간이 좁혀졌다. 도무지 태이가 무슨 말을 하고 있는지 모르겠다는 얼굴로.

"그래, 연애."

"바빠. 그런 거 할 시간 없어."

그 말에 태이가 고개를 끄덕였다. 그럼 미주와 만남을 이어갔던 건 그냥 습관이라는 건가? 하긴, 이제 와 그런 걸 물어 뭘 할 것인가.

"들어가자. 좀 춥네."

지환이 목에 두른 머플러를 풀어 태이의 목에 걸쳐주었다. 그리고 꼼꼼히 여미는 것도 잊지 않았다.

"추위도 많이 타면서 왜 그렇게 목을 내놓고 다녀."

크고 투박한 손과는 다르게 세심하고 조심스러운 손놀

림이었다.

머플러에서는 지환의 향이 더욱 강하게 난다고 느꼈다.
그러다 문득 생각했다. 추위를 많이 탄다고 지환에게 말한
적이 있었나? 물론 추위를 유난히 많이 타는 편이긴 하다.
하지만 그런 내색을 한 적은 없었다.

전시실로 들어선 두 사람을 보고 승연은 꽤 놀란 얼굴이
었다. 하긴, 태이 자신도 이런 식으로 지환과 다시 보게 될
줄은 몰랐으니까.

"두 사람 같이 들어오네요?"

"축하드립니다."

"보내준 화환 잘 받았어요."

지환은 승연과도 안면이 있었다. 하긴 몇 번인가 마주쳤
었으니. 게다가 윤성과는 꽤 친해 보이지 않던가.

태이는 한 발짝쯤 물러서서 지환의 옆모습을 바라보았
다. 콧대가 무척이나 높아서 꼭 조각상 같다는 생각을 했
었다. 얼굴선이 가늘지만 옅은 쌍꺼풀에 긴 눈매를 가지고
있어 남성미를 강조해준다. 혜령의 말처럼 왜 지환이 학창
시절에 유명했는지 잘 알 수 있는 외모였다. 거기다 키도
무척이나 커서 태이가 170센티미터가 넘음에도 지환은 머
리 하나가 더 있는 느낌이었다.

그렇게 멍하니 있는데 승연과 윤성이 안쪽으로 사라졌
다. 뻐딱하게 서 있던 몸을 똑바로 세웠다.

"난 다 봤어. 지환 씨도 둘러보고 와."

"난 그런 거 하나도 모르잖아. 설명해줘."

승연의 작품들은 거의 자연을 배경으로 하고 있다. 과감한 붓터치가 인상적인 유화작품들이다. 그래서 설명이 크게 필요하진 않다. 하지만 미술에 문외한인 지환을 생각해 태이는 고개를 끄덕였다.

붉은 꽃잎이 인상적인 그림 앞으로 걸어가 섰다. 붉은 꽃들이 하염없이 펼쳐져 있는 그림은 외려 어두운 채색이라 보고 있으면 마음이 서늘해졌다.

"그리움?"

지환의 목소리에 정신을 차리고 고개를 끄덕였다.

"상사화라고 잎이 져야 꽃이 피거든. 그래서 흔히 이루어질 수 없는 사랑을 뜻할 때 말하는 꽃이야."

"그래서 제목이 그리움인가?"

왠지 이 그림을 보고 있으면 스산하다는 생각이 들었다. 승연이 그런 생각을 가지고 그림을 그렸던 것일까? 꽃에 비해 하늘은 너무나 청명한 푸른색이라 왠지 눈이 시큰거린다. 그 대조되는 그림 속에서도 역시 꽃이 자리 잡고 있는 면적이 훨씬 넓어 마음이 외롭다.

"그렇지 않을까? 대개 꽃과 잎은 같이 있잖아. 말라 비틀어져 떨어져버린 잎을 그리워하는 것 같은데."

"하늘."

지환의 말에 그림에서 시선을 돌렸다. 지환은 여전히 그림을 뚫어져라 바라보고 있었다.

"이 상사화는 하늘을 그리워하는 것 같아서."

그 말에 심장이 쿵 소리를 내며 떨어지는 것 같았다. 때론 평론가보다 그림에 대한 획일적 사고가 없는 사람들의 말이 더 깊이 파고들 때가 있다.

태이는 다시 그림으로 시선을 옮겼다. 지환의 말이 맞는 것 같았다.

지환이 다음 작품을 보기 위해 걸어갔지만 태이는 '그리움' 앞에서 움직일 수가 없었다.

의외로 식사시간은 제법 분위기가 괜찮았다. 이유야 윤성이나 승연이 곤란한 질문 같은 것을 전혀 하지 않는 타입이었기 때문이다. 조금 불편함을 느끼는 건 역시 윤 여사에게서 미친 듯 전화가 걸려오는 탓일까? 그래서 휴대전화를 아예 꺼두었다.

승연은 입덧이 크게 없는 편인 듯했다. 윤성은 승연이 먹기 편하게 음식을 잘 골라 앞접시에 놓아주느라 정신이 없어 보였다. 태이의 젓가락은 그냥 빈 접시 위를 방황하고 있었다. 옆을 보니 지환도 딱히 입맛이 없는 듯했다.

"왜 그렇게 못 먹어? 이혼하면 같이 밥도 먹으면 안 되나?"

역시 윤성은 무감각한 사람이다. 태이는 괜히 헛기침을 하며 젓가락을 힘주어 잡았다. 그때 그녀의 앞접시에 살을 잘 바른 조기 조각을 지환이 놓아주었다.

널 사랑하다가

"보리굴비 좋아하잖아."

태이의 시선이 자연스레 지환에게로 향했다. 생선을 좋아하는 편이기는 했다. 보리굴비도 유난히 좋아했고. 하지만 지환에게 이 음식을 좋아한다고 말해본 적은 없었다.

저도 모르게 눈을 크게 끔뻑이며 지환을 계속 쳐다본 모양이다. 지환이 괜히 헛기침을 하며 고개를 돌렸다.

"영광 가서 이것만 먹었다며."

"아, 그랬지."

어쨌거나 지환은 머리가 좋은 남자다. 그 정도 기억하는 건 당연한 것일지도 모른다. 친구들과 대학 때 여행을 간 적이 있었다. 굴비 한정식을 먹으며 보리굴비와 고추장굴비에 반해서 정말 한가득을 사왔다. 그리고 한동안 그것들을 반찬 삼아 계속 먹었던 적이 있다.

"내가 그런 말도 했었구나."

"원래 이번 주에 영광에 가기로 했었지."

그런 약속도 했었다. 이혼 이야기가 진행되어 완전히 잊고 있었다. 백수해안도로에 가고 싶다는 말에 지환은 다다음 달쯤 일이 마무리될 거라며 가자고 했었다. 그리고 날짜를 정했었는데 그게 내일이었다. 이왕 이렇게 된 김에 가볼까 생각했다.

다시 고개를 돌리는데 윤성과 승연이 무표정한 얼굴로 두 사람을 보고 있었다. 역시 이혼한 부부의 우중충한 대화를 듣는 건 좋은 게 아니다.

"두 분 오붓하게 식사하세요. 저흰 먼저 일어섭니다. 지환 씨, 뭐 해?"

"다음 주에 뵙겠습니다."

두 사람이 잡기도 전에 재빨리 자리를 털고 일어나 방을 빠져나왔다. 막상 나오고 보니 속이 허한 게 뭐라도 집어넣어야 할 것 같았다.

"밥 좀 먹고 나올 걸 그랬네."

신발을 구겨 신으며 고개를 드는데 지환이 가지 않고 서 있었다.

"안 가?"

"어디로 가?"

"오피스텔."

"좀 태워다줘."

"지환 씨 차…… 아."

그러고 보니 지환은 윤성의 차에서 내렸었다. 고개를 끄덕이고 식당을 빠져나와 주차되어 있는 차 앞으로 걸어갔다.

"내가 운전할게."

"됐어."

"너 피곤해 보여."

지환의 표정은 진심이다. 결국 태이는 고개를 끄덕이고 차문을 연 뒤 보조석에 앉았다. 지환은 자연스럽게 메모리 버튼을 눌렀다. 1번은 태이에게, 2번은 지환에게 맞춰져 있었다. 그동안 바꿀 일이 없었으니 운전석은 자연히 지환에게 맞춰졌다. 버튼을 눌러 시동이 걸리는 것을 확인하고 지환이 태이를 보았다.

"왜?"

"벨트."

고개를 끄덕이고 벨트를 맸다. 그러자 지환은 부드럽게 차를 움직였다.

뜻밖에 차가 도착한 곳은 오피스텔이 아니라 허름한 식당이었다. 시동을 끈 지환이 벨트를 풀고 차에서 내렸다.

"지환 씨."

"속 아직 안 좋을 거 아니야."

가서 대충 죽이라도 시켜 먹으려고 했다. 하지만 이것도 나쁘지 않은 듯해 태이는 차에서 내려 지환의 뒤를 따랐다.

겉보기와 달리 내부는 꽤 깔끔했다. 지환은 테이블에 앉자마자 순두부를 두 개 시켰다. 곧 앞에 맛깔스러운 반찬들이 깔렸다. 그리고 당연히 뚝배기가 나올 거라 생각했는데 플라스틱 그릇에 새하얗고 몽글몽글한 순두부가 나왔다.

"초당순두부."

"아, 처음 먹어봐."

"싱거우면 양념장 쳐서 먹어도 돼. 물론 그냥 먹으라고 말하고 싶지만."

숟가락을 들어 살짝 떠 입으로 가져갔다. 고소하고 포근한 맛이다. 태이는 말없이 먹기 시작했다. 얼마 만에 제대로 뭔가를 스스로 입으로 가져가는지 모르겠다. 정말 숨도 쉬지 않고 한 그릇을 순식간에 비워냈다. 포만감에 숟가락을 내려놓으며 저도 모르게 배를 문질렀다.

"입에 좀 맞아?"

"응. 맛있네. 지환 씬 여기 어떻게 알아? 찾기도 쉽지 않겠는데."

"연수원 있을 때 선배들하고 자주 왔어."

정작 반도 먹지 못해놓고서 지환은 수저를 놓고 자리에서 일어나 계산을 하러 갔다. 커피는 내가 살게, 말하기도 우스웠다. 그래서 태이는 먼저 식당에서 나와 차를 향해 걸어갔다.

문을 열고 먼저 자리에 앉아 지환이 나오길 기다렸다. 식당 주인이 바깥까지 나와 지환을 배웅했다. 지환의 말대로 자주 들렀던 곳인 듯했다. 지환은 몇 번이나 고개 숙여 인사를 하고 걸어왔다.

역시, 생긴 것은 어디다 내놔도 떨어지지 않을 만하다. 그러니 그녀의 결혼식에 왔던 친구들이 다들 호들갑을 떨었지.

지환은 무척이나 이국적으로 생겼다. 새하얀 피부에 머리카락은 하늘하늘한 갈색이었다. 쌍꺼풀이 진하지만 그게 어색하다거나 여성스럽지도 않았다. 속눈썹도 무척이

널 사랑하다가

나 길고 숱이 많았다. 콧대는 우뚝 솟아 있고, 입술은 꼭 물이라도 들여놓은 듯 붉다. 여성들이 원하는 생김새는 거의 모두 갖추고 있는 것 같은데 예쁘다기보다 잘생긴 얼굴이었다. 그게 참 신기했다.

차에 올라탄 지환은 시동을 걸고 말없이 핸들을 돌렸다. 차는 멀지 않은 오피스텔에 금세 도착했다.

태이는 당연히 지환이 차에서 내려 바로 갈 거라고 생각했다. 하지만 지환은 핸들을 손마디가 하얗게 질리도록 쥔 채로 미동 없이 앉아 있었다. 태이가 벨트를 풀자 그 소리에 지환도 핸들에서 손을 놓았다.

"오늘 고마웠어. 덕분에 맛있는 집 알았네."

지환이 고개를 끄덕였다. 그런데 알겠다고 끄덕이는 것인지 그녀가 말을 하니 반사적으로 끄덕이는 것인지 모르겠다. 지환은 핸들에서 손만 떼었다 뿐이지 벨트를 풀 생각도 하지 않고 있었다.

"지환 씨."

"말해."

"위자료 됐어."

"아니, 받아."

"아니, 필요 없어. 그만했으면 좋겠어."

"난 그거라도 하고 싶어."

"언제까지?"

"네가…… 재혼을 할 때까지."

재혼이라. 지금 윤 여사의 성화대로라면 정말 내년엔 다시 식장에 들어서게 될지도 모르겠다.

"되도록 빨리 재혼해야겠네."

그 말에 지환의 눈이 살짝 커졌다.

"지환 씨 마음의 빚 덜어주려면."

결혼생활을 하면서 그래도 꽤 대화가 잘 통한다고 생각했다. 제법 영화 취향도 비슷했고, 지환이 바빠 독서를 잘하지 못했지만 그가 추천해주는 책들은 모두 재미있게 읽었다.

어쩌면 그래서 사랑 없는 결혼도 제법 평탄하게, 잘 살지도 모른다고 생각했더랬다. 이쪽에서 그렇게 사는 사람들은 아주 흔했으니까.

"그 선봤다는 남자."

"아, 좋은 사람이야. 괜찮은 사람. 대충 핑계 대며 털어내려고 했는데 내 마음이 정리될 때까지 기다리겠다나? 보통 총각이 이혼녀를 그렇게 생각할 수 있나? 아마 내가 찼다는 거 윤 여사님 귀에 들어갔을 거야. 전화 계속 와서 꺼놨었거든. 켜기 겁난다."

제법 빠르게 다다다 쏟아내며 가방 안에서 휴대전화를 꺼내려고 했다. 그때 지환이 시동을 껐다. 태이의 손에서 휴대전화가 미끄러졌다.

"세차 한 번도 안 했니?"

지환의 말에 앞유리를 보았다. 그녀는 세차를 거의 맡겼

　　　　　　　　　　널 사랑하다가

다. 하지만 지환은 시간이 나면 그녀의 차를 가지고 가 깨끗하게 세차를 하고 왔다. 그 뒤론 맡겨본 적이 없었다. 그래서 지금 차는 와이퍼가 닿는 곳만 깨끗했다.

"잊고 있었네."

"내일모레 시간 괜찮아?"

"시간?"

"영광."

지환은 대체 뭘 어떻게 하고 싶다는 걸까.

"괜찮으면 같이 가자. 취소하지 않았거든."

"취소를 안 했어?"

그는 철두철미한 사람이다. 그런데 취소를 하지 않았다니.

"혼자 하는 여행은 왠지 익숙하지 않네."

그 쓸쓸한 말투에 태이는 저도 모르게 고개를 끄덕이고 말았다.

🌸 🌸 🌸 🌸 🌸

멀어지는 태이의 차를 보며 지환이 숨을 길게 뱉었다. 짙은 한숨이 공기 중에 하얗게 피어올랐다 흩어진다. 어쩌면 윤성을 따라가면서 오늘 태이를 만나게 될지도 모른다고 생각했다. 만나면 무슨 말을 해야 할까 고민했지만 떠오르는 말이 없었다.

사실 무슨 말을 지껄였는지도 모르겠다. 영광으로 같이 가자고 했을 때 태이의 표정은, 뭐랄까, 말로 형언할 수 없을 정도였다. 괜한 소릴 한 걸까.

그녀는 알겠다고 고개를 끄덕였지만 당장 마음이 바뀔 수도 있는 문제다. 마음이 바뀌지 않길 기도라도 해야 할까.

주머니에 넣어둔 휴대전화가 진동하고 있었다. 긴장한 나머지 손이 축축해지는 것을 느꼈다. 역시 거절인가 싶어 휴대전화를 꺼내다가 낯익은 번호에 웃으며 전화를 받았다.

"네, 고모."

— 날씨 어떠니? 요즘 많이 춥던데.

"조금 춥네요. 건강은 어떠세요?"

— 우리야 너무 건강해서 탈이지. 반찬 좀 만들었는데 보낼까 한다. 태이가 오이지 잘 먹잖니.

그 말에 지환의 가슴 한구석이 철렁 내려앉았다. 태이가 오이지를 좋아했던가? 왜 그걸 먹는 모습을 한 번도 보지 못했던 걸까.

— 집으로 보낼까?

"아뇨, 사무실로 보내주세요."

— 번거롭잖니.

"요즘 시절이 수상해서 웬만하면 태이한테 혼자 물건 같은 거 받지 말라고 하거든요."

널 사랑하다가

지환은 스스로가 이렇게 거짓말을 잘 만들어낼 수 있는 지 몰랐다. 아직 가족에게 '이혼'을 했다고 알리지 못했다. 이상하게 그 '이혼'이라는 말을 꺼내려 하면 숨이 턱 막히 고 입안이 바싹 마르는 것만 같았다. 그 흔한 '이혼'이 자신 의 일이 되니 왜 이리 두렵게 다가오는 걸까.

학창시절에도 안 해본 거짓말을 하려니 가슴이 꽉 막히 는 것 같다. 고모 부부가 실망할 모습을 보는 게 두려운 걸 까? 아니, 어쩌면 한태이라는 여자와 아직은 부부이고 싶 은 마음이 큰 자신이 두렵다. 다신 되돌릴 수 없다는 것을 아는데도 말이다.

─ 그래, 맞아. 요즘 위험하다더라. 혼자 있는 여자들 집 을 그렇게 노린대.

"그러게요."

─ 세상이 흉흉해서 어쩌니. 참, 이번 설에 내려올 필요 없으니까 신경 쓰지 말고.

"되도록 내려가는 쪽으로 할게요."

─ 무리는 하지 마.

"네."

─ 들어가.

"고모."

─ 응?

입술이 달라붙어 떨어지지 않는다. 이제 곧 그 '이혼'이 라는 말을 해야 한다.

아니다, 잘못 생각했다. 역시 얼굴을 보고 함이 옳다.

"뭐 필요한 건 없으신가 해서요."

— 없으니까 신경 쓰지 마. 그리고 무슨 용돈을 자꾸 보내. 그러지 마.

"태양열도 설치하셨다면서요. 좀 보태세요."

— 그런 건 우리가 하니까 정말 신경 쓰지 마.

"끊을게요. 약속 있어서요."

목이 메어 더는 말을 하지 못할 것 같았다. 목소리가 떨리지 않게 있는 힘껏 손을 쥐었다. 주먹이 부들부들 떨릴 정도였다.

— 그래, 바쁜 사람 너무 붙잡아뒀다. 끊을게.

"네."

통화가 끊기자 지환은 길게 숨을 몰아쉬었다. 결혼생활을 하는 동안 태이는 늘 선을 그었다. 차마 그 선 안으로 발을 들이지 못한 건 역시, 겁이 나서였다.

바쁜 걸음으로 옆을 스쳐지나가는 사람 때문에 차가운 기운이 확 느껴졌다. 코끝이 시리다. 이제 그만 사무실로 올라봐야겠다고 생각하며 몸을 돌리다 태이가 갑작스레 던졌던 질문을 떠올렸다.

「연애 잘돼가냐고.」

태이는 왜 그런 말을 꺼낸 걸까. 태이는 자신에게 전혀

널 사랑하다가

관심이 없는 여자다. 갑자기 그런 말을 꺼낸 게 의아했는데 아깐 왜 제대로 생각을 하지 못한 걸까. 그렇다고 다시 묻기도 힘들다.

처음부터 한태이라는 사람은 어려운 대상이었다. 세월이 흐르면 그래도 그 선이 없어지진 않을지라도 옅어지진 않을까 기대를 했었다. 이혼을 할 거란 생각은 단 한 번도 해보지 못했었다. 어떤 자신감이었을까.

한태이에게 좋은 남편, 다정한 남편이 될 수 있을 거라 생각했던 걸까. 사랑은 아니더라도 신뢰는 줄 수 있을 거라고 생각했던 걸까. 스스로의 자만심에 가슴이 막히는 것만 같다. 머리가 지끈거리며 아파온다.

손에 쥐고 있는 휴대전화가 진동하기 시작했다. 수신자를 확인한 지환의 얼굴에 어둠이 찾아들었다.

오피스텔로 올라가지 않았다. 지환을 앞에서 내려다주고 집으로 향했다. 몽글이를 챙기고 짐을 모두 싸서 본가로 향했다.

도착하자마자 윤 여사의 잔소리가 이어지기 시작했다. 그러면서도 윤 여사의 온 시선은 몽글이에게 가 있다. 언젠 개가 싫다고 하더니 또 이렇게 막상 보니 다른 모양이다. 윤 여사는 당장이라도 허벅지에 올려놓은 몽글이를 한입에 삼키기 직전이었다.

"그 집 어른들이 얼마나 좋은 줄 아니? 그런데 그렇게 뺑차? 적어도 세 번은 만나봤어야지. 안 그러니, 몽글아?"

"엄마, 나 이혼한 지 몇 달 되지도 않았어. 남들이 뭐라는 줄 알아?"

"남들이 뭐라고 하는 게 중요하니? 그 시선이 중요해? 난 내 딸이 즐겁게, 행복하게 잘 사는 게 중요해."

눈은 여전히 몽글이를 향해 있다. 윤 여사는 아예 몽글이를 들어 쪽쪽 빨아대고 있었다. 처음엔 이 털 달린 짐승은 뭐냐고 했으면서.

"그나저나 몽글이까지 데리고 웬일이야? 그렇게 잔소리 들을 줄 알고 찾아왔어?"

"며칠 좀 맡길게."

"여행 가니? 그래, 어디라도 좀 다녀. 그래야 사람이 활기도 좀 돌고 그러지. 그나저나 정말 안 만나볼 거야?"

"엄마!"

결국 태이가 짜증스레 부르자 윤 여사가 알겠다는 듯 무성의하게 고개를 끄덕였다.

"계집애, 진짜 누굴 닮아서. 고집은 아주 황소고집이야."

"아무튼 다녀올게."

"어디 가는데?"

"그냥. 식도락?"

윤 여사가 웬일이냐는 얼굴로 드디어 시선을 태이에게 주었다. 그리고 눈을 게슴츠레 뜨고 그녀를 위아래로 훑었다.

"너 살 빠졌니?"

"요즘 좀 못 먹었어."

"잘 좀 먹고 다녀. 피부도 칙칙하다. 너 여행 다녀오면 피부 관리 좀 제대로 받자. 엄마 내일 너희 새언니하고 쇼핑하기로 했는데 갖고 싶은 거 없니?"

윤 여사는 아직도 그녀가 어린아이인 줄로만 알고 있다. 그건 오빠인 태림이나 새언니인 정아 역시 마찬가지였다.

윤 여사는 아직도 매달 꼬박꼬박 용돈을 통장으로 넣어주며 심심하면 쇼핑을 해주고 장도 봐주었다. 집에서 20년째 일을 하고 있는 삼척댁과 함께 음식을 만들어 날라다주는 것도 잊지 않았다.

"새언니도 엄마 일주일에 한 번씩 보는 거 피곤하겠어."

"얘는. 내가 그런 거 아니다? 정아가 같이 쇼핑하자고 한 거지."

다행히 정아는 윤 여사와 궁합이 잘 맞는지 잘 붙어 다녔다. 태이는 그런 정아에게 박수를 쳐주고 싶을 정도였다.

"아무튼 너 여행 다녀오면 피부 관리도 좀 받고, 작업실도 좀 옮기고."

"멀쩡한 작업실을 왜 옮겨."

"찝찝해서 그래. 거기 유 서방, 아니지, 유지환 그 인간 사무실 있잖아."

그 유지환과 같이 여행을 간다고 하면 아마 윤 여사는 뒤로 넘어갈 것이다. 태이는 살짝 고개를 숙이고 손가락으로 눈꺼풀을 괜히 긁었다.

"뭐야? 안 옮기겠단 소리야?"

"엄마, 짐이 무슨 한두 개야?"

"네가 옮기니? 사람 써야지."

"하나하나 내가 다 봐야 돼. 다 챙겨야 하고. 그리고 그 오피스텔 임차인들만 몇인데. 우연히라도 마주치기 힘들어."

널 사랑하다가

"그래서? 한 번도 안 마주쳤니?"

"응."

물론 거짓말이다. 하지만 무려 열아홉 층이나 들어와 있는 사무실에 자취생들 수만 해도 얼마던가. 엘리베이터는 무려 열 대가 넘는다. 여전히 윤 여사는 마음에 들지 않는 얼굴로 태이를 보았지만 손은 여전히 몽글이를 만지고 있었다.

"엄마, 그러다 몽글이 몸살 걸리겠어."

"얘, 개는 주인이 어딜 다 만져주든 좋다 한대. 꼬리 끝만 빼고."

"그런 건 또 어디서 보셨대?"

"내가 요즘에 몽글이 덕분에 동물 프로 애청자 됐잖니."

살아 있는 동물은 무조건 밖에서 키워야 하는 거라고 했던 사람이다. 고개를 절레절레 저으며 태이가 자리에서 일어났다. 그리고 몽글이를 몇 번이나 쓰다듬었다.

"몽글아, 간식 너무 많이 먹지 말고. 할머니 말 잘 듣고 있어."

"가려고?"

"가서 좀 자려고. 요즘 잠이 계속 부족했거든."

"너 옆구리에 몽글이 없어서 서운하겠다?"

"엄마 옆구리 잘 데우세요."

"아빠도 안 보고 가?"

"됐어. 아빠 나 보면 지금 속 쓰릴걸?"

"알기는 잘 아네."

윤 여사는 그렇게 말하면서도 몽글이를 안고 태이를 배웅하기 위해서인지 밖으로 나와주었다. 그리고 길가에 서 있는 태이의 차를 보고 마음에 들지 않는 듯 인상을 찌푸렸다.

"왜 또?"

"차 좀 바꿔."

"왜? 멀쩡한데."

"아니다, 너 여행 다녀오면 엄마가 한 대 뽑아줄게. 뭐, 어디 거 갖고 싶니?"

"난 이게 좋거든?"

"애, 아니다, 내가 말을 말아야지."

그녀의 차는 물론 10년이 넘었다. 대학에 가자마자 할머니가 입학 선물로 사주신 차였다. 연수에 비해 킬로수도 적고, 고장 한번 없이 멀쩡했다.

"엄마, 이거 이렇게 보여도 고장 한번 안 났어."

사실 윤 여사는 시집살이에 살짝 시달렸다. 할머니는 아들을 빼앗겼다는 질투심에 가끔씩 어린애 같은 질투를 하곤 했는데 한 이사장은 중재하는 법을 잘 몰랐다. 늘 할머니 앞에서 아내의 편만 들어 고달파지는 건 결국 윤 여사였다.

그럼에도 또 죽이 맞을 땐 어찌나 잘 맞는지 그런 고부 관계도 없었다. 특히나 할머니는 찜질방 마니아였는데 아마 윤 여사와 같이 다니기 시작한 그때쯤부터 둘 사이가 많이 좋아지기 시작했을 것이다.

할머니가 돌아가셨을 때 제일 많이 운 사람도 윤 여사였다. 미운 정이 무섭다나? 어쨌거나 윤 여사는 태이의 차만 보면 돌아가신 시어머니 생각이 나는 것일지도 모른다.

"엄마, 할머니 생각나서 그래?"

그 말에 윤 여사가 입술을 삐죽였다.

"알았어, 여행 다녀와서 바꿀게. 추워. 빨리 들어가."

"전화해."

고개를 끄덕이자 윤 여사가 집 안으로 들어갔다. 육중한 대문이 쿵 소리를 울리며 닫혔다. 태이는 옆을 보았다. 벌써부터 몽글이가 없는 옆이 허전했다.

🍂 🍂 🍂 🍂 🍂

처음엔 몽글이가 없어서 어색해 잠이 잘 오지 않았다. 하지만 오랜만에 중간에 깨지 않고 일곱 시간 이상을 내리 푹 잤다. 태이는 보통 동이 트기 직전이나 그때쯤 잠이 들었다.

시계를 보니 오후 5시가 넘어가고 있었다. 오래간만에 괜찮은 아이디어가 떠올라 스케치를 하다 평소의 잘 시간을 넘기고 말았다. 하지만 결과적으로 푹 쉬었더니 머리가 맑게 개이는 느낌이었다.

"배고파."

대충 샤워를 하고 나와 머리카락을 제대로 말리지도 않고 선크림을 바른 뒤 바로 가방을 들었다. 지하주차장으로 내려와 드라이브라도 하려고 차에 타고 시동을 거는데 휴대전화가 울렸다. 발신자를 보고 태이는 웃으며 전화를 받았다.

"네, 우리 새언니."

— 아가씨, 내일 뭐 해요? 같이 쇼핑 안 갈래요?

정아는 생긴 것답게 목소리도 하이톤으로 무척이나 상큼하다. 처음 보았을 때도 태이는 정아를 보고 통통 튀는 비타민이 왔다고 표현을 했다. 무뚝뚝한 한 이사장이나 태림 역시 그런 정아를 좋아했다. 윤 여사 역시 이런 게 바로 딸 키우는 재미라고 했을 정도 아니던가.

"시어머니하고 오붓하게 데이트하세요."

— 왜?

"나 여행 가."

동갑이기도 한 두 사람은 사람들이 없을 때면 편히 말을 놓았다. 알고 보니 중학교 동창이었다며 놀라기도 하지 않았던가. 게다가 혜령과도 같은 사범대 출신으로 잘 아는 사이였다.

어쨌거나 공통분모가 생기자 두 사람은 금세 친해졌다. 사실 정아는 평범한 집에서 살다 태림을 만나 결혼을 하게 됐는데, 처음 태림의 집안을 알고선 놀랐다고 했다. 그래서 헤어지자고 말도 했었다고 했다.

태이는 별다를 거 없는 집안이라고 했지만 정아는 무척이나 부담스러워했었다. 태림이 왜 정아를 사랑하게 되었는지는 지낼수록 더 잘 알게 되었다. 그늘이 없고 밝고 긍정적인 사람이다.

– 여행? 해외?

"아니, 국내 여행."

– 어디로 가는데?

"영광."

휴대전화 너머에선 잠시 말이 없었다.

– 내가 저번에 그거 아주버님하고 가는 거라고 들었었는데.

"이혼하면 같이 못 가니?"

– 얘 봐, 얘 봐, 정신 차려.

"누가 백혜령 친구 아니랄까 봐. 둘 다 말 똑같이 한다."

– 혜령이도 너 아주버님하고 여행 가는 거 알아? 그런데 널 가만히 뒀어?

"아니, 혜령이하고 헤어지고 지환 씨 만난 거야."

– 어떻게?

"승연 선배 전시회 갔는데 거기 왔더라. 지환 씨 이번에 태일기업하고 일하나 봐."

– 이야, 아주버님 이혼하고 어째 더 잘나가신다?

그 말에 태이는 픽 웃고 말았다. 휴대전화 너머에서 "넌 웃음이 나오니?"라고 정아가 빽 소리를 질렀다.

"말은 똑바로 하자. 원래 잘나가는 변호사였거든?"

ㅡ 대체 이혼은 왜 한 거니? 그렇게 만나고 여행 갈 거면서.

그녀가 이혼을 한 자세한 이유는 혜령만이 알고 있다. 아마 정아가 그냥 친한 친구였다면 말을 했을지도 모른다. 하지만 식구이기 때문에 그저 '성격 차이'라고만 해두었다.

"친구로는 괜찮은 사람이야."

말은 그렇게 했지만 사실 지환을 잘 모르겠다. 결혼을 하기 전에도 그랬고, 결혼을 하고 나서도 그랬다. 아니, 결혼하기 전에 만난 건 다섯 번이 다였다. 그중 세 번은 영화를 봤고, 두 번은 산책을 했다. 지환은 정말 데이트의 정석대로 움직였다.

ㅡ 내가 속 터져서 정말.

"오빠하고 똑같이 말하네. 부창부수다."

ㅡ 애!

"아무튼 내일 엄마하고 쇼핑 잘하고. 나는 최대한 화려하지 않은 걸로 부탁해."

윤 여사의 취향은 화려한 것이다. 그리고 꼭 됐다고 해도 네가 섭섭할까 봐 사왔다며 물건을 건네곤 했는데 다행히 정아가 오고 나서 그나마 괜찮아졌다. 정아가 그녀의 취향을 잘 알고 있었기 때문이다.

ㅡ 너 정말 그 여행 갈 거야?

널 사랑하다가

"이보세요, 새언니. 저 서른 넘은 어른이거든요?"

― 내가 진짜 속상해서. 몸조심하고.

"누가 들으면 지환 씨가 짐승인 줄 알겠다."

― 얘, 남자는 다 그래.

"오빠도 그런가 보지?"

그 말에 정아가 간드러지게 웃었다.

― 그거야, 태림 씨는 나만 보면, 어머, 내가 아가씨 앞에서 별말을 다 하네요.

"정아야."

― 응?

"나 그 남자하고 잔 적 없어."

잠시 대화가 끊겼다. 정아는 황당하다는 듯 몇 번이나 헛웃음을 터트렸다. 왠지 정아의 반응이 이해가 가 태이는 말없이 기다렸다.

― 한태이.

"듣고 있어. 말해."

― 우리 집으로 좀 와.

"짐 싸야 해."

― 오빠한테 다 말할까? 정 그럼 내가 간다?

"알았어, 내가 갈게."

정아는 현재 임신 중이다. 그 무거운 몸을 이끌고 움직이게 할 수는 없다. 그랬다가는 태림의 잔소리가 이어질 것이다. 그러고 보니 저 빼고, 제 주변의 모두가 임신 중이라는 사실을 깨닫고 괜스레 허허로운 웃음이 났다.

결국 전화를 끊고 핸들을 잡았다. 괜히 말했나 싶다. 하지만 이미 뱉은 말을 주워 담을 수는 없지 않던가.

정아가 좋아하는 빵집에 들러 타르트를 몇 개 사는 것을 잊지 않고 빌라에 도착했다. 문을 열고 들어서자 정아가 경악한 얼굴로 그녀를 보았다. 태이는 손에 든 박스를 들어올렸다.

평소 같았으면 정아는 그녀보다 타르트를 반겼을 것이다. 하지만 지금은 다짜고짜 그녀의 팔을 끌고 들어가 소파에 앉혔다.

"뭐야, 꼭 취조하는 사람처럼."

"어떻게 된 건데? 섹스를 안 해? 단 한 번도?"

대충 고개를 끄덕이며 테이블 위에 올려놓은 상자만 만지작거렸다. 정아는 허, 참만 외치며 팔짱을 끼고 위아래로 태이를 쭉 훑었다.

"혹시 아주버님 성 쪽으로 이상……."

"모르지."

"어머, 웬일이야. 너 그럼 사기결혼 당한 거 아니야?"

"사기는 무슨 사기야."

"얘, 결혼생활에 성생활이 얼마나 중요한 줄 아니?"

"그만해."

"진짜 성적으로 안 맞아서 이혼한 거야?"

아무래도 정아는 대화를 쉽게 끝낼 생각이 없어 보였다.

왠지 지환의 성 기능에 대해 뭐라 말을 하는 것이 민망했다. 하지만 진짜 이혼하게 된 연유를 말한다면 정아는 그대로 태림을 찾을 것이다.

"응."

"어머, 웬일이야. 아주버님 완전히 겉은 멀쩡해서. 세상에, 어쩌다 그랬다니?"

"그거야 뭐, 나도 모르지."

사실 지환에게 성 기능 장애가 있는지 아닌지도 모른다.

"이래서 무조건 자보고 결혼해야 한다니까!"

"뭐야, 언제는 첫날밤이 신혼여행이라며."

그 말에 정아가 얼굴을 붉혔다. 하여간 얌전한 것들이 먼저 부뚜막에 오른다. 태이가 혀를 차며 고개를 젓자 정아는 괜히 헛기침을 하며 상자 리본을 풀어내기 시작했다.

"어머, 내가 여기 커스터드 크림 좋아하는 거 어떻게 알고."

"그거밖에 안 먹잖아."

"커피 내올게."

"약하게 내려줘."

"왜? 너 진하게 마시잖아."

"위가 좀 안 좋아."

괜히 위경련으로 실려갔었다는 이야기를 할 필요는 없다.

두 사람은 자리에서 일어나 부엌으로 들어갔다. 태이는

정아가 커피를 내리는 모습을 물끄러미 바라보았다. 정아는 샷을 내려 반만 붓고 식탁 앞에 앉았다. 자신의 몫인 우유를 반쯤 마신 정아가 타르트를 한입 크게 베어물었다.

"너무 맛있다. 선생님이 이제 체중 관리해야 한댔는데."

"이거 하나 정도는 뭐 어때."

"그렇겠지? 근데 너 진짜 여행 갈 거야?"

고개를 끄덕였다. 이미 지환과 여행은 가기로 했고 그걸 무를 생각은 없었다. 정아는 어이가 없다는 얼굴로 고개를 내저었다.

"그래도 안심은 된다. 어쨌든 아주버님이 임포잖아. 근데 여기가 무슨 미국이니? 이혼한 마당에 무슨 여행이야."

"그렇게 지내면 안 돼? 어차피 아무 일도 없었고, 딱히 좋아했다가 헤어진 것도 아니고."

정아가 반쯤 남은 타르트를 던지듯 내려놓고 손을 탁탁 털었다. 그리고 꼭 성난 코뿔소처럼 콧김을 뿜어댔다.

"나는 솔직히 아버님도 이해가 안 가. 아니, 집에서 나를 반대하지 않고 받아주셨잖아."

태이가 고개를 끄덕였다.

"그래, 너 같은 그 반응. 솔직히 나는 태림 오빠가 이런 집 자세라는 것도 놀랐고 거기다 네가 시누이래. 사람이 사실 편견 같은 게 좀 있잖아. 오빠가 설득하긴 했지만 안 되겠다 싶었거든? 근데 웬걸, 너무 잘해주시는 거야. 그래서 우리 시부모님 참 좋으신 분들이구나 했거든?"

널 사랑하다가

흥분한 건지 정아의 말이 무척이나 빨라졌다. 태이는 그저 고개만 끄덕이며 듣고 있었다.

"근데 어떻게 네 결혼은 그렇게 밀어붙이실 수 있니?"

"내가 싫다고 안 했거든."

"뭐?"

"딱히 결혼에 큰 의미가 있는 것도 아니라고 생각했고. 귀찮기도 했고. 때마침 나도 엄마 아빠와 좀 떨어져 살아야겠다 생각했어."

"그걸 그렇게 쉽게 결정하니? 결혼을?"

정아는 정말 이해가 안 된다는 얼굴이었다. 하긴, 스스로도 이해가 되지 않는데 정아가 이해를 할 수 있을 리 없다. 주변 사람들이 아무리 행복하게 살아도 그게 딱히 부러운 것도 없었다. 그래서 윤 여사 역시 그런 태이를 이해하지 못했다.

그때 문이 열리는 소리가 나서 둘 다 자리에서 일어났다. 중문을 열고 들어온 태림이 태이를 보고 깜짝 놀란 얼굴을 했다.

"오빠, 오늘 일찍 퇴근했네?"

"태이 너 왜 여기 있어?"

"뭐야, 난 오면 안 돼? 내가 오고 싶어서 온 거 아니야. 언니가 불러서 온 거지."

태림이 정아를 보았다. 정아가 재빨리 고개를 끄덕이며 티 테이블을 가리켰다. 알겠다는 듯 고개를 끄덕인 태림이 옷을 갈아입고 오겠다며 안방으로 들어갔다. 두 사람은 다시 테이블 앞에 앉았다.

"오빠 괜히 저러는 거야. 맨날 너 밥은 먹고 다니는 거냐고 걱정한다니까."

정아의 말에 태이가 고개를 끄덕였다. 물론 두 사람은 사이좋은 남매였다. 여전히 그건 마찬가지다. 태림은 가끔 태이의 작업실에 들러 간식이나 용돈을 건네고 가기도 했다.

"하여간 남매가 표현하는 것도 어찌나 인색한지."

"너한테 안 그러면 됐지."

"야, 나는 당연하잖아. 와이픈데."

정아는 애교도 많고 살가운 성격이다. 그래서 식구들이 모두 좋아했다. 커피를 한 모금 마시며 고개를 돌렸다. 창밖에선 다시 비가 쏟아지기 시작한다.

"저녁 먹고 갈 거지? 나 닭고기 재워놨거든. 빨리 불에 올리고 올게."

윤 여사가 일하는 사람을 보내주겠다고 했지만 정아는 끝끝내 거절했다. 청소는 태림이 시간이 날 때 하면 되고, 자신은 살림하는 게 좋다고 하면서. 사실 태이는 처음에 태림이 무슨 살림을 같이 하나 의심을 했었다. 하지만 태림은 의외로 잘해내었다. 군대생활이 많은 도움이 된다면서. 그리고 정아는 태림이 자신보다 훨씬 깔끔하고 꼼꼼하다고 했다.

널 사랑하다가

씻고 나온 태림이 그녀의 앞에 앉았다.

"정아는?"

"닭볶음탕 해줄 건가 봐."

태림이 자리에서 일어나 부엌으로 들어갔다. 안에서 아옹다옹하는 소리가 났다. 이번 주 내내 태림이 저녁을 했으니 오늘은 자신이 하고 싶다며 정아가 태림을 쫓아냈다. 결국 태림이 다시 와서 앉았다. 그리고 정아가 남겨놓은 타르트를 입으로 가져갔다. 예전엔 누가 입을 댄 건 먹지도 않고 깔끔을 떨더니 많이 변한 모습이 신기하기도 했다. 역시 사랑하는 사람을 만나 결혼을 하면 변하는 모양이다.

"오늘 매제 만났다며."

"그렇게 됐네. 어떻게 알았어?"

"최윤성이 당황해서 전화했더라."

겉으론 아무렇지 않은 척하더니 속으론 당황했나 보다. 윤성과 태림은 꽤 가까운 친구 사이였다. 태이가 웃으며 고개를 끄덕였다.

"이혼한 사이에 무슨 밥을 같이 먹고 그래."

"뭐 우리가 서로 나쁘게 헤어진 것도 아니고."

"이제 연유나 좀 알자. 대체 왜 헤어진 건데?"

더 이상 궁금함을 참을 수 없었던 것인지 태림의 목소리가 조급함을 품고 있었다. 태이가 입을 다물었다. 사실을 말할 수는 없다. 답을 듣지 못할 거라는 걸 안 태림이 한숨을 푹 내쉬더니 반쯤 남은 커피를 가져가 한 번에 털어 넣었다.

"너 결혼한다고 해서 부모님들 한시름 놓으셨어. 이혼한다고 했을 때 말은 못 하셨겠지만 얼마나 힘드셨겠니. 특히 아버진 고개도 못 들겠다고 하시더라."

"요즘 이혼이 뭐 흠인가. 괜찮아."

"태이야, 너 혹시 아직도…… 승혁이 못 잊은 거니?"

태림의 떨리는 목소리가 낮게 가라앉았다. 그리고 눈가에 눈물이 맺혔다. 태이는 앞에 있는 티슈를 뽑아 태림에게 건네주었다.

송승혁.

태림의 친구이자 태이의 첫사랑이기도 했고 이제 더 이상 이 세상에 없는 사람이었다.

낮은 한숨이 나왔다. 누군가 먼저 떠난 사람은 가슴에 묻는 거라고 했다. 그런데 역시 그 가슴에 묻은 봉우리가 무척이나 커서 가라앉지 않는다.

태이가 슬쩍 고개를 돌려 창밖을 보았다. 빗방울이 뚝뚝 떨어져 유리표면을 타고 흘러느리고 있다. 이제 6시가 조금 넘은 시각이건만 밖에는 어느덧 밤이 찾아온 것만 같다. 그러고 보니 승혁이 떠나던 날도 이렇게 겨울비가 추적추적 왔다.

"올핸 나만 다녀올게."

태림의 목소리가 잔뜩 울음에 젖어 있었다. 태이가 다시 고개를 돌려 태림을 보았다. 태림은 몇 번이나 눈가를 티슈로 꾹꾹 누르고 있다. 울음을 참으려 코를 훌쩍이기도 하고 눈가를 매만져도 보지만 쉽지 않은 모양이었다.

"어딜?"

태림이 울음을 멈추고 눈을 동그랗게 뜬 뒤 태이를 보았다. 쌍꺼풀이 진 태림의 눈은 무척이나 커서 어릴 때 송아지라고 놀림을 많이 받았다. 오늘은 길고 짙은 속눈썹도 젖어 있어 더 그렇게 보여 태이는 저도 모르게 웃고 말았다. 그런 태이의 반응이 놀라운지 태림의 눈이 더 커졌다.

"그래, 맞다. 너도 이제 잊는 게 당연하지."

"무슨 소리야?"

"삼척. 이번 주 그 녀석 기일이잖아."

손이 허벅지로 툭 떨어졌다. 잊고 있었다. 작년까지는 그래도 기억하고 있었는데 왜 잊게 된 것일까. 작년엔 정아와 셋이 삼척에 다녀왔다. 거기서 승혁의 부모님도 만났다. 이제 괜찮다고, 그만 와달라고 그분들은 태이를 안고 울음을 터트렸다. 그때도 태이는 그저 웃었을 뿐이다.

"까맣게 잊고 있었네."

"됐어. 그 녀석도 그게 더 좋을 거다."

고개를 끄덕이며 시선을 옮기는데 정아가 두 사람을 보고 있었다. 그런 정아를 향해 태이가 웃었다.

"거기 두 남매분, 와서 저녁 드세요."

태림이 울음을 갈무리하고 자리에서 일어섰다. 접시를

나르고 밥을 퍼 식탁으로 옮기는 것을 태림은 아주 능숙하게 해냈다. 태이는 의자에 앉아 태림이 건네주는 것을 그냥 받을 뿐이었다.

준비가 마무리되자 태림은 정아가 앉을 수 있게 직접 의자를 빼어주고 그 옆에 앉아서 닭다리를 하나 들어 앞접시에 놓아주었다. 하긴 어려서부터 태림은 다정다감했다. 태이는 두 사람을 지켜보는 게 꽤 즐거웠다. 태림이 뻔히 울어서 눈가가 벌건데도 정아는 아무것도 묻지 않는다. 마음이 참 넉넉한 사람이었다. 그래서 태림이 한눈에 반했던 건지도 모른다.

사실 태림이 연애를 그렇게 짧게 하고 결혼을 결정할 줄 몰라 부모님이나 태이 역시 놀라기도 했었다. 하지만 정아를 보고 있자니 태림이 왜 그리 서둘렀는지 이해가 되었다. 태림은 잘 바른 닭 가슴살도 태이의 접시에 놓아주었다.

"오, 맛있겠다."

"오빠, 왜 아가씨한테 가슴살을 줘."

"쟤 다리 안 먹어."

"아, 진짜?"

정아가 놀란 눈으로 태이를 보았다. 대부분의 사람들이 닭다리를 좋아했지만 태이는 딱히 좋아하지 않았다. 그 부드럽고 탱탱한 느낌이 싫다고 했는데 사람들은 그 맛에 먹는 거 아니냐며 그녀를 이해하지 못했다. 태이가 고기를 찢어 입으로 가져갔다.

"맛있다."

"그렇지? 정아가 제일 잘하는 거야."

태림은 마치 자기가 만든 양 자랑하고 있었다. 그런 태림의 반응에 태이가 웃고 말았다.

"우리 오빠 공처가네."

"너 영광 다녀와서 정아하고 같이 좀 따뜻한 나라에 다녀올래? 오빠는 출장이 좀 길어질 것 같아서."

"오빠, 나도 바쁘거든?"

"방학했잖아."

"작품을 거의 못 만들었어. 오빠가 출장 다녀오면 같이 다녀와. 아니면 새언니 동생하고 같이 보내줘. 새언니 동생 프리랜서라고 했죠?"

"그래? 처제 시간 될까?"

정아가 고개를 끄덕였다. 아무래도 따뜻한 바람을 쐬고 싶은가 보다. 그게 좋겠다 판단했는지 태림이 자리에서 일어났다.

"저 양반 밥 먹다 어딜 가는 거야."

"어디긴, 우리 동생한테 전화하러 가는 거지."

"난 우리 오빠 성격이 급한 줄 몰랐어."

"나도 저렇게 실천력 좋을 때마다 깜짝 놀란다니까. 만난 지 한 달도 안 됐는데 결혼하자고 했을 땐 내가 얼마나 놀랐겠니?"

태이는 웃고 말았다. 저번에 대충 두 사람의 연애사를 들어서 알고 있기 때문이다. 정말 처음 들었을 땐 놀라서 입을 다물지 못했었다.

"두 번째 놀란 건 집안 얘기했을 때. 정말 평범한 회사원인 줄 알았어. 그냥 교육 행정 공무원. 근데 동생이 한태이라는 것도 놀라운데 아버님 직함 보고 더 놀랐지."

태이가 픽 웃었다. 태이는 정말 평범하게 학교엘 다녔다. 그래서 나중에 그녀의 집안을 알게 된 사람들이 놀랐었다. 한 이사장은 자식들이 자신의 재단 학교를 다니지 못하게 만들었다.

윤 여사도 마찬가지였다. 자신의 자식들이 특별대상이 된다면 다른 아이들이 얼마나 박탈감을 느낄 거냐며 반대했었다. 그래서 두 사람은 근처 공립학교에 다녔고 성적이 좋았던 태림은 외고로 진학해 기숙사에 들어갔었다.

이경재단의 바로 옆 학교에서 선생으로 근무하고 있던 정아는 정말 놀랐는지 태림에게 헤어지자고 했다고 하지 않았던가. 그런 정아도 이해가 되어 태이는 그저 고개를 끄덕였다.

"근데 정말 영광 갈 거야?"

"몇 번을 말해."

"몸조심하고."

"우리 새언니는 참 걱정이 많아. 저 성인입니다? 그리고 내가 너보다 생일도 빠르거든? 안 되겠다. 먹다가 체하겠어. 그냥 먼저 일어설게."

"왜, 먹고 가."

"사실 속이 좀 안 좋아서 그래. 다녀와서 보자. 오빠한텐 그냥 갔다고 전해줘."

정아가 아쉬운 얼굴로 고개를 끄덕였다. 굳이 나오지 않아도 된다고 했지만 정아는 엘리베이터 앞까지 나와주었다. 얼른 들어가라며 태이가 엘리베이터에 올라타 재빨리 버튼을 눌렀다. 문이 닫히자마자 얼굴이 굳고 절로 한숨이 새어나왔다.

🍑 🍑 🍑 🍑 🍑

식당으로 들어서기 전 지환은 옷차림을 살폈다. 평소와 같은 차림새였지만 역시 신경이 쓰이는 건 한 이사장을 만나는 자리이기 때문이다. 이혼을 하고 처음 만나는 자리라 평소보다 더욱 신경이 곤두선 것인지도 모른다.

"이쪽으로 오십시오, 이사장님이 기다리고 계십니다."

어느새 비서가 나와 지환을 안내했다. 한 이사장과 만날 때면 늘 이 식당을 이용했다. 이상하게 발걸음을 옮기는 것이 무겁다. 목이 메는 것 같기도 하고, 눈앞이 흐려지는 것 같기도 했다. 다리는 꼭 추를 매달아놓은 것만 같다.

"유 변호사님?"

"네, 갑니다."

앞서 걷던 비서가 멈춰 서서 그를 돌아보았다. 무거운 발을 가까스로 옮겼다.

맨 안쪽의 방문 앞에 멈춰 섰다. 노크를 한 비서가 문을 열고 지환을 향해 머리를 숙였다. 지환은 비서에게 고개를 숙인 뒤 구두를 벗고 안으로 들어섰다.

"안녕하십니까, 장인어른."

한 이사장이 고개를 끄덕이며 지환을 반겼다. 처음 만났을 때부터 그랬고 지금까지도 그를 보는 한 이사장의 눈빛은 늘 한결같았다.

"일 바쁜데 보자고 한 건 아닌지 모르겠네."

"아닙니다."

문이 열리며 음식이 들어오기 시작했다. 지환은 물끄러미 놓이는 음식들을 바라보았다. 아주 예전, 언제였을까. 언젠가 혹시라도 가정을 이루게 된다면 장인 장모님을 친부모님처럼 여기고 싶다고 생각했다. 지난 결혼생활 때 자신은 어떻게 했었을까. 많이 다가가긴 했던 것일까.

"휴가라며."

"네."

"등산 같이 어떤가."

"죄송하지만 제가 내일 영광에 내려가게 되었습니다."

"영광?"

"태이가 가고 싶다고 했던 곳이라 저도 가보고 싶어져서요."

한 이사장의 눈매가 살짝 가늘어졌다.

"태이와 함께 가나?"

"그렇습니다."

"그래, 좋은 곳이지. 들게."

한 이사장이 먼저 젓가락을 들었다. 지환은 저도 모르게 물끄러미 한 이사장을 보았다. 태이는 한 이사장과 무척이나 많이 닮았다. 그래서 선 자리에서 처음 보았을 때 저도 모르게 멍하니 태이를 보았던 것도 같다.

"왜 그렇게 보나?"

"아닙니다."

"태이 녀석이 그래도 같이 가겠다고 한 모양일세?"

"제가 함께 가자고 했습니다."

어차피 한 이사장에게 둘러 말할 필요는 없었다. 놀란 듯 한 이사장이 눈을 크게 떴다. 젓가락도 허공에 멈춰 있었다.

"자네……."

차마 뒷말을 잇지 못하고 결국 한 이사장이 젓가락을 내려놓았다. 지환은 잘 구워진 전 하나를 들어 한 이사장의 접시에 놓아주었다.

"제가 감정을 아직 정리하지 못해서 죄송합니다."

"감정?"

"제가 태이 많이 좋아했었습니다."

지환이 웃었다. 이 말을 누군가에게 하기까지는 무척이

나 답답했고, 결국 입 밖으로 내뱉지 못할 것이라고 생각했다. 그런데 막상 너무나 자연스럽게 그 말을 뱉고 나니 오히려 옥죄고 있던 무엇인가가 풀리는 느낌이었다. 아직 반쯤 얼이 나가 있는 얼굴로 한 이사장이 고개를 끄덕이며 다시 젓가락을 쥐었다.

"과거형이군그래."

"정리해야 할 감정이니까요."

"그래서 사무실 내놓은 건가?"

이번엔 지환의 움직임이 멈췄다.

"직원들 출퇴근 이동거리를 최대한 줄여보려다 보니 그렇게 되었습니다."

"태이 녀석 때문에 불편해서 나가는 건가 했지."

"아니라고 말은 못 하겠습니다."

"그래."

"우연히 마주치면 태이가 불편할까 봐서요."

"태이가 불편해하던가?"

"아무래도 이혼한 전남편을 보는 게 유쾌하지는 않겠죠."

씁쓸한 웃음이 저도 모르게 흘러나왔다. 낮게 한숨을 뱉는 지환을 보며 한 이사장이 물을 마셨다.

"자네와 함께 가겠다고 할 정도라면 태이도 아직……."

"아닙니다."

단호히 이야기할 수 있다. 이혼을 말한 사람은 태이였

널 사랑하다가

고, 자신을 바라보는 눈에서 별다른 감정이 비치지 않은
건 예전이나 지금이나 매한가지다.

"그래, 식사하지."

문득 지환은 깨달았다. 두 사람의 이혼 이유를 한 이사장
은 묻지 않았다. 그리고 지금도 묻지 않을 생각인 듯했다.
그 배려심에 왠지 울컥, 목이 멨다.

⚜ ⚜ ⚜ ⚜ ⚜

서둘러 준비를 끝마친 뒤 캐리어를 끌고 밖으로 나오는
데 이미 도착해 있는 익숙한 SUV가 보였다. 날이 추워 배
기관에서 나오는 새하얀 연기가 커다란 뭉게구름 같다는
생각이 들었다.

그녀를 발견한 건지 빠르게 차에서 내린 지환이 트렁크
를 열고 다가와 캐리어를 가볍게 들어 실어주었다. 꽤 무
거울 텐데 지환은 아무렇지도 않아 보였다. 그리고 자연스
레 문을 열어주었다.

"일찍 왔네?"

"나올 줄 몰랐어."

"무슨 말이야?"

차에 올라타며 물었다. 지환은 그저 입술만 움직여 웃고
는 문을 닫은 뒤 보닛을 돌아왔다. 운전석에 탄 지환은 벨
트를 매고 태이 쪽으로 시선을 향했다. 그리고 조용히 핸

들을 돌렸다.

아직 7시가 되지 않은 시각이라 완전히 밝지 않았다. 그리고 아주 조금씩 겨울비가 내리고 있었다. 그래서인지 평소보다 훨씬 날이 어두웠다.

이렇게 일찍 출발하는 건 역시 네 시간 반 정도는 가야하기 때문이었다. 결혼을 한 뒤로 한 번도 여행을 하지 않았다. 신혼여행 이후로 두 번째 하는 여행인데 그것도 이혼 후라니. 남들이 들으면 아마 미쳤다고 할지도 모른다.

"혹시 커피 마셨어?"

"아니."

"휴게소에 들러 한 잔 마실까?"

"그래."

태이는 고개를 끄덕이고 창밖으로 시선을 돌렸다. 많은 차들이 분주히 움직이고 있다. 사람들은 참 부지런하기도 하다. 이런 이른 시간부터 끊임없이 움직이고 있으니 말이다.

"저기……."

지환의 낮은 목소리에 태이가 고개를 돌렸다. 지환이 슬쩍 태이를 보고 다시 고개를 정면으로 향했다.

"말해."

"많이 피곤한가 싶어서."

"아니, 평소보다 일찍 일어나서 그런가 봐. 왜? 피곤해 보여?"

평소 그녀는 이르면 오전 11시나 늦으면 오후 1시쯤 일어난다. 말 그대로 이 시간대에는 거의 자고 있을 때가 많았다. 이렇게 일찍 일어나본 것도 오랜만이었다. 그래서 윤 여사는 그녀가 늦게 작업실에서 돌아오는 것을 싫어했다. 늦은 시간에 위험한데 차라리 자고 오라고 했다.

이상하게도 태이는 잠은 꼭 집에서 자야 한다는 주의였다. 그래서 보통 오후 4시에서 6시 정도에 작업실로 가 대체로 새벽 4, 5시쯤 집으로 왔다. 주차장에 아무리 사각지대 없이 CCTV를 설치했다고 해도 너무 위험하다며 윤 여사는 아직도 포기하지 않고 잔소리를 하고 있었다.

"눈이 좀 부은 것 같아서."

그 말에 태이가 가방에서 팩트를 꺼냈다. 급하게 나오느라 제대로 거울을 보지 못해 부은 것도 몰랐다.

어젯밤 눈물이 난 건 승혁의 얼굴이 기억이 나지 않아서였다. 왜 사진 한 장 남겨놓지 못했을까. 그렇게 많이 울진 않은 것 같은데 얼굴에 흔적이 남아 있었다. 흰자엔 핏발이 서 있다.

"피곤하면 눈이 좀 붓잖아."

"내가?"

금시초문이라는 듯 묻는 태이 때문에 오히려 당황한 건 지환이었다. 지환은 얼떨떨한 얼굴로 고개를 끄덕였다. 태이가 눈가를 슬쩍 눌렀다.

"몰랐네."

"바쁜데 내가 괜히 같이 가자고 한 거 아니야?"

"아냐. 방학이라 강의도 없고, 다음 주부터나 작품 좀 만들어볼까 했거든."

지환이 고개를 끄덕였다. 차 안은 고요하다. 그저 엔진이 돌아가는 소리밖에 들리지 않는다. 이 차는 결혼을 하고 나서 윤 여사가 그를 위해 뽑아준 것이다. 아무리 차를 잘 만든다는 회사지만 역시 디젤 특유의 울림은 어쩔 수 없었다.

지환은 이 차를 받는 걸 무척이나 어려워했다. 그리고 자신이 차를 사겠다고 했지만 윤 여사는 '사위에게 주는 선물이니 그냥 받게.'라며 고민을 일축시켰다. 결국 지환은 더이상 아무 말도 하지 못하고 차 키를 받아들었다. 그때까지 그는 국산 준중형을 몰고 다녔다. 아마 그 차가 윤 여사는 무척이나 마음에 들지 않았을 것이다. 그것마저도 지환은 알아차린 듯했다.

"요즘도 작업실에서 늦게 와?"

"늘 그렇지 뭐."

"나도 새벽까지 야근할 때가 많은데 데리러 갈까?"

윤 여사에게서 무슨 언질이라도 받았나 싶을 정도였다. 하지만 윤 여사는 그녀의 이혼 후 지환을 거의 원수처럼 생각하니 그럴 리 없을 것이다. 한 이사장은 그녀가 그런 시간에 다닌다는 것을 모를 테고.

"우리 엄마가 그래?"

"장모님이 뭘?"

"아냐. 참, 우리 엄마 상대하기 좀 피곤했지?"

"장모님?"

두 사람은 이혼했다. 하지만 지환의 입에선 자연스럽게 장모님이라는 소리가 나온다. 태림이나 정아도 마찬가지였다. 자연스럽게 매제, 아주버님이라 하지 않던가. 하긴, 이제껏 그렇게 불러왔는데 대뜸 남 부르듯 유 변호사라 하기도 어색할 것이다.

"아무래도 좀 딱딱할 수 있는 사이라 그런 거지, 피곤하진 않았어."

"우리 엄마 딱 그 나이 대 푼수 아줌마예요. 그냥 지환 씨 앞에서 괜히 폼 잡은 거야. 근엄한 척하려고."

지환이 픽 웃었다. 그도 그 사실을 잘 알고 있는 듯했다. 하긴, 윤 여사는 얼굴에 고스란히 그 감정이 드러난다.

"정말 친어머니처럼 대하고 싶었어. 내가 많이 부족해서 그렇게 되지 못했지만."

태이가 고개를 끄덕였다. 지환에게는 엄마 대신 할머니가 있긴 했지만 아마 친엄마와는 다르긴 할 것이다.

"지환 씨 부모님은 어떤 분들이셨어?"

지환이 잠시 말없이 깜빡이를 넣더니 휴게소로 접어들었다. 아무래도 부모님에 대해 말하기 싫은 모양이다. 그럴 수도 있을 거라 생각하며 태이는 고개를 끄덕였다. 괜한 말을 꺼낸 것 같아 미안하기도 했다.

차에서 내린 두 사람은 주문한 아메리카노를 받아들었다. 태이가 바로 차로 돌아가려고 하자 지환이 말했다.

"많이 춥지 않으면 여기 앉아서 마시고 들어가자."

살짝 비가 오고 있어서인지 아침임에도 그렇게 춥진 않았다. 집에서 막 나왔을 땐 무척이나 추웠던 것 같은데. 분명 조금 전과 온도차는 크지 않을 텐데 왜 지금은 이리 또 다르게 느껴지는 걸까. 태이는 고개를 끄덕이고 테라스 테이블에 앉았다.

뚜껑을 열자 뜨거운 김이 모락모락 나는 새까만 커피가 보였다. 뜨거운 것을 잘 먹지 못해 잔을 두 손으로 쥐고 바라만 보는데 지환이 말했다.

"부모님 기억은 거의 없어."

"어?"

저도 모르게 고개를 들어 멍하니 지환을 보았다.

"어머니는 날 낳자마자 도망갔다고 했거든."

뭐라 할 말이 없어 태이는 그저 붕어처럼 입만 뻐끔거렸다. 하지만 지환은 전혀 아무렇지도 않은 표정이었다. 결혼을 할 때 지환이 윤 여사에게 그랬다, 어머니처럼 대하고 싶다고.

그때 윤 여사나 태이는 정말 입에 발린 소리인 줄로만 알았다. 하지만 지금은 알 수 있다. 지환은 진심이었던 것이다. 아까 차 안에서의 대화도 그냥 흘려들었는데.

윤 여사의 말을 그땐 스쳐지나듯 들었다. 유 서방은 최소

널 사랑하다가

일주일에 한 번 정도는 전화를 해주는데 넌 잔정머리가 없다며 윤 여사는 잔소리도 했었다. 그러고 보면 대체 그는 일주일마다 전화를 해 무슨 이야기를 했던 것일까. 새삼 그게 궁금해졌다.

지환은 그렇게 말주변이 좋은 것 같지는 않았다. 물론 변호사이니 법정에서는 다르겠지만. 보통 밖에서 말을 많이 하면 집에 와선 하지 않는 사람들이 많다고 했다. 왠지 지환에게 윤 여사와 무슨 대화를 했냐 물어보기가 쑥스러웠다. 그래서 태이는 고개만 끄덕였다.

"내가 괜한 걸 물었나 봐."

"아냐. 오히려 처음엔 물어보지 않아서 의아하긴 했었어."

"의아해?"

"대부분 부모님에 대해 묻잖아."

태이가 고개를 갸우뚱거렸다. 그런 태이의 모습에 지환이 낮은 웃음소리를 흘리며 커피를 한 모금 마셨다.

"돌아가셨다고 하면 어떻게 돌아가셨냐고 하고."

"아아."

"두 분은 억지로 결혼하셨던 모양이야. 아니, 최소한 어머니 쪽에서는. 사실 아버지가 내 친아버지인지 아닌지도 몰라."

태이가 낮은 신음을 흘렸다.

"주변에선 내가 다 아버지와 닮지 않았다면서 유전자 검사를 하자고 했거든."

"했어?"

지환이 고개를 저었다.

"아버지가 거절하셨다고 들었어."

왜 지환의 아버지가 거절을 했는지 태이는 알 것 같았다.

"지환 씨 아버지, 두려우셨나 봐."

"그런 것 같아. 나마저 당신 아들이 아니면 무너질 것 같으셨는지. 아버진 어머니를 사랑하셨던 것 같기도 해."

왠지 그 말이 무척이나 씁쓸하게 들린다.

"우리 부모님도 정략인데, 뭘."

의외였는지 지환의 짙은 눈썹이 치켜올라갔다. 정말 상상도 못 했다는 듯한 지환의 얼굴에 웃음이 나올 뻔했다.

"몰랐어?"

"전혀."

"이쪽 다 그래. 오빠 낳기 전까진 꽤 싸우셨다나 봐. 뭐, 지금은 잉꼬부부지만. 그래서인지 부모님은 우리 남매 결혼은 그렇게 시키고 싶지 않으셨나 봐."

"아, 형님이 연애결혼이라고 하셨지."

지환은 태림을 떠올리며 고개를 끄덕였다. 태림은 정아를 처음 만났을 때 꼭 새하얀 달을 마주한 느낌이라고 했었다. 그렇게 첫눈에 반해버렸다면서 무조건 쫓아다녔건만 거절당했다고 했다. 태어나 처음으로 볼이 파일 만큼 살도 빠졌다고 했다. 자신은 처음 태이를 보았을 때 어떤 생각을 했었더라…….

"우리 오빠가 그런 소릴 했어?"

"음, 꼭 새하얗고 커다란 달을 마주한 느낌이었다고."

"뭐야, 생각보다 로맨틱한 구석도 있었네."

정아는 처음 태림을 보았을 때 좀 재수가 없었다고 했었는데. 태림은 그 사실을 알고 있는 걸까?

"왜 웃어?"

"아, 새언니는 오빠 처음에 보고 재수 없었다고 했거든."

"그래?"

재밌는 이야기라는 듯 지환의 입가에 미소가 걸렸다.

"오빠가 커피를 쏟았는데 그게 치마에 튀었다나 봐. 사과도 하지 않고 쳐다보고만 있어서 재수 없었대. 알고 보니 오빠가 반해서 그랬나 보네."

"한태이는."

"나?"

"그런 사람 없었어?"

어쩐지 지환의 목소리가 조심스레 들렸다.

태이는 고개를 숙여 커피를 보았다. 이제 김이 많이 올라오지 않는다. 잔을 들어 한 모금 마시니 미지근할 정도로 식어 있었다. 태이는 열어두었던 뚜껑을 닫고 자리에서 일어났다.

"이만 출발해."

지환은 똑똑한 남자다. 더 이상 대화를 하고 싶지 않다는 그녀의 뜻을 알아듣고 의자에서 일어나 차가 있는 쪽으로 걸었다. 자리에 앉아 벨트를 매고 차가 움직이기 시작하자 태이는 눈을 감았다.

운전하는 사람 옆에 앉아 잠자는 건 예의가 아니라는 것을 잘 알고 있다. 하지만 지금은 대화를 하고 싶지 않다. 지환도 그것을 알아채고 라디오를 켰다.

– 겨울에 추적추적 비가 내려서 그런가요? 왠지 더욱 서글퍼지는 하루가 될 것 같습니다. 사실 두 달 전 이별을 했거든요. 제가 그 사람을 사랑하는지 아닌지 헷갈려서 이별을 선택했습니다. 그런데 지금은 그 사람이 많이 보고 싶어요. 사실 오늘이 같이 제주도를 같이 가기로 한 날이었는데 혼자 다녀와야 할 것 같습니다.

라디오 DJ의 나긋나긋한 목소리가 귓가를 울렸다. 지환은 그 사연에 저도 모르게 집중했다.

두 달 전 이별을 한 연인, 두 달 전 이혼을 한 부부.

다른 점이 있다면 사연의 주인공은 혼자 약속했던 여행을 간다는 것이고, 두 사람은 함께 여행을 간다는 것이었다. 곧 사연이 마무리되고 잔잔한 음악이 흘러나오기 시작했다.

이별 노래는 역시 듣기가 힘들다. 가사내용이 자신의 마음과 닮은 것 같다. 하루만큼의 추억을 붙잡아보고 싶어

널 사랑하다가

서 결국 애원하고 있지 않은가. 그 하루의 기억이 더 애틋해질지, 아파질지는 모르지만 그저 지금은 마음 가는 대로 움직이고 싶었다. 후회는 더 하고 싶지 않다.

핸들을 쥔 지환의 손등에 뼈가 하얗게 도드라졌다.

     🍂 🍁 🍃 🍂 🍃

영광에 도착한 건 1시가 조금 넘은 시각이었다. 법성포까지 들어간 두 사람은 눈에 보이는 밥집으로 들어가 굴비정식 한 상을 시켰다. 순식간에 갖가지 음식이 놓였다. 홍어삼합에 굴비구이, 고추장굴비는 물론 보리굴비도 나와 직원이 먹기 좋게 찢어주었다.

"조기 찌개는 조금 졸아들면 드시면 돼요."

"고맙습니다."

배가 고프단 생각은 하지 못했는데 이렇게 먹음직스러운 음식이 앞에 차려지자 시장기가 몰려왔다. 서둘러 젓가락을 집어 드는데 지환이 가오리찜 살코기를 크게 떼어 태이의 앞접시에 올려주었다.

"먹자."

태이가 고개를 끄덕였다. 가오리찜은 그녀가 좋아하는 요리로 한 번씩 윤 여사가 참 특이한 입맛이라며 만들어주곤 했었다. 그것을 지환이 기억하고 있는 것일까? 커다란 살코기를 입에 집어넣자 부드럽고 코를 쏘는 맛이 느껴졌다.

"이거 좀 더 달라고 할까?"

"아냐, 다른 거 먹을 거 많은데 뭘. 괜찮아."

고개를 끄덕인 지환도 그때부터 식사를 시작했다. 거의 쉬지도 않고 내려왔지만 중간에 사고구간이 있어 차가 밀렸다. 휴게소를 막 출발했을 때의 어색한 분위기는 다행히도 사라지고 없었다.

밥을 먹다 말고 태이는 가만히 지환이 먹는 모습을 보았다. 전부터 지환은 젓가락질을 참 깔끔하게 한다 싶었다. 젓가락질을 하는 자세 자체가 단정한 느낌이 들었다.

태이 자신이 젓가락질을 잘 못해서 그렇게 보일지도 모른다. 그녀는 젓가락을 중지와 약지 사이에 끼고 사용했다. 사람들은 그녀의 특이한 젓가락질을 보고 어떻게 그렇게 할 수 있냐며 신기해했다. 그러고 보니 지환은 딱히 그녀의 젓가락질에 대해 지적한 적 없다.

지환은 조기 찌개가 다 끓자 불을 줄이고 자신 몫의 국만 떴다. 그녀가 이런 찌개 종류를 먹지 않는 것을 잘 알고 있는 듯했다. 그가 밥 한 공기와 보리굴비를 추가로 주문하니 인심이 좋은 주인은 다 먹은 반찬 몇 가지도 추가로 채워주었다.

"지환 씨는 내 입맛을 잘 아네."

그 말에 새 밥뚜껑을 열던 지환이 행동을 멈췄다.

"자주 같이 밥 먹었잖아."

널 사랑하다가

대수롭지 않게 말한 지환이 다시 밥을 먹기 시작했다. 반찬들이 제법 입에 잘 맞는 모양이다. 저렇게 밥을 더 주문해서 먹었던 적은 없었던 것 같았다. 하긴, 태이도 아직 위염 증상이 다 낫지 않았는데 감칠맛에 밥 한 공기를 다 비워냈지 않은가.

함께 살 때 식사 준비를 한 사람은 거의 지환이었다. 음식 솜씨도 그렇고 정리정돈도 그가 훨씬 잘했기 때문이다. 딱히 바쁘지 않은 날이면 지환은 제법 갖가지 요리를 해서 밥상을 차렸다.

식사를 마친 태이는 후식으로 나온 모시잎 송편 하나를 한입 베어물고는 보리굴비의 잔가시를 발라내어 지환의 밥에 올려주었다. 지환의 시선이 그녀의 손을 따라갔다.

"내가 예전에 생선 가시 걸려서 고생 좀 해봤었거든."

"병원 안 갔어?"

"너무 늦어서. 민간요법으로 밥 한 덩이를 크게 꿀꺽 삼키면 된다고 해서 했다가 배만 불러서 혼났었어."

"결국 어떻게 했는데?"

"응급실 갔지, 뭐."

지환이 픽 웃었다. 확실히 생선을 좋아하긴 했지만 어릴 땐 가시를 잘 바르지 못했다. 그래서 살코기가 많은 생선 위주로 먹었는데 그래도 한 번씩 목에 걸리는 건 어쩔 수 없었다.

"모시잎 송편도 맛있네."

"올라갈 때 사가자."

"살 거 좀 많아. 굴비도 사야 하고, 고추장굴비도 사야 하고. 지환 씨도 고추장굴비에 밥 먹어. 생선 굽는 거 좀 힘들잖아."

지환은 되도록 집에서 끼니를 챙겨먹으려고 하는 타입이다. 덕분에 그녀도 지환과 살 때 제법 건강해졌던 것 같기도 하다. 그땐 누구에게서나 얼굴이 좋아 보인다는 소리를 들었었다.

"그러고 보니 지환 씨가 해줬던 떡볶이 맛있었는데."

"떡볶이?"

"당면 넣은 거. 난 떡볶이 진짜 못 만들거든."

"그래, 간장 밋도 고추장 맛도 아니었던 그 떡볶이."

어느 날 저녁에 출출해서 뭐 먹을 게 없나 부엌을 어슬렁거렸었다. 마침 떡과 어묵이 있어서 나름대로 레시피를 찾아 만들었는데 정말 간장과 고추장 맛밖에 나지 않았다. 그때 서재에서 나온 지환이 한입 맛보더니 순식간에 근사한 떡볶이로 만들어주었었다.

"오늘 야식으로 먹자."

"야식?"

"펜션이니까 재료만 사서 가면 될 것 같아."

고개를 끄덕였다. 지환이 해준 떡볶이를 먹으며 장사를 해도 좋은 솜씨라고 했었다. 태이 자신은 어렸을 때 꿈이 분식집 사장이었지만 요리에 도무지 자신이 없어 포기했

널 사랑하다가

다고도 말했다.

어쨌거나 지환이 만든 떡볶이는 무척이나 맛있어서 한 달에 두어 번은 먹었었다.

"만들어주면 나야 고맙지. 지환 씨가 만드는 거 유심히 보고 나서 나도 만들어봤는데 진짜 맛없더라."

"우리 할머니 비법이야."

"할머니가 떡볶이도 만들 줄 아셨어?"

"분식집 하셨었거든."

"그럼 오늘 좀 가르쳐줄래?"

지환이 젓가락을 놓았다. 밥은 아직 반 공기 넘게 남아 있었다. 하지만 이제 배가 부른가 보다.

"먹고 싶을 때면 전화해."

"어?"

"가서 만들어줄게."

지환이 계산을 마치고 신발장 앞으로 걸어갔다. 태이의 새하얀 운동화를 신기 편하게 꺼내놓고 문을 열어 잡아주었다. 태이는 말없이 신을 신고 지환의 뒤를 따랐다. 식당 바로 맞은편에 있는 커피 전문점으로 들어가 따뜻한 레몬 티를 주문했다. 지환 역시 같은 것을 시키며 아식 손에 들고 있는 카드를 내밀었다. 태이는 그저 물끄러미 지환을 바라보았다.

"진동벨 울려드릴게요."

직원이 건네는 벨과 카드를 받아든 지환이 움직이려다 말고 태이를 보았다.

"가서 앉자."

고개를 끄덕였다. 오늘따라 지환은 평소와 다른 느낌이 났다. 아니, 평소의 지환은 어떤 남자였더라. 헤어진 지 오래되지 않았는데 이상하게도 기억이 잘 나질 않는다. 벨이 울리자 지환은 자리에서 일어나 잔만 들고서 걸어왔다.

"날이 그렇게 춥진 않은 것 같은데, 해안도로 보면서 마실까?"

"그래."

애초에 백수해안도로를 보기 위해 출발한 게 아니었던
가. 태이의 목적은 그러했다. 그렇다면 지환에게 이 여행
의 목적은 무엇일까? 문득 궁금증이 일었지만 묻지 않기로
결정했다.

지환의 차는 순식간에 구불구불하고 높은 해안도로를
달리기 시작했다. 평일이라서 그런지 차량통행은 거의 없
는 편이었다. 주말엔 기어다닐 정도로 차가 많다고 들었
다. 워낙 유명 관광지다 보니 주차를 할 수 있는 공간이 쭉
이어져 있었다. 지환도 주차를 하고 시동을 껐다.

레몬티는 아직도 뜨거울 정도였다. 차에서 내린 태이는
두 손으로 잔을 꼭 쥐고 난간에 팔을 걸쳐 몸을 기댄 채 바
다를 보았다. 서해는 투명하지 않다. 하지만 높이 쳐서 하
얗게 부서지는 파도와 회색 바닷물은 또 다른 인상을 주었
다.

겨울이지만 바람이 많이 불지 않았고, 많이 춥지도 않았
다. 다만 하늘은 하루 종일 어두웠다. 게다가 지금은 점점
구름이 몰려오는 중이다.

훅, 향기가 밀려온다. 바람이 오른쪽에서 왼쪽으로 오는
모양이었다. 지환은 특별한 향수를 쓰지 않았다. 하지만
쓰는 스킨 향이 짙어서인지 향수처럼 느껴졌다. 어떻게 느
끼면 시원하고, 다르게 느끼면 차가운 향이었다. 꼭 한겨

울 안으로 들어와 있는 것처럼 느껴졌다.

고개를 돌려 지환의 옆모습을 보았다. 반듯한 이마나 곧게 솟은 콧대, 살짝 각이 진 턱선을 가지고 있어 곱상한 이목구비와 다르게 잘생긴 얼굴이었다. 입을 꾹 다물고 있으면 무척이나 고집이 강한 사람처럼 보였다.

턱에 각이 없었다면 아마 지환은 어릴 적 여자로 오해받았을지도 모르겠다. 그리고 보니 지환의 어린 시절 모습은 한 번도 보지 못했다. 서재 어딘가에 낡은 앨범이 꽂혀 있었던 것 같기도 한데.

시선을 느낀 것인지 지환이 고개를 돌렸다. 그녀가 추워한다고 생각한 모양인지 잔을 난간에 놓고는 자신이 두르고 있던 머플러를 풀어 그녀의 목에 둘러주었다. 그리고 찬바람이 들어가지 않게 잘 여며주었다.

"그렇게 춥지 않은데."

"목이 길어서 그런지, 추워 보여."

참 옷 입는 센스가 없는 사람이다. 터틀넥을 입고 있었으면서 머플러까지 하고 왔다니. 하지만 태이는 그저 고개만 끄덕였다. 지환의 손은 그녀의 가슴 앞에서 떠나지 못하고 있었다. 그러다 이내 점퍼의 지퍼를 채워주었다.

지금 태이가 입은 점퍼는 무척이나 두꺼워서 지퍼를 잘 채우지 않고 다녔다. 갑갑하기 때문이었는데 그냥 유난히 손이 자주 가는 옷이라 오늘도 무의식중에 입고 나왔다.

"지환 씨."

지환이 그녀의 옷매무새를 확인하며 대충 고개를 끄덕였다.

"내일 여기 또 오자."

"여기?"

"응. 전에도 여기 하루에 한 번씩 들렀어. 두 번 올 때도 있었고."

"얼마나 머물렀었는데?"

"닷새?"

"혼자?"

태이가 고개를 저었다.

"친구들. 친구들은 이틀 있다가 갔고 난 더 머물렀어."

"혼자서?"

"아니, 오빠가 왔어."

"형님?"

"응. 우리 오빠."

그리고 승혁이 왔다. 여자 혼자서는 위험하다면서 승혁이 밤에 직접 운전을 해서 내려왔다. 태림 역시 둘만 있게 할 수는 없다면서 따라왔고.

"사이좋은 남매라서 부러웠어."

지환이 다시 몸을 똑바로 하고 바다를 향했다. 태이는 물끄러미 지환을 바라보았다. 지환은 혼자였다. 그래서 결혼 생활을 할 때 윤 여사가 말도 안 되는 핑계로 불러들여도 아무 불평도 하지 않았다. 아니, 오히려 신혼집보다 성북동으로 가서 자는 것을 좋아했던 것 같기도 하다.

"난 혼자니까."

그 목소리엔 외로움이 묻어 있다. 태이는 고개를 내려 지환의 손을 보았다. 지환의 손은 무척이나 크고 마디가 굵다. 얼굴과 다르게 못생긴 손은 그의 고단했던 삶의 흔적을 보여주는 것 같았다. 태이의 시선을 느낀 것인지 지환은 자신의 손을 맞잡으며 괜히 엄지로 손등을 쓸어내렸다.

"지환 씬 손이 못생겼더라."

"그러게."

"원래 그랬어?"

"그랬던 것 같기도 하고. 아닌 것 같기도 하고."

히긴 자신의 손에 관심을 갖는 남자는 드물 것이다. 태이도 자신의 손을 물끄러미 바라보았다. 조각칼을 잡을 때가 많아 손가락 사이에 굳은살이 박여 있다. 손을 써야 할 일이 많아서 네일아트 같은 것은 꿈도 꾸지 못한다.

"아버지가 어부였거든."

지환의 아버지가 어부였을 거라고는 전혀 생각을 해보지 못했다. 태이는 반사적으로 고개를 끄덕였다.

"뱃일이 원래 고되고 힘들어. 아버질 도와야 하니까 나도 그물을 많이 잡았었어. 그래서 거칠어졌나 봐."

"낚시도 할 줄 알겠네."

"낚시 좋아해?"

"아니, 예전에 알던 사람이 좋아했어. 난 싫어해."

그녀는 낚시를 싫어했다. 그 낚시로 인해 승혁을 잃었다. 승혁은 왜 그 차가운 바닷물에 안전장치도 없이 들어갔던 것일까. 죽으려고 바다에 뛰어들었던 사람을 살리고 승혁은 대신 죽었다.

"예전엔 바다도 굉장히 좋아했거든. 그런데 이젠 그렇게까지 좋아하지 않아."

"나도 바다가 싫어졌어. 한태이 덕분에 정말 오랜만에 바다 보는 거야."

"지환 씬 왜 바다가 싫어졌어?"

"바다가 아버질 집어삼켰거든."

숨이 턱, 막혔다.

차로 한 번 더 해안가를 돌고는 해가 뉘엿뉘엿 지는 것까지 두 사람은 말없이 보았다. 그리고 읍내에 있는 마트로 들어섰다. 지환은 카트를 끌며 재료들을 하나하나 넣기 시작했다. 오늘 저녁에 먹을 고기부터 밤에 만들어 먹을 떡볶이까지. 신중하게 재료를 살피는 지환을 보다가 태이는 웃고 말았다. 그녀의 웃음소리에 지환이 장 보기를 멈추고 고개를 돌렸다.

"왜?"

"그러고 보니까 처음인 것 같아서."

"뭐가?"

"우리 같이 장 보는 거."

그 말에 지환이 아, 소리를 내며 고개를 끄덕였다. 결혼 생활 중 냉장고를 채워 넣어둔 사람이 윤 여사인 줄 알았다. 이혼을 하기 일주일 전 지환이 양손 가득 짐을 들고 와 냉장고를 채우는 것을 보고서야 오해가 풀렸다. 나중에 말하자 윤 여사는 '내가 왜 남의 집 냉장고까지 신경을 쓰니.'라며 혀를 찼다.

"난 우리 엄마가 냉장고 가득 채워 넣는 줄 알았거든."

"그랬을 수도 있지."

"생각해보니까 처음엔 내가 안 마시는 주스 종류들이 있었어. 어느 날부터는 또 야채주스들이 가득하고."

"가만 보면 편식이 심하더라."

무심히 말하며 지환이 고춧가루를 카드에 넣었다. 그녀는 맛에 크게 까다로운 편은 아니었다. 그냥 야채류를 즐기지 않을 뿐이었다. 특히 당근을 무척이나 싫어했는데 어느 날부터 지환이 만들어주는 음식엔 그 재료가 빠지고 없었다. 그리고 이제야 깨달았다.

외식을 하게 되거나 성북동으로 가서 밥을 먹게 되면 지환은 먼저 반찬 위에 있는 당근부터 먹어주었다.

"당근만 안 먹는 건데……."

"당근만? 물에 빠진 고기 종류도 일절 손 안 대던데."

"그런 건 냄새가 심해. 못 먹는 게 아니고 피하는 거야."

"난 좋아해, 그런 종류."

그렇게 말한 지환이 카트를 끌고 앞으로 걸어가기 시작

널 사랑하다가

했다. 지환은 김치찌개를 끓여도 돼지고기를 넣지 않았다. 유일하게 태이가 먹는 참치 캔을 넣었고, 된장찌개에도 차돌박이 같은 것을 넣지 않았다.

윤 여사가 삼계탕과 갈비탕을 잔뜩 만들어주었던 어느 날이 생각났다. 일절 그런 것을 먹지 않는 태이는 평소처럼 딱히 반찬 투정을 하지 않고 그냥 반찬에 밥을 먹었지만 지환은 그것을 잘 비워내었다.

두 사람은 아예 식성이 다르다. 하지만 지난 1년간, 지환은 태이에게 모든 것을 맞춰주었다. 태이는 그 자리에 멈춰 선 채 지환의 뒷모습을 물끄러미 바라보았다.

누군가의 뒷모습을 지켜보는 건 익숙하지 않다. 지환은 장을 보는 데 능숙했지만 꼭 공부를 하는 사람 같기도 했다. 그러다 문득 주변을 두리번거리기 시작했다. 옆에 있어야 할 태이가 있지 않기 때문이다. 그 자리에 우두커니 서 있는 태이에게 지환이 다가왔다.

"뭐 다른 먹고 싶은 거라도 있어?"

"아니, 지금도 많이 산 것 같은데?"

"내일까지 먹으려면 아무래도."

카트의 절반 가까이 식료품이 가득 찼다. 지환도 그걸 보고 너무 많이 샀다고 생각한 모양이다.

"남으면 가져가도 되니까."

"참, 지환 씨."

지환이 태이를 보았다.

"그러고 보니 어디서 지내고 있어?"

지환은 예전에 살던 집을 결혼하면서 팔았다고 했다. 미주의 집에서 지내는 것일까? 하지만 지환은 미주와 연애를 하는 것이 아니라고 했다. 괜한 것을 물은 걸까?

처음 보았을 때부터 지환의 분위기가 어둡다고 생각했다. 경직되었다고 하기엔 뭣하고 묵직한 사람이란 생각을 했었다. 군더더기 있는 말은 하지도 않는다.

"아냐, 말하지 않아도……."

"사촌동생 집."

"아……."

두 사람의 결혼식에 유일하게 참석한 지환의 식구들을 알고 있다. 논산에 살고 있다는 고모님 식구들이었다. 앳된 모습을 하고 있던 그 남동생도 기억이 났다.

"정확히는 그 녀석 자취방에 있어. 나도 곧 방 하나 얻어야지."

"자취방?"

"지금 군대 가 있거든."

"고모님 우리……."

"모르셔, 아직."

가슴이 묵직해진다. 지환은 고모와도, 사촌동생과도 닮지 않았다. 닮은 건 피부 색 정도일까.

결혼식 날 고모님은 참 많은 눈물을 흘리셨다. 기쁨의 눈물이라는 것을 태이도 알 수 있었다. 그러고 보니 자신은

넔 사랑하다가

결혼식 날 어땠더라. 웃지도, 울지도 않았다. 그저 한 이사장의 손을 잡고서 걸어 들어갔고, 다가온 지환의 손을 잡았다.

"곧 해가 바뀌는 건 알아?"

무슨 뜻이냐는 듯한 얼굴로 지환이 태이를 보았다.

"나 추석 때 논산 갔었어."

지환이 곧 고개를 끄덕였다. 갑작스러운 일이 터지는 바람에 지환은 같이 내려가지 못했다. 그래서 태이는 혼자 갔다. 물론 자고 오지는 못했다. 윤 여사가 가득 싸준 음식들을 건네드리고 왔을 뿐이었다.

"이번 설엔 어쩔 생각이야?"

"혼자 가야지."

"그때 말하려고?"

"어쩔 수 없잖아."

낮은 목소리로 답한 지환이 카트를 계산대 쪽으로 끌고 갔다. 지환의 고모는 소박하고 좋은 분이다. 아무리 지환이 처진다 하더라도 예단은 똑바로 하고 싶다며 윤 여사는 두 사람에게 짐을 잔뜩 맡겼었다. 고모님은 명품이 뭔지도 몰랐고 오히려 이런 걸 받아도 되냐며 눈물을 글썽이셨다.

물론 나중에 전화로 듣긴 했다. 이렇게 비싼 물건이었더라면 시장 같은 데 들고 가지 않았을 거라고. 그때 태이는 다음에 더 좋은 걸로 사드릴 테니 많이 들고 다니시라 대답했다. 왠지 무엇인가가 울컥 솟아오를 것 같아 태이는 눈가에 힘을 주었다.

○ ○ ○ ○ ○

지환이 빌린 펜션의 주인은 은퇴를 하고 막 사업을 시작한 듯했다. 친절하고 정감이 있었으며 따뜻했다.

"오메, 이런 건 오믄 다 그냥 줘쓸 거신디. 전화 좀 해보지 그랬소."

"그럼 이건 사장님 내외분이 드시고 좀 나눠주시겠습니까?"

"우리는 고추장 담가 먹는당게. 서울 사람들 입맛에 맞을랑가 모르갓는디."

"괜찮습니다."

"그거슨 그냥 서울 올라갈 때 가져가시오. 내가 가서 좀 가지고 올랑게 좀만 기달려봐요. 종화 아빠, 여기 언능 숯불 피워드리랑께."

"지금 가고 있시야. 아따, 거 사람. 승질은 드럽게 급하당게."

바비큐를 할 숯불이 가까이 다가오자 순식간에 따뜻해졌다. 펜션의 안주인은 쌈장부터 된장, 고추장, 고춧가루와 설탕, 심지어 다진 마늘까지 곧바로 가져다주고는 모자라면 말하라며 옆 동으로 옮겨갔다. 오늘은 평일임에도 펜션에 묵는 사람들이 많은가 보다. 주인 내외는 무척이나 바쁘게 움직였다.

불판에 열이 올라오자 지환은 삼겹살과 새우, 전복을 올렸다.

"난 들어가서 야채 좀 씻어 올게."

"그럴래?"

고개를 끄덕인 태이는 재빨리 펜션 안으로 들어갔다. 점퍼를 벗은 뒤 팔을 걷어붙이고 상추와 깻잎을 꺼내 씻었다. 그때 주머니에 든 휴대전화가 울려 허벅지에 대충 물기를 닦아내고 전화를 받았다.

"여보세요?"

─ 어디니?

"새언니?"

─ 영광 도착했음 전화를 해야지.

"옆에 오빠 없어?"

─ 있음 내가 전화했겠어?

"지금 펜션이야. 나는 상추 씻고 있고."

─ 장족의 발전이다. 씻을 줄은 아니?

"왜 몰라. 흐르는 물에 씻는 거 아니야? 나 바보 아니거든?"

─ 아주버님은?

"밖에서 고기 굽고 있어."

어깨로 휴대전화를 받친 뒤, 마저 상추를 씻기 시작했다. 차가운 물에 씻느라 손가락이 시려서 저도 모르게 호호, 입김을 불었다.

─ 눈 안 와?

"눈? 전혀."

─ 이쪽은 눈이 좀 오기 시작했거든. 강원도 쪽으론 폭설 경보 내렸고.

"이쪽은 남쪽이라 괜찮을 것 같아."

─ 펜션은? 방 하나야?

그 말에 태이가 씻던 것을 멈추고 주위를 둘러보았다. 펜션은 복층으로 이루어져 있었다. 계단을 올라가면 아마 침대가 하나 있을 것이다. 그래도 침구가 더 있겠지 생각했다.

"방 있어."

분명 빙이 없냐고 하년 성아는 노발대발할 것이다. 그래서 태이는 선의의 거짓말을 하기로 했다.

─ 재밌게, 조심히 잘 놀다 오라고.

"그럴게."

─ 올 때 고추장굴비 부탁해.

"용건이 그거였구나?"

─ 굴비도 사다 주면 더 좋고.

"알겠습니다. 배 속에 있는 우리 조카 먹이려면 이 고모가 많이 사가야죠. 끊을게. 밖에 지환 씨 기다리겠어."

서둘러 전화를 끊고 야채를 쟁반에 받쳐 밖으로 나갔다. 이미 다 구워진 것인지 지환은 삼겹살을 먹기 좋게 자르고 테이블로 옮긴 뒤였다. 집게와 가위를 내려놓고 태이에게서 쟁반을 받은 지환이 웃었다.

"왜 웃어?"

왜 지환이 웃었는지 바로 알게 되었다. 털지도 않고 가져
오느라 쟁반엔 물이 흥건했다. 지환은 야채를 한 손에 잡
고 탈탈 털어내었다. 왠지 민망했다.

"씻어두면 물이 그냥 빠지는 줄 알았어."

"앉아. 먹자."

지환은 전복 입을 떼어낸 뒤 반으로 잘라 그녀의 접시에
놓아주었다. 태이는 그것을 초장에 찍어 입으로 가져갔다.

"맛있어?"

"응, 지환 씨도 빨리 먹어."

지환은 전복 손질을 다 끝낸 뒤에야 입으로 가져갔다. 그
때 정아의 말처럼 눈이 오기 시작했다. 많이 오는 것은 아
니었고 한두 송이씩 흩날리기 시작했다. 눈이 오려 날씨가
약간 포근했던 모양이다.

"첫눈이네."

그 말에 지환이 고개를 들고 하늘을 보았다.

"그러고 보니 우리 결혼하던 날도 눈 왔었지 않아?"

작년이었다. 첫눈이 이르다면서 사람들은 모두 두 사람
이 잘 살 거라고 축하해주었다. 지환은 바빴고 신혼여행은
2박 3일로 짧게 제주로 다녀왔다. 윤 여사는 신혼여행인데
제주도가 뭐냐며 분통을 터트렸지만 태이는 어차피 나가
봤자 그게 그거라며 오히려 피곤하지 않아서 좋다고 했다.

"제주도도 눈 너무 많이 와서 우리 계속 별장에 있었잖아."

"실망하진 않았어?"

"실망?"

"신혼여행 제주로 가서."

"제주나 외국이나. 나 비행기 오래 타는 거 안 좋아해. 지환 씨는?"

"외국 나가보지 못했어."

지환은 별것 아니라는 투로 말했고 태이는 약간 당황했다.

"어? 가끔씩 실무수습 같은 거 나가는 거 아니야?"

"해외내체실무수습은 개개인 선택의 문세라 비용은 개인이 부담해야 하거든."

태이는 짧게 감탄사를 뱉었다. 그런 것까지는 몰랐다. 누군가가 2개월간 해외에서 시보를 하게 되었다고 대충 들은 적만 있었다. 그래서 사법연수원생들은 무조건 해외체류 경험이 있는 줄로 알고 있었다.

"연수원 지원이 있는 줄 알았어."

지환이 가볍게 고개를 저었다.

"그럴 줄 알았으면 해외로 갈 걸 그랬다. 그런데 그땐 지환 씨가 바빴지."

"아냐, 나는 상관없었어. 여자들은 대체로 신혼여행을 기대한다고 하기에."

"남자들도 기대한다던데?"

"그런가?"

"지환 씬 전혀 기대 안 했나 봐."

대답이 없는 지환을 바라보았다. 그래, 지환이 기대를 했을 리가 없다. 한 이사장의 강압에 가까운 추진으로 성사된 결혼이니 말이다.

"그래도 지환 씨와 결혼한 게 다행이었어."

"다행?"

"남자들 좋아하는 여자 아니라도 잘 수 있다며."

지환의 한쪽 눈썹이 치켜올라갔다.

"여자는?"

"다른 여자들은 모르겠지만 난 잘 수 있다고 생각했어."

지환은 말없이 태이를 바라보았다.

"우린 결혼한 거였잖아. 아니, 잘못되었네. 난 결혼을 했지만 지환 씬 도살장에 끌려온 거였지."

"한태이. 그래서, 안지 않았던 거 아니야."

주먹이 하얗게 질릴 정도로 힘을 주는 것이 보였다.

"거부는 한태이가 했어."

정적이 내려앉았다. 파도가 잔잔한지 바로 앞이 바다임에도 고요했다. 먼 거리에서 다른 팀들이 떠드는 소리만이 간간이 들려왔다. 태이는 말이 나오지 않고 그때의 일이 떠오르지 않아 그저 그를 보고 있기만 했다. 그 시선이 부담스러웠던지 먼저 고개를 돌린 건 지환이었다.

태이는 젓가락을 놓고는 음료수를 마신 뒤, 한숨을 내쉬었다. 그 소리에 지환이 다시 태이를 바라보았다. 이번엔 태이가 시선을 피했다.

"그런 미안한 표정 지을 거 없어."

"나는…….."

"기억 못 할 거 아니까."

무슨 뜻이냐는 얼굴로 지환을 보았다. 지환은 음료수를 한 모금 마시고 내려놓으며 고개를 저었다.

"그냥 지금처럼 있어."

"무슨 뜻이야?"

"한태이는 나에 대해 아는 게 하나도 없으니까. 우린 어차피 이혼했고 너 이상 관심 가질 필요 없다는 뜻이야."

태이의 얼굴이 살짝 굳었다. 하지만 지환은 그런 태이를 보지 않고 고기를 굽는 데 열중했다.

"지환 씨는 가끔씩 참 말을 정떨어지게 할 때가 있어."

"내가?"

지환은 믿지 못하겠다는 얼굴로 되물었다. 태이는 울컥 튀어나오려는 말을 삼키며 지환이 마시려고 내려둔 맥주를 가져와 한꺼번에 비워내었다. 빈 캔을 손으로 우지끈 구기자 지환이 테이블 아래로 두었던 캔을 들어 건네주었다. 태이는 맥주를 받아들어 다시 한 모금을 마셨다.

"한태이도 그러잖아."

아마 지환은 그렇게 느꼈을지도 모르겠다. 그래서 태이

도 아무 말 없이 팔짱을 낀 채로 지환을 바라보았다. 지환 역시 들고 있던 도구를 내려놓고 편하게 등을 기댄 채 태이를 보았다.

"그러게. 나도 지환 씨에게 그런 식으로 말했나 보네."

"냉정하게 말할 생각은 없었어. 장모님도 네 재혼에 적극적이시고 그러니까. 어차피 나란 존재는 네게 불필요하잖아."

"내가 지환 씨 인생에서 불필요한 존재인 것처럼?"

팔짱을 끼고 있는 지환의 긴 손가락이 팔뚝을 툭툭 두드린다. 태이는 그런 지환의 손가락을 뚫어지게 바라보았다. 지환은 대화하기를 포기한 사람처럼 음료수를 마저 마시고 낮은 한숨을 뱉었다.

"지환 씨."

"말해."

"손바닥에 있는 그 상처, 뭐야?"

그 말에 지환이 손바닥을 펴서 들여다보았다. 사실 약혼식 날 궁금했었다. 손을 잡고 시계를 채워주는데 지환의 손바닥을 만지게 되었다. 손바닥에 그렇게 길게 칼자국처럼 상처가 있는 건 흔치 않은 일이라 차마 묻지 못했다.

"돈 때문에 일이 있었어."

"돈?"

고개를 끄덕이며 이번엔 지환이 태이의 맥주를 가져갔다. 그리고 잠시 고민하는 듯하더니 마시지 않고 그냥 내려놓았다.

"아버지가 돌아가신 지 얼마 되지 않아 빚 독촉하러 사람들이 쫓아왔거든. 그런데 아무리 내가 학생이라도 증거 하나 없이 그러는 사람들이 이상한 거야. 그때 나는 기숙사에 있었을 때라 나중에야 알게 된 거지. 할머니가 집까지 파시고 월세방으로 들어가신 걸."

"그래서?"

"되돌려받을 수가 없더라고, 그때는. 쫓아갔는데 장정 몇이 덤비는 판에 내가 당해낼 수 있었겠어? 넘어졌는데 하필 나무 조각이 세워진 자리였어. 나무가 그대로 손바닥에 박히며 파고들었고. 그래도 이장님은 양심은 있었는지 수술비민 몰래 대주고 가셨지."

이야기를 듣는데 이상하게 자신의 손바닥이 욱신거리는 느낌이 들어 태이는 저도 모르게 주먹을 꽉 쥐었다. 왜 그때의 지환이 느꼈을 고통이 전염되는 것처럼 느껴지는 것일까. 코끝이 시큰거려왔다.

"그래서 변호사가 됐어?"

"법을 알아서 나쁠 건 없을 것 같았거든."

"찾아갔어?"

"웃긴 게, 내가 사법시험 1차에 붙었다고 소문이 나자마자 할머니에게 다들 돈을 들고 찾아왔더래."

감투가 무섭긴 무서운 모양이다. 최종 합격도 아니고 겨우 1차 합격이었는데. 그럴 사람들이 왜 그렇게 아귀처럼

널 사랑하다가

달라붙어 진저리 나게 굴었던 것일까. 태이는 그의 할머니를 만나보지 못했지만 정말 순박하고 좋은 분이셨을 거라고 생각했다.

"할머니 그 돈 안 받으셨지?"

지환이 놀란 듯 눈을 크게 뜨고 고개를 끄덕였다.

"지환 씨도 안 받았고."

아무 말도 하지 않는 걸 보니 맞는 모양이다.

"지환 씨 할머니를 뵈었으면 좋았을 텐데."

"우리 할머니?"

"좋은 분이셨을 것 같아서."

아주 천천히 지환이 고개를 끄덕였다. 할머니와의 추억을 생각하는 게 틀림없다. 단단하게 굳어 있던 얼굴 근육이 점차 편안해지고 있다.

"좋은 분이셨지. 친손자가 아닐지도 모르는데 의심 한번, 변함 한번 없이 사랑을 주셨던 분이야."

"그런 생각은 아예 해보지도 않으셨을걸? 그냥 무조건 내 손자인 유지환이었던 거야."

"그랬겠지."

무조건적인 신뢰. 그건 가족에게서만 느낄 수 있는 것이다.

태이는 고개를 들어 하늘을 보았다. 한 송이씩 내리던 눈이 이제는 미친 듯 쏟아져 내리기 시작했다.

"눈이 많이 오려나 봐."

"추워지겠다. 먼저 들어가 있어. 대충 정리하고 들어갈게."

"대강 같이 치우자. 안에서 떡볶이 만들어줄래?"

고개를 끄덕이는 지환을 보며 태이도 빠르게 일어나 테이블을 치우기 시작했다. 하지만 치우는 데 요령이 없는 태이가 별 도움이 되지 않는지 지환은 많은 짐들을 금세 정리하고 봉지에 쓰레기까지 모두 채워넣었다.

바람이 다시 불기 시작했다. 재빨리 펜션 안으로 들어왔을 때 그 잠깐 사이에도 두 사람의 어깨며 머리 위로 눈이 쌓여 있었다. 지환은 자연스러운 손길로 그녀의 어깨를 털어주었다. 괜찮다며 손을 올리는 순간 손끝이 스쳤다.

놀란 듯 손을 지워낸 사람은 시환이었다. 이 묘한 긴장감을 언젠가 느꼈던 것도 같다. 하지만 정확히 어떤 감정인지 몰라 태이도 지환처럼 짐짓 굳었다. 어색하게 웃으며 안으로 들어선 지환이 인덕션 앞에서 빠르게 움직였다.

태이는 저도 모르게 웃으며 신을 완전히 벗고 들어와 점퍼를 벗고 머플러를 풀었다. 머플러에서는 여전히 지환의 향이 강하게 느껴진다. 옷걸이에 걸어두고 식탁 앞에 앉아 지환의 뒷모습을 보았다.

지환의 등은 넓다. 결혼생활 중엔 늘 슈트를 입은 모습만 보았다. 집에서도 와이셔츠를 입고 있는 적이 많았다. 오늘처럼 터틀넥 니트에 면바지를 입고 있는 건 처음인 것 같다. 두꺼운 옷을 입고 있어서 그런지 그의 등이 오늘따라

더 넓어 보이는 것도 같다. 그때 뒤로 돌아선 지환과 눈이
마주쳤다.

"이쪽으로 와."

"왜?"

"와서 배워야지."

그 말에 태이가 자리에서 일어나 지환의 옆으로 갔다. 프
라이팬에 얕게 물을 넣은 지환은 그 안에 통마늘과 대파를
넣었다.

"언젠 와서 만들어준다더니."

저도 모르게 볼멘소리를 하자 지환은 픽 웃으며 마늘을
꺼내기 시작했다.

"왜 벌써 꺼내?"

"향만 내는 거야. 으깨지고 풀리면 텁텁하거든."

"대파는?"

"계속 두고."

그리고 간장을 두 큰술 넣고 결이 고운 고춧가루를 가득
풀었다.

"이게 몇 명분인데?"

"3인분 정도?"

"물을 얼마만큼 넣어야 하는지도 몰라."

"눈대중으로 하는 거지."

"그게 됐으면 내가 그 맛없는 걸 만들었겠어? 지환 씨 나
가고 어느 날 떡볶이가 엄청 먹고 싶은 거야. 수소문해서

돌아다녀봤는데 지환 씨가 만들어준 것보단 맛이 없더라."

"오늘 보고 잘 배워."

"왜?"

"네가 재혼하면 그땐 만들어주지 못하잖아."

만들어준다는 말은 빈말이 아닌 모양이었다.

"내가 재혼 안 하면 계속 얻어먹을 수 있으려나."

그 말에 바쁘게 당면을 삶던 지환의 손놀림이 멎었다. 태이는 지환을 보고 어깨를 으쓱거렸다.

"안 할 생각이야?"

"꼭 해야 해?"

"선보고 다닌다며."

"엄마가 하도 성화니까. 그거 뭐 꼭 좋은 거라고 또 해야 하나? 한 번 했음 됐지."

대수롭지 않은 듯 말하는 태이가 신기한지 지환은 여전히 그녀를 보고 있었다. 결국 태이가 지환의 손에서 젓가락을 가져와 끓기 시작하는 당면을 젓기 시작했다.

"그러지 마."

이번에 멈춘 건 태이였다. 지환이 태이의 손에서 젓가락을 가져갔다.

"한태이는 좋은 남자 만나서 행복하게 살아."

"지환 씨 보란 듯이?"

"그래, 나 보란 듯이."

울컥 솟아오르는 감정은 왜일까. 태이는 안에서 자꾸 치

널 사랑하다가

고 올라오는 감정 때문에 눈가에 힘을 주었다.

"오늘 한태이는 나에게 질문이 많네."

"둘이 있으니까."

"난 성심성의껏 대답해줬는데. 나도 하나 물어봐도 되나?"

왠지 목소리가 떨릴 것 같아 지환을 보지 못하고 고개를 끄덕였다.

"송승혁."

심장이 쿵, 내려앉았다. 태이가 지환을 보았다. 지환의 얼굴에선 무엇도 읽을 수가 없었다.

"내가 거부당한 이유, 송승혁이란 사람 때문이지?"

긴 한숨을 뱉었다.

지환은 그 침묵에서 답을 찾은 듯했다. 떡을 먼저 넣고 불을 줄이더니 어묵에 뜨거운 물을 부어 씻은 뒤 도마에 올려놓았다. 천천히 움직이는 것 같은데 지환의 손놀림은 빠르다. 순식간에 어묵을 보기 좋게 잘라 준비해두고 태이를 보았다.

지환은 아무것도 묻지 않는다. 그저 입꼬리를 올리며 어색하게 웃고는 젓기 위해 들고 있던 숟가락을 내려놓았다.

"좀 앉아. 다리 아프지 않아?"

"괜찮은데……."

"운동을 좀 해보는 게 어때?"

"운동?"

"걸을 때 다리를 끌면서 걷잖아. 그거 허리 근육이 약해서 그런 거 아닌가 해서."

그 말에 태이가 고개를 살짝 왼쪽으로 기울였다. 지환은 그런 태이의 행동에 웃으며 다시 숟가락을 들어 음식을 뒤적였다. 어묵과 데쳐놓은 당면을 넣고는 불을 세게 올렸다.

"내가 걸을 때 다리를 끈다고?"

"몰랐어? 신발 뒤축이 빨리 닳잖아."

"지환 씬 그걸 어떻게 알아?"

"신발 정리하는 사람은 늘 나였어. 그러니 신발이 자주 바뀌는 것도 알았고."

아, 소리를 내며 태이가 고개를 끄덕이고 다시 식탁 앞으로 다가가 앉았다. 지환은 섬세한 사람이다. 그걸 지난 1년간 모르고 살았다. 그렇다면 지환의 신발은 어땠을까? 그녀는 지환의 신발을 볼 생각을 하지 않았다. 아니, 애초에 관심이 없었다. 그가 어떤 신발을 신고 다니는지, 어떤 걸음을 하는지. 왠지 얼굴로 화끈한 열이 몰려왔다.

펜션 안은 지글지글 끓는 소리로 가득했지만 곧 잦아들었다. 지환은 떡볶이에 깨까지 뿌린 다음 프라이팬을 식탁에 올려두었다. 그리고 접시와 젓가락을 놓아주었다. 주황빛 떡볶이는 먹음직스럽기만 했다.

"당면 좋아하지?"

그녀의 접시에 당면을 가득 담아 건네준 지환이 자신의 접시에는 떡과 어묵을 건져냈다. 태이가 어묵 향은 좋아하지만 먹지 않는다는 것을 알고 있는 듯했다. 태이는 젓가락으로 당면을 집어 몇 번 불고 입에 집어넣었다. 전분의 특성상 잘 식지 않아 같은 과정을 몇 번이나 반복해야 했다.

"맛은 어때?"

어쩐지 지환의 얼굴에 긴장감이 묻어 있었다. 태이는 왠지 웃음이 나올 것 같았지만 꾹 참고 대답했다.

"맛있어."

"떡볶이를 유난히 좋아하는 이유가 있어?"

태이가 잠시 눈동자를 굴렸다.

"어릴 때 못 먹어서?"

"못 먹어?"

지환이 의아한 듯 물었다. 하긴, 이제껏 그 이유를 아무에게도 말하지 못하긴 했다. 정아나 혜령도 그렇게 떡볶이를 좋아해놓고 왜 학창시절에 먹지 않았냐고 물었다.

"우리 엄마가 좀 강박증 같은 거 있거든. 나는 학교에 다닐 때 한 번도 맘대로 놀아본 적이 없어. 늘 엄마 스케줄대로 움직였거든. 애들이 옹기종기 모여서 떡볶이 먹는 게 좀 부러웠던 것 같기도 해."

어쨌거나 태이는 꽤 말을 잘 듣는 딸이었다. 반항 한번 없이 커왔고, 사춘기도 딱히 없었다.

"그래서 크고 나면 떡볶이 장사를 해볼까 생각한 적도 있어."

"장사?"

지환은 대화의 주제에 흥미를 보였다. 젓가락을 내려놓고 살짝 턱을 괸 채 태이의 이야기에 집중하고 있었다.

"나 대학 때 아르바이트 해본 적도 있거든. 엄마는 지금도 그 사실 몰라."

"아르바이트?"

"응, 떡볶이집에서."

그 말에 지환이 살짝 웃음소리를 내었다. 저도 모르는 사이에 터져나온 웃음인 듯했다. 태이는 어깨만 으쓱 들썩이며 젓가락을 내려놓고 물을 마셨다.

"그런데 진짜 힘들더라. 내가 겁도 없었던 거지. 장사가 그렇게 힘든 건네. 그리고 결정적으로 요리에 소질도 없었어."

"얼마나 일한 건데?"

"닷새 정도?"

"왜 관뒀어?"

"사장님이 진지하게 말씀하시더라고. 자기들은 손이 빠른 사람을 써야 하는데 채소 하나 제대로 못 다듬는 건 곤란하다면서. 그렇게 잘렸어."

지환이 컵으로 손을 뻗었다. 눈이 접힌 게 애써 웃음을 참고 있는 게 틀림없었다. 하긴, 스스로가 생각해도 어이가 없어 웃음이 나오는데 지환은 오죽할까 싶었다.

"잘리던 날 시간도 다 못 채웠는데 사장님이 시급은 다 챙겨주시더라고."

"받아서 뭘 했는데?"

"아무것도 안 했어. 그대로 책에 꽂아놨지. 처음으로 일
해서 번 돈인데 이상하게 쓰기 아깝더라."

"아, 그 봉투군."

"봉투?"

"체 게바라 평전."

태이가 눈을 크게 뜨고 지환을 보았다. 맞다, 확실히 그
책에 봉투를 끼워놓았다. 사실 두껍고 지루해서 제대로 다
읽지 못하고 나중에 보자 하고 그곳에 둔 것이다.

"그 책 봤어?"

"대학 막 들어가서 처음 읽었던 책이었는데 보니 반가워
서. 그런데 웬 봉투가 들어 있더라고."

"사실 그 책 다 못 읽었거든. 너무 길고 지루하고. 물론
다 읽어야 한다는 건 아는데."

"읽기 힘들면 모터사이클 다이어리부터 읽는 건 어때?
나도 그거부터 읽었거든."

"아, 그래야겠다."

잊지 않기 위해 태이는 제목을 한 번 더 중얼거렸다. 생
각해보면 지환은 늘 손에서 책을 떼지 않았다. 스스로도
독서량은 많다고 생각했는데 지환을 만나고 나서부터 자
신은 아무것도 아니라는 것을 알게 되었다. 지환은 법률
서적뿐만이 아닌 갖가지 책들을 참 많이 읽고 좋아했다.

어느 순간 책장에 판타지나 무협, 만화와 같은 종류도 생겨났는데 지환은 그것을 보면 스트레스가 제법 풀린다고 했었다. 그러면서도 인문학 책을 굉장히 많이 읽었고 그 속도 또한 빨랐다. 그래서 결혼한 뒤로 태이는 책을 사지 않고 지환이 사놓은 책을 읽었다. 하지만 속도를 따라잡지 못해 지금도 읽지 못한 책이 한가득이다. 아마 지환이 사놓은 책을 다 읽으려면 3년은 더 걸릴 것이다.

"지환 씬 책 읽는 게 취미인가 봐?"

지환이 고개를 끄덕였다.

"어떻게 그런 취미를 갖게 되었어?"

"아버지가 책을 좋아하셨거든. 가세가 기울면서 취미로 할 수 있는 게 독서였어. 학교 도서관은 무료니까. 고등학교 시절엔 그냥 너무 힘드니까 현실 도피하려고 책으로 빠져들었던 것도 있지. 덕분에 학교 도서실에 있던 책은 거의 다 읽은 것 같아."

"읽는 속도도 빠르더라."

"뭐, 습관이 되다 보니까 어느 순간 읽는 것도 빨라졌지."

별거 아니라는 말투였다. 하지만 태이는 지환이 책을 굉장히 좋아한다는 걸 알고 있었다. 그가 사온 책은 거의 신간이거나 처음 보는 제목이었다. 물론 그중엔 베스트셀러도 있기는 했으나 소수였다.

"책 종류도 가리지 않고 봐서 놀랐어."

"종류?"

"보통 관심 있는 분야로만 읽게 되지 않아? 나도 그랬었거든. 그런데 지환 씨가 가져오는 책들 보면서 처음으로 철학책도 제대로 읽어봤어."

"그냥 손이 가는 대로 읽는 편이야."

그렇게 말하며 지환은 그녀의 접시에 당면을 더 건져주었다. 잘 식을 수 있게 흩뜨리는 것도 잊지 않았다. 당면에서는 아직도 모락모락 뜨거운 김이 올라오고 있다.

"지환 씨."

"말해."

"왜 서재에 있는 책들 안 가져갔어?"

지환이 젓가락을 놓았다. 아무래도 그는 입맛이 없는 것 같았다. 떡볶이도 접시에 담기만 했을 뿐 아직 입으로 가져가지 않았다. 그저 애먼 물만 계속 마셔대고 있었다. 점심을 많이 먹어서인지, 아니면 승혁 때문인지.

"나는 한태이에게 별로 준 게 없는 것 같아서."

그 말에 태이가 고개를 한쪽으로 기울였다.

"물론 결혼을 결정하면서 무언가를 크게 바라거나 한 건 아니었어. 그리고 한태이라는 여자는 내가 물질적인 무언가를 주어도 반응하지 않을 거라는 걸 알았고. 내 쪽이 많이 기우니까 아마 평생 쫓아갈 수 없을지도 모른다고 생각했지."

지환이 그런 생각을 했을 줄은 전혀 몰랐다.

태이는 저도 모르게 낮은 신음을 뱉었다.

"그런데 보니까 책을 읽는 걸 좋아하더라. 무협책 굉장히 잘 읽어서 사놓은 거야. 사실 난 무협이나 판타지는 잘 읽지 않거든."

"그걸로 스트레스 푼다고……."

"그거 읽으면서 잘 웃던 사람은 한태이였거든. 사실 그 책은 선물받았던 거야. 친구가 무협 작가로 데뷔를 했어."

아, 소리를 내며 태이가 고개를 끄덕였다. 어쩐지 맨 첫 장에 사인이 있었다.

"그 뒤에 그 친구 책은 다음 권이 나오면 사기 시작한 거지."

"재밌었어."

"다행이네."

지환이 웃으며 창 쪽으로 고개를 돌렸다.

"눈이, 꽤 오려는 모양이야."

"지환 씨."

다시 지환이 고개를 돌려 태이를 보았다. 태이는 왠지 손바닥에 땀이 차는 느낌이라 허벅지에 대고 슥, 문질렀다.

"신발장에 있는 하얀 운동화."

"그날 사놓은 거야."

"그날?"

"당신이 이혼을 말한 날."

"내가 왜 이혼을 말했는지 알고 있어?"

널 사랑하다가

잠시 지환은 말이 없었다. 그리고 이내 고개를 저었다.

"난 사실 우리가 딱히 감정은 없어도 그럭저럭 부부생활을 잘 이어나갈 수 있을 거라고 생각했어. 독서도, 영화 취향도 제법 비슷했잖아. 이쪽에선 그렇게 만나 사는 부부들이 대부분이거든. 어느 하나라도 취향이 비슷하면 다행이라고 여기면서 사는 거지."

"그런데 왜……."

지환은 뭔가 혼란스러운 듯했다. 왜 그녀가 이혼을 꺼낸 건지 알 수 없다는 표정이었다.

"그럼 물어볼게. 지환 씨는 왜 이혼하자는 내 말에 아무 말도 하지 않고 해준 거야?"

안색이 어두워졌다. 그리고 입술은 고집스럽게 다물려 있다. 하지만 이내 결심한 듯 지환이 낮게 숨을 뱉고 입을 열었다.

"송승혁 씨 때문이라고 생각했어."

"승혁 오빠?"

"다시 돌아왔나 보구나, 그렇게 생각한 거야."

"오빠…… 죽었어."

"알아. 얼마 전에 알았어. 죽은 사람인 줄 알았다면 이혼은 하지 않았을 거야."

"뭐?"

"나는 한태이가 좋아지기 시작했었거든."

쿵, 심장이 울렸다.

말수가 없는 건 자신보다 지환이다. 원체 말이 많은 일을 하다 보니 집에선 조용히 있고 싶어 하는 거라고 생각했다. 지환과는 밥을 먹고, 영화를 보고, 같이 책을 보았지만 이처럼 많은 대화를 했던 적은 없었다.

태이는 지환을 보았다. 표정은 씁쓸한 것 같기도 했고, 후회가 비치는 것 같기도 했지만 후련함도 있었다.

후련함이라…….

입을 열려던 순간 노크 소리가 울렸다.

"내가 나가볼게. 먹고 있어."

지환에 자리에서 일어나 현관 쪽으로 걸어갔다. 태이는 꼿꼿하게 세웠던 허리 근육에 힘을 풀고 입을 다문 채 낮은 숨을 뱉어냈다.

"내일까지 무근다고 했는디 눈이 갑자기 많이 온다고 하요. 괜찮을랑가 모르것네."

"아, 일기예보를 못 봤습니다."

"여가 한번 눈이 오기 시작하믄 막 종아리까지 차고 그란

당게."

그 소리에 태이가 창 쪽을 향해 고개를 돌렸다. 눈이 비처럼 쏟아지지는 않는다. 하지만 무척이나 송이 자체가 커서 아주머니의 말처럼 금세 쌓일 것만 같았다. 일요일까지는 괜찮다. 하지만 월요일부터는 새로운 과외 학생을 만나야 했다.

"일요일에는 괜찮을까요?"

"전국적으로다가 일요일까정 눈이 온단디."

태이가 저도 모르게 낮은 탄성을 뱉었다. 지환이 결정을 한 듯 서둘러 고개를 끄덕였다.

"저흰 지금 올라가겠습니다."

"그라믄 계좌 좀 적어줄라요? 하루치 빼고 줘야제."

"아닙니다. 괜찮습니다. 사정에 의해 저희가 먼저 가는 거니 정말 괜찮습니다."

"그래도 그거시 아닌디."

"괜찮으니 신경 쓰지 마십시오."

"글믄 내가 담근 고추장굴비 좀 줄 텐게 색시랑 올라가서 드시요."

아주머니가 서둘러 돌아서면서 말했다. 괜찮다고 하려고 했지만 아주머니는 순식간에 건물 안으로 사라졌다.

지환은 순식간에 몸을 돌려 쓰레기를 치우기 시작했다. 그나마 다행인 건 캐리어를 풀지 않아 그대로 들고 나가면 된다는 사실이다.

"설거지는 그냥 두시요. 내가 치울랑게. 늦기 전에 빨리 올라가야굿소."

아주머니는 평소 사람들에게 나눠줄 용도로 고추장굴비를 용기에 담아놓는 듯했다. 태이의 품에 비닐봉지에 싼 용기를 들려주고 설거지를 하려는 지환을 향해 고개를 저었다. 지환 역시 창밖을 다시 한 번 보더니 빨리 결정을 내려야겠다 생각했는지 싱크대 앞에서 손을 털었다.

"죄송합니다. 그럼 저희는 올라가보겠습니다."

"길 미끄러웅게 조심히 올라가시오. 다음에 우리 펜션 또 이용해주고."

"그렇게 하겠습니다. 감사합니다."

고개를 숙인 지환이 캐리어를 끌어 낮은 계단을 타고 내려갔다. 태이도 아주머니를 향해 고개를 숙인 뒤 가방을 들고 뒤를 따랐다. 지환은 서둘러 트렁크에 짐들을 싣고 보조석 문을 열었다.

"안 타?"

고개를 흔들고 차에 올라탔다. 차 앞유리는 어느새 눈으로 뒤덮여 밖이 보이지 않았다. 지환은 바로 운전석에 타고는 시동을 걸고 와이퍼를 작동시켰다. 길은 아직 눈이 쌓이기 전이었다. 하지만 지환은 아주 천천히 차를 몰았다.

"낮에 물건들 좀 사놓을 걸 그랬네."

"나중에 택배로 시키면 돼."

태이의 말에 지환이 고개를 끄덕였다. 다행히 고속도로에 들어설 때까지 눈발은 거세지지 않았다. 하지만 눈구름이 위에서 아래로 내려오는 모양인지 전북에 접어들자 차량 속도 자체가 눈에 띌 정도로 느려졌다. 라디오에서는 몇 년 만의 기록적인 폭설이라며 차량통제가 이루어지고 있다고 했다.

"지환 씨, 고속도로 빠져나가서 잘 곳 있나 찾는 게 좋겠어."

태이의 말이 옳다고 생각한 듯 지환은 이내 고속도로 출구로 빠져나왔다. 그리고 톨게이트를 나와 갓길에 차를 세우고 휴대전화를 뒤적거렸다.

"여보세요? 네, 남은 방이…… 알겠습니다."

지환이 몇 번인가 전화를 했지만 계속 그 상태였다. 여기서 더 지체할수록 아예 고립될 것만 같았다. 태이가 불안한 얼굴로 주변을 두리번거렸다.

"여보세요? 네, 저 지환입니다. 네. 잘 지내셨죠? 눈이 너무 많이 오네요. 네, 이십 분 정도 걸릴 것 같은데 괜찮을까요? 알겠습니다."

지환이 전화를 끊었다. 아는 사람에게 전화를 한 건가 싶었다. 태이가 눈만 끔뻑이며 지환을 보았다.

"고모."

"고모님?"

"여기서 고모 댁 가까워서. 모텔들은 죄다 만석이라고

하고."

톨게이트 출구가 눈에 가려서 보이지 않았는데 논산인
모양이다. 태이가 서둘러 고개를 끄덕였다.

"그럼 가. 여기서 이러고 있을 수는 없잖아."

"태이야."

"응."

"고모랑 고모부 아직 모르셔."

그가 아직 말을 하지 않았다고 했다. 그리고 그녀도 먼저
말을 할 생각은 없었다.

"아무렇지 않은 척할게."

그 밑에 지환이 입끝만 올리며 고개를 끄덕였다.

"그래, 고맙다."

지환의 차가 다시 서서히 움직이기 시작했다. 태이도 고
모님 댁을 잘 알고 있다. 평소 톨게이트를 빠져나오면 십
분 내외로 도착하는 곳이었다. 지환도 아마 눈 때문에 넉
넉잡아 이십 분이라고 말을 했을 것이다.

하지만 순식간에 눈이 쌓여 동네 어귀까지 도착하는 데
에는 거의 삼십 분 가까이 걸렸다.

"잠깐만, 지환 씨. 차 좀 세워봐."

"왜?"

"다행히 마트 열렸네. 빈손으로 가기 좀 그렇지 않아?"

지환이 고개를 끄덕이며 마트 앞에 차를 세웠다. 태이
는 가벼운 몸놀림으로 차에서 내려 홍삼 한 박스와 음료수

를 샀다. 어느새 차에서 내려 다가온 지환이 먼저 계산을 마치고 홍삼박스를 받아 차에 실었다. 그리고 태이가 들고 있던 음료수 박스도 가져가 마저 싣고 문을 닫았다.

"내가 사려고 했는데……."

"누가 사면 어때. 춥다, 타."

이번에도 지환이 문을 열어주었다. 태이는 고개를 끄덕이고 차에 올라탔다. 그러고 보면 같이 차를 탈 때 지환은 늘 먼저 문을 열어주었다. 그게 익숙한 것 같으면서도 어색했다. 괜히 목을 쓸어내리는데 지환의 시선이 느껴졌다.

"왜?"

그때 지환의 상체가 가까이 훅 다가왔다. 놀란 나머지 그대로 굳고 말았다. 지환 특유의 그 차갑고 쓸쓸한 향이 고스란히 풍겼다. 하지만 지환이 다가왔던 건 그녀가 벨트를 하지 않았기 때문이었다.

"출발하자."

다시 지환이 멀어졌다. 하지만 코끝에 남은 향이 너무나 짙게 느껴져 태이는 제대로 숨도 쉬지 못하고 고개를 끄덕였다. 오늘따라 거슬리는 향이다.

고모님 댁은 마을 끝에 있었다. 블루베리 농사를 짓고 있어 커다란 하우스가 집 앞에 몇 채 있었고, 이층집은 마치 아담한 전원주택처럼 서 있었다. 지환의 차가 서자마자 현관문이 열리며 고모 내외분이 서둘러 나오셨다. 분명 두 사람이 언제 도착할지 거실 창 앞을 서성이며 기다리고 계셨음이 틀림없었다.

"아이고, 눈도 오는데 고생 많았다. 아가, 힘들었지."

"아니에요. 그동안 잘 지내셨죠? 전화도 자주 못 드려 죄송해요."

"아냐, 바쁜 거 뻔히 아는데."

고모가 태이의 손을 꼭 잡아주며 말했다. 농사일로 무척 거칠지만 참 따뜻한 손이다. 전에도 그렇다고 느꼈다. 말수가 없는 고모부는 그저 태이를 향해 고개를 끄덕일 뿐이었지만 반가움의 표현임을 알 수 있었다.

"지 왔습니다."

"그래, 지환이 왔니?"

고모는 여전히 태이의 손을 잡은 채 말하고 있었다.

"고모부, 건강하셨죠?"

"그럼. 아니, 빈손으로 오지 뭘 이런 걸 다 사왔어."

"태이가 꼭 사가야 한다고 해서요."

고모부가 음료수와 홍삼박스를 들고 집 안으로 들어갔다. 지환은 캐리어를 내려 고모부의 뒤를 따랐다.

"아이고, 추운데 내가 계속 서 있게 했네. 빨리 들어가자."

"연락 없이 이렇게 갑자기 와서 죄송해요."

"아냐, 우리는 반갑지."

막내 고모와는 나이 차가 크지 않아서 어렸을 때부터 누

널 사랑하다가

나처럼 따랐다고 했었다. 결혼식 날 혼주석에 고모 내외가 앉았으면 했지만 두 분 모두 거절하셨다. 그래서 지환은 혼주석에 아버지와 할머니의 사진을 놓았다.

"여기 소파 앞쪽으로 앉아. 여기가 따뜻해. 밥도 못 먹었지? 갑자기 차리느라고 찬이 별로 없어. 잠깐만 기다려."

"저희 밥 먹었어요."

"그럼 간단하게 술 한 잔만 하고 잘까? 오래 운전해서 피곤할 텐데."

"제가 도와드릴게요."

"아냐, 이런 건 우리 그이도 잘해."

고모가 서둘러 부엌으로 들어갔다. 태이는 앉지도 그렇다고 서지도 못한 자세로 엉거주춤했다. 그럼 태이를 보고 지환이 손목을 잡아 자리에 앉혔다. 이런 친근한 스킨십은 처음인지라 당황스러워 몸이 굳고 말았다. 하지만 지환은 웃으며 부엌 쪽을 보느라 그녀의 상태를 알아차리지 못했다.

"그냥 앉아."

"하지만……."

"지금 두 분 신나신 거야."

지환의 말에 태이가 떨떠름한 얼굴로 자리에 앉았다. 고모 내외는 태이를 처음 보던 순간부터 웃으셨다. 그리고 '우리 지환이가 참 예쁜 신부와 결혼을 했어.'라고 볼 때마다 말씀하셨다.

급해서 갑자기 오게 되었지만 역시 마음이 불편한 건 어쩔 수 없었다. 특히나 이혼을 한 뒤엔.

그때 고모 내외가 상을 들고 나오셨다.

"차린 거 없지만 맛있게 들어."

"진수성찬인데요. 맛있게 먹겠습니다."

지금은 밤 12시가 다 되어가는 시각이다. 갑자기 조카 부부가 온다고 해서 놀랐을 텐데 이렇게 갖가지 음식들을 준비해주셔서 감사하기까지 했다. 갈치구이와 자박하게 끓인 된장찌개, 부추전과 몇 가지 나물에 제육볶음까지 있었다. 분명 간단하게 술을 한잔만 하고 자자고 했는데 이렇게 밥상이 차려질 거라고 생각을 하지 못했다. 하지만 밥상을 거절 할 수는 없었다.

"그래, 교수 됐다면서?"

물을 따라주던 고모가 물었다. 태이가 고개를 돌려 지환을 보았다.

"아니야?"

"아뇨, 교수는 아니고 시간강사 됐어요."

"그게 그거지."

"네. 교수가 최종목표이기는 해요."

"우리 지환이 불안하겠네. 이렇게 예쁜 색시가 대학 나가서 남학생들이 막 좋아하는 거 아니야?"

그 말에 태이가 웃었다. 정말 고모의 눈에 태이는 무척이나 예뻐 보이는 모양이었다. 고모부는 소주잔을 지환에게

널 사랑하다가

건네고 있었다. 그리고 태이에게 잔을 줘야 하나 망설이고 있는 게 분명했다.

"저도 한 잔 주세요."

"한 잔 정도는 괜찮겠지?"

"그럼요."

"나도 마셔야겠네."

고모가 건네는 잔을 얼른 받아든 태이가 무릎을 꿇고 공손하게 술을 받았다. 네 사람은 잔을 들고 부딪쳤다.

"우리 조카며느리를 위하여."

용기를 내어 하셨음이 틀림없는 고모부의 말에 태이는 입을 꼭 다물고 가까스로 웃었다. 좋은 사람들을 속인다는 건 역시 슬픈 일이다.

이렇게 정성이 듬뿍 들어가고 맛있는 집밥을 먹은 것은 오랜만이었다. 윤 여사는 그렇게 솜씨가 좋지 않았다. 지금까지 20년 넘게 친구들과 함께 음식을 배우건만 소질이 없는 것인지 늘지 않았다. 집에서 일을 하시는 아주머니의 솜씨가 좋아서 망정이었지 태림과 태이는 윤 여사가 만들어주는 음식, 특히 베이커리 종류는 정말 서로 먹기 싫어 떠넘길 정도였다.

쌀을 그렇게 좋아하는 편은 아니라 늘 한 공기 다 비우는 적은 없는데 오늘은 두 공기나 먹었다. 고모는 찬도 별로 없는데 맛있게 먹어주어 고맙다며 직접 담근 매실차까지 따뜻하게 타주셨다.

"너무 과식했나 봐요."

"이렇게 잘 먹는데 너무 말랐네, 우리 조카며느리."

굴껍질을 까서 건네주는 고모의 손을 물끄러미 보았다. 농사 때문인지 고모의 손 역시 거칠었다. 서둘러 자리에서 일어난 태이는 캐리어를 열어 포장도 제대로 풀지 않은 핸드크림을 꺼냈다.

"이거 핸드크림이니까 잊지 말고 꼭 바르세요."

"아이고, 이거 비싼 거 아니야?"

"아니에요. 저도 이거 좋아서 벌써 10년 넘게 쓰고 있어요. 겨울이라 손 틀 일도 많으시잖아요."

"고마워서 어쩌나."

고모는 핸드크림 상자를 몇 번이나 쓰다듬었다. 이 핸드크림은 늘 집에 구비해두었다. 여행을 갈 때면 몇 개 정도는 캐리어에 챙겨가 고마운 사람에게 선물로 주기도 했다. 이번에도 습관처럼 챙겨 넣었는데 이렇게 쓸 수 있어 다행이었다.

"아끼지 말고 많이 쓰세요. 또 사드릴게요."

"눈이 많이 오네."

설거지가 끝났는지 손을 닦으며 나오는 고모부의 말에 태이가 고개를 돌렸다. 창밖으론 정말 많은 눈이 폭탄처럼 내리고 있었다.

"지환이는?"

"뒷정리 한다고 해서."

널 사랑하다가

"내가 못살아. 그걸 지환이 시키면 어떡해."

"내가 허리가 좀 안 좋아서……."

"빨리 들어와요."

자리에서 벌떡 일어난 고모를 따라가는 고모부의 모습을 보았다. 참 사이가 좋은 부부다. 태이는 벽에 걸린 가족사진을 보았다. 가족사진엔 부부와 자식 넷, 지환이 서 있었다. 한 이사장과 윤 여사도 고모 내외 사이가 참 좋아 자식이 넷이나 되나 보다며 웃었던 기억이 있다.

첫째는 군대에 갔고 둘째, 셋째는 쌍둥이였는데 생김새도 똑같았다. 넷째는 하나뿐인 딸로 의대에 진학했다는 이야기까지 들었다. 모두 대학생이 되어 집에도 내려오지 않는다고 툴툴대는 고모의 말에 고모부는 그래서 제대로 신혼을 즐긴다며 웃으셨다. 자식 모두가 고모 부부를 닮아 인상이 좋고 잘생기고 예쁘다. 특히 첫째와 지환은 형제 사이라 해도 좋을 만큼 닮은 외모였다.

태이는 다시 거실 창으로 고개를 돌렸다. 새하얀 눈이 쏟아지고 있어서인지 지금이 12시가 넘어간 새벽인지도 모를 정도로 밝을 정도였다.

"피곤하지 않아?"

부부에게 쫓겨난 것인지 지환이 허벅지에 손을 닦으며 거실로 나왔다. 캐리어 두 개를 들고 2층 계단을 오르는 지환의 뒤를 태이도 따랐다. 2층에는 방이 두 개에 작은 응접실과 욕실이 있었다.

방으로 들어서자 두꺼운 비단 이불과 베개 두 개가 나란히 놓여 있었다. 이미 두 분이 잠자리를 준비해놓으신 모양이었다.

"씻고 있어. 이불 하나 더 가지고 올라올게."

지환이 그렇게 말하며 방에서 나와 문을 닫았다.

저도 모르게 낮은 한숨을 내뱉었다. 충동적으로 태이에게 '좋아했었다.'는 말을 뱉고 말았다. 끝까지 참았어야 했나.

한 이사장에게 말을 했을 땐 답답함이 가셨는데 지금은 반대가 되었다. 꼭 얹힌 것처럼 속이 답답했다. 계단을 내려오자 고모와 고모부는 귤을 바구니에 담고 계셨다.

"고모, 이불 하나만 더 주세요."

"왜?"

"원래 따로 덮고 자거든요."

"하긴, 겨울엔 정말 그래야겠더라. 이거 가져가서 옆에 두고 먹고. 올라가면 커튼 한 번 더 살펴."

"그럴게요."

"그나저나 조카며느리 무슨 일 있니?"

고모의 물음에 지환이 자리에 앉았다. 고모부는 이불을 꺼내야겠다며 안방으로 들어갔고 지환은 바구니를 앞에 내려놓았다.

"왜요?"

"살이 쭉 빠져 보이는 게."

지환도 태이가 살이 빠졌다고는 생각했었다. 나이에 맞지 않게 볼살이 조금 있는 편이었는데 이젠 그냥 매끄러운 얼굴이 되었다. 아마 위경련이 오면서 힘들었던 모양이다.

"위염이 조금 있어요."

"혹시 좋은 일 있는 거 아니니?"

고모의 기대를 알고 있다. 지환은 웃으며 고개를 저었다.

"아뇨."

"나이도 찼는데 슬슬 가지는 것도 나쁘지 않지."

"제가 자신이 없어서요."

별 다른 뜻 없이 꺼낸 말에 고모의 눈가가 촉촉해졌다. 지환은 괜한 말을 꺼냈다고 생각했다. 할머니와 고모는 그를 키우는 데 정말 최선을 다하셨다.

중학생 때였다. 아버지가 돌아가시고 많은 일들이 있었다. 고모부는 당연히 저희가 모셔야 한다며 월세방을 빼고 할머니와 지환을 이곳으로 데리고 오셨다. 그때 학교를 전학하고 태어나 처음으로 싸움을 하게 되었다. 지금 생각하면 그냥 웃고 넘길 수도 있는 일이었다. 하지만 그때의 지환은 고아 주제에 독하게 공부만 한다는 이야기를 듣고 앞뒤 가릴 것 없이 주먹을 날렸었다.

싸움은 꽤 커졌고 결국 보호자들까지 불려오게 되었다. 할머니는 선생님들께 그저 죄송하다 고개를 숙였고 고모는 그 아이의 부모와 싸움까지 했다. 집으로 오는 길에도

할머니와 고모는 지환을 질타도 하지 않았다. 그땐 차라리
혼나고 싶은 기분이기도 했던 것도 같다.

"참, 광영이 내려와서 농사짓는다더라."

"그래요?"

"애도 벌써 둘이나 낳아서 아저씨 다 됐던데?"

광영은 그때 싸운 친구였다. 싸우고 난 뒤 광영은 치과치
료를 받느라 학교를 몇 번 빠졌다. 집으로 가던 날 우연히
마주쳤는데 지환은 주먹을 날려서 미안했다며 사과했다.
광영은 머뭇거리며 자신이 말을 잘못했다고, 그래서 미안
하다고 눈물을 찔끔 흘렸다. 그 뒤로 사이는 다시 원만해
졌다. 고등학교 때부터 학교가 달라져 자연스레 연락이 끊
겼지만.

"동네가 좁잖니. 광영이도 네 소식 들었나 보더라. 광영
이 부모도 어찌나 우릴 부러워하는지 내가 배불러서 혼났
어, 애."

"그러셨어요."

"태이한테 스트레스 주지 말고."

"그러고 싶은데 잘 안 되네요."

"너 그거 모르지?"

갑자기 고모의 목소리가 낮아졌다. 안방을 보며 눈치를
보는 듯도 했다. 그런 고모의 모습에 지환이 고개를 갸웃
거렸다.

"태이가 고모부 몰래 나한테 용돈 보내줘."

널 사랑하다가

"용돈이요?"

"됐다는데도 한 달에 한 번씩 꼬박꼬박 넣더라."

저도 모르게 계단 쪽을 바라보았다. 사실 추석 때도 태이가 혼자 논산에 내려간다고 해서 속으로 꽤 놀라기는 했었다.

"자식이 넷이나 되니까 내가 화장품도 제대로 못 사 바른다고 생각하는지 가끔 택배도 보내주고. 사실은 좀 새침하게 생겼잖니. 워낙 아가씨처럼 자랐고 그래서 어려워했었는데 속이 참 깊더라."

"네."

지환은 목이 메는 느낌에 입술을 꾹 다물었다.

"추석 땐 지갑을 다 사왔더라니까. 저번에 봤는데 많이 닳았다고 하면서. 그런 것까지 볼 줄 몰랐어. 게다가 그거 명품이라더라고. 계모임 나갔는데 다들 내 지갑 보고 한소리씩 했어. 너무 비싼 거라서 이렇게 내가 막 들어도 되나 싶고."

"많이 들고 다니세요. 태이도 그걸 더 좋아할 거예요."

"이렇게 받기만 해도 되는지 모르겠다. 네 고모부 일할 때 입으라고 등산복도 잔뜩 사왔던데. 그거 다 비싼 거잖니."

지환은 그렇게까지 살뜰하게 고모 내외를 챙기지 못했었다. 그냥 필요한 게 있으면 사시라 봉투를 건네는 게 전부였다. 식구가 워낙 많아 변변찮은 물건을 사지 못하니 당연히 돈이 더 좋을 거라고 생각했다. 하지만 태이는 돈으로 드리면 당신들이 쓰시는 대신 자식들에게로 가는 걸 이미 알고 있었던 듯했다. 무심한 성격인 줄 알았던 태이는 자신보다 훨씬 능숙하게 타인을 배려할 줄 아는 사람이었다.

고모 내외가 지환에겐 유일한 가족이다. 전에 스쳐지나가는 식으로 태이에게 말한 적이 있었던 것 같기도 하다.

"엄마 살아 계셨으면 얼마나 좋았을까."

끝내 고모는 눈가로 흘러내린 눈물을 닦아냈다. 할머니는 무척이나 좋은 분이셨다. 그래서 때론 지환도 할머니를 떠올릴 때면 울컥 눈물이 솟아오를 것 같았다. 한번씩 사무치게 그리워서 무작정 할머니 유해를 뿌린 바다로 가고 싶기도 했다. 유해를 바다에 뿌린 건 죽어선 아들과 함께 바다를 여행하고 싶다는 할머니의 소원에 따른 것이었다.

그러나 곧 후회했다. 산소를 만들어 그 봉분이라도 안고 싶으니까. 이기적이게도 그렇게 할머니에게 위로를 받고 싶을 때가 있었다. 결국 몇 없는 유품으로나마 산소를 만들었다.

지환은 눈물을 참아내기 위해 슬쩍 입술을 깨물며 옆에 있는 티슈를 뽑아내 고모에게 건네주었다.

"지환아."

"네, 고모."

"사이좋아 보여서 정말 다행이다."

지환은 아무 말도 할 수 없었다. 두 사람이 이혼을 했다고 아직 말을 꺼내지 못했는데, 아마 앞으로도 몇 개월은 그 말을 꺼낼 수 없겠다는 생각이 들었다. 가슴이 무너지는 것만 같아 몇 번이나 눈가에 힘을 주어야 했다.

"자, 여기 이불."

"감사합니다."

"내일 푹 자. 아침 늦게 먹어도 되니까."

"네. 그럼 올라가보겠습니다. 안녕히 주무세요."

지환이 묵직한 솜이불을 들고 계단을 올랐다. 2층에 올라가서도 방으로 들어가지 못하고 문앞에서 멈춰 섰다. 감정이라는 것은 컨트롤하기가 참 어렵다. 이런저런 생각의 교차에 머리가 지끈거리는 것 같았다.

숨을 크게 뱉고 방문을 열었을 때 누워 잠이 들어 있는 태이가 보였다. 긴장이 풀려 그가 이불을 가져오길 기다리다 그대로 잠이 든 듯했다. 씻은 건지 머리카락이 물기에 젖어 있다. 새우처럼 잔뜩 웅크린 채 자는 것을 보고 몸을 좀 똑바로 뉘어줄까 고민을 했다. 하지만 결국 지환은 들고 있는 이불을 그대로 태이에게 덮어주었다.

방바닥은 뜨끈했지만 역시 주택의 특성상 웃풍이 강하다. 커튼을 최대한 벽으로 붙여 정돈을 했다. 이불도 목까지 올려 바람이 들어오지 못하게 잘 여며주고 귤 바구니를 머리 위에 내려놓은 뒤 태이의 앞에 앉았다.

작은 얼굴에 이목구비가 여백이 없이 꽉 들어차 있다. 사실 처음 태이를 보았을 때 엉뚱하게도 연예인 지망생일 거라고 생각했다. 그래서 자신이 잘못 찾아온 것이라 생각하고 돌아서려고 했다.

「유지환 씨?」

몸을 돌리려던 때 그 목소리에 멈췄다. 태이의 목소리는 청아하고 나긋했다. 아마, 그 목소리에 마음을 정했을지도 모르겠다. 조금 더 깊이 생각하자면 첫눈에 반한 것이다. 그것을 인정하기까지 시간이 꽤 오래 걸렸다. 알량한 자존심이었던 것일까, 그것도 아니면 감정을 인정하기 두려워서였던 걸까. 태이를 바라보는 지환의 눈에 암담함이 내려앉았다.

🍂 🍂 🍂 🍂 🍂

태이가 잠에서 깬 건 새벽 5시가 조금 넘은 시각이다. 작은 조명등 하나가 켜져 있어 사물을 분간하기는 어렵지 않았다.

눈을 떴을 때 놀란 건 지환 때문이었다. 그는 자리에 눕지도 않은 채 앉아서 졸고 있었다. 서둘러 자리에서 일어나 지환의 어깨를 살짝 짚었다. 지환은 눈도 뜨지 않은 채 방금 전까지 그녀가 누워 있었던 이부자리로 파고들었다.

널 사랑하다가

완전히 잠에 취해 있는 모습이 꼭 어린아이 같았다. 태이는 지환이 춥지 않도록 이불을 잘 덮어주고 자리에서 일어나 창가로 걸어갔다.

커튼을 걷었을 때 저도 모르게 아, 소리를 내고 말았다. 꼭 하늘에 구멍이라도 난 것처럼 하얀 눈이 끊임없이 쏟아지고 있었다.

예전에 태림이 했던 말이 생각났다. 태림은 군대를 전방으로 갔었는데 겨울이 오면 무척이나 싫어했다. 하늘에서 오늘도 악마의 비듬이 떨어진다면서 말이다. 태이는 왜 태림이 그런 말을 했던 것인지 오늘에야 이해할 수 있었다.

웃으며 고개를 숙이는데 고모와 고모부가 바깥에서 바쁘게 움직이고 계셨다. 집 바로 앞에 있는 비닐하우스 위에 쌓인 눈을 치우시느라 정신이 없어 보였다. 태이는 재빨리 패딩을 집어 들고 조용히 방을 빠져나왔다.

잠에서 깨기 위해 최대한 빨리 이를 닦은 뒤, 1층으로 내려와 서둘러 신발을 신고 패딩을 걸친 다음 모자까지 썼다. 그렇게 대접을 잘 받았는데 모르는 척 이렇게 손 놓고 있을 수는 없었다.

막상 문을 열고 밖으로 나오니 눈이 오고 있어 그런지 생각보다 춥지 않았다. 다행히 바람도 불지 않았다. 하지만 쌓인 눈을 보고 놀랐다. 과장을 조금 보태자면 그녀의 허리까지 쌓인 듯했다.

"아이고, 추운데 왜 나왔어. 빨리 들어가."

"제가 좀 도울 건 없나 해서요."

"어휴, 다 치웠어. 어차피 두 시간에 한 번씩 치워야 할 양이야. 잠 다 깼으면 고구마 먹을까?"

"고구마요?"

"여보, 마무리하고 들어와."

"그래. 조카며느리도 얼른 들어가. 감기 걸려."

새벽 내내 두 사람은 부지런하게 움직인 모양이었다. 태이는 고모의 손에 이끌려 하우스 안으로 들어갔다.

"여긴 그냥 우리가 먹을 상추나 배추 간단하게 심어놓는 곳."

하우스 가운데에는 모닥불이 피워져 있었다. 종종 이렇게 이용하는 것인지 환풍구까지 만들어져 있었다. 고모는 그 앞으로 가서 목욕탕에서나 볼 법한 플라스틱 의자에 그녀를 앉혔다. 그리고 포일에 싼 고구마를 모닥불에서 꺼내 앞에 놓아주었다.

"아직 뜨거우니까 오 분만 참았다가 먹어."

"네."

"그나저나 눈이 이렇게 와서 언제 도로가 뚫릴지 모르겠네. 30년 만의 폭설이라고 뉴스에서 난리더라고."

"그러게요."

태이가 힘없이 웃으며 말했다. 이렇게 눈 때문에 갇히게 될 거라고는 정말 상상도 하지 못했다.

"우리야 두 사람 오래 있으면 좋지만 주말 지나고 나면

널 사랑하다가

일 있을 거 아니야."

"저는 괜찮은데 지환 씨가 문제죠."

"지환이 요즘에 일 많대?"

태이는 그저 웃었다. 그리고 고개를 끄덕였다. 윤성과 함께 일을 하는 것을 보니 그러지 않을까 짐작을 했다. 태일은 국내 굴지의 기업이니 당연히 일이 많을 수밖에 없다. 그녀야 폭설에 발이 묶였다면 학생들이나 학부모들이 이해를 해줄 테지만 지환은 다르다.

그때 문이 열리며 고모부와 지환이 들어왔다.

"지환이 너도 벌써 깼니?"

"일어나 보니 태이가 없어서요."

"얘, 네 와이프 어디 안 도망간다. 같이 고구마 먹자."

그녀가 없어서 깼다는 말은 핑계일 것이다. 고모 내외가 힘들까 봐 분명 급히 내려왔을 것이다. 지환은 자고 일어난 사람답지 않게 멀쩡해 보였다.

태이는 저도 모르게 얼굴을 쓸어내렸다. 민낯을 보이는 건 왠지 조금 쑥스럽다. 지환은 자연스럽게 태이의 옆에 앉아 고모가 건네는 목장갑을 끼고 포일에서 고구마를 꺼내었다. 익숙한 사람처럼 고구마의 껍질을 까고 태이에게 건네주었다.

"뜨거우니까 조심해."

"우린 옆에 가서 나무 좀 보고 올게."

고모 내외는 꼭 자리를 피해주는 것처럼 하우스에서 빠

져나갔다.

"아, 이거 좀 마시고."

지환은 태이에게 보온 컵을 건네주었다. 뭔가 싶어 조심히 마셨는데 시원한 동치미 국물이었다.

"지금 체하면 약도 없어."

고개를 끄덕이고 고구마를 입으로 가져갔다. 샛노란 호박고구마는 무척이나 달고 맛있었다.

"맛있다."

"요즘 이런 군고구마 먹기 흔치 않지?"

"편의점에서도 팔아."

"그래?"

지환은 전혀 모르는 듯했다. 그러면서도 믿지 못하겠다는 얼굴을 하고 있었다. 요즘 편의점 시설이 얼마나 좋은데.

"지환 씬 편의점 안 가?"

"갈 일이 없어서."

생각해보니 지환은 그 흔한 담배도 피우지 않는다. 선 자리에서 상대를 만나면 '한 대 피워도 되죠?'라고 태이는 말하곤 했다. 그러면 사람들의 눈엔 당혹감이 어린다.

사실 그녀도 담배는 피우지 않았다. 그냥 상대방을 떨궈낼 생각을 하고 그렇게 말한 것뿐이었다. 그런데 그 말에 아무 표정변화도 보이지 않은 사람이 있었다. 지환이었다. 오히려 그녀를 향해 라이터를 내밀었다. 담배는 태우지 않

널 사랑하다가

지만 사람들을 많이 만나다 보니 가지고 다닌다면서.

"편의점 자주 가?"

"간단히 먹으려면 어쩔 수 없어서. 삼각김밥이나 뭐 그런 거."

"그런 거 먹으니까 위가 안 좋아지는 거야."

"좀 챙겨먹으려면 집에 들어가야 하는데 그건 싫거든. 어떻게 한 독립인데."

그 말에 지환은 잿더미를 뒤적이기만 했다. 태이는 다시 고구마를 베어물었다. 방금 전까지만 해도 무척이나 맛있었는데 지금은 아무 맛도 나지 않는 것 같았다. 그래서 동치미 국물을 마셨다.

"사무실 위에 오피스텔 얻었어. 거기 와서 밥 챙겨먹어."

"어?"

"언제까지나 사촌동생 집에 있을 순 없잖아."

"지환 씨, 나는……."

"한밤중에 전화 받고 또 응급실에 가고 싶지 않아."

"나도 염치가 있는데 어떻게 지환 씨한테서 밥을 얻어먹어."

"그렇게라도 하지 않으면 너 식사 안 챙기잖아."

원래 밥을 잘 챙겨먹는다는 건 그녀의 사전에 없는 일이다. 집에서도 굳이 아침을 먹으라 강요하지 않았다. 정 배가 고프면 토스트를 먹거나 밖에 나가 브런치를 먹었다. 나중엔 그것도 귀찮아져서 삼각김밥을 사 먹거나 라면을 먹기도 했다.

혜령은 삼각김밥은 먹는 주제에 편의점 도시락은 먹지 않는다며 그녀를 놀리곤 했다. 특유의 냉동음식 맛이 싫기 때문이었다.

"그 정도 염치는 없어도 돼. 혼자 먹기 힘든 음식들도 있잖아."

그래도 되는 걸까? 태이는 유난히 해물탕을 좋아했는데 지환과 함께 살 때는 한 달에 한두 번 정도 먹을 수 있었다. 밖에서 사 먹는 것보다 훨씬 해물이 푸짐하고 맛도 깔끔하고 좋아서 무척이나 잘 먹었다.

"나중에 지환 씨하고 결혼할 여자는 좋겠다."

"뭐?"

"음식도 잘하고, 청소도 잘하고."

지환이 웃으며 고개를 저었다. 그리고 고구마 껍질을 정성스레 다 깐 뒤 그녀에게 내밀었다.

"지환 씨 먹어. 나 아직 반도 못 먹었어."

"잘 좀 먹어. 살 많이 빠진 것 같다."

"위가 좀 안 좋았잖아."

태이가 씁쓸하게 웃으며 말했다. 지환과 함께 살 때, 늘 그녀를 괴롭혔던 만성 위장병은 정말 지금 돌이켜보면 거짓말처럼 잠잠했다. 새삼 지환이 고마워졌다. 잠시라도 속쓰림을 겪지 않게 해주어서. 초등학교 시절부터 만성인 병이었다.

의사도 딱히 원인을 찾기 힘들다며 고개를 저었다. 그저 스트레스라는 말에 부모님은 이해를 할 수 없어했다. 아마 부모님은 그때 대체 애가 뭐가 부족해서 이러냐고 물었을 것이다. 사회 구성원이 되면서부터 스트레스를 많이 받은 건 성격 탓일 터다.

태이는 정적이고 조용한 것을 좋아했다. 누군가의 눈에 띄는 걸 원하지 않았고 바라지도 않았다. 하지만 그녀가 어느 집안의 딸인지는 순식간에 퍼져나갔고 그때부턴 정말 동물원 원숭이가 된 듯했다. 학기가 바뀌거나 학년이 바뀌고, 또 상급 학교에 진학할 때마다 그 꼬리표는 떨어지지 않았다. 오히려 별 이상한 소문들까지 가중되어 복통의 원인이 되었다.

"언제부터 그런 거야?"

"오래됐어. 초등학교?"

"학교가 맞지 않았던 거 아니야?"

"그럴 수도 있어. 엄마는 좀 후회하는 눈치더라. 근데 그땐 홈스쿨링 같은 게 보편화되지 않았었으니까. 외국에 나가서도 마찬가지였고."

그때 지환의 주머니에 들어 있는 휴대전화가 울렸다. 아직 6시도 채 되지 않은 시각인데 급한 연락인 모양이었다. 주머니에서 휴대전화를 꺼내 액정을 확인한 지환의 얼굴이 굳었다.

전화의 주인공이 미주일지도 모른다는 생각이 들었다.

"자리 비켜줄까?"

"아냐. 네, 형님. 유지환입니다."

전화의 주인공은 태림인 모양이었다.

– 어디야?

휴대전화 성능은 좋아서 옆에 앉아 있는 태이에게까지 그대로 태림의 목소리가 전달되었다.

"논산입니다."

– 논산? 영광 간다고 하지 않았나?

"눈이 많이 오는 것 같아서 어제저녁에 출발했는데 발이 묶여서요. 고모님 댁으로 왔습니다."

– 다음 주 월요일까지 쏟아진다는데.

"수요일까지는 재판이 없습니다. 약속은 조율해야죠."

– 태이는 어때?

태림의 목소리를 들었는지 태이의 눈이 동그래졌다. 정아가 말했을 리 없다. 그렇다면 지환과 태림이 연락을 하고 지냈다는 이야기다.

"오빠한테 말했어?"

지환의 시선이 잠시 태이에게로 향했다. 사실 태이는 조금 놀랐다. 태림과 지환의 사이가 제법 나쁘지 않았기 때문이었다. 지환이 휴대전화를 반대편으로 돌리며 말했다.

"좋아 보입니다. 잘 먹고."

– 다행이네. 나도 오늘 지방에 왔는데 발이 묶였어. 최소 월요일까지 묶여 있어야 할 것 같은데 태이 좀 신경 많

널 사랑하다가

이 써주고. 뭐, 알아서 잘할 거라 믿지만.

"알겠습니다."

— 저…… 매부.

"네, 형님."

— 어제 태이 괜찮았지?

"네. 무슨 일 있습니까?"

— 사실, 어제가 승혁이 기일이었거든.

낮은 숨을 뱉었다.

지환은 저도 모르게 태이를 보았다. 태이의 표정에선 아무것도 읽을 수 없었다.

멋대로 손가락이 종료를 눌렀다. 문득 태림에게서 승혁의 이야기를 들었던 지난주의 일이 떠올랐다.

분명 액정에 뜬 건 태이의 전화번호였는데 모르는 남자의 목소리가 흘러나와 자리에서 벌떡 일어났다.

구급대원의 전화를 받은 시각은 새벽 2시. 놀라서 달려간 곳은 응급실이었고 태이는 파리한 안색으로 링거를 맞고 있었다.

「한태이.」

「보호자 되십니까?」

「어떻게 된 겁니까?」

「영양실조에 위염이 심각합니다. 장염 증상도 있고. 위경련 때문에 며칠 힘들 수 있으니 조심하는 게 좋습니다.」

의사는 차분히 태이의 증상을 설명해주었다. 태이는 눈을 뜬 채 멍하니 천장을 보고 있었다. 지환은 의사의 이야기를 들으면서도 눈은 태이에게 박혀 있었다. 의사가 자리를 뜨자 침상에 누워 있는 태이에게 다가갔다. 그렇지 않아도 새하얀 피부가 오늘따라 더욱 창백해 보였다. 오히려 푸르게 보일 정도였다.

「한태이.」

「아직 휴대전화에서 지환 씨 번호를 못 지웠어. 미안해.」

「잘했어. 링거 다 맞으면······.」

「나 쓰러졌다는 거 집에 이야기하지 마.」

「우선 쉬어. 잠깐 나갔다 올게.」

이미 오면서 태림에게 전화를 한 뒤였다. 지환은 응급실을 나오며 휴대전화를 들었다. 벌써 태림이 오고 있을지도 모른다는 생각이 들었다. 막 고개를 돌리는데 급히 뛰어오는 태림이 보였다.

「형님.」

「어떻게 된 거야?」

「저도 급해서 연락드리긴 했는데 태이는 가족들이 몰랐으면 하는 것 같습니다.」

「어휴, 잘 좀 챙겨먹지.」

태림이 한숨을 내쉬며 의자에 털썩 주저앉았다. 지환은 자판기에서 시원한 음료수를 뽑아 태림에게 내밀었다. 분명 밖은 공기가 싸늘한데 태림은 급히 뛰어온 듯 이마에 식은땀이 맺혀 있었다.

태림은 캔을 받자마자 한 번에 비워내고 구겼다.

「새벽에 갑자기 전화 드려 죄송합니다.」

「아냐, 당연한 거지. 그런데 왜 자네한테 먼저 연락한 거야?」

「아직 휴대전화에서 번호 안 지웠나 봅니다.」

「게으르기는. 하긴, 아플 때도 됐지.」

「아플 때요?」

「작년 이맘때쯤도 아프지 않았어?」

지환이 기억을 더듬었다. 그러고 보니 밤새 식은땀을 흘리고 앓았던 게 이맘때쯤이었던 것도 같다. 밤이 새도록 이마에 올린 수건을 갈아주었었다.

태림은 지환의 표정을 보고 생각을 읽은 모양이었다.

「자네도 들었지? 송승혁이라고.」

「네, 전에 사귀었다고…….」

직접적으로 사귀었다고 들은 건 아니다. 그냥 짐작했을 뿐이다. 그 나이까지 태이가 누군가를 만나지 않았다고는 물론 생각하지 않는다.

신혼여행 첫날, 술을 과하게 마신 태이가 취해 울면서 승혁이라는 이름을 불렀다.

그날 자신의 손을 잡고 그렇게 서글피 울지 않았더라면 지금과는 다른 결과를 만들어냈을까? 태이를 안지 않은 건, 아니, 안지 못한 건 태이의 그 서글픈 '보고 싶어.'라는

I love you

145

말 한마디 때문이었다.

　어떻게 보면 두 사람은 정략으로 맺어진 관계다. 한 이사장이 자신의 딸을 만나볼 의향이 있냐 물었을 때 지환은 평소처럼 생각했다. 어쨌거나 그는 데릴사위로 적합한 인물이었으니까.

　그동안 몇몇 유명 기업의 딸들부터 시작해서 병원장이나 부장판사의 딸, 조카, 가릴 것 없이 여기저기 만났다. 그가 거절할 위치도 아니었거니와 그럴 명분도 없었다. 그렇게 태이를 만난 건 여덟 번째던가, 아홉 번째 자리였다.

　사실 태이의 말에 놀랐다. 어차피 이쪽 세계 다 똑같으니 싫지만 않으면 결혼하자고. 첫 만남에 그런 말을 꺼내는 여자는 없었다. 고개를 끄덕였던 건 역시, 태이의 목소리에 반했기 때문이었다.

　「태이가 그 말만 해?」

　지환은 입을 다물었다. 그 이상은 알 수가 없다. 그날 이후로 지환은 태이의 입에서 승혁의 승 자도 듣지 못했으니까.

　「내 친구였어. 미래가 촉망되는 디자이너이기도 했고.」

　「디자이너요?」

　「차, 요트, 오토바이 같은 걸 디자인했지.」

　지환이 고개를 끄덕였다.

　「저번에 태일에서 나온 TX시리즈 있잖아. 그거 만든 친구야.」

지환이 아, 소리를 뱉었다. 그 자동차는 혁신적인 디자인으로 국내 승용차 업계에 큰 반향을 불러일으켰다. 지환 역시 결혼을 하면서 윤 여사가 선물을 해준 B사의 SUV가 아니었다면 역시 그 차를 계속 타고 다녔을 것이다.

「낚시를 참 좋아하던 친구였는데.」

「좋아하던?」

「곧 그 녀석 기일이야.」

태림의 목소리는 울먹였고, 지환은 아득함을 느꼈다.

"지환 씨?"

다시 현실로 돌아왔다. 코앞에는 몽글몽글 김이 나는 샛노란 고구마가 있었다. 정신을 차려보니 태이가 그가 먹을 고구마 껍질을 깐 모양이었다. 지환은 들고 있던 포일에 싸인 고구마를 내려놓고 태이가 건네는 것을 받았다. 그러자 태이는 그를 향해 보온 컵도 내밀었다.

"지환 씨도 이거 마시고 먹어."

"고마워."

컵을 받아들어 한 모금 마시고 간이 테이블에 내려놓았다. 그리고 왼쪽 장갑을 벗어 태이의 얼굴로 가져가다 그대로 멈췄다. 태이는 그의 손길을 피할 생각이 없는지 움직이지 않고 있었다. 이렇게 새까만 눈동자를 마주 보는 건 역시 버겁다. 지환은 멈칫거리던 손을 움직여 태이의 왼쪽 뺨에 묻은 재를 슬쩍 닦아주었다.

"열심히 껍질 깐 모양이네."

"생각보다 잘 안 까지더라. 너무 두껍게 까져서 먹을 거 없지?"

"원래 이렇게 불에 넣고 구우면 그래."

"오빠 친구였어."

지환의 손이 툭 떨어졌다. 통화 내용을 다 듣고서 말을 꺼낸다는 걸 알 수 있었다. 그동안 스스로가 궁금해도 차마 묻지 못했던 말들이다.

"사실 어려서부터 봐서 별 감흥 없었거든."

"그래."

"근데 유학을 가서 만났는데 너무 반가운 거야. 타지에서 아는 사람을 만났으니 더욱 그랬겠지? 그 뒤론 수순처럼 평범하게 사귀는 사이가 된 거지."

"얼마나?"

그렇게 물으며 지환은 스스로가 치졸하다는 생각을 했다. 굳이 묻지 않아도, 알고 싶지 않았다. 아니, 알고 싶기도 했다. 모순적인 마음들이 치열하게 부딪쳤다.

"2년쯤?"

지환은 입을 다문 채로 고개를 끄덕였다.

"우리 부모님이 정략으로 만나셨잖아. 그래서 자식은 그렇게 결혼시키고 싶지 않으셨는지 연애도 허락하셨지. 어차피 어려서부터 봐왔던 오빠 친구이기도 하고. 낚시를 좋아했어. 스트레스는 그걸로 풀었대. 그런데 누가 죽으려고 뛰어들었나 봐. 그 사람을 구하고 자기가 죽었어."

뭐랄까. 태이의 목소리는 무척이나 담담하고 고저가 없었다. 마치 남의 이야기를 하고 있는 느낌이었다. 지환은 낮게 숨을 뱉었다. 등으로 식은땀이 배어드는 느낌이다. 이런 식으로, 이렇게 이르게 태이의 이야기를 듣게 될 줄은 몰랐다.

한 이사장이 왜 태이의 결혼을 서둘렀는지도 알 수 있었다. 태이 역시 승혁이라는 사람을 잃고 마지못해 살았을 것이다. 그날, 태이를 만났을 때 눈빛은 공허했다. 아니, 빛났던 적이 있긴 했던가? 없다.

"다행히 올해는 괜찮네. 그리고……."

태이가 잠시 말을 끊었다. 지환은 허리를 꼿꼿이 폈다. 긴장을 하면 으레 나오는 습관적인 행동이었다.

"사실 잊고 있었어."

무엇을?

지환의 눈빛을 읽은 모양이다. 아주 미세하지만 태이의 입술 끝이 올라갔다.

"기일."

입술이 벌어졌지만 말이 나오지 않았다. 누군가가 목을 조르고 있는 것 같기도 했고, 숨을 쉬지 못하게 코를 막고 있는 것도 같았다.

"아프지도 않네. 3년쯤 지나면 이렇게 되나 봐. 아닐 거라고 생각했는데 잊히더라."

아주 천천히 지환이 고개를 끄덕였다.

"눈 더 오는 거 아니야?"

그 말에 지환이 고개를 돌렸다. 불투명한 비닐이라 밖이 보이진 않지만 무섭게 떨어지고 있는 눈송이가 조명 빛에 보이고 있었다.

"불 좀 쬐고 있어. 나가보고 올게."

태이가 고개를 끄덕였다. 자리에서 일어난 지환이 태이를 보고 말했다.

"고마워."

"뭐가?"

"고모. 신경 써줘서."

"신경?"

"용돈도 보낸다며."

"아, 그거. 어차피 계좌이체 설정해놓은 건데 뭐. 신경 쓰지 마."

지환의 심장이, 아니, 일말의 희망이 툭 떨어졌다. 그래, 한태이는 무심한 사람이었다. 착각이었다. 곁에 있는 것 같지만 멀리 있는 사람이다. 마치, 섬처럼.

단 한 번도 넌

태이는 문을 닫고 나가는 지환의 뒷모습을 물끄러미 바라보았다. 그림자가 하우스 위로 길게 지더니 이내 사라졌다. 손이 허벅지로 툭 떨어졌다. 지환이 승혁에 대해 알고 있을 줄은 몰랐다.

결혼생활 동안 태림과 지환은 꽤 가깝게 지낸 모양이다. 태림은 웬만해선 승혁에 대해 말을 꺼내지 않는다. 정아에게도 거의 말을 하지 않았다고 했다. 하지만 통화하는 내용을 들어보니 두 사람 사이에 한두 번 나온 이름은 아닌 듯했다.

결혼 전 누군가를 만났다는 것은 크게 비밀스러운 일이 아니다. 다만 고인이 된 사람을 언급하는 게 좋지 않았을 뿐이다. 어차피 지환 역시 크게 관심도 없는 듯했다. 아니, 애초에 관심이 없어 시작된 부부가 아니었나? 문득, 한태이가 좋아지기 시작했다던 지환의 목소리가 떠올랐다.

어떤 부분에서 지환은 그런 마음을 느낀 것일까? 스스로 생각해도 자신은 건조한 사람이었다. 애초에 기대가 없지 않았던가?

처음 보았을 때 지환도 비슷한 사람이라고 생각했었다. 문득 궁금했다. 한 이사장은 지환의 가정환경을 다 알았음이 분명하다. 지환의 어떤 면을 보고 딸과 결혼을 해도 좋겠다고 생각한 것일까? 검사 출신 변호사라서? 아니면 부모가 없으니 딸이 더 편할 거라고 생각해서?

아마 후자에 가까울 것이다. 한 이사장은 딸인 태이를 무척이나 아꼈다. 종종 태림은 웃으면서 '아버진 편애가 너무 심해요.'라고 말하곤 했다. 태이 역시 한 이사장이 자신을 많이 아낀다는 것을 알고 있다.

승혁과는 처음부터 열렬했던 관계는 아니었다. 사귀다 보니 감정이 깊어졌다. 결혼 약속을 한 연인의 갑작스러운 죽음은 많이 힘들었다. 아마 가까운 누군가의 죽음이 처음이었기 때문일 것이다. 그것도 반려가 될 사람의 죽음이었다.

세월이 지나면 잊는 게 사람이라지만 태이는 승혁이 지워질 거라고는 생각하지 못했다.

올해는 승혁의 네 번째 기일이었다.

사람을 추억하고 기억하는 건 3년까지가 유효기간인 것일까? 그것도 아니면 가슴에 묻어두게 되면서 더 이상 날짜는 의미가 없는 것일까?

쉼 없이 내리는 눈이 긴 그림자를 만들어냈다. 쉬이 그칠 것 같지가 않았다.

자리에서 일어나 하우스 밖으로 나온 태이는 고개를 돌렸다가 저도 모르게 웃고 말았다.

고모 내외와 지환이 눈사람을 만들었는데 그 크기가 워낙 커서인지 눈사람 머리 하나를 세 사람이 한꺼번에 힘을 합쳐 들어올리고 있었다. 고모는 옆에서 나뭇가지를 가져와 그것을 몸통 양옆에 꽂았다.

눈사람을 보는 건 참 오랜만이었다.

확실히 눈이 많이 내리긴 한 모양이었다. 지환이 나간 지 오래되지도 않았는데 벌써 눈이 머리에 하얗게 쌓여 있었다. 태이를 발견한 지환이 눈을 밟으며 다가왔다. 고개를 돌리니 집에서 하우스까지 쓸었던 길이 다시 눈으로 하얗게 덮여 있었다.

"언제 그칠지 모르겠어. 9시 넘으면 장인 장모님께 전화 드려."

"그럴게."

"혹시……."

지환이 말을 끊자 태이가 시선을 돌렸다. 그녀는 지환의 얼굴에서 답을 읽었다.

"아냐, 그냥 여행 온 줄 아시니까 뭐. 눈 때문에 못 올라가니까 알겠다고 하시겠지. 몽글이도 엄마한테 맡겨났거든."

"장모님이 봐주셔?"

지환이 놀란 얼굴을 했다. 하긴, 처음에 몽글이를 보고 윤 여사가 기겁을 했었으니 당연한 일일 것이다.

"우리 엄마 몽글이 좋아해."

그럼에도 지환이 믿기지 않는지 약간 의심 가는 듯한 얼굴을 하자 태이가 웃으며 고개를 저었다.

"나도 놀랐다니까. 심지어 몽글이 침대까지 올려서 같이 자."

"계속 싫어하시는 줄 알았어."

"아무래도 동물을 키워보신 적이 없으니까."

"다행이네."

"몽글이 보고 싶어?"

지환이 고개를 끄덕였다. 그러고 보니 몽글이를 데려온 건 지환이었다. 그리고 사실 몽글이가 지환을 더 잘 따르지 않았던가. 지환의 손바닥만 한 크기의 몽글이는 그가 퇴근을 하고 오면 발밑에서 알짱대느라 정신이 없었다. 그 작은 몸에 어디서 그런 힘이 나는지 점프를 하면서 빨리 안아달라 보챘다. 그럴 때마다 지환은 큰 키를 수그려 몽글이를 소중하게 껴안았다.

"휴대전화에 사진 많아. 이따 보여줄게. 그리고 올라가면 지환 씨 집에 밥 먹으러 갈 때 데리고 가도 돼?"

"올 거야?"

"오라면서. 빈말이었어?"

아마 지환에게 사귀는 여자가 있었다면 그렇게 하지 않을 것이다. 두 사람은 이혼한 부부이긴 했으나 여타 평범

한 부부들과는 다르지 않던가. 같이 밥 정도 먹는다고 해
서 나쁠 건 없었다.

"어휴, 이놈의 눈이 언제 그칠지 모르겠네. 하우스에 좀
더 들어가 있어. 저이는 계속 눈 치워야 할 거 같고 난 들어
가서 밥 좀 할게."

"고모님, 저도 도울게요."

"아이고, 그냥 찌개만 데우면 돼. 다 되면 부를게. 참, 정
심심하면 하우스에서 상추 좀 뜯어 와, 지환이랑."

고모가 서둘러 집으로 들어갔다. 태이가 어쩔 줄을 모르
고 우물쭈물하는데 지환이 그녀의 어깨를 슬쩍 감싸안고
하우스 쪽으로 발걸음을 옮겼다. 그리고 들어서자마자 그
녀의 어깨에 쌓인 눈을 살짝 털어주었다.

태이가 고개를 숙여 머리를 털어내며 고개를 들었을 때
지환의 속눈썹에 쌓여 있는 눈이 보였다.

지환의 속눈썹은 꼭 연장을 해놓은 것처럼 촘촘하고 길
었다. 그게 불편하지도 않은지 지환은 그녀의 패딩을 장갑
으로 쓸어내리고 있었다. 그러고 보니 지환의 속눈썹이 길
다는 것도 오늘 처음 알게 되었다. 속눈썹에 쌓였던 눈이
녹아 마치 눈물처럼 그의 볼로 툭 떨어졌다.

"난 괜찮아. 지환 씨 옷 털어."

태이가 슬쩍 반걸음 물러섰다. 지환이 고개를 끄덕이며
자신의 옷은 대충 털고 상추가 심어져 있는 쪽으로 걸어갔
다. 그리고 옆에 있던 바구니를 대충 흔들더니 상추를 뜯

기 시작했다. 태이도 지환이 있는 쪽으로 걸어가 그가 어떻게 상추를 뜯나 보았다.

"괜찮아. 앉아 있어. 내가 하면 돼."

지환은 그녀가 못 미더운 모양이었다. 하긴, 확실히 이런 건 했던 사람이 하는 게 좋긴 하다. 하지만 원래 사람들이란, 안 해본 일일수록 호기심을 갖지 않던가. 태이는 혼잣말로 "그게 뭐 어려운 일이라고." 하며 지환의 옆에 쭈그리고 앉아 상추로 손을 뻗었다. 한 장 한 장 뜯어 차곡차곡 쌓는 태이를 보며 지환이 웃었다.

"왜 웃어?"

"돈 세는 것 같아서."

그 말에 태이가 자신의 손에 있는 상추를 보았다. 꼭 만원권 지폐같이 차곡차곡 쌓여 있는 게 그럴듯해 보였다.

"그만하면 됐어. 어차피 넷이 먹을 건데. 들어가자."

지환이 바구니를 앞으로 내밀자 태이가 그 안으로 들고 있던 상추를 넣었다. 생각보다 상추따기는 재미있었다. 어쩌면 지환과 함께 하는 이 새로운 일들이 재미있을지도 모른다는 생각이 들었다. 부정하고 싶게도.

아침까지 먹고 난 뒤부터 정신이 없어졌다. 눈은 정말 앞이 보이지 않을 정도로 내리기 시작했고 네 사람은 하우스 위의 눈을 치우느라 정신이 없었다. 처음에 고모 내외는 태이에게 무슨 그런 험한 일을 시키느냐며 만류했다. 하지만 함박눈이 펑펑 쏟아지기 시작하자 아예 정신이 없어져 태이가 무슨 일을 하는지도 모르고 바쁘게 움직이기 시작했다.

태이는 긴 막대를 가지고 하우스를 덮고 있는 눈을 끌어내리기에 여념이 없었다. 해도 해도 끝이 없는 싸움이었다. 이래서 자연을 위대하다고 하는가 보다. 그리고 태림의 그 '악마의 비듬'이라는 말이 오늘에야 제대로 이해가 되었다.

어둑어둑해지는 저녁이 되어서야 눈은 다시 잦아들기 시작했고 네 사람은 기진맥진한 몸을 이끌고 집으로 들어왔다. 태이는 할 수 있다면 그대로 쓰러져 눕고 싶을 정도였다. 예전엔 이렇게 눈이 오면 그냥 밖에 나가지 않으면 된다고 생각했었다. 하지만 농사를 짓는 사람들에게 이런 눈은 재앙에 가까웠다.

고모부는 소파에 드러눕자마자 코를 골기 시작했다. 그때 태이의 눈앞으로 초코과자 하나가 나타났다. 고개를 돌리니 지환이 옆에 앉으며 과자를 내밀다 이내 봉지를 뜯어 다시 건네주었다. 사실 봉지 하나 뜯을 힘이 손가락에 남아 있지 않아 고마웠다.

"고마워."

"우유도 좀 마시고."

멸균 팩에 들어 있는 우유에 스트로를 꽂아 지환이 건네주었다. 그것을 받기 위해 손을 내미는데 부들부들 떨리는

게 눈에 보일 정도였다. 지환은 스트로를 그녀의 입에 대
주었다.

"나 어린애 아닌데."

"떨어뜨릴 것 같아서 그래."

"고마워."

떨어뜨리면 치우기가 더 힘들다. 사실 아침에도 입맛이
없어 먹는 둥 마는 둥 하는 바람에 지금 무척이나 배가 고
팠다. 시계는 어느덧 오후 6시를 향해 가고 있었으니 거의
열두 시간을 공복으로 눈만 치운 것이다. 시간의 흐름에
놀란 건 지환 역시 마찬가지인 듯했다. 멍하니 시계를 보
고 있는 것을 보니.

태이가 순식간에 우유를 절반이나 비워내자 지환은 시
계에서 시선을 돌렸다. 그리고 그녀의 입으로 초코파이를
가져다주었다. 더는 체면을 세울 것도 없어 태이는 크게
한입 베어물었다.

이런 간식거리를 평소에 좋아하지도 않았는데 지금은
마치 세상에서 제일 귀한 음식같이 느껴졌다. 입안 가득
찬 빵을 우물거리는데 지환과 눈이 마주쳤다.

"지환 씬 안 먹어?"

"먹어."

그렇게 말하면서도 지환은 팔을 뻗어 옆에 있는 바구니
에서 귤을 꺼내 껍질을 까기 시작했다. 태이는 지환이 내
려두었던 우유를 들어 그의 앞으로 내밀었다. 그것을 물끄

널 사랑하다가

러미 보던 지환이 스트로를 물어 우유를 한 모금 마시자 태이는 반절이 남은 초코파이를 입에 넣어주었다. 지환은 그것까지 입에 넣고 나서 껍질을 다 깐 귤을 절반으로 나눠 태이의 입으로 가져갔다. 태이는 저도 모르게 몽글이와 장난을 치는 것처럼 앙 소리를 내며 먹었다. 그러다 지환의 손가락을 무는 바람에 재빨리 입을 벌렸다.

"지환 씨, 괜찮아?"

"괜찮아."

괜찮다고 말하는 지환을 보면서 태이가 재빨리 그의 손을 잡아 살폈다. 다행히 생채기가 나 있거나 하지는 않았지만 잇자국이 있었다.

"미안."

"괜찮다니까."

"몽글이하고 장난치는 게 버릇이 돼서."

지환이 웃었다. 큰 눈이 반달 모양이 되는 모습은 꼭 어린아이를 연상시켰다. 문득 어릴 때의 지환이 어떤 모습이었을지 궁금해졌다.

"몽글이 이가 날카로울 텐데."

"오늘 너무 고생해서 어떡해. 그대로 있으면 몸살 나니까 가서 뜨거운 물로 씻어."

"그럼 씻고 나올게요."

태이는 고모가 건네는 커다란 타월을 들고 자리에서 일어나다 지환을 보았다. 오늘 고생을 한 사람은 당연히 지

환이었다. 그녀야 거의 흉내만 내지 않았던가. 태이가 헛
손질을 하고 있으면 재빨리 지환이 와서 눈을 치워주었다.
지환의 머리카락은 눈인지 땀인지 모를 것으로 흠뻑 젖어
있었다.

"지환 씨 먼저 씻어."

"아냐, 감기 걸려. 얼른 올라가 씻어."

"난 좀 오래 걸리잖아. 그러니까 지환 씨가 먼저 씻는 게
좋겠어."

"그래, 그럼 빨리 씻고 나올게."

지환이 일어나 점퍼를 벗고 계단을 올랐다. 옆에 있던 쓰
레기를 치우고 돌아서던 태이는 흐뭇한 얼굴로 웃고 있는
고모와 눈이 마주쳤다.

"두 사람 사이좋아 보여서 보기 참 좋네."

태이는 그저 웃고 말았다. 역시 양심에 찔리는 일은 어쩔
수가 없다.

"고모님도 얼른 씻으세요."

"저 양반 깨워서 같이 들어가야지, 뭐. 그나저나 둘이 무
슨 내외하고 그래. 괜찮으니까 같이 올라가서 씻어."

"네?"

"에이, 알 거 다 아는 사람들끼리 뭐 어때."

고모가 호탕하게 웃으며 고모부를 깨웠다. 태이는 그저
어색하게 웃고 말았다. 그리고 고개를 돌려 계단을 보았
다. 고모의 말처럼 평범한 부부였다면 같이 씻어도 어색하

지 않았을까?

상상만으로도 태이의 얼굴이 붉어졌다. 평범한 부부였더라도 지환과 같이 씻는 건 상상이 되질 않았다.

결국 태이는 2층으로 올라가지 못하고 지환이 씻고 내려온 다음에야 계단을 오를 수 있었다. 욕실 문을 열자 김으로 연기가 자욱했다. 2층엔 욕조가 없어서인지 간이 욕조가 하나 따로 있었는데 손을 대어보자 뜨거울 정도의 물이 가득했다. 아마도 그녀가 바로 몸을 담글 수 있게 지환이 받아놓은 듯했다.

옷을 벗고 발을 담갔다 태이는 그대로 빼내고 말았다. 손과 발이 얼어 붉어져 있었다. 이젠 가렵기까지 해서 저도 모르게 몇 번이나 긁어댔다. 몇 번이나 뜨거운 물을 끼얹고 나서야 안으로 들어갔다.

뜨거웠지만 처음보단 참을 만했다. 아우성을 치던 근육들이 그제야 잠잠해지기 시작했다. 태이는 눈을 감고 그 뜨거울 정도의 따뜻함을 즐겼다. 욕실에서 나는 은은한 샴푸 향은 지환에게서 맡을 수 있는 것이었다.

크게 숨을 뱉고 마시고를 반복했다. 그 따뜻함에 얼었던 코도, 볼도 녹기 시작했다. 이 따뜻함이 좋아서 온기가 오래갔으면 좋겠다는 생각이 들었다.

하지만 너무 오래 있으면 안 된다는 생각에 일어나 샤워를 마저 하고 뒷정리를 하는데 노크가 울렸다.

"네?"

"다 끝나가나 해서."

깜짝 놀라 저도 모르게 가슴을 누르며 한숨을 뱉었다.

"이제 닦고 나갈게."

"그래, 천천히 내려와."

벌거벗은 채 지환의 목소리를 듣는 건 기분이 묘했다. 조금 전 고모의 말이 생각나서 더 그런지도 모른다.

재빨리 물기를 닦아내고 옷을 입는데 마음처럼 되지 않아 손길이 급해졌다. 둘둘 말리는 셔츠를 겨우 내리고 머리카락을 대충 수건으로 동여맨 다음 욕실에서 나와 방으로 들어갔다. 대충 얼굴에 로션만 바른 뒤 머리카락을 한 번 더 닦아냈다. 그나마 긴 머리가 아니라 다행이라 생각하며 거울을 보고 다시 얼굴을 확인했다.

왠지 얼굴이 푸석해 보인다. 로션을 듬뿍 발랐다고 생각했는데도 얼굴엔 수분기 하나 없어 더 바를까 생각도 했다. 눈가엔 그늘이 져 있는 것 같고 눈은 충혈되어 생기를 찾을 수 없었다. 하지만 더 지체할 수 없어 거울을 뒤로하고 계단을 내려갔다. 거실에 아무도 없기에 부엌으로 들어갔다. 지환은 무언가를 정리하는 듯 싱크대 앞에서 서성이고 있었다.

"고모님은?"

"대충 라면 드시고 들어가셨어. 좀 주무셔야 할 거 같다고."

"아."

"배고프지? 앉아."

식탁 앞에 앉자 지환이 넓은 접시를 들고 왔다. 주황빛 떡볶이가 먹음직스럽게 담겨 있었다.

"마침 재료가 있어서. 라면보단 나을 것 같기도 하고. 우리도 먹고 좀 일찍 자야 할 것 같아. 새벽부터 눈이 다시 온다고 했거든."

지환의 말에 고개를 끄덕인 태이가 젓가락을 들었다. 작은 접시에 당면을 가득 뜬 지환이 태이에게 건네주었다. 계란 국도 떠서 앞에 놓아주었다. 태이는 배가 고파서 음식이 입으로 들어가는지 코로 들어가는지도 모를 정도로 씹고 넘기기 바빴다. 조금 전 먹은 간식거리로는 간에 기별도 가지 않았다.

태어나 이렇게 배가 고파본 것도 처음인 듯했다. 겨우 배가 차자 정신이 들었다. 티슈로 입가를 닦으며 고개를 드는데 자신을 보고 있는 지환과 눈이 마주쳤다. 너무 게걸스럽게 먹은 모양이다.

"아, 나 때문에 못 먹었어?"

"아니, 넌 어묵이나 떡은 잘 안 먹잖아."

지환 역시 배가 고팠던 모양인지 당면을 두고 다른 것들을 먹은 모양이었다. 설거지는 자신이 할 테니 빨리 올라가서 쉬라는 말에 태이는 고개를 끄덕였다. 어차피 지환이 정리를 하는 게 효율적이라는 것을 알고 있기 때문이다.

어젠 정말 피곤해서 곯아떨어져 옆에서 지환이 앉아 잤

던 것도 몰랐다. 아마 자신보다 지환이 훨씬 피곤하지 않을까 싶었다. 하지만 남자라 그런 건지, 그녀의 앞이라 그런 건지 지환은 피곤한 내색도 하지 않았다.

이를 닦고 방으로 들어와 따뜻한 이불 속으로 들어갔다. 집에 전화를 하기로 했던 게 생각나 휴대전화를 들었다. 부재중 전화가 여섯 통이나 찍혀 있어 태이는 서둘러 손가락을 움직였다.

– 왜 이리 통화가 안 되니?

기다렸던 듯 윤 여사가 신호음이 한 번 채 울리기도 전에 전화를 받았다.

"정신이 없어서 그랬어."

– 지금 어디야?

"여기? 논산."

– 영광 간다던 애가 무슨 논산을 갔어?

"눈이 너무 많이 올 거 같아서 먼저 올라오는데 여기서 막혔지, 뭐. 엄마, 몽글이는?"

– 아이고, 엄마 걱정은 하나도 안 하지, 나쁜 년. 몽글이는 잘 먹고 잘 싸고. 세상에, 너희 아빠가 앉으라고 세 번 가르쳤는데 그걸 바로 하더라니까? 천재 같아.

아무래도 윤 여사와 한 이사장은 몽글이의 재롱에 푹 빠진 모양이었다. 목소리에 뿌듯함이 묻어 있었다.

– 위험하니까 눈 다 녹으면 그때 움직여.

"그럴게."

– 밥도 좀 잘 챙겨먹고 다니고.

"엄청 잘 챙겨먹고 있어."

– 또 말로만. 너 살 많이 빠진 거 같다고 정아가 걱정하더라.

"많이 빠지긴. 전혀 아니니까 괜찮다고 그래. 엄마, 나중에 또 전화할게."

– 그래.

휴대전화를 막 끊는데 문이 열리고 지환이 들어섰다. 지환은 문을 닫고서 들고 온 쟁반을 내려놓았다.

"그게 뭐야?"

"연잎차. 마셔볼래?"

지환에게서 화한 치약 향이 풍겼다. 고개를 끄덕이자 지환은 다기를 들어 차를 부었다. 차는 녹차와 빛깔이 비슷했지만 달랐다. 지환이 건네준 잔을 태이는 이불에서 나와서 받았다.

"이 닦고 나서 바로 마셔도 괜찮은가?"

"녹차하고 달리 떫지 않아서 괜찮을 거야."

막상 잔을 받았지만 너무 뜨거워서 제대로 입으로 가져가지도 못했다. 그것을 보고 지환은 다른 잔에 차를 조금만 따른 뒤 바꿔주었다.

"고마워."

몇 번이나 입으로 불고 난 뒤 살짝 마셔보았다. 지환의 말처럼 녹차와 달리 전혀 떫떠름한 맛이 없었다. 오히려 개운하고 깔끔했다.

"맛있다."

"그래? 마시고 좀 자. 오늘 피곤했을 텐데. 그렇게 몸 움직여본 거 처음이지 않아?"

슬쩍 고개를 끄덕였다. 어릴 땐 친구들과 몰려다니며 골프나 승마도 배워보았다. 하지만 애초에 운동이 자신에게 맞지 않는 것을 알고 포기했다. 그나마 요즘은 몽글이와 함께 산책이라도 했다.

"엄마하고 통화했는데 아빠도 몽글이한테 푹 빠지셨나 봐."

"그래?"

"앉아를 알아들었다고 엄청 신기해하시더라. 세 번 만에 성공했다고. 사실 그거 내가 가르쳐놓은 건데."

그 말에 지환이 웃으며 차를 한 모금 마셨다. 지환은 차를 마시는 모습도 정갈하다. 아니, 몸에 배어 있는 분위기 자체가 그랬다. 항상 어깨를 반듯이 펴고 꼿꼿한 자세를 유지하고 있어 그런 것일까?

"왜? 얼굴에 뭐 묻었어?"

저도 모르게 지환을 빤히 바라본 모양이다. 태이는 고개를 저으며 다시 잔을 입으로 가져갔다. 적당히 식은 차는 마시기 한결 수월했다.

"올라가서 이거 좀 사서 마셔야겠다. 난 녹차는 별로 안 좋아했거든."

"고모가 많이 말려놓으셨어. 싸주실 거야."

"정말? 뭐 얻어만 가서 어쩌지."

고모는 냉동고에 블루베리를 잔뜩 보관해놨다며 꼭 챙겨가라고 말했다. 그뿐만이 아니라 말려놓은 나물 종류도 챙겨주려고 가득 싸놨으니 지환에게 많이 만들어주라고 명령까지 했다.

"당신이 고모에게 잘하잖아."

그 말에 태이가 어색하게 웃었다. 그저 옷 몇 벌 사다드리고 용돈 보내는 정도밖에 한 게 없었다.

"그것도 정성이 있어야 하는 거야."

"그렇게 말해주니 고맙네."

누군가에게서 칭찬을 받는 건 익숙하지 않다. 태이는 그저 작은 잔만 두 손으로 꼭 쥔 채 입술을 모았다.

"참, 몽글이 사진 볼래? 동영상도 있어."

"그래, 보자."

화제를 바꾸기 위해서였는데 지환은 정말 궁금하다는 얼굴을 하고 있었다. 지환이 태이의 잔을 받아 쟁반에 내려놓고 옆에 앉았다. 태이는 재빨리 휴대전화를 풀어 사진첩을 열었다. 옆에서 지환의 웃음소리가 들렸다.

"사진첩이 죄다 몽글이네."

"하루하루 다르게 큰단 말이야."

몽글이는 아직 청년기였다. 그래서 정말 하루하루 크는 게 보일 정도였다. 수의사는 간식이나 사료 양을 조절해달

라고 부탁했지만 애교를 떠는 몽글이를 보면 주지 않을 수
가 없었다.

"살이 많이 찐 것 같은데."

"간식을 좀 줄여야 하는데, 까만 눈으로 날 보면 줄 수밖
에 없어."

"그래도 조절 좀 해야 할 것 같다."

손가락으로 사진을 넘기며 지환이 말했다. 그때 지환의
손이 멈칫했다. 그건 태이가 몽글이와 함께 산책을 나가
함께 찍은 사진이다. 화면 절반 이상이 태이의 얼굴이었
다. 몽글이를 볼에 댄 채 환히 웃고 있는 태이의 모습을 보
고 있자니 지환의 얼굴에도 자연스러운 미소가 어렸다.

"지환 씨도 여기 알지? 집 앞 공원. 사람들 강아지 정말
많이 데려오거든. 주말에 나가면 정말 백 마리 넘는 것 같
아. 근데 몽글이 진짜 용감해. 엄청 큰 개들 봐도 주눅 같은
거 안 들고 막 짖는다."

"기분 좋은가 보구나."

"그치? 몽글이 입 봐봐. 잘 보면 웃고 있다?"

"아니, 당신 말이야."

그 말에 태이가 고개를 돌려 지환을 보았다. 옆에 나란히
앉은 채 머리를 기울이고 있어서였는지 이렇게 가까운 거
리일 거라곤 생각을 하지 못했다. 주먹 하나가 겨우 들어
갈 법한 거리.

지환의 얼굴에서 미소가 사라졌다. 태이는 저도 모르게

널 사랑하다가

숨을 멈췄다. 지환의 얼굴이 가까이 다가오고 있었기 때문이었다.

너무나 가까운 거리였고 입술의 윤곽이 그려질 때쯤 지환의 눈이 감겼다. 태이는 숨을 멈춘 것도 잊었다. 하지만 입술이 더 가까이 다가와 완전히 닿았을 때 상체를 뒤로 물렸다. 머릿속에서는 많은 생각들이 오갔다. 그중에서도 제일 크게 자리한 건 카페에서 만났던 미주의 모습이었다.

태이의 움직임에 지환의 눈꺼풀이 서서히 올라갔다. 상처를 받은 것 같지도 않고, 기대를 했던 눈빛도 아니다. 그저 거절당한 입맞춤에 지환은 씁쓸히 웃었다. 미주가 떠오르지 않았다면 아마 태이는 지환의 키스를 받아들였을지도 모르겠다. 아니, 아직 완전히 이 분위기가 끝난 것은 아니다. 여전히 두 사람의 거리는 무척이나 가까웠다. 지환은 잠시 고민하는 듯하더니 곧 뒤로 물러났다.

"미안해."

이혼을 하던 날도 지환은 저렇게 말했다.

"뭐가?"

그땐 묻지 않았다. 지환이 살짝 눈을 크게 뜨고 태이를 보았다.

"내 멋대로 키스하려고 했잖아."

"싫어서 피한 건 아니야."

그 뜻을 가늠하지 못하겠는지 지환의 눈이 가늘어졌다. 태이는 잠시 망설였다. 그리고 가까스로 숨을 뱉어냈다.

그럼에도 산소가 모자란 느낌이 든다. 이 방 안의 공기가 끈적끈적한 것처럼 느껴졌다.

"지환 씨, 내가 이혼하자고 했을 때 왜 아무것도 묻지 않았어?"

"묻고 싶지 않아서."

"왜?"

"그 사람에게 돌아가는 거라고 알았거든."

"아니란 걸 알게 되고 나서는?"

지환이 살짝 고개를 숙이며 숨을 뱉었다.

"기다렸다는 듯 선을 보는 한태이에게 내가 뭐라고 물을 수 있었을 것 같아?"

그 말을 들으니 이해가 된다. 윤 여사는 정말 광고를 하듯 '내 딸 이혼했으니 중매 좀 서줘.'라고 사람들에게 말했다. 그 이야기는 자연히 지환의 귀에도 들어갔을 것이다. 애초 지환의 귀에 들어가라 윤 여사는 그렇게도 요란스럽게 선 자리를 마련했었다.

"애초에 나와 한태이는 접점도 없는 사람이었잖아. 아마 내가 변호사가 아니었더라면 아예 만날 수도 없었겠지."

"왜 그렇게 생각해?"

"사회가 그래."

지환은 자격지심이 있는 남자는 아니다. 그저 냉혹한 현실을 직시할 뿐이었다. 그것을 태이도 알 수 있었다.

"사실 난 우리가 그럭저럭 부부로 잘 지낼 수 있을 거라

고 생각했어. 책 보는 취미도, 영화 취향도 제법 잘 맞았잖
아."

"유일한 거였지."

"약간 고민도 했었던 것 같아."

"고민?"

"내가 여성적 매력이 없어서 안지 않는 건가, 그런 고
민."

의외라는 듯 지환의 눈이 다시금 커진다.

"그런데 지환 씨는 내가 좋아지기 시작했다고 하니까 혼
란이 왔어. 사실 난 지환 씨가 미주 씨와 계속 관계를 유지
하고 있는 줄 알았거든."

"미주?"

지환의 미간이 좁혀졌다. 전혀 생각지도 못한 소리를 들
었단 반응이다. 하지만 빨리 말하라고 재촉하지 않았다.
지환은 그저 황당하다는 표정을 지으며 고개를 기울이고
있었다. 왜 여기에서 미주라는 이름이 나오는지 모르겠다
는 듯.

"지환 씬 내게 단 한 번도 승혁 오빠에 대해 묻지 않았어.
사실 나는 다 알고 있는 줄 알았거든."

지환이 고개를 저었다.

"약혼까지 했었으니까."

"약혼?"

"그래서 나 이쪽에서 재수 없는 애로 찍혔어. 약혼하

고 일주일 만에 사고가 나서 신랑 잡아먹었다고.”

처음 듣는 소리다. 지환은 어이가 없어 저도 모르게 너털웃음을 뱉고 말았다. 단순한 사고일 뿐인데 사람들은 왜 그런 말도 안 되는 소리를 뱉은 것일까. 문득, 태이가 생각보다 훨씬 충격을 많이 받았을지도 모르겠다는 생각이 들었다.

“엄마는 마음이 급했나 봐. 심리 상담실에 날 보내기도 하고, 병원에 끌고 가기도 했지. 물론 슬펐지. 슬펐는데 정신이 나갈 만큼은 아니었어. 일상생활에 꽤 빨리 복귀한 나를 보고 또 소문들이 많았나 봐.”

그 말에 지환은 저도 모르게 낮은 한숨을 뱉었다. 그 이야기는 스쳐들은 것도 같다. ‘이경’의 한태이는 눈물도 없고 매정하다고. 지환은 어쩌면 그래서 태이가 이혼 이야기를 꺼냈을 때, 자신이 그러자고 했을 때, 붙잡지도 묻지도 않았는지를 납득했다.

저도 모르는 사이에 태이는 선을 긋는 게 확실한 사람일 거라고 생각한 것이다. 사람을 편견을 가지고 대하면 안 된다고 배웠다. 그리고 이제껏 자신이 그렇게 살아왔다고 자부했다. 하지만 지환은 저도 모르는 사이에 태이를 편견이라는 유리벽을 세워두고 본 것이다.

“부모님은 꽤 초조하셨던 것 같아. 내가 영영 누군가를 만나지 못할까 봐.”

“거기 운 좋게 채택된 사람이 나였군.”

"운 좋게?"

"운이 좋았지, 한태이를 만날 수 있었으니까."

지환이 낮은 소리를 내며 웃었다. 그의 웃음소리는 굉장히 저음이라서 진동만 같았다.

"그럼 물을게."

태이가 고개를 끄덕였다.

"당신은 왜 나와 결혼하겠다고 한 거야? 처음 선본 남자 누구라도 괜찮았나?"

그 말에 태이가 웃었다.

"지환 씬, 내가 지환 씨를 만나기 전에 선을 몇 번이나 봤을 거라고 생각해?"

"처음 아니었나?"

"정확히 열세 번째 남자였어."

지환이 고개를 살짝 뒤로 넘기며 웃었다. 왜 터무니없는 상상을 한 것일까. 당연히 태이가 최초로 선을 본 남자가 자신일 거라고 생각하고 있었다. 그리고 들어보니 더 궁금해졌다. 왜 열세 명이나 되는 남자 중 자신이었던 걸까.

"왜 나였는데?"

"향기가 좋더라."

"향기?"

"자세도 좋고."

자세라는 말에 지환이 고개를 숙여 자신의 몸을 내려다보았다. 대체 어떤 자세를 말하는 것일까. 자신의 앉아 있는 모습은 다른 사람들과 크게 다를 바가 없었다.

"마치 마네킹같이 바른 몸을 하고 있잖아. 그게 이상하게 정갈해 보이더라. 말도 많이 없는 것 같고, 재벌들 많이 상대해봤으니 이쪽 세계 잘 알고 있는 것 같아서."

"이쪽 세계?"

"여기 다들 애인 만들어놓고 살잖아."

그 말에 지환의 짙은 눈썹이 치켜올라갔다.

"한태이도 그럴 생각이었다고?"

"아니. 나는 솔직히 그다지 관심 없었어."

"남자에게?"

태이가 고개를 끄덕였다.

"이건 아마 들으면 지환 씨가 기분 나쁠 거야."

"말해봐, 이미 기분 나빠졌으니까."

의외다. 지환이 기분이 나쁘다고 이렇게 직설적으로 표현하다니. 하지만 그의 얼굴에서 이미 읽을 수 있었다. 그는 솔직하게 지금 자신의 기분을 이야기한 것이다.

"엄마가 뒷조사를 했어."

"날?"

"그냥, 빚은 없나, 난잡한 관계는 갖고 있지 않은가, 그런 것들."

지환이 낮은 한숨을 뱉으며 어이가 없다는 듯 웃었다. 이런 지환의 반응이 당연해 태이는 입을 다물었다.

"그래서 당신 역시 단 한 번도 묻지 않았군."

"응."

너무 가볍게 태이가 인정을 하자 지환은 눈을 질끈 감고 손바닥으로 얼굴을 거칠게 쓸어내렸다. 답답함에 한숨이라도 내뱉고 싶은데 그것도 쉽지 않았다.

"사실 두 사람, 들키지만 않았다면 난 지환 씨가 미주 씨와 계속 만나고 있어도 상관 안 했을 거야."

"그걸 지금 말이라고……."

기가 막힌지 지환은 말을 잇지 못했다.

"맹세하는데, 미주와 헤어진 뒤로, 우리가 결혼하고 나서도 개인적으로 만난 적은 한 번도 없었어."

"아니."

"뭐?"

"내가 지환 씨에게 이혼 말하기 전날, 사무실에 찾아갔었거든."

"사무실? 내 사무실?"

"지환 씨, 소파 위에서 미주 씨와 뒹굴고 있더라."

지환의 손이 툭 떨어졌다.

"그래서야, 내 이혼의 이유."

당황한 듯 지환의 눈동자가 갈피를 잡지 못하고 있었다. 놀란 것 같기도 하고, 당혹스러운 것 같기도 했다.

자리를 피할까 생각이 들어 태이가 일어나려고 하는데 지환이 부드럽게 그녀의 어깨를 잡았다. 지환과의 스킨십은 익숙하지가 않아 저도 모르게 굳었다. 그때 지환의 입에서 낮은 한숨이 터져나왔다. 그것은 조급증 때문인 것 같기도 했고, 절규의 다른 이름 같기도 했다.

그 한숨 하나에 지환이 느끼고 있는 감정이 조금은 전달되는 느낌이라 태이는 세웠던 무릎을 다시 눕혔다.

"왜……."

지환의 목소리는 무척이나 잠겨 있었다. 평소에도 낮은 목소리다. 그런데 지금 그는 무엇인가를 억누르고 있는 것 같다. 태이의 눈에 가늘게 떨리고 있는 그의 손가락이 들어왔다. 그 모습에 놀라 그녀의 눈이 커졌다.

"그때 왜 말 안 했던 거야?"

낮은 목소리 끝엔 떨림이 있었다. 꼭 지환의 손가락처럼. 가슴이 먹먹하다는 표현을 지금 알 것 같다. 지환의 목소리엔 그런 힘이 있었다.

"어차피 우린 정략 같은 사이였고, 내가 두 사람을 방해한 것 같았어."

"그래."

"그럼 지환 씬 왜 내가 이혼하자는 말에 아무 대답도 없이 서류 받아든 건데? 정말 내가 승혁 오빠에게 돌아갈 거라고 생각해서?"

한참 동안 지환은 말이 없었다. 그저 어딘가 약간 초점이 나간 듯한 눈길로 창밖을 보고 있었다. 태이의 시선도 절로 창가로 움직였다. 여전히 눈은 오고 있다. 하지만 지금은 비처럼 쏟아지지 않는다. 그저 흩날리는 정도였다.

넌 사랑하다가

"목소리가, 나오지 않았어."

"목소리?"

"아마 목소리가 나왔더라면 뭐라 말 한마디라도 했었겠지. 당신이 이혼하자고 말하던 전날 고열로 쓰러졌었거든."

태이의 시선이 창에서 지환에게로 돌아갔다. 그러고 보니 그날 지환의 얼굴색이 유난히 붉었다. 이혼을 말한 자신 때문에 화가 나서 그런 거라고 생각했다. 그때까지만 해도 지환이 자존심이 강한 남자라고 생각하지 않았던가.

"지환 씨, 셔츠는 벗겨져 있고 미주 씨를 끌어안고 키스하고 있어서 나는……."

태이는 더 말을 잇지 못했다.

"열 때문에 옷을 벗겼을 거야, 아마도. 그리고 그래, 미주를 끌어안고 키스한 건 맞아."

심장이 쿵, 울린다. 지환이 말한 목소리가 나오지 않는다는 건 이런 것일까? 누군가가 목을 누르는 것도 아닌데 작은 신음 하나 나오지 않는다.

"열에 들떠서 당신이라고 착각했거든."

지환의 왼쪽 눈에서 눈물이 볼을 타지도 않고 툭 떨어졌다. 스스로 울고 있는 자신이 믿기지 않는지 손을 들어올려 눈가를 꾹 눌렀다.

"다행인 건 당신이 아닌 걸 알게 되자마자, 바로 멈췄다는 것 정도이려나."

"왜 병원에 가지 않았어?"

"나는 참 미련해서 쓰러지기 직전까지도 아픈 걸 몰라. 그날 미주가 온 건 3년 전쯤 내게 빌려갔던 돈을 주기 위해서였어. 그렇게까지 타이밍이 나쁠 줄은 몰랐군."

스스로 생각해도 어이가 없는지 지환이 웃었다. 허나 컥, 소리와 함께 눈물이 눈을 타고 올라오는 것을 느끼며 고개를 뒤로 젖혔다. 눈가가 붉게 변하는 느낌이다.

"평소 같았으면 계좌로 보내라고 했든가, 됐다고 했겠지. 기억이 잘 나지 않지만 사무실 근처라는 말에 알겠다고 했던 것 같아."

"그날 나와 통화한 건 기억나?"

"통화?"

지환은 전혀 기억에 없는 모양이었다. 인상을 찌푸린 채 기억을 떠올리려고 하는 표정이었다.

"어쨌거나 결혼 1주년 되는 날이라 저녁이나 하자고 했어. 전화상으로 너무 아무렇지도 않은 목소리라 아픈 줄도 몰랐고."

"애석하게도 기억이 안 나."

지환의 목소리엔 진심 어린 탄식이 묻어 있었다. 가슴이 꼭 눌리는 것처럼 저릿저릿하고 먹먹한 게, 태이는 왠지 꼭 울기 직전의 어린아이처럼 아랫입술이 부르르 떨리는 느낌이 들었다.

"당신이 사무실로 오라고 했고 난, 그 모습을 일부러 보여주려고 그런 줄 알았어. 이혼해달란 말을 내가 먼저 할 수 있게. 그래서 지환 씨에게 아무것도 묻지 않았던 거야."

지독히 좋지 않은 타이밍이었다. 어떻게 그 모든 것이 겹칠 수 있었을까. 꼭 그렇게 되기를 누가 원한 것처럼. 아마 이렇게 눈에 발이 묶이지 않았더라면 영원히 오해를 풀지 못한 채 살아갈 수도 있었을 것이다. 지환이 웃었다. 그건 자조적이라 어쩐지 폐부 깊숙한 곳을 찌르는 것만 같았다.

"어차피 우리 사이는 그 정도였지. 피곤할 텐데 좀 자. 난 한 바퀴 돌아보고 올게."

어딘지 지환의 목소리가 차갑다. 아니, 그보다 그저 모든 것을 놓아버린 느낌이라고 해야 할까? 그래서 태이는 차마 나가겠다는 지환을 잡지 못했다.

지환이 방에서 나간 뒤 태이는 한참을 창밖만 바라보았다. 지환의 말이 맞다. 어차피 그와 자신의 사이는 늘 그 정도다. 가까워질 수도 없고 가까워지려 노력을 했던 사이도 아니다. 애초에 얇은 얼음장 위에 서서 서로를 바라보며 누가 먼저 움직여 얼음이 깨질지 기다렸던 건 아닐까.

결국 먼저 움직인 것은 자신이다. 태이는 지환을 믿지 않았고, 지환은 태이에게 신뢰를 갖지 않았다. 춥다. 태이는 이불 속으로 들어가 몸을 새우처럼 둥글게 말았다. 후끈할 정도로 이불 속은 뜨거웠지만 태이는 한참 동안 떨어야 했다.

다행히 눈은 소강상태에 접어들었다. 하지만 위쪽은 아직도 눈이 그치질 않아 화요일부터 길이 뚫릴 수 있다는 뉴스를 접했다.

이제 이틀 뒤면 태이와 함께 서울로 돌아가야 한다. 그리고 태이가 발길을 끊게 되면 더는 마주칠 수도 없다.

태이와의 관계는 그저 법적인 부부였다. 이어진 끈은 그것 하나뿐이었기 때문에 지금은 완벽한 타인이기도 했다. 막상 이혼 사유를 알게 되자 마음이 가벼워졌다. 태이에게 자신이 완전히 나쁜 사람은 아니라는 것과, 만날 수 없었던 사람들이 억지로 끼워 맞춘 인연에 불과했음을 깨달았기 때문이다. 태이에게 아마 지환은 계속 흠으로 남을 것이다. 겨우 1년을 함께 살았던, 가진 것 없던 전남편으로.

어젯밤에는 미주가 원망스러웠다. 허나, 그저 타이밍이 좋지 않았을 뿐이다. 미주에게 무슨 잘못이 있겠는가. 지환은 속 좁은 스스로를 탓했다. 그리고 남에게 책임을 전가하는 스스로에게 실망했다.

"그렇게 애틋해?"

"아, 고모부."

나무에 기대어 고모와 태이가 고구마 껍질을 까고 써는 것을 그저 물끄러미 지켜보고 있었다. 하우스는 꽤나 커서 거의 끝과 끝이라 아마 두 사람의 목소리는 들리지 않을 것이다. 태이는 서툴지만 고모가 하는 것을 보면서 어설프게 흉내를 내고 있었다. 그 모습을 보며 웃고 있는 것을 고모부가 본 모양이다.

"처음엔 우리도 걱정했지."

"걱정이요?"

"만난 지 오래되지도 않았는데 결혼한다고 해서 말이다. 나야 지환이 네 성격이 워낙 진중하고 생각이 많으니 다 생각이 있겠다 했지만 어디 네 고모는 그러겠니? 동생처럼, 자식처럼 키웠는데 대뜸 만난 지 한 달도 안 된 여자랑 결혼하겠다니까 울고불고 난리가 났지. 게다가 조카며느리 집안이 보통 집안도 아니고."

몰랐었다. 고모에게선 다른 전화나 말도 없었다. 그저 너희들이 잘 살겠지, 라는 말만 하셨다. 게다가 결혼식 날 한사코 혼주석에 앉는 것도 거부하지 않으셨던가.

"왜 혼주석에 안 앉으셨어요?"

"내가 거길 어떻게 앉니. 네 고모라도 앉았으면 했는데."

"전 고모부가 제 아버지라 생각하고 있어요."

그 말에 고모부의 눈가가 붉게 달아올랐다. 쑥스러운 듯 괜히 헛기침을 뱉으며 눈가를 꾹꾹 누르시는 고모부를 보자 지환은 가슴이 서걱거렸다. 고모부가 아니었다면 아마 지환은 끝까지 사법고시를 볼 생각을 못 했을 것이다.

"제가 변호사가 된 것도 고모부 덕이에요."

"내가 뭘."

고모부가 이 지역에서 1등을 놓치지 않을 정도로 공부를 잘했다는 건 잘 알고 있다. 어려운 집안의 장남이라 대학 진학을 포기하고 일을 하기 시작했다는 것도. 막 사법고시를 준비하다 고모와 만나 결혼해서 아이를 낳았고, 결국 포기하게 되었다는 것도.

그래서 고모부와 할머니는 지환에게 꿈을 걸었다. 할머니와 고모부의 바람과 성원이 아니었더라면 아마 지환은 끝까지 책을 붙잡고 있지 않았을지도 모른다.

"흠흠, 추석 때도 조카며느리만 와서 또 고모가 걱정이 한가득이었어. 너한테 일이 있다고는 하는데 표정도 그렇게 밝은 것 같지도 않고. 그런데 이번에 보니까 살이 좀 내렸지만 얼굴이 좋아 보여서 다행이구나."

지환의 등을 두어 번 두드린 고모부가 평상으로 걷기 시작했다. 낮은 한숨이 흘러나왔다. 이혼을 한 뒤부터 태이의 얼굴이 편해 보인다. 고모와 함께 이야기를 나누며 구김살 없이 웃는 태이의 모습은 정말 그렇게 보였다. 역시 잘못된 인연을 붙들고 있는 건 그녀에게 도움이 되지 않는다는 것을 지환은 깨달았다. 한태이라는 여자가 진심으로 행복했으면 좋겠다.

생각보다 고구마는 단단해서 손에 꽤 많은 힘이 들어갔다. 태이는 고모가 써는 모습을 유심히 보고 따라 하려고 했다. 마치 묵을 자르듯 부드러운 손놀림인데 자신은 자꾸

널 사랑하다가

엇나가고 비틀게 썰렸다.

"어차피 대충 잘라도 돼."

고모부가 옆으로 와서 앉으며 칼과 고구마를 들었다. 역시 많이 해본 솜씨라서 그런지 고모부 역시 능숙한 손놀림으로 썰기 시작했다. 태이는 다시 한 번 해보기 위해 칼을 들까 하다 껍질을 까기로 생각하고 야채 칼을 들었다. 문득 시선이 느껴져 고개를 돌리다 바닥을 보고 있는 지환을 보았다.

이쪽을 보고 있었던 걸까? 하지만 자신의 키 정도 되는 나무에 기대어 땅을 바라보고 있는 모양새는 한참 된 것 같다.

"지환이가 조카며느리 아까워 어쩔 줄 모르겠나 봐."

"네?"

"이쪽으로 오지도 못하고 한참 동안 보고만 있더라니까."

고모부의 말에 태이의 시선이 다시 지환에게로 향했다. 그날 지환은 많이 아프다고 했다. 자신과 했던 통화도 기억을 못 하는 것을 보니 정말 그랬던 모양이다. 지환이 그런 모습을 일부러 보여주려고 자신을 부를 사람이 아니라는 것을 그땐 왜 몰랐을까. 대화의 부재가 이런 결과로까지 이어졌다.

아마 미주에 대해 알고 있지 않았더라면 결과는 달라졌을지도 모르겠다. 태이는 괜히 지환의 뒤를 캤던 윤 여사가 원망스러워졌다. 아마 미주가 지환의 옛 연인이라는 것을 몰랐더라면 태이는 아마 그대로 사무실로 들어가 두 사람을 떼어놓았을 것이다. 그러면 바로 지환이 열에 들떠 제정신이 아닌 모습을 보았을 것이고, 그 정도의 일로 이혼까지 가지도 않았을 것이다.

저도 모르게 낮은 숨을 내쉬는데 어느덧 가까이 다가온 지환이 그녀의 옆에 앉아 도마를 가져가더니 익숙한 모습으로 고구마를 썰기 시작했다. 하나를 다 썰고 나서 옆에 있던 목장갑을 태이에게 건네주었다.

"그거 쥐고 깎으려면 손가락에 힘 많이 들어가."

"나 조각하는 사람인 거 잊었어?"

말은 그렇게 하면서도 태이는 장갑을 받아들었다. 그녀에게 조각칼은 익숙하지만 과도는 그렇지 않다. 지환은 그 사실을 알고 있는 모양이다. 결혼생활 중 지환이 자신에게 많이 맞춰주었다는 것을 그땐 왜 몰랐던 걸까. 아니, 은연중 알고 있었으니 꽤 괜찮은 결혼 파트너라고 생각하지 않았을까?

"그럼 태이는 전시회 같은 건 안 해?"

"저는 작품이 없어서요. 할 기회가 없을 것 같아요."

"하긴, 학생들 가르치는 것만으로도 얼마나 힘든데. 여보, 불에 넣어둔 밤 좀."

고모의 말에 고모부가 고개를 끄덕이며 미련 없이 자리에서 일어났다. 그리고 모닥불을 뒤적여 포일에 싸여 있는 밤을 쟁반에 붓고 평상으로 가져왔다. 고모와 고모부는 껍질을 까며 서로의 입에 넣어주었다. 사이가 참 좋은 부부였다.

그때 태이의 입술에 따뜻한 온기가 느껴졌다. 지환이 껍질을 깐 밤을 가져다 댄 모양이었다. 태이는 말없이 입을 벌려 조심스레 받아먹었다. 꼭 어미새에게서 먹이를 받아먹는 새끼가 된 느낌이라 저도 모르게 웃음이 나왔다. 갑자기 차가운 공기가 느껴져 고개를 돌리니 하우스 문을 열고 들어서는 젊은 남자가 보였다.

"야, 유지환."

"광영아, 오랜만이다."

자리에서 일어선 지환이 남자의 손을 잡으며 반가움을 표했다. 남자는 지환을 가볍게 안고 어깨를 툭툭 두드렸다.

"자식, 왔으면 말을 하지. 저 왔습니다, 어르신들."

"어서 와. 와서 밤 좀 먹어. 우린 이것만 옮기고 가서 차 내올게."

고모와 고모부는 순식간에 평상 위를 치우고 하우스를 빠져나갔다. 태이는 엉거주춤 서서 어떻게 인사를 해야 할지 망설였다.

"제수씨?"

"네, 안녕하세요. 한태이라고 합니다."

"황광영이라고 지환이 녀석 친굽니다. 지금은 딸기 농사 짓고 있어요."

광영은 투박한 손을 몇 번이나 허벅지에 비비며 손을 내밀었다. 보기에 깨끗한 손인데 내밀기가 부끄러웠던 모양이다. 태이는 광영의 손을 잡았다.

"이야, 보기 드문 미인이시네. 우리 지환이가 장가 잘 갔습니다."

꽤나 넉살이 좋은 광영 때문에 태이는 웃고 말았다.

"앉자."

지환의 말에 광영이 평상으로 올라왔다. 그리고 들고 온 쟁반을 앞에 내려놓았다.

"농약 없이 키운 거라 바로 먹어도 됩니다."

하우스 특유의 새빨갛고 큰 딸기는 향이 무척이나 강했다.

"맛있게 먹을게요."

태이는 딸기를 하나 집어 지환에게 건네주었다. 잠시 멈칫하던 지환이 태이가 건네는 딸기를 받아들었다.

"일이 많이 바쁘지?"

"농사가 그렇지 뭐. 그래도 어디 잘나가는 변호사님보다 더하겠냐? 어때? 일은 많이 들어오고?"

"그럭저럭."

"중학교 애들 거의 동네 살아. 언제 한번 보자고 하더라. 그래도 동창 중에 네가 성공해서 우리도 꼴통 소리는 안 듣는다."

그 말에 지환이 낮게 소리를 내며 웃었다. 태이는 딸기를 베어물며 지환을 보았다. 친구의 앞이라서 그런지 지환의 얼굴은 딱딱하지 않고 자연스러웠다. 꽤 친한 친구인지 스스럼없이 굴고 있었는데 또 이런 모습의 지환을 보는 건 처음이라 어딘지 모르게 신선한 것 같기도 했다.

태이는 늘 사무적인 지환의 모습을 보아왔다. 그에게도 당연히 추억이 어린 친구들이 있을 텐데 왜 생각을 하지 못했던 걸까.

"내일 간다며? 그럼 또 보기 힘들 텐데 괜찮으면 애들하고 저녁 같이 먹자."

광영의 말에 지환이 잠시 고민을 하는 것 같았다.

"그래, 지환 씨. 그렇게 해."

"제수씨도 오셔야죠. 장어 양식하는 친구가 있는데 아주 좋아요. 많이 마르셨는데 와서 몸보신 좀 하십시오."

지환이 태이를 보았다.

"제가 가도 될까요?"

"그럼요, 부부들 다 모여요. 커플인 애들도 오고."

"초대해주시니까 기쁜 마음으로 참석할게요."

사실 지환은 내심 놀라고 있는 중이었다. 태이가 처음 보는 사람과 이렇게 스스럼없이 대화를 할 줄은 몰랐다.

"그럼 저녁에 뵙겠습니다. 내 차로 나가자. 6시에 올게."

"밤 좀 드시고 가세요. 고모님이 차 내오신다고 하셨는데."

"딸기 출하 작업이 계속 밀려서요. 고모님께 나중에 마시러 온다고 해주십시오."

광영이 서둘러 자리에서 일어나 지환의 어깨를 툭 치고 하우스를 빠져나갔다. 문을 닫기 전에 광영은 태이를 향해 고개를 숙였다.

"아, 밤 좀 담아드릴 걸 그랬나."

"괜찮겠어?"

"뭐가?"

"내 친구들 만나는 거."

"뭐 어때. 내가 같이 가는 게 싫어?"

"아니, 당신이 불편할 것 같아서."

"안 불편한데."

"그런 모임 싫어하는 줄 알았거든."

진심으로 태이가 불편하다면 같이 나가지 않아도 상관 없었다. 댈 핑계는 많았으니까. 게다가 농촌 사람들이라 말투나 행동도 제법 거칠다. 그래서 태이가 놀랄 수도 있을 것이다.

"친구들이 좀 거친 편이야. 일이 고되어 그런지."

"지환 씨는 내가 무슨 온실 속 화초들만 만나고 다니는 줄 알아?"

"뭐?"

"선 긋는 건 여전하네."

퉁명스레 말하며 태이가 밤으로 손을 뻗었다. 지환은 재빨리 쟁반을 태이의 앞으로 밀어주었다.

널 사랑하다가

"선을 그어?"

"내 모임 있다고 했을 때 지환 씨가 거절했던 거 기억 안 나?"

"당신 모임?"

"내 친구들이 불편할 거라며. 지환 씨가 나가면."

그땐 결혼 초였다. 태이의 그 모임이라면 이름을 대면 알 법한 집안의 사람들이 거의 대부분이었다. 그래서 혹시라도 실수를 하게 될까 봐 거절했었다.

"그건, 당신 체면을 생각해서 그랬던 거야."

"이미 우린 부부였는데 대체 무슨 체면이 필요했던 건지 모르겠네. 같이 가기 싫으면 싫다고 말해."

"당신이 불편할 것 같아 그런 거야. 그리고 우린……."

지환이 왜 말을 삼키는지 알 것 같았다. 두 사람은 이제 더 이상 부부가 아니다. 지환이 오지 말라고 하면 갈 수 없음을 태이는 알고 있다. 그저, 그가 친구들 사이에선 어떤 모습인지 궁금했던 것뿐이었다.

"지환 씨가 불편하면 안 갈게."

지환이 낮게 한숨을 뱉었다. 그 한숨에 많은 것들이 함축되어 있었다. 이 말을 참아야 한다는 것을 안다. 하지만 태이는 참지 못했다.

"우리 어차피 부부가 아니잖아."

스스로 뱉어놓고 심장이 저릿함을 느꼈다. 태이가 억지로 입가에 힘을 주며 웃었다.

The Day After

　태이는 스스로가 이상하다고 느꼈다. 지환을 신경 쓰고 싶지 않다가도 괴롭히고 싶다. 아니, 이미 신경을 쓰고 있는 게 맞다.

　두 사람의 결혼은 비정상적이었고, 이혼 역시 그러했다. 느끼고 있진 않았지만 그와 자신은 이혼을 했음에도 아주 가느다란 실로 이어진 느낌이었다. 원래는 느슨했었는데 이젠 팽팽해진 상태다. 요즘처럼 이혼이 횡행하는 시대에 자신도 별수 없이 동참했다는 것을 알았다. 아니, 사실 막상 자신의 일이라 객관적으로 받아들이지 못했을지도 모른다.

　지환의 생각처럼 이쪽은 이쪽대로 연결고리들이 있다. 꽤 오래된, 즉 사학(私學) 자녀들의 모임이 있었는데 거기에 비슷한 친구가 있긴 했다. 자주 연락하지 않아도 만나면 꼭 어제 만난 것처럼 반가운 친구였다. 세화의 윤재인은 꽤나 모범적인 친구였다. 공부도 잘했고, 엇나감이 없던 친구다. 그 재인이 이혼한다고 했을 때 태이는 요즘 세

널 사랑하다가

상에 그게 뭐 어떠냐며 위로 비슷한 말을 건넸다.

생각보다 이쪽 사람들의 이혼은 많지 않다. 워낙 큰 업체를 경영하는 사람들은 주목을 크게 받기 때문에 이혼도 주목을 받아 그렇지 사실상 퍼센티지는 낮다. 제법 이른 나이에 결혼을 했고 말 그대로 개천의 용과 결혼해서 그렇다며 주변 사람들도 재인을 위로했다. 애초에 차분한 성격인지라 재인은 크게 동요하지 않았다. 그리고 그 이혼한 남편과 재결합을 한다고 했을 때도 마찬가지였다.

태이가 이혼을 하고 나서 나간 모임에서 재인을 만났을 땐 그래서인지 정말 어색했다. 재인은 태이를 보고 아무 말도 하지 않았다. 그저 평소처럼 대해주었다. 그제야 깨달은 건 자신이 정말 재인에게 어쭙잖은 위로를 했다는 사실이었다. 그리고 윤 여사가 자꾸 선 자리 상대를 내미는 것이 그 재인의 어머니를 통해서라는 것도 알고 있다. 사람은 사람으로 잊어야 한다면서 말이다.

윤 여사는 어쩜 친구끼리 그렇게 지지리도 복도 없냐며 태이를 나무랐다. 태이는 윤 여사가 틀렸다고 생각했다. 재인은 결국 행복해졌다. 하지만 윤 여사의 앞에선 입을 봉하기로 했다.

가슴이 뒤틀리는 건 역시 이혼의 사유를 알게 되었기 때문일까. 그것도 아니면 지환의 마음이 자신을 향했었다고 말하는 그 과거형의 말투 때문일까. 어쨌거나 둘은 이혼한 사람들이다. 과거를 따지는 건 의미가 없다는 것을 알고 있다. 하지만 역시 신경이 쓰이는 건 어딘지 상처를 받은 듯한 지환의 눈빛 때문일 것이다.

지환의 피부는 유독 희다. 그래서인지 입술이 꼭 무엇인가를 발라놓은 것처럼 붉었고, 눈은 커다랗지만 탁해 보이지 않는다. 모발 색이 밝았다면 정말 혼혈 정도로 생각했을지도 모르겠다.

결국 분위기는 어색해졌다. 점심을 먹으면서도 고모와 고모부가 두 사람의 눈치를 보는 것이 느껴질 정도였다. 눈은 소강상태였지만 언제 또 쏟아질지 몰라 기상청 예보를 주목하면서도 고모부는 바깥을 서성였다. 결국 고모 역시 하우스로 나갔고 집 안엔 두 사람만 남았다.

이 상태로만 유지되며 눈이 온다면 내일은 서울로 올라갈 수 있다. 태이가 자리에서 일어나자 지환도 반사적으로 몸을 일으켰다. 지환이 통로 쪽에 앉아 있었기 때문에 태이가 잠시 주춤했다.

"올라가서 책 좀 보려고."

"아."

"시간 되면 나갔다 와."

몸을 틀어 그를 스쳐지나려고 했다.

"태이야."

지환이 그녀를 부르며 어깨를 잡았다. 손에 힘을 준 것도 아니었고, 그녀는 상당히 두꺼운 니트를 입고 있다. 그런데 지환의 뜨거운 온기가 어깨로 고스란히 느껴졌다. 어깨

널 사랑하다가

가 녹을 것만 같다.

"같이 가자."

그 말에 태이가 말없이 살짝 돌아서서 지환을 보았다. 왜 마음이 바뀌었냐는 얼굴로 지환을 보자 그가 손을 내렸다. 아주 잠깐이었는데 그 뜨거움이 순식간에 식어버리는 느낌이 들어 저도 모르게 인상을 살짝 찌푸렸다.

"표현이 거칠긴 해도 좋은 친구들이야. 그리고 조금 시끌벅적하고 깔끔한 식당은 아니지만 맛도 있을 거고."

"그래."

굳이 '지환 씨가 불편하지 않겠어?'라고 묻지 않았다. 청개구리 심보가 나오는 건지 지환은 탐탁찮아 하는 것 같았지만 가보고 싶어졌다. 정말 지환은 태이가 온실 속에서 유기농 식품만 먹고 살아왔다고 생각하는 건 아닐까 싶어졌다. 하지만 묻지 않고 계단을 올랐다.

방으로 들어와 캐리어에서 책을 꺼냈다. 한번은 태림이 그렇게 책을 편식하면 안 된다고 했었다. 그녀는 주로 미술에 관련된 책을 많이 보았는데 그 때문인 듯했다. 역시 손이 가는 건 죄다 전공 쪽 책들이었다. 한참이나 그 취향을 바꾸지 못했는데 지환과 결혼을 하고 그의 책장을 구경하고 읽으면서 그 '편식'도 사라졌다.

근래에 읽고 있는 책은 노벨상을 수상한 여성 작가의 소설이었다. 처음 읽을 땐 진도가 잘 넘어가지 않더니 속도가 붙기 시작하자 페이지가 빠르게 넘어갔다. 한참 집중을 하기 시작했을 때 진동 소리가 들려왔다. 손을 뻗자 정아의 이름이 보였다.

"네, 새언니."

— 눈 오는 그곳은 어때요, 아가씨?

"제법 재밌어."

— 뭐야, 아주버님은?

"1층에."

— 어딘데?

"고모님 댁."

— 거기까지 갔어?

정아의 말투엔 놀라움이 가득했다.

"눈이 쏟아진다는 말에 바로 출발했는데 논산 들어서자마자 통제되잖아. 다른 선택이 없었어."

— 그래도 다행이네. 사돈댁은 놀라시지 않았어?

"아직 모르셔."

뭔지 알겠다는 듯 정아가 "아." 소리를 길게 냈다. 하긴, 저도 처음에 지환에게서 그 이야기를 들었을 때 저런 반응이었을 것이다.

— 저기, 태이야.

"무슨 말을 하려고 또 목소리를 그렇게 까는데."

정아가 한참이나 말을 잇지 못하고 헛기침만 내뱉었다. 곧 정아의 주변이 고요해졌다. 덩달아 태이도 긴장을 해 허리를 꼿꼿이 세웠다.

— 아주버님 사무실에 내 후배 다니거든.

"그래?"

— 그, 너 혹시 아주버님하고 다시 잘 지내보려고 같이 여행 간 거 아닌가 해서.

"하려던 이야기 마저 해."

— 아주버님 예전에 만나던 여자 다시 만나는 것 같다고……

저도 모르게 한숨이 터져나왔다. 지환은 누군가를 만날 생각이 없다고 했다. 그리고 연애 같은 거 할 생각도 없다며 잘라 말했다. 하긴, 누군가가 그랬다. 남자들의 말은 믿으면 안 된다고 말이다. 하지만 지환은…….

"그런 거 아니야."

— 얘! 너 설마 아주버님 좋아해?

"응."

— 뭐?

"싫어하지 않아. 그러니 좋아는 하는 거겠지."

— 나 지금 말장난하려는 거 아니거든?

"좋은 사람이야. 착한 사람이고. 사무실 직원도 웃긴다. 그런 말을 함부로 전하니?"

— 아주버님 이혼했다는 이야기 돌자마자 여기저기서 손 뻗어온대. 너 그건 아니?

"손을 뻗어와?"

— 젊고 유능한 변호사. 거기다 혼자고, 신경 쓸 시댁 식

구 없다 이거지. 한 번 이혼했다고 요즘 세상에 그게 뭐 흠이나 되니?

객관적 지표였다. 지환은 확실히 잘난 남자다. 이 말을 듣는데 기분이 나쁘지 않은 건 역시, 그런 남자와 결혼했었다는 사실 때문일 것이다. 어쨌거나 서류상으로도 유지환의 첫 부인은 자신이었으니 말이다.

"그런가……."

– 뭐가?

"신경이 쓰이기 시작하네."

– 뭐?

"나는 결혼을 해서도 딱히 지환 씨에게 신경을 쓴 적이 없었거든."

정아는 이제 할 말을 잃은 듯했다. 하긴, 섹스도 하지 않았다고 했을 때 정아는 두 사람에 대해 아예 할 말이 없었을 것이다.

– 한태이, 너 이혼했어.

"그랬지."

– 그런데 다시 아주버님이 좋아졌다고? 결혼생활 할 때 신경도 안 썼으면서?

"좋아졌다곤 하지 않았어."

– 그 말이 그 말이잖아!

"강정아 말 들을걸."

– 또 무슨 내 말을 들어.

"여행, 오지 말 걸 그랬나 봐."

태이는 지환을 처음 만났을 때를 떠올렸다. 새하얀 피부 때문에 그랬던 걸까, 꼭 달빛 아래 서 있는 사람 같다고 생각했다. 뭔가 푸르스름하고 창백했다. 아마 마음에도 없는 선 자리에 나왔기 때문에 그런 낯빛을 하고 있을 거라고 그땐 생각했다. 이번 여행을 와서야 지환의 얼굴을 자세히 보게 되었다. 지환은 처음 만났던 그때와 거의 변하지 않았다.

"나도 유지환이 좋아지는 것 같아."

고개를 돌렸다. 창밖은 어느덧 어두워졌고 눈발이 간간이 날렸다.

사람의 마음이라는 건 참 이상하고도 간사하다. 한번 지환이 신경 쓰이기 시작하니 자꾸 눈길이 향한다. 저녁에 외출을 하려고 나설 때 고모부는 그녀의 패딩코트 주머니에 뭔가를 구겨 넣으셨다. 확인도 하기 전에 "신혼 땐 원래 많이 다퉈. 지환이 놈 봐주지 마."라고 그녀를 응원해주셨다.

그렇게 말씀하시면서도 고모부의 말투엔 안심과 안쓰러움이 섞여 있었다. 역시 두 사람의 냉랭한 기운을 두 분도 모두 느끼신 게 틀림없었다. 그래서 현관 앞에서 태이는 지환에게 팔짱을 꼈다. 놀란 듯 지환의 근육이 움찔거리는 것이 느껴졌지만 어른들 앞이라서인지 그는 그녀의 팔을 빼거나 뿌리치지 않았다.

"그럼 다녀올게요."

"다녀오겠습니다."

"그래, 술 너무 많이 마시지 말고."

"고모님, 또 눈 많이 오면 전화 주세요. 빨리 올게요."

"아이고, 이제 다 멈췄어. 여기 신경 쓰지 말고 천천히 많이 먹고 와."

"네."

그리고 발걸음을 옮기려는데 지환이 움직이지 않았다. 태이가 고개를 슬쩍 들자 그는 어딘가 어색한 듯, 놀란 표정을 짓고 있었다. 태이가 팔에 한 번 더 힘을 주니 지환이 현관문을 열었다.

눈이 거의 멈추어서 그런지 바람이 더욱 매섭다. 눈을 제대로 뜨기 힘들 정도로 바람이 불었다. 지환이 몸을 틀어서 앞을 막는 바람에 팔짱이 풀렸다. 그가 등으로 바람을 막아 눈을 뜨기 쉬워졌지만 이내 머리 위로 둘러지는 머플러에 태이의 눈이 커졌다. 그는 폭이 넓고 긴 머플러로 그녀의 머리며 목을 감싸 매듭을 지어주는 것까지 잊지 않았다.

"나 괜찮은데."

"왜 패딩에 모자도 없어."

어딘지 투덜거리는 말투라 태이는 웃고 말았다. 하지만 웃는 입매가 보이진 않았을 것이다. 지환은 정말 눈만 드

198   널 사랑하다가

러내게 머플러로 그녀의 얼굴을 모두 가린 상태였다. 머플러에서는 지환의 향이 꽤나 강하게 느껴졌다.

"가을엔 스카프도 그렇게 잘하고 다니더니 겨울엔 목도리도 없이 다녀."

"겨울용은 두껍잖아, 갑갑하고. 그래서 숨을 잘 못 쉬겠어."

"지금 불편해?"

지환이 걱정스러운 눈빛을 하며 손가락으로 그녀의 목과 입을 가린 머플러를 잡아당겨 약간의 여유를 주었다.

"이런 머플러는 괜찮아. 털로 된 게 싫은 거지."

"그런 게 더 따뜻해. 내가 사줬던 거 있지 않아?"

"그거 못 매."

그 말에 지환은 어딘가 상처받은 얼굴이었다.

"지환 씨가 선물해줘서 못 하는 게 아니라, 그런 종류로 목이 졸린 경험이 있거든."

"뭐?"

순식간에 지환의 눈빛이 변했다. 검사시절의 지환은 피의자에게 저런 눈빛을 보냈을까? 만약 자신이 피의자였다면 저 눈빛에 겁을 먹고 모든 것을 불었을지도 모르겠다는 생각이 들었다.

"나중에 말해줄게."

지환이 당장 말하라는 듯 멈칫했다. 하지만 이내 고개를 끄덕였다. 아마 그녀가 지금 말을 하고 싶지 않다고 생각한 모양이었다. 이렇게 배려가 능숙한 사람을 이제껏 신경 쓰이지 않는다는 이유로 알아차리지 못했다. 태이에게는 오전의 날을 세웠던 그 시간이 꼭 아주 먼 옛날처럼 느껴졌다.

"불편하면 말하지…….'"

"지환아, 제수씨."

광영의 목소리에 두 사람의 시선이 길가로 돌아갔다. 대문 바로 앞에 선 광영의 트럭이 디젤차 특유의 커다란 엔진 소리를 내고 있었다. 분명 오는 게 들렸을 텐데 서로에게 집중하느라 전혀 듣지 못했다.

"오셨어요."

태이가 먼저 광영의 트럭으로 발을 옮겼다. 광영은 뒷좌석 문을 열어주었다. 그러고 보니 이런 트럭을 타보는 것도 오랜만이었다. 어느덧 반대편으로 올라탄 지환이 그녀가 오르기 쉽게 손을 잡아주었다.

"이야, 신혼이라 사이좋네."

짓궂은 광영의 말투에 태이는 그저 웃었다. 히터 때문인지 차 안에 온기가 돌아 머플러를 끌어내리려다 멈추었다.

"트럭이라 지환이 차만큼 승차감이 좋지 않을 텐데, 죄송합니다. 이런 거 처음 타보시려나."

광영이 차에 올라 벨트를 매며 말했다.

"아뇨, 대학 땐 자주 탔어요."

"그래요?"

널 사랑하다가

"그래?"

지환 역시 놀란 모양이었다.

"제가 조각 전공했거든요. 작품 싣고 이동하고 그러면 트럭 빌려야 해서요. 뒤에 짐 싣는 데 탄 적도 있어요."

"뭐?"

"아니, 묶어놨다고 해도 걱정되잖아. 그래서 뒤에 타서 잡고 있었지."

"그거 위험해. 법에 위반되고……."

"그때 한 번이야."

앞에서 광영의 웃음이 터져나왔다.

"하여간 융통성 없는 놈. 제수씨 앞에서도 그래요? 직업 병 저렇게 튀어나오고."

"음, 융통성은 좀 없는 것 같아요."

"그래도 잘 부탁합니다. 지환이 놈, 제가 믿고 보증해요."

태이가 웃었다. 정아와 전화를 끊을 때도 그랬다.

「태림 오빠는 지환 씨가 그렇게 믿음직스러운가 봐. 세상에, 이혼한 것도 네 성질머리 때문이라고 나한테 화를 내더라니까? 그래서 나도 화를 냈지. 태이 성격이 얼마나 좋은데! 유지환이 이상하겠지! 이랬어.」

정아는 다시 생각해도 화가 나는지 잔뜩 화가 난 목소리였다. 태이는 왠지 난감한 얼굴로 머리를 긁적이고 있는 지환을 슬쩍 보았다.

태림뿐만이 아니다. 한 이사장 역시 지환이 좋은 남자라고 했다. 대체 두 사람은 어떤 마음으로 지환을 대했던 것일까. 항간에는 한 이사장이 지환에게 뒷배경이 없으니 돈으로 낚아채 온다는 소문도 돌았다. 하지만 그건 한 이사장도, 지환도 신경을 쓰지 않았다.

그때 시끄러운 벨 소리가 울리고 광영이 전화를 받았다. 지환은 태이의 시선을 느낀 모양이었다.

"왜 그렇게 봐?"

"아니, 주변 사람들은 모두 지환 씨가 좋은 남자라고 해서."

"주변 사람들?"

"우리 아빠나 오빠. 그리고 광영 씨도. 혜령이도 우리 일 있기 전까지는 지환 씨가 참 좋은 남자라고 말했거든."

"백혜령?"

고개를 끄덕였다. 혜령은 고등학교 때 학생회 활동을 했었다고 했다. 그래서 지환도 혜령을 알고 있는 듯했다.

"참, 예전에 윤성 오빠가 초중고 동창이라고 하지 않았어?"

"아버지 돌아가시고 할머니와 여기로 왔었어. 중간에 전학 왔던 거지."

"아."

"고모부가 고등학교는 꼭 서울로 다시 보내야 한다고 우기셨거든. 나는 여기서 다녀도 된다고 했었는데."

아마 지환은 고모 내외가 경제적으로 부담을 가질까 봐 그런 생각을 했을 것이다. 그때도 지환의 속이 깊었음을 짐작할 수 있었다.

왠지 입이 쓰다. 두 사람은 자라온 환경이 다르다. 그녀는 물질적으로 힘들었던 경험을 한 번도 해본 적이 없었다. 그녀에게 아무렇지도 않은 것들이 지환에겐 다른 의미로 다가왔을지도 모르겠다. 그렇게 생각하자 가슴이 묵직해졌다.

"자, 도착했습니다. 내리세요."

시동이 꺼지자 몸을 울리던 진동도 멎었다. 하지만 묵직해진 가슴은 쉽게 풀리지 않았다. 마치 생각지도 못했던 것에 뒤통수를 맞는 듯 강렬한 느낌이었다.

지환의 친구들은 하나같이 유쾌했다. 구김살도 없고 가식도 없었다. 그녀가 속해 있는 모임에서는 어쩔 수 없는 갑을관계가 지속된다. 어쩌다 그 갑을관계가 바뀌기도 하지만 큰 이변이 없는 한은 계속 간다. 그래서 친구 사이라고 하더라도 누가 더 우위에 있는지 확실히 보일 때가 많았다. 하지만 여기에선 그런 게 없었다. 그저 서로 먹고 마시고 떠들며 웃느라 정신이 없었다.

태이는 지환의 학창시절을 잘 알지 못한다. 아니, 고등학교나 대학 때의 일은 혜령에게서 들었으나 그 전의 일은 몰랐다. 허나 지환은 그때도 눈에 띄던 학생인 모양이다. 친구들은 지환과의 일을 제법 정확히 기억하고 있었다.

"지환이가 튀긴 튀었지. 얼굴도 뽀얗고, 잘생기고 키도 크고. 거기다 공부도 잘하는데 애들도 잘 돕고."

"태이 씨, 지환이 책벌레였던 건 알아요? 제가 그때 도서 부장이었는데, 작긴 했지만 그래도 도서실이 있었거든요. 8시까지 문을 열었는데 수업 끝나면 지환이가 와서 책을 읽고 갔어요. 졸업 때쯤 한번 훑었는데 뒤에 지환이 이름 없는 책이 없어서 와, 이놈 징그럽다 했다니까요."

지환은 지금도 책을 좋아한다. 그래서 태이는 한 번씩 지환에게 책을 사주려다 관두곤 했다. 왠지 사가도 그가 이미 읽었다고 할 것 같아서. 그런데 지금 생각하니 그냥 살 것을 그랬다. 지환은 그 책을 읽었더라도 그저 '고맙다.'고 말할 남자지 '이미 읽었어.'라며 무안을 줄 남자가 아니었다. 그때 그렇게라도 했다면 지금의 이 관계가 바뀌진 않았을까?

그렇게 생각하니 술이 절로 넘어갔다. 지환의 친구들은 그런 태이를 보고 더욱 좋아하며 술을 권했다. 그녀는 술을 그렇게 잘 마시는 편은 아니다. 기껏해야 소주 한 병 정도가 주량이었는데 오늘은 복분자주까지 섞어 마셨다.

평소보다 더 많이 마실 수 있었던 건 컨디션이 좋아서였다. 그리고 기분도 좋았고. 아마 오전의 기분이 계속되었

널 사랑하다가

다면 이미 엉망진창으로 취하지 않았을까?

"근데 정말 놀랐습니다. 두 분 만난 지 한 달도 안 되어 결혼하셨다면서요."

"솔직히 섭섭하기도 했어요. 결혼식 초대도 안 해서."

지환은 말없이 소주잔만 쥔 채로 웃고 있었다. 생각해보니 그의 결혼식에는 친구라고 하는 사람들이 거의 없었다. 윤성이 왔을 때 신랑 측 하객석에 앉아 사람들이 웅성거렸던 것이 기억났다. 문득 궁금해지긴 했다. 왜 친구들을 초대하지 않았던 걸까. 역시 지환에게 그 결혼은 의미가 없는 것이라서?

"맞다. 우리가 얼마나 섭섭했는데."

"그때 가을 막바지고 너희 바쁠 거 알아서. 청첩장도 안 돌렸었어."

"인마, 그때 바쁘기는 하지. 그래도 아무리 바빠도 말했으면 갔지."

"미안하다. 내 생각이 짧았네."

"제수씨, 이놈 쫀쫀하거나 그런 놈 아닙니다. 우리 결혼식이나 돌잔치 때 다 참석한 놈이에요. 부조도 제일 빵빵하게 하고."

그는 배려가 능숙했다. 자신의 결혼식임에도 친구들의 사정을 먼저 생각한 것이다. 자신의 체면 같은 것은 상관하지 않고 말이다.

그가 씁쓸히 웃으며 소주를 들이켰다. 친구들은 다시 왁

자지껄 떠들며 잔을 채우기 시작했다.

　자리가 무르익었다. 그리고 태이의 세상도 조금씩 돌기 시작했다. 역시 알코올의 힘이라는 건 그런 것이다.

　"지환이 결혼한다고 했을 때 당연히 미주인 줄 알았지."

　"그러게. 미주가 얼마나 지환이 좋아했냐."

　술에 취하면 원래 판단력이 흐려진다. 아직 제정신인 사람들은 태이의 눈치를 보면서 그 사람들의 입을 막았다.

　"아이고, 태이 씨. 죄송합니다."

　"아니에요. 과거에 두 사람 사귄 거 다 아는데요, 뭘."

　"그렇죠? 요즘에 뭐 과거가 흠이 되나요? 그래도 죄송합니다. 이 주둥이가 문제여, 하여튼."

　혀가 꼬여 사과를 하는 사람을 보며 웃었다. 두 사람, 오래된 사이였구나……. 그것까지는 몰랐다. 다시 가슴이 묵직해졌다. 그리고 속이 안 좋은 것 같았다. 역시 술은 섞어 마시는 게 아니었다.

　태이가 자리에서 일어서자 순식간에 시선이 모여들었다.

　"죄송합니다. 제가 취한 것 같아서 먼저 자리에서 일어나도 될까요?"

　"아, 저희가 괜한 소리를……."

　"아니에요. 제가 정말 취한 것 같아서요. 그럼 다음에 뵙겠습니다."

　미주의 이야기에 기분이 나쁜 건 아니다. 정말 술이 너무

과했고, 속이 안 좋은 것뿐이었다. 아니, 그렇게 핑계를 대고 있었다. 스스로에게.

태이는 방에서 빠져나와 신발을 구겨 신고 패딩 지퍼를 여몄다. 그리고 카운터 앞으로 걸어가 카드를 내밀었다.

"아까 부탁드린 거 포장됐나요?"

"네. 여기 있습니다."

"그리고 저 방 조금 더 넉넉하게 계산해주실래요?"

"아니에요, 사장님이 계산하신다고 하셨어요."

"이걸로 해주십시오."

새빨간 그녀의 카드가 낚아채이고 지환의 카드가 내밀어졌다. 직원은 잠시 눈치를 보더니 지환의 카드를 받아들었다. 지환은 전표에 서명을 한 뒤 카드와 포장된 상자를 받아들었다. 태이가 속에서 올라오는 알코올 기운에 숨을 크게 내뱉고 비틀거리며 앞서 걷기 시작했다.

지환이 재빨리 달려와 태이의 어깨를 잡아 멈춰 세우고 그 앞에 한쪽 무릎을 꿇고 앉았다. 신발의 끈도 풀려 있어서 위험했다.

"신미주 씨와 동창이었어?"

지환의 손가락은 여전히 그녀의 신발 끈을 묶는 데 여념이 없다.

"우리 자자."

어깨가 굳고 지환의 손가락이 운동화 위에서 그대로 멈췄다. 끈은 아직 다 묶이지 않았다.

"나, 지환 씨와 자고 싶어졌어."

이런 말을 하는 것에 딱히 용기가 필요하지는 않았다. 굳어 있던 지환의 손가락이 다시 움직여 그녀의 운동화 끈을 완벽하게 묶어주었다. 그리고 자리에서 일어나자 지환의 넓은 어깨에 압박감이 느껴지는 것 같았다. 확실히 지환은 키가 크고 어깨가 넓어 늘씬한 몸매임에도 위압감이 느껴졌다.

"걸어가는 데 이십 분 정도 걸려, 괜찮겠어?"

고개를 끄덕였다. 지환은 아직 그녀의 물음에 답하지 않았다. 잠시 머뭇거리는 것 같던 지환이 그녀에게 손을 내밀었다. 태이는 아주 잠깐 고민을 했다. 이 손을 잡을지, 잡지 않을지. 하지만 더 고민을 하기도 전에 지환이 그녀의 손을 잡았다.

"아직 눈이 쌓여서 많이 미끄럽지 않으니까 손을 잡아도 될 것 같아서."

이건 긍정의 뜻인가 싶다. 지환의 손은 여전히 뜨거울 정도로 따뜻하다. 하지만 태이가 움직이지 않자 지환이 걸음을 멈추고 뒤를 돌아보았다.

"나는 마음만 앞서서 한태이를 놓쳤던 사람이야. 그러니까 한태이는 그러지 않았으면 좋겠어."

천천히 걷기 시작했다. 지환은 여전히 그녀의 손을 잡고 있다. 태이 역시 지환의 손을 놓을 생각이 없었다.

"그래서 거절이라는 뜻이야?"

널 사랑하다가

하얀 입김이 하나처럼 모여 있었지만 곧 흩어졌다. 지환의 얼굴은 온전히 볼 수 없다. 그저 변함없는 표정으로 걷고 있는 옆모습만 볼 뿐이다.

"나도 한태이를 안고 싶어."

순간 숨이 멎는 것 같다. 아니, 심장은 제대로 뛰고 있는 게 맞을까? 가까스로 숨을 내쉬는데 그 떨림이 고스란히 느껴진다. 숨이 턱, 턱 끊겨서 나왔다.

"하지만 한태이는 그날의 이야기를 의식적으로 피하고 있잖아."

지환이 말하는 '그날'이라는 것은 이혼을 말하기 전날이다. 태이는 인정하기로 했다. 어쨌거나 그날의 일은 꽤나 충격적이었다. 막상 당시엔 덤덤했는데 지환이 신경 쓰이기 시작하자 떠올리는 것만으로도 화가 나는 것 같다. 스스로에게 이런 화가 숨어 있는 줄 꿈에도 몰랐다.

"추워. 커피라도 마시는 건 어때?"

고개를 끄덕였다. 지환은 곧장 앞에 있는 카페로 들어섰다. 그리고 그녀를 앉히고 상자를 내려놓은 뒤 카운터로 걸어갔다. 직원과 이야기를 하는 지환의 모습을 물끄러미 바라보았다.

따뜻한 카페의 온기에 얼었던 몸이 풀리는 건 그녀나 지환이나 마찬가지인가 보다. 지환은 피부가 간지러운지 손등으로 몇 번이나 얼굴을 쓸고 있었다. 태이 역시 벌겋게 변한 자신의 손등을 보았다. 왼쪽 손은 주머니에 넣어 괜찮았지만 지환의 손을 잡았던 손등은 찬바람에 벌겋게 물들어 있었다.

왼손으로 오른쪽 손등을 비비자 소스라치게 차가운 기운이 느껴졌다. 몇 번이나 비비고 본래의 색을 되찾았을 때 지환이 트레이를 내려놓고 그녀의 앞에 앉았다. 커피를 마시자더니 앞에 놓인 건 노란빛이 인상적인 레몬차였다.

"커피보단 좋을 것 같아서. 사장님 어머니가 직접 레몬청을 만드신대."

지환의 말에 손을 뻗어 잔을 들었다. 머그의 손잡이만 잡았는데도 따뜻함이 고스란히 느껴졌다. 레몬의 향이 향긋해 빨리 마시고 싶은 마음에 몇 번이나 후후 불었지만 여전히 뜨거운 김이 모락모락 피어나 쉽게 마시지 못했다. 결국 태이는 잔을 내려놓았다.

자리에서 지환이 일어났다. 왜 그러나 싶어 보는데 지환은 직원에게 무엇인가를 부탁하는가 싶더니 작은 트레이를 하나 더 들고 걸어왔다. 그리고 그녀의 잔에 레몬청을 더 넣어 저어주고 얼음 세 조각을 넣었다. 얼음은 뜨거운 열에 금세 흔적도 없이 녹았다.

"마셔봐, 조금 더 나을 테니까."

"고마워."

이렇게 마실 생각을 왜 하지 못했던 걸까. 확실히 레몬청과 얼음 세 조각으로 온도가 훅 내려갔다. 레몬차는 달고 따뜻하고 향긋했다. 잠깐의 찬바람에 얼었던 몸이 그 한 모금에 완전히 풀렸다.

"사실 그날 일은 드문드문 기억나. 고열이라 정신이 없었거든. 시간이 흐르고 아주 조금씩 기억이 나는 정도야. 당신이 건 부재중 전화를 보고 다시 걸었던 기억은 있는데 무슨 말을 했는지도 기억이 안 나. 저녁을 먹자고 했다는 것도 몰랐어. 아마 당신에게 다시 전화를 하려고 했을 거야. 그때 미주에게서 전화가 왔고."

이렇게 지환이 바로 그날에 대해 말을 할 줄은 몰랐다. 태이는 그저 차를 홀짝이며 듣고 있다는 의사 표시로 고개만 끄덕였다.

"어쨌거나 미주와 헤어지고 나서 한 번도 만난 적 없다는 건 사실이야. 그날만 빼고. 돈에 관련된 문제라…… 깨끗이 해두는 게 낫겠다 생각했어. 세상에 태어나 그렇게 아픈 건 처음이라 분별력이 없었던 거지. 꿈을 꿨어. 당신이 사무실로 왔고 열을 내리려면 차가운 수건으로 몸을 닦아내야 한다고 했지. 꿈이니까 내 마음대로 해도 된다고 생각했어. 끌어안고 입을 맞추는 순간 당신이 아닌 걸 알아차렸지만."

지환이 쓸쓸하게 웃으며 차를 마셨다. 지독한 타이밍이다. 그 짧은 순간을 목격하게 되다니. 왠지 손이 떨려 태이는 잔을 내려놓았다.

"정신을 놓았어. 눈을 떴을 땐 병원이었고. 폐렴 직전까지 갔거든."

"폐렴?"

"다음 날, 당신 앞에서 아무렇지 않은 척하느라 꽤 애먹었지."

"왜 아프다고 말도 하지 않았어?"

"미련 하나 없다는 얼굴로 이혼을 말하는 당신 앞에서 내가 무슨 말을 할 수가 있었겠어."

"무슨 연유로 이혼을 원하냐는 말 정도는 할 수 있었잖아."

이혼의 원인을 모두 지환에게 돌렸다. 태이는 스스로가 치졸하다고 생각했다. 그녀는 신혼여행 첫날 승혁의 이름을 불렀다. 만난 지 겨우 한 달 만에 결혼을 한 사이에서 지환도 낯선 남자의 이름을 부르는 그녀에게 손을 댈 수 없었을 것이다. 따지고 보면 이혼 사유는 자신에게 더 무겁게 쏠려 있는 것임에도 불구하고 지금은 지환을 핑계대고 있다. 역시, 상처를 받는 건 익숙하지가 않다.

그렇다 해서 지환이 상처받는 것에 익숙한 사람인가? 아니, 그는 훨씬 많은 상처를 받고 살아온 사람이다. 상처에 경중은 없다. 그의 마음은 상처로 뒤덮여 딱딱해진 것일까? 그래서 표현을 하지 않는 것일지도 모른다.

"그 남자가 돌아온 줄 알았어."

"뭐?"

"결혼생활 동안, 당신은 잠결에 몇 번이나 그 남자의 이름을 불렀어. 미안하다고 울 때도 있었고, 웃을 때도 있었

널 사랑하다가

지. 난 그 남자가 누구인지 아무에게도 묻지 못했어."

몇 번인가 승혁의 꿈을 꾸기는 했다. 그런데 그 이름을 입으로 불렀으리라고는 생각하지 못했다.

"그냥 짐작만 했지. 당신이 사랑하는 사람이고, 일이 있어 헤어졌나 보다고. 그렇다고 그것만으로 당신이 이혼을 말할 때 이유를 묻지 않은 건 아니야."

"뭐?"

"서재에 있던 책 중 '보통의 이유'가 있었잖아. 당신과 어떤 남자가 얼굴을 맞대고 웃고 있는 사진을 봤어."

태이는 자신도 모르게 눈을 내리깔았다. 생각났다. '보통의 이유'는 샛노란 표지가 인상적이라며 승혁이 선물한 책이었다. 그리고 그 사진은 여름에 여행을 갔을 때 태림이 찍어준 것이었다. 맨 뒷장에 넣어두어 잊고 있었다.

"당신, 그 책 1년에 두 번 정도는 읽는다고 했었잖아. 그래서 궁금해졌어, 어떤 내용인지. 책장에서 빼서 페이지를 넘기려는데 그 사진이 떨어지더라. 손때가 굉장히 많이 묻어 있어서……. 당신은 최근까지 그 책을 봤었고."

사진이 들어 있다는 것도 잊고 있었다. 왜 하필 지환이 읽으려 하는데 그 사진이 떨어진 것일까.

"다음 날 다시 전화가 걸려왔을 때, 의사나 간호사의 만류에도 반듯하게 옷을 입고 나갔어. 그날 당신이 이혼을 말할 걸 짐작했거든."

"짐작?"

"목소리가 달랐어."

"그건……."

태이는 차마 말을 잇지 못했다.

"그래, 지금 생각하니 미주 때문이었겠지. 그런 생각도 했었던 것 같아. 그 남자를 장인어른과 장모님께서 반대하셨다면 아마 우리가 이혼을 했을 경우 두 사람이 다시 만나기 쉬워질 거라고. 그 남자 때문에 이혼까지 하게 되었으니 아무래도 재결합이 더 쉬울 거라고 생각했지. 나도 별수 없는 남자라, 그런 생각까지 했어. 당신이 서류를 내밀었을 때 몇 번이나 말을 할까, 하지 말까 그런 고민을 했어."

태이는 그저 물끄러미 지환을 바라보았다.

"입을 떼면 기침이 터져나올 것 같고, 당신을 붙잡고 울 것 같아서 묻지 못했어."

그날이 떠오른 것인지 지환의 눈가가 촉촉해진 것 같기도 했다. 지환의 눈은 무척이나 커서 잠깐 눈물이 고였을 뿐인데 곧 떨어지기라도 할 것처럼 보였다.

"당신이 일어나고 나서 울었던 것도 같아. 사실, 그날도 기억이 많이 흐릿해. 딩신 가고 나서 그대로 쓰러졌거든. 마침 형님 전화가 와서 그 카페 직원이 전화를 받았어. 다시 병원에 실려갔고 사흘 내내 앓았어."

지환의 목소리엔 평소와 달리 힘이 없었다. 마음이 울컥, 무엇인가를 때렸다.

"지환 씨……."

"당신에게 위자료를 지급한 건, 결혼 1년간 나는 행복했었거든. 사람 마음이라는 게 마음대로 되는 게 아니잖아. 그걸 이해하고 받아들였어. 나는 1년간 당신으로 인해 행복했는데 당신에게 해준 게 없었잖아. 알아, 당신이 가진 게 많다는 것도 아는데 내가 할 수 있는 건 그 정도뿐이었어."

지환이 낮은 숨을 뱉었다. 이 아슬아슬한 끈을 끊지 않고 있었던 것은 지환이다. 그가 여행을 가자는 말을 꺼내지 않았더라면 아마 영원히 그날의 사실도, 지환이 위자료를 주는 이유도 알지 못했을 것이다.

"태어나서 욕심이라는 것을 부려본 적 없는 것 같아. 그래서 감히 한태이를 욕심내지도 못했어."

"하……."

말이 제대로 나오지 않아 몇 번이나 숨을 토해냈다.

"사랑이 깊어졌을 때…… 그것을 깨닫게 되었을 때 헤어나기가 힘들더라."

손끝이 떨려 태이는 있는 힘껏 주먹을 쥐었다.

"당신을 사랑하다가……."

태이는 숨을 멈췄다.

"심장이 멎을 것 같았어."

가까스로 눈가에 맺혀 있던 눈물이 툭 떨어졌다. 방울진 눈물은 무척이나 커서 볼을 타고 내리지도 않았다. 그저

크게 진 방울이 탁자 밑으로 떨어져 사라졌다. 태이는 남
자의 눈물이 이렇게까지 처연할 수도 있다는 것을 처음 알
았다.

생각해보면 지환은 표정에 큰 변화가 없었다. 아니, 그
럴 수밖에 없었을 것이다. 결혼 첫날밤 다른 남자의 이름
을 부른 아내의 앞에서 어떻게 웃을 수 있었겠는가. 친구
들과 편안한 얼굴로 대화를 하는 지환을 조금 더 보고 싶다
고 생각했다. 하물며 카페 직원들과도 가볍게 웃음을 주고
받으며 주문을 하는 지환을 보는 게 좋았다. 태이는 저도
모르게 미간을 구겼다.

그런 그녀의 표정변화에 지환이 재빨리 손을 들어올려
눈가를 비볐다. 태이는 앞에 있는 티슈를 지환에게 내밀었
다. 지환은 손을 뻗을 생각을 하지 않고 그저 물끄러미 티
슈를 보기만 했다.

어떤 말이라도 하고 싶다. 하지만 누군가가 꼭 입을 막고
있는 것처럼 목소리가 나오지 않았다.

"그래서야. 내가 당신을 잡지 못했던 이유."

아주 나긋한 목소리로, 미련 같은 건 하나 남아 있지 않
다는 얼굴로 지환은 오히려 후련하다는 듯 굴고 있었다.

"나는……."

목소리에 굴곡이 졌다. 몇 번이나 헛기침을 했지만 개운
한 느낌이 들지 않는다. 태이는 손을 뻗어 차를 한 모금 마
셨다.

널 사랑하다가

"미안해, 지환 씨."

지환의 눈이 살짝 커졌다. 자신이 미안하다고 말한 게 그렇게 놀랄 일인가 싶었다.

"가까운 누군가의 죽음은 처음이었거든. 무뎌지는 게 쉽지 않더라. 사랑했던 게 사라지는 게 무서웠어. 왜 결혼했냐 묻는다면 그땐 어떻게 되든 상관없다는 생각을 했어."

어쨌거나 태이는 지환에게 사실을 말해야겠다 생각했다. 이 이야기를 듣고도 지환이 그 팽팽하게 이어진 실을 끊어주지 않았으면 좋겠다 빌었다. 마음은 이미 움직이기 시작했다. 어쩌면 처음부터 아주 조금씩 움직이고 있었던 것을 느끼지 못했던 것일지도 모른다. 그 감정은 아주 천천히 배어들듯 움직였다.

"난 아마 상대가 굳이 지환 씨가 아니더라도 상관없었을 거야."

이미 짐작하고 있었다는 듯 지환의 표정은 변화 없이 평온할 정도였다. 역시, 사람은 말을 하지 않아도 느끼는 건 똑같은 모양이다.

"그런데 지환 씨와 있으면 편하더라. 나는 그게 좋았어. 한 번씩 우리 집에서도 숨이 막힐 때가 있었거든. 결혼을 하고 나서 우리가 살던 집으로 들어가는 길은 늘 기분이 가벼웠던 것 같아. 그동안 정말 많이 생각해봤어. 내게 유지환은 어떤 존재인가."

지환의 어깨가 굳었다. 그 모습에 그가 긴장을 하고 있다는 게 고스란히 느껴졌다. 누군가 그랬다. 더 좋아하는 사람이 손해라고. 태이는 그 말이 틀렸다 생각했다. 늦게 시작한 사람이 훨씬 불안하다. 이미 저만큼 뛰어가버린 사람을 따라잡을 수 없을 것 같아 두렵다.

"좋은 사람이야, 지환 씨는."

지환이 낮은 숨을 뱉었다.

"나는 그걸 알아보는 게 너무 늦었어. 나는 원래 느린 사람이라서 지금 지환 씨를 좋아한다, 사랑한다고는 말 못해. 그런데 유지환이라는 남자가 신경 쓰여. 앞으로 내 세상에 유지환이라는 사람이 없으면 공허할 것 같아."

이건 아마 그녀의 일생에 있어 최대의 용기를 내어 말한 것이 아닐까? 태이는 긴장으로 인해 손바닥이 축축이 젖어 있다는 것을 깨달았다. 조심스레 허벅지에 손바닥을 쓸어 닦았다.

"이기적인 여자라서 미안해."

태연한 척 말하고 있었지만 심장은 금방이라도 갈비뼈를 뚫고 튀어나올 것만 같았다. 지환은 그저 식어가는 찻잔만 눈도 깜빡이지 않고 보고 있었다.

"내가 먼저 지환 씨를 놓았잖아."

지환의 시선이 태이에게 돌아왔다.

"지금 당장 내가 내민 손을 잡아달라는 뜻은 아니야."

이렇게 말하면서 태이는 스스로가 비겁하다는 것을 잘 알고 있었다. 가까스로 내민 손을 지환이 잡아주지 않을까

널 사랑하다가

봐 스스로 방어를 하고 있다. 상처를 받는 건 여전히 두렵다. 지환은 머리가 좋은 남자다. 그녀의 방어기제를 눈치챘을 것이다.

"태이야."

그녀가 고개를 들었다. 지환의 시선은 창밖으로 향해 있었다. 태이의 시선도 자연스레 창밖으로 향했다. 하얀 눈이 나풀나풀 내리고 있었다.

"아직 네 뒤에 있는 그 사람이……."

숨을 쉴 수가 없다.

"나는 버겁다."

지환이 말하는 심장이 멎는다는 건 아마 이런 느낌일 것이다.

태이는 두 눈을 질끈 감았다.

서울로 올라가는 길은 침묵으로 물들었다. 두 사람 모두 입을 열지 않았다. 고모 내외 앞에서는 내색을 하지 않아 그래도 따뜻한 배웅을 받았다. 지환은 고모 내외 앞에서 내색 않고 웃으며 인사를 하는 태이가 고마웠다. 하지만 차에 타자마자 두 사람 사이의 거리는 전보다 훨씬 멀어진 것만 같았다.

태이는 생각에 빠진 듯 그저 팔을 괸 채 창밖만 보았다. 왠지 가슴이 서걱거려서 지환은 몇 번이나 입술 안쪽의 살을 깨물어야 했다. 심장이 조여와 터질 것 같기도 하고, 갑갑해 혈액순환이 멈춘 것 같기도 했다. 이 심정을 어떻게 표현해야 할지 알 수가 없었다.

핸들이 묵직해서 절로 팔뚝에 힘이 들어간다. 운전을 하면서 이렇게 긴장을 해본 건 오랜만이다. 눈길이라 그런 것도 있었지만 역시, 옆에 앉아 있는 상대 때문이기도 했다. 섣불리 말을 걸 수도 없는 건 역시 어제 그가 거절의사를 비쳤기 때문이었다.

서울까지 오는 길은 긴장으로 가득 찼다. 평소보다 두 배 이상의 시간이 걸렸지만 왠지 내려갈 때보다 훨씬 짧은 것만 같았다.

차가 멈추자마자 태이는 미련 없이 벨트를 풀었다. 서둘러 차에서 내린 지환이 트렁크를 열고 물건들을 꺼내기 시작했다.

"그냥 여기다 둬. 내가 알아서 들고 갈게."

"하지만……."

"우리 엄마 보기 불편할 거 아니야."

어쩐지 냉정한 말투에 지환은 그저 고개를 주억거릴 수밖에 없었다. 자신은 괜찮다. 하지만 윤 여사는 아닐 것이다. 당장이라도 자신의 목을 조르고 싶지 않을까.

지환은 대문 앞에 차곡차곡 쌓아둔 짐을 확인한 다음 태이를 보았다. 뭔가 이대로 대화를 이어야 할 것 같았다. 하지만 태이는 그대로 몸을 돌려 초인종을 누르고 난 뒤였다. 꼭 무엇인가가 명치에 얹힌 것처럼 답답했다.

널 사랑하다가

"잘 가, 지환 씨."

고개를 끄덕인 지환이 차에 올라탔다. 평소엔 진동도 느껴지지 않던 그 차가 맞나 싶을 정도로 떨림이 느껴진다. 그러다 핸들을 쥐고 있는 자신의 손을 보았다. 차에서 느껴지는 진동이 아니라 자신의 몸이 떨리는 것이었다. 이대로 서 있으면 태이가 곤란해질지도 모른다.

지환은 핸들을 쥔 손에 힘을 주었다. 기어를 바꾸고 천천히 움직이기 시작했다. 멈췄다고 생각했던 눈이 다시 떨어지기 시작했다. 지환은 나지막한 한숨을 흘렸다. 간극은 더욱 벌어졌다.

해야 할 일이 많다. 하지만 이대로 누워 쉬고 싶기도 했다. 차라리 사무실 소파를 빌리더라도 회사를 가는 게 맞았다. 신호에 걸려 서 있는데 진동이 울리기 시작했다. 처음 보는 발신번호에 손가락을 툭툭 두드렸다. 휴대전화의 버튼을 길게 눌렀다.

"네, 유지환입니다."

휴대전화 너머에서는 반응이 없다. 블루투스로 연결된 스피커에서는 그저 바람 부는 소리만 들려왔다.

"여보세요?"

스스로의 목소리에서 왠지 모를 짜증이 섞여 나온다는 것을 알아채고 한숨을 뱉었다. 여전히 상대는 말이 없었다. 잘못 걸린 전화인가 싶어 종료 버튼을 누르고 창밖으로 고개를 돌렸다.

빙판이 되어버린 인도를 조심스레 걸어가는 사람, 아주 천천히 움직이고 있는 반대편 도로의 차들. 어쩐지 지환은 이 도로에서 길을 잃어버린 것만 같았다.

신호가 뚫리고 조심스레 엑셀을 밟는데 다시 진동이 울리기 시작했다. 간단히 버튼을 눌렀다.

"네, 유지환입니다."

— 난데 어딘가?

태림이었다. 아무래도 조금 전의 전화는 잘못 걸린 모양이었다. 뒤의 네 자릿수 번호가 낯익긴 했지만 떠오르는 번호는 없었다.

"서울입니다."

— 옆에 태이도 있나?

태림의 목소리가 무척이나 조심스러웠다. 지환이 가볍게 웃자 눈치챈 모양이었다. 태림이 한숨을 길게 뱉었다.

— 태이가 까다롭게 굴었을 텐데.

"전혀 그런 성격 아닙니다."

지환의 단호한 대답에 태림은 잠시 말이 없었다. 문득 그런 생각이 들었다. 어쩌면 태이의 가족들은 그녀의 성격을 제대로 파악하지 못하고 있는지도 모른다고.

— 하긴 가족이라도 제대로 알 수 없을 수도 있지.

"대체적으로 성격들이 좋으시잖습니까."

— 우리 가족이?

금시초문이라는 듯 태림의 목소리 톤이 조금 높아졌다.

널 사랑하다가

그런 태림의 반응에 지환은 저도 모르게 웃고 말았다.

"네."

— 난 매부가 성격 참 좋다고 생각했어.

"제가요?"

— 참을성도 많고, 차분하고. 웬만해선 화도 내지 않는 성격이잖나. 팔려오듯 태이와 결혼해서 많이 힘들었을 텐데.

저도 모르게 고개를 저으며 지환이 웃었다.

"형님이 어떻게 받아들이실지 모르겠지만 결혼생활 동안 저는 꽤 행복했었습니다. 가족의 일원이 된 것 같아서요."

— 이혼했다고 그렇게 매정하게 굴 수 있나 싶어서.

"매정이요?"

— 사무실 내놨다면서.

어쩐지 섭섭함이 가득 쌓인 듯한 태림의 목소리에 지환이 입술을 깨물었다.

* * *

시골에서 가지고 왔다는 짐들을 모두 확인하며 윤 여사는 몇 번이나 탄성을 뱉었다. 하지만 태이는 그 어느 것에도 관심이 없는 듯했다. 소파에 앉아 멍하니 앉아 있는 태이의 모습에 윤 여사가 가슴을 몇 번이나 내리쳤다. 하지만 태이는 허벅지 위에 앉아 꼬리를 흔드는 몽글이만 매만지고 있었다.

"어디서 저런 걸 저렇게 얻어왔어?"

"어쩌다 보니까."

"그래, 그건 그거고. 대체 이 닥터 거부한 이유가 뭐야?"

본론이 나왔다 싶어 태이의 눈이 가늘어졌다.

"엄마, 이미 끝난 문제잖아."

"이 닥터는 괜찮대. 이혼한 지 얼마 되지도 않았는데 부담 줘서 오히려 미안하대. 얼마든 기다릴 수 있다더라."

"내가 안 괜찮아."

윤 여사의 고운 미간이 일그러졌다. 최근 피부 관리를 받느라 신경 쓴다더니 역시 자식 일 앞에선 그것도 소용없는 모양이었다.

"대체 뭐가 안 괜찮아! 어차피 유 서방은 우리랑 맞지도 않는 상대였고……."

"뭐가 안 맞는데? 환경?"

"얘, 엄마가 좀 속물근성이 있어 보이겠지만……."

"맞아, 엄만 속물이야."

"얘가, 진짜."

더 이상 참지 않고 윤 여사가 팔을 뻗어 태이의 등을 철썩 소리가 나게 때렸다. 그러자 얌전히 안겨 있던 몽글이가 갑자기 벌떡 서서 윤 여사를 향해 짖어댔다.

"어머, 어머, 얘 봐라? 그래도 제 주인이라고 보호하려고 드네?"

윤 여사가 기가 막힌 듯 몇 번이나 어이없는 웃음을 토해
냈다. 태이는 몽글이를 쓰다듬으며 진정시켰다. 윤 여사가
할 수 없다는 듯 육포를 들자 언제 짖었냐는 듯 몽글이가
꼬리를 살랑살랑 흔들며 이어진 소파를 걸어가 윤 여사의
품에 안착했다.

"놓치기 아까운 사람이다?"

"알아, 이정주 씨 괜찮은 사람인 건."

"그런데 대체 왜 그래? 너 어차피 유 서방 좋아한 것도
아니었잖아."

"그랬지."

"너 성의 있게 대답 못 해?"

태이는 한숨을 뱉으며 다리를 꼰 채 윤 여사를 보았다.

"엄마, 나……."

"이사장님 오시네요."

도우미의 말에 태이는 말을 마저 뱉지 못하고 자리에서
일어났다. 윤 여사는 몽글이를 끌어안은 채 태이를 마음에
들지 않는 듯 위아래로 훑어보는 중이다. 중문이 열리며
한 이사장이 안으로 들어섰다.

"아빠, 오셨어요?"

"생각보다 일찍 왔구나."

"좀 일찍 출발했어요."

"운전하기 힘들었을 텐데."

코트를 벗으며 한 이사장이 무심한 듯 물었다.

아마 아버지는 지환과 여행을 갔었다는 걸 알고 계시지 않을까? 태이는 생각했다. 어쨌거나 자식들에게 꽤나 관심이 많은 아버지였다.

한 이사장은 옷을 갈아입을 생각이 없는지 소파로 가서 앉았다. 그리고 대답이 없는 태이를 돌아보았다. 윤 여사 역시 왜 말이 없냐는 얼굴로 한 이사장 옆에 가서 앉았다.

늘 그렇게 했던 듯 자연스럽게 한 이사장이 몽글이를 안아들었다. 빨리 안아달라 낑낑대던 몽글이가 한 이사장의 품에 안겨 조용해졌다. 태이는 다시 소파에 앉았다.

"모르셨어요?"

"뭘?"

"아니에요. 요즘 제설 잘되잖아요."

그건 사실이었다. 눈이 그치자마자 두 사람은 출발했고 고속도로는 제법 깔끔히 치워져 있었다. 물론 양옆으론 눈이 수북했고 평소보다 속도를 절반밖에 내지 못했지만 말이다.

"여보, 쟤 좀 뭐라고 해요."

"뭐를요?"

"세상에 이 닥터를 확 찬 거 있죠? 뭐, 이혼한 지 얼마 안 돼서 마음이 그렇다나?"

한 이사장이 고개를 돌려 태이를 보았다.

"별로 결혼할 생각도 없었어요. 밀어붙인 건 두 분이셨지."

그 말에 윤 여사가 할 말이 없다는 듯 쩝 소리를 내며 고개를 돌렸다. 그러다 소파를 탁탁 소리가 나게 쳤다.

"얘, 그거야. 네가 어?"

차마 뒷말이 나오지 않는 모양이었다.

"승혁 오빠 죽어서?"

"태이야."

놀란 윤 여사의 눈이 당장이라도 튀어나올 듯 커졌다. 태이의 입에서 승혁의 이름이 이렇게 쉽게 나올 거라고 생각하지 못한 모양이었다.

"그러니까 조금 더 시간을 주지 그랬어. 1년 정도만 더 뒤에 지환 씨 만났으면 좋았을 텐데."

"너 그게 무슨 소리야? 너 유 서방하고 뭐 다시 만나기라도 하겠다 이거니? 윤성이네하고 같이 밥 먹었다면서?"

윤 여사가 순식간에 미간을 구기며 도끼눈을 하고 태이를 보았다.

"그건 우연히 만나서 밥 먹은 거야."

"안 돼! 절대 안 돼!"

"엄마가 왜 그렇게 반대를 해?"

"왜긴? 옛 여자 아직도 옆에서 얼쩡거리는 거 내가 모를 줄 알아?"

"엄마, 지환 씨 뒷조사 아직도 하는 거야?"

태이의 언성이 높아졌다. 당장이라도 그녀를 잡아먹을

것 같던 윤 여사가 태이의 시선을 피하며 고개를 돌렸다.

한 이사장이 고개를 저으며 입을 열었다.

"유 서방, 사무실 내놨더라."

가슴에 균열이 갔다.

널 사랑하다가

발걸음

태림은 무척이나 당혹스러운 얼굴을 하고 있었다. 사무실로 들어오자마자 소파에 앉아 있는 태이를 보고 무척이나 놀란 듯 눈을 크게 떴다.

"거, 왔으면 왔다고 말을 하지."

"회의 중이라고 해서."

고개를 끄덕이며 태림이 포트에서 커피를 따라 가져왔다. 그리고 테이블에 내려놓으며 태이의 앞에 앉았다.

"사무실로 찾아온 건 처음이잖아."

그러고 보니 그런 것도 같다. 태이가 고개를 끄덕이며 잔을 들어 입으로 가져갔다. 하지만 너무 뜨거워 향만 맡고 내려놓았다.

"왜? 맛이 별로야?"

그렇게 말하며 태림이 커피를 한 모금 마시더니 맛이 좋다는 얼굴로 고개를 갸웃거렸다.

"동생이 뜨거운 거 못 먹는 것도 몰라?"

"그랬나?"

이마를 긁적이는 태림은 꽤나 멋쩍은 웃음을 지었다. 두 사람은 우애 좋은 남매이기는 하지만 그렇다고 둘 다 살가운 성격은 아니다.

"사돈댁에 있었다면서."

"고모님 아직 모르셔."

굳이 '이혼'이라는 말을 하지 않아도 태림은 알겠다는 듯 고개를 끄덕였다. 그리고 커피를 한 모금 더 마셨다.

"매부는? 우리 집에 안 들렀어?"

"나 데려다주고 갔지. 엄마 만나서 또 무슨 욕을 들으라고. 그리고 오빠, 우리 이혼했어."

"그게 왜?"

"호칭 그렇게 계속 쓸 거야? 오빠나 아빠나 똑같다니까."

"흠흠, 계속 그렇게 불러와서 이름 부르는 게 어색해서 그래."

"오빠 지환 씨 좋아했던 모양이야?"

그 말에 태림이 살짝 미간을 좁혔다.

"뭘 그런 걸 물어."

"물으면 안 돼?"

"이혼해놓고."

"정아한테 내 성질머리 때문에 이혼한다고 뭐라 했다면서?"

태림이 시선을 돌렸다. 조금은 민망한 모양이다.

널 사랑하다가

"아니, 뭐. 결혼한 지 얼마나 됐다고 이혼을 하네 마네도 아니고 해버렸다고 하니까 내가 할 말이 없어서 그랬지. 그리고 매부 성격 뻔히 아는데 이혼 말 꺼낸 사람이 누구겠어. 당연히 너지."

다시금 생각해도 열을 받는지 태림의 언성이 조금 높아졌다. 아마 전 같았다면 저런 반응을 보이는 태림에게 섭섭했을지 모른다.

"게다가 이제 매부 사무실도 뺀다고 하더라."

"알아."

태연한 태이의 말에 태림이 눈을 동그랗게 뜨고 그녀를 보았다. 중요한 건 지환이 사무실을 옮기는 게 아니었다.

"오빠, 지환 씨 쓰러져서 입원했는데 왜 나한테 연락 안 했어?"

태림이 잔뜩 피곤한 얼굴로 미간을 주물렀다.

· · · · · ·

살면서 약속도 하지 않고 누군가를 기다려본 적이 있던가. 하지만 태이는 지겹다고 생각하지 않았다. 그저 습관처럼 손목에 차고 있는 시계를 살폈다.

오후 8시 50분. 그러니까 이렇게 서성인 지 벌써 두 시간 사십 분이 지나고 있었다. 벽에 기댄 채 툭툭 소리가 나게 로퍼 앞으로 바닥을 쳤다.

한 번씩 지나가는 사람들이 그녀를 이상하게 보고 가기는 했다. 특히 앞에 사는 듯한 여자는 두 시간 전에 들어왔다 방금 전에 다시 나가면서 정말 그녀를 꼭 범죄자 보듯 보기까지 했다. 아니면 헤어진 남자친구를 기다리는 미저리 같이 보이려나. 하지만 상관없었다.

윤 여사에겐 다신 지환의 뒤를 캐지 말라며 진저리를 쳤다. 그런 태이의 반응에 윤 여사는 질린 얼굴을 하며 '하라고 해도 안 할 거야.'라고 신경질적으로 외쳤다. 아마 중간에서 한 이사장이 말리지 않았더라면 모녀간의 싸움으로 번졌을지도 모르겠다.

오피스텔로 오기 전엔 태림의 사무실에 들렀다. 왜 지환이 입원까지 할 정도로 쓰러졌는데 연락하지 않았냐고 말이다.

고열에 들떠 정신이 없을 때도 지환은 세 번이나 그녀에게 연락하지 말아달라고 애원했다고 했다. 태림은 그런 지환이 심상치 않아 보여 결국 그녀에게 연락할 수 없었다며 인상을 찌푸렸다.

대체 지환은 어떤 남자일까. 며칠을 함께 지내며 1년간 지내왔던 시간보다 몇 배는 더 많은 이야기를 나누었다. 그 전보다 더 지환을 알 수가 없어졌다.

태이는 알고 있다. 그녀가 시작되는 동안 지환은 비워가고 있었다는 것을. 그것을 알고 있음에도 이 감정을 단호하게 정리할 수 없는 것은 역시 미련 때문일까?

널 사랑하다가

복도를 뚜벅뚜벅 걸어오는 소리에 귀를 기울였다. 이제 껏 어떤 발소리도 그저 귓가를 스쳐지나갔다. 하지만 지금 은 다르다. 고개를 드니 지환이 잔뜩 피곤한 얼굴을 한 채 시선을 떨구고 걸어오고 있었다. 그리고 기척에 고개를 들 었을 때 태이를 확인하고 놀란 눈이 커졌다. 지환은 정말 당황한 듯 그 자리에 우두커니 멈춰 서서 움직이지 못하고 있었다.

"밥 먹고 싶으면 오라며."

"아……."

정신을 차린 듯 지환이 재빨리 걸어왔다. 그리고 그녀가 바닥에 내려놓았던 봉투를 자연스레 집어 들고 지문을 인 식시킨 뒤 문을 열었다.

"들어와."

생각해보니 먹을 것만 잔뜩 갖고 왔지 그 흔한 화장지 하 나 사오지 못했다. 이사를 하면 기본적으로 그런 것들을 사간다고 하던데. 하지만 그런 것을 사러 가기엔 이미 늦 어 태이는 안으로 들어가 신을 벗었다.

이사한 지 얼마 되지 않았음이 분명한 어수선한 모습이 었다. 물건이 거의 없어 깔끔해 보이기도 했지만 어수선함 만은 확실히 느낄 수 있다. 태이는 왠지 이 휑한 오피스텔 이 지환과 별다를 게 없다고 느꼈다.

복층형에 방 하나가 달린 공간이다. 거실과 부엌이 같이 있는 공간엔 3인용 소파 하나만 댕그라니 놓여 있었다. 벽

걸이 TV는 보지도 않는지 전원도 뽑혀 있었고 부엌엔 그 흔한 살림도구 하나 없었다. 식탁에 봉투를 내려놓으며 지환이 태이를 보았다.

"잠만 자고 나가서."

그녀가 말없이 공간을 둘러보고 있다고 느꼈는지 지환이 변명 비스무리한 말을 하고 웃었다. 그리고 난방장치를 돌린 뒤 왼쪽 구석에 쌓인 박스 앞으로 걸어가 테이프를 뜯기 시작했다. 택배를 잔뜩 시켰던 것인지 그 안에서 새것임이 분명한 조리기구들이 나왔다. 지환의 손놀림은 어쩐지 빠르다. 시간이 늦어 그녀가 배가 고프다고 생각하는 것임이 틀림없었다.

"천천히 해. 그렇게 배고프지 않아."

"그래."

지환은 코트를 벗어 소파에 두고 재킷마저 벗었다. 넥타이는 대충 단추 사이 공간으로 집어넣어 고정하고 마저 박스를 뜯었다. 그것도 전부를 뜯지 않고 필요한 것으로만 골라 뜯었다. 천천히 하라고 했음에도 불구하고 지환의 손놀림은 빠르다. 그녀가 사온 물건들을 보고 준비를 하는 모양이었다. 그는 빠르게 프라이팬과 접시, 컵과 작은 과일용 포크 같은 것들을 씻어냈다.

제대로 챙겨먹지 않는 건 지환도 마찬가지인 모양이다. 셔츠를 입고 있음에도 불구하고 등뼈의 굴곡이 어쩐지 보이는 것 같았다. 논산에서 올라온 뒤 겨우 이틀이 흘렀을

널 사랑하다가

뿐이다. 소파에 앉아 아무렇게나 던져놓은 지환의 코트와 재킷을 들고 현관 앞으로 걸어갔다.

벽장문을 열자 색이나 종류별로 깔끔히 정리되어 있는 옷들이 보였다. 태이는 옷걸이에 재킷과 코트를 걸어 제일 왼쪽에 걸어두었다. 지환에 대해 유일하게 아는 습관이 있다면 이것이다.

그는 한 번 입었던 옷들은 제일 왼쪽에 걸어둔다. 왜인지는 모르겠지만 지환이 그렇게 하니 태이도 따라 하게 되었다. 그러고 보니 결혼하고 나서 유일하게 같이 쓰던 공간은 옷방이었다. 정리정돈을 잘하지 못하는 태이의 옷장을 정리해주는 건 지환의 몫이었다. 어느 순간 태이도 지환을 따라 정리를 할 수 있게 되었다.

"과일 좀 먹고 있어."

파스타를 삶을 동안 지환은 과일을 씻었나 보다. 광영이 챙겨주었던 새빨간 딸기가 먹음직스럽게 식탁 위에 놓여 있었다. 식탁 의자는 불안해 보이는 접이식이었지만 태이는 아무 말도 하지 않고 앉았다. 보기보다 의자는 훨씬 튼튼해서 흔들림도 없었다.

광영이 최상급으로 챙겨준 것인지 딸기 하나가 정말 아이 주먹 정도의 크기를 자랑하고 있었다. 지환은 꼭지까지 모두 따서 나란히 딸기를 세워두었다. 왠지 그것도 지환임을 증명하는 것 같아서 웃음이 나올 것 같았다. 딸기를 들어 한입 베어물자 상큼하고 단 과육의 맛이 입안으로 퍼져

들었다.

파스타를 삶는 데는 시간이 걸린다. 잠시 주춤하는 지환을 보며 태이가 옆에 놓인 의자를 살짝 두드렸다. 그러자 지환이 웃으며 앉았다.

"사무실 텅 비었더라."

이곳에 오기 전 지환의 사무실에 들렀다. 그렇게 빨리 사무실을 뺐을 거라고 생각을 하지 못했다. 어쩌면 영광에 내려가기 전부터 짐을 뺐을지도 모른다. 역시 말을 해주지 않은 건 그와 그녀의 접점이 끝났기 때문일 것이다.

"아……."

"밥 먹고 싶으면 오라 해놓고 몇 호인지 알려주지도 않았 잖아."

그냥 사무실 위라고만 했지 호수를 알려주지 않은 게 생각난 듯 지환이 고개를 끄덕였다. 그리고 어떻게 알았냐는 듯 태이를 보았다.

"이 건물 누구 건지 잊었어?"

"그렇지."

"사무실은 왜 뺐어?"

뒷말을 삼켰다. 살기로 한 곳은 이곳으로 정해두고 왜 사무실을 뺐냐고 말이다. 아주 작은 희망이 생긴 느낌이다. 아마 지환이 거처를 이곳으로 정했다는 것을 알지 못했다면 그가 완전히 그녀를 정리했을 거라고 생각했을 것이다.

"전부터 말이 나온 거야. 직원들 출퇴근 거리가 멀어서 중간 지점으로 잡아야겠다 생각했고. 어차피 사무실도 내가 구한 건 아니었으니까."

'바움'에는 지환을 비롯해 다른 변호사가 세 명 더 있었다. 정말 사무실 직원들이 옮기자고 한 것일까, 지환이 그러자고 한 것일까.

"원래 퇴근이 이렇게 늦어?"

"갑자기 일이 좀 생겼어. 그러고 보니 언제부터 기다린 거야?"

"여기 도착한 게 6시 10분쯤?"

지환의 눈이 커졌다. 태이는 그저 웃으며 딸기를 한 번 더 베어물었다.

"지환 씬 밥 먹었어?"

여전히 놀란 얼굴을 한 채 지환이 고개를 저었다. 딸기 향은 무척이나 강하다. 그래서 침이 고일 만한데도 지환은 생각도 없어 보였다.

태이는 자신이 들고 있던 딸기를 지환의 입 앞으로 가져갔다. 지환은 반사적으로 그녀를 보며 딸기를 한입 베어물었다. 태이가 지환을 보며 웃었다.

"지환 씨."

지환이 악관절을 이용해 딸기를 씹으며 고개를 끄덕였다.

"키스해도 돼?"

스스로 그 말을 뱉어놓고 놀라지 않았다면 그건 거짓말

이다. 정작 놀란 건 태이 자신이었다. 지환은 오히려 무덤
덤한 얼굴이었다. 아니, 꼭 그 말을 못 들은 것처럼. 왠지
얼굴을 보기 껄끄러워져 들고 있던 딸기를 입에 욱여넣었
다. 우물우물 씹고 있는데 자신을 빤히 바라보는 지환의
시선이 느껴졌다.

"그렇게 안 봐도 나 지금 충분히 민망해."

"궁금해서."

"뭐가?"

"한태이는 지금 나하고 뭘 하고 싶은 건가."

그것에 대한 정의는 아직 그녀도 확실히 내리지 못했다.
그래서 저도 황당해 피식 웃고 마는데 지환의 손에 뒤통수
가 그대로 잡혔다. 몸이 앞으로 당겨지나 싶더니 지환이
입을 맞추고 순식간에 멀어졌다.

너무 찰나 같은 순간이라 태이는 방금 무슨 일이 있었나
의아했다. 눈을 껌뻑이며 지환을 보는데 믿을 수 없는 광
경에 태이의 눈이 함지박만 해졌다. 지환의 귀와 광대뼈
부근이 불그스름하게 변해 있었다. 자세히 보지 않았다면
아마 알아차리지 못할 정도의 변화였지만 태이에겐 분명
히 보였다.

어색한 건지 지환은 괜히 손가락으로 콧등을 쓸어내리
며 헛기침을 하곤 자리에서 일어났다. 그리고 인덕션 앞으
로 걸어가 면을 휘저었다.

그때부터 지환은 빠르게 움직였다. 순식간에 오일 파스

널 사랑하다가

타를 만들어 그 위에 파르마 치즈까지 뿌려주었다. 그리고 식탁 위에 그녀가 완제품으로 사온 새우 샐러드를 놓았다.

"포크가 없네. 이럴 줄 알았으면 피클도 좀 사는 건데."

막상 만들기는 했지만 제대로 된 주방기구를 사지 못해서 지환은 급한 대로 나무젓가락을 뜯어 태이에게 내밀었다. 태이는 말없이 그것을 받아들고 면을 떠서 입으로 가져갔다. 전에 그가 만들어주었던 것과 똑같은 맛이 났다. 버섯의 씹는 식감도 좋았고, 베이컨도 고소하다. 그때 기억을 되살려 재료를 사오긴 했지만 뭔가 부족하지 않나 싶었다.

"생각해보니 마늘을 안 샀네."

"페페론치노 있어서 넣었어. 당신 매콤한 거 좋아하잖아."

"맛있어."

"다행이야."

그렇게 말하면서도 지환은 젓가락을 뜯지도 않은 채 그녀를 보고 있었다. 태이는 입안의 음식을 우물우물 씹어 삼키고 입술을 슬쩍 깨물었다.

"지환 씨."

"말해."

"자꾸 그렇게 보고 있으면 나 긴장돼."

"아, 미안."

그제야 지환은 자신이 멍하니 태이를 보고 있었다는 걸

깨달은 모양이다. 젓가락을 뜯어서 괜히 살짝 굳은 파스타를 휘저었다.

"피곤해 보이는데 괜히 내가 밥해달라고 왔나 봐."

"아냐."

지환의 대답이 빨랐다.

"아니, 퇴근하고 나오려는데 갑자기 자료 하나가 추가돼서 그거 한 번 더 훑고 오느라고. 이렇게 기다리지 말고 전화라도 주지 그랬어."

"즐겁더라."

무슨 뜻인지 이해가 가지 않는 얼굴로 지환이 고개를 삐딱하게 기울였다.

"지환 씨 기다리는 거 즐겁고 설렜어. 사람들이 좀 이상하게 보긴 했지만."

"한태이."

"연애라는 걸 하고 싶은 모양이야. 유지환과."

"우리……."

"알아. 우리 이혼했지."

목이 마른 모양인지 지환이 옆을 두리번거렸다. 태이는 봉지 안을 뒤져 와인병을 꺼냈다. 와인잔이 없어 지환은 각기 모양이 다른 머그를 두 개 가져왔다. 그리고 태이의 손에서 병을 가져가 코르크를 뽑아내 와인을 따랐다.

태이에게 잔 하나를 건네주고 자신의 잔을 입으로 가져가 순식간에 절반을 비워냈다. 달콤한 맛으로 사오기는 했지만 그래도 역시 알코올 때문인지 지환이 미간을 찌푸렸다.

"지환 씨, 내가 싫은 거라면 친절 보이지 마. 찰 거면 확실하게 차고 밥 먹으러 오라고 하지도 말고. 그게 날 위한 거야."

지환은 다시 잔을 들어 남은 와인을 비워냈다.

"나 여행 가기 전에 오피스텔 앞에서 미주 씨 봤어."

그 말에 지환의 눈이 커졌다. 그리고 인상을 찌푸렸다.

"그리고 이젠 그러지 않겠지만 우리 엄마, 지환 씨 계속 지켜본 모양이야."

"뭐?"

기분이 상했는지 지환의 목소리가 날카로웠다. 그런 지환의 반응이 충분히 이해되어 태이가 살짝 고개를 숙였다.

"아니, 장모님이 날 알아보셨다는 게 화난 게 아니라. 미주를 만났다고? 신미주?"

지환은 윤 여사의 그 정탐엔 전혀 관심도 없는가 보다. 태이는 고개를 끄덕였다.

"오피스텔 앞에서?"

"정확히 1층 카페에서."

지환은 곤혹스러운 듯 눈을 깜빡이며 고개를 저었다. 그의 눈빛이 갈피를 잡지 못하고 있었다. 지환은 거짓말을 할 남자가 아니다. 미주는 왜 지환의 근처에서 여전히 맴돌고 있는 걸까. 역시, 미련 때문에?

"두 사람 왜 헤어졌는지 물어도 돼?"

아주 예전에 물었어야 할 말이다. 결혼생활 때 묻지 않은 건 감정이 시작되기 전이었고, 이번 여행에서 묻지 못한 건 역시나 두려워서일지도 모른다. 이제 와 물을 수 있는 건? 역시 어떻게든 오늘로 지환과의 관계에 정의가 내려지지 않겠는가. 계속 만날 수 있을지, 다신 보지 않을지. 전자면 기쁘겠지만, 후자면 슬플 것이다.

"아마도 내가 결혼하자는 말을 안 해서?"

"결혼?"

"그때의 난 결혼할 준비가 안 되어 있었거든."

"그럼 준비가 되어 있었으면 결혼했겠네?"

말이 뾰족하게 나간다. 스스로 물어놓고 대답을 들으면서 마음에 풍랑이 이는 건 어쩔 수가 없다.

"글쎄."

대답이 모호했다.

"헤어졌는데 그게 중요한가?"

그 말엔 뼈가 들어 있었다. 지환은 미주와 헤어지고 자신과 결혼을 했다. 그건 연인의 이별이었다. 하지만 자신과는 이혼을 했다. 이별에 경중을 따질 수는 없지만 역시 이혼은 훨씬 큰 상처로 남지 않을까. 게다가 이혼을 말했던 상대는 이제 와 좋아졌다며 붙잡고 있다. 결국 지환에게 그 '헤어짐'이라는 건 어느 한 변곡점이 되었을지도 모른다.

널 사랑하다가

"미주 씨와 헤어지고 나와 결혼 결심한 거야?"

"반항심?"

"응. 지환 씨 나와 결혼할 때쯤은 주변이 다 안정되었을 시기 아니야?"

지환이 천천히 고개를 끄덕였다. 태이와 결혼을 하기 몇 달 전 잃어버렸던 아버지의 집도 되찾았다. 이어서 할머니와 아버지의 산소도 만들었다. 당시 아버지는 바다에 잠들어 있고, 할머니의 유해는 바다에 뿌렸다. 하지만 한없이 그리웠던 지환은 결국, 두 분의 유품을 가지고 제가 찾아갈 수 있을 곳을 만들었다.

그런 자신에게서 태이는 안정감을 보았을까? 아마 남들이 보기엔 제법 번듯해 보였을지도 모르겠다. 꽤나 각광받는 직업, 높은 연봉. 허나 태이의 집안에서 그는 가진 게 없고 고아인, 별 볼일 없는 남자일 뿐이었다.

"반항심이랄 것도 없지. 그땐 이미 미주와 헤어지고 1년 가까이 지난 뒤고, 결혼이라. 딱히 결혼에 대한 환상이라는 건 없었어. 할머니, 아버지, 고모, 고모부 모두 좋으신 분들이지만 난 그냥 이대로 우리끼리 살아도 좋지 않을까 생각했고. 그리고 우리가 결혼생활을 할 땐 장인어른이나 형님과도 사이가 좋았거든. 특히 장인어른은…… 참 좋으신 분이지."

한 이사장은 굉장히 칭찬에 인색한 사람이었다. 그런 한 이사장이 좋은 변호사를 만났다며 굉장히 흐뭇해했던 기억이 난다.

"우리 아빠나 오빠 지금도 지환 씨 좋아해."

"감사할 일이지."

"그때의 나는 아빠나 오빠가 좋은 사람이라고 말해서 결혼 결심했어."

지환의 시선이 끈질기게 그녀를 좇았다. 왜인지 몰라 태이는 들고 있던 잔을 내려놓고 상체까지 틀어 지환을 보았다.

"왜 그렇게 봐?"

"나는 다른 이유를 알 것 같아서."

"무슨 이유?"

"왜 한태이가 유지환과 결혼했나."

등을 의자에 기댄 채 다리를 뻗고 앉은 지환이 고개까지 왼쪽으로 기울였다. 지환을 알고 나서 이렇게까지 삐딱한 모습을 보기는 처음이다. 아니, 오늘 그의 기분이 나쁠 만한 이야기를 이미 자신이 많이 꺼냈다. 그래서 태이는 지환을 이해할 수 있었다.

"내가 다른 이유가 있어 지환 씨와 결혼한 것 같았어?"

"송승혁 씨."

태이의 눈이 가늘어졌다.

"송승혁 씨가 죽고 나서 어떤 사람과 결혼하든 상관없었겠지, 한태이는."

역시, 찔리는 건 아프다.

두 사람은 마치 서로 눈싸움을 하듯 시선을 피하지 않았다. 하지만 먼저 시선을 거둔 건 의외로 지환이었다. 지환은 몸을 똑바로 하고 허리를 세우며 입맛이 없는 것인지 젓가락을 내려놓았다.

"미주가 내 곁에서 얼쩡거렸다는 건 몰랐어. 돈은 도의적 차원에서 빌려준 것뿐이었고. 어쨌거나 그건 전적으로 내 잘못이니 앞으로 그런 일은 없도록 할게."

지환은 왜 지금 저런 말을 꺼내는 걸까. 그녀가 말을 꺼낸 연애를 수락한다는 뜻인 걸까? 태이는 물끄러미 지환을 보았다. 지환의 귀는 여전히 붉다. 조금 전의 입맞춤 때문일까, 미주 때문일까, 그것도 아니면 승혁인가?

"지환 씨."

그녀의 목소리에 지환의 시선이 다시 그녀를 찾았다. 표정은 무표정하다. 하지만 시선 처리가 불확실했다.

"어쩌면 지환 씨가 본 대로가 맞을지도 모르겠어."

목을 축이고 싶다. 그래서 와인을 한 모금 마시고 내려놓았다. 지환은 이어질 말을 기다리며 자신의 잔에 와인을 가득 채웠다.

"맞아, 평탄하게 살았어. 내가 뭐가 모자랐겠어. 그럭저럭 살아가게 될 거라고 생각했었지. 나는 치열하게 살아보지도 못했고, 딱히 욕심을 낼 필요도 없었던 것 같아. 승혁오빠를 잃고 힘들었던 건 맞아. 어떻게 안 힘들었겠어. 어려서부터 봐왔고, 사귀었던 사이인데. 한 가지 확실한 건,

지환 씨와 함께하면서 승혁 오빠가 점점 잊혔다는 거야. 우리 여행 갈 때 기일이었는데 기억도 못 했어. 나보다 태림 오빠가 더 충격받은 것 같더라."

지환의 눈도 커졌다. 태림도 태이가 괜찮냐 물어보았다. 작년 이맘때쯤에도 태림은 퉁퉁 부은 눈을 하고 왔었다. 속초라고 했던가, 삼척이라고 했던가. 친구를 뿌린 곳에 다녀왔다면서.

지환의 눈매가 가늘어졌다. 태이는 무척이나 감정 변화가 느린 사람인데 혼자 안달내고 호기로운 척을 하다 변화를 알아차리지 못하고 먼저 손을 놓아버린 건 자신인 걸까. 왠지 속이 울렁거리는 것 같아 지환은 잡고 있는 컵을 손끝이 하얗게 질리도록 쥐었다. 이 공간에 산소가 모자란 느낌인 것만 같다. 가슴이 육안으로 보일 정도로 절로 거칠게 오르내렸다.

"미안, 오늘은 이만 가볼게. 말이 나오질 않아. 생각 정리가 안 돼."

태이가 주먹을 불끈 쥐고 자리에서 일어났다. 덕분에 가벼운 접이식 의자는 힘없이 뒤로 넘어졌다. 당혹스러운지 태이는 의자를 다시 세우고 소파로 걸어가 자신의 가방을 집어 들었다.

지환은 정신없이 움직이는 태이를 물끄러미 바라보았다. 벽장 안에 걸어두었던 코트를 챙기지도 않고 나가려는 그녀를 보고 지환이 일어섰다. 그가 움직이는 걸 느꼈는지 태이는 신발을 신지 못한 채 우두커니 서 있었다.

지환은 태이의 손을 잡아 돌려세운 다음 눈물이 잔뜩 고여 있는 얼굴을 보고 고개를 숙여 눈꺼풀에 입을 맞추었다. 가까스로 눈물을 참고 있었는지 태이의 눈물이 이내 볼을 타고 흘렀다. 지환은 낮은 한숨을 뱉으며 태이를 끌어안았다.

몸에 힘을 주지 않은 탓인지, 아니면 더 이상 그를 거부하지 않기로 한 것인지 태이는 얌전히 지환의 품에 안겨들었다. 막상 태이를 끌어안은 지환은 잠시 당황했다. 태이의 키는 평균 여성들보다 훨씬 크다. 하지만 몸이 무척이나 가늘다. 그래서 이렇게 품 안에 완전히 들어올 거라고는 생각을 하지 못했다. 한 줌도 되지 않을 허리를 끌어안고 가냘픈 어깨를 손바닥으로 쓸어주었다. 그러면서도 이게 옳은 결정인지 확신이 서지 않는다. 그저, 몸은 본능대로 움직이고 있었다.

지환이 낮은 한숨을 뱉자 품에 안겨 있는 태이의 몸이 움찔거렸다. 지환은 조금 더 팔에 힘을 주어 태이를 끌어안았다. 다시 한 번 상처를 받더라도 그게 한태이라면 상관없다. 혹여, 상처를 받더라도 괜찮다. 하지만 그땐 온전히 한태이를 놓아줄 수 있을까? 자신이 없어 지환이 눈을 질끈 감았다.

"그러자, 태이야. 그렇게 하자."

태이의 작은 손이 지환의 등을 끌어안자 등 근육이 울렁거렸다. 낮은 숨이 새어나왔다.

　　　　　◦ ◉ ◦ ◦ ◦ ◦

　평소 와인을 즐기지 않는 건 다음 날 숙취가 심하기 때문이었다. 어젠 반병 가까이를 순식간에 들이켰다. 자신의 의자에 몸을 완전히 파묻고 지환이 천천히 눈을 감았다.

　태이는 그의 품에 안겨 한참을 울었다. 지환은 그저 태이의 등을 쓰다듬어주며 눈물이 그치기를 기다렸다. 두 사람은 그 뒤로 대화는 하지 않았다. 그저 태이와 함께 택시에 타고 예전 두 사람이 함께 살았던 집에 데려다주고 돌아왔을 뿐이다. 사실 현실감각이 잘 느껴지질 않는다.

　오늘은 재판도 없었고 방금 막 의뢰인이 가고 난 뒤였다. 저녁에는 몇몇 동기들과 약속이 있었다. 참석할 기분이 아니었지만 근 몇 개월간 계속 가지 못해 오늘은 참석할 수밖에 없었다.

　눈을 뜬 지환이 책상 위에 놓인 휴대전화를 들었다. 전화를 걸까 잠시 고민을 하다 메시지를 보냈다.

　[밥은 먹었어?]

　그 다섯 글자를 쓰는 데도 오 분이 넘게 걸렸다. 메시지를 보내고 후회했다. 차라리 전화를 하는 게 나았다. 기다리는 동안 속이 타들어갈 것만 같다. 답이 없으면 어쩌나, 어제의 태이의 그 말이 충동적이었던 거라면?

지환은 스스로의 소심함에 웃으며 휴대전화를 다시 테이블에 놓아두고 손가락으로 툭툭 두드렸다. 시선은 여전히 휴대전화에 있었다. 그 순간 진동이 울리며 메시지가 들어왔다.

[아직, 지환 씨는?]

간단한 대답이지만 왠지 그게 한태이다워 웃음이 나올 것 같았다. 사실 반응이 없으면 어쩌나 걱정을 했던 것이다. 한태이와 유지환이 연애라. 그것은 왠지 생소하기도 하고, 황당하기도 하며, 웃음이 나오는 일이기도 했다.

시계를 보았다. 7시가 되기 십 분 전, 이제 약속 장소로 가야 했다. 지환은 재빠르게 휴대전화를 터치했다.

[제대로 챙겨, 나는 약속이 있어서 거기 들러야 할 것 같아. 어디야?]

곧바로 태이의 메시지가 떴다.

[오피스텔. 오늘 9시까지 과외 있거든. 밥도 끝나고 먹어야 할 것 같아.]

[제때 챙겨먹는 습관 좀 기르는 게 어때. 초밥 사갈게.]

[고마워, 지환 씨.]

가슴이 벅차다. 연애를 한다는 게 이런 기분이었던가? 이따 보자는 말을 남기고 휴대전화를 코트 주머니에 넣은 뒤 자리에서 일어섰다.

새로 이전한 사무실은 온전히 정리가 끝나지 않아 조금은 어수선했다. 하지만 다들 피로를 호소해 일찍 퇴근을 했고 사무실에 남아 있는 사람은 지환 혼자였다. 서둘러 문단속을 하고 사무실을 나선 뒤 바로 건너편에 있는 고급 일식집으로 향했다.

이름을 대자 직원은 친절하게 웃으며 지환을 안내했다. 그때 문을 열고 나오는 도규와 시선이 부딪쳤다.

"오랜만이다, 지환아."

"그래."

국회의원이 된 도규는 이런 모임에 거의 참석하지 않는 것으로 알고 있었다.

"나도 몇 개월간 못 나왔더니 얼굴이라도 비치라 성화라서. 유지환, 연락 좀 하고 살아."

"국회의원한테 연락하긴 좀 그렇잖아."

도규가 지환의 어깨를 툭 쳤다.

"그래, 임기 끝나면 그때 한잔하자. 그래도 너 보고 가려고 기다렸던 거다, 인마."

지환이 손목에 찬 시계를 확인했다. 태이와 메시지를 주고받는 데 조금 시간이 걸렸다. 원래 약속시간은 7시였는데 지금은 십 분이 지난 상황이었다. 분명 도규는 바로 인사만 하고 가려고 했을 것임이 틀림없다.

"고맙다, 기다려줘서."

"그래. 나중에 연락할게."

"살펴 가."

분명 도규도 그의 이혼 소식을 들었을 것이다. 하지만 도규는 성격답게 어설픈 위로도 건네지 않는다. 동기라는 사실을 빼고 접점이 없는 두 사람이 친한 걸 다들 의외라고 생각하기도 했다. 하지만 두 사람은 굳이 따로 연락을 하지 않아도 편안한 사이였다.

문을 열고 들어서자 자리에 앉아 있던 다섯 명이 일제히 고개를 돌렸다.

"늦어서 미안하다."

"방금 도규 나갔는데."

"앞에서 봤어."

지환이 코트를 벗어 내려놓으며 자리에 앉았다.

"인마, 얼굴도 좀 보고 살자. 법원도 차고 나온 녀석이 뭘 그리 바쁘다고 얼굴 한번 안 비쳐."

강석은 학부시절부터 지환을 라이벌로 생각했다. 연수원 동기가 되어서도 그에게 밀려 검사 임용이 되지 못했다며 뒤에서 멋대로 떠들고 다니는 것도 알고 있었다. 하지만 지환은 같은 학교 동기들이 겨우 여섯 명밖에 되지 않는 상황에서 트러블을 만들고 싶지 않았다. 그래서 강석의 말을 한 귀로 듣고 한 귀로 흘렸다.

"일이 좀 많았다."

앞에 있는 물수건으로 손을 닦아냈다. 절로 나오는 한숨을 참아내려 입술을 꾹 다물었다. 곧 문이 열리고 화려한 음식들이 상에 가득 차려지기 시작했다. 다들 술을 권했지만 지환은 잔만 받아두고 물을 마셨다.

술자리는 순식간에 과열되기 시작했다. 국회의원인 도규와 검사였던 지환을 빼고 넷은 바로 변호사로 시작했다. 그래서 각자 맡은 사건들에 대해 말을 하기 좋아했다. 특히 기업들의 굵직한 사건을 맡는 것을 더 자랑하느라 여념이 없었다.

"그러고 보니 너 이번에 태일하고 손잡았다면서."

강석의 말에 다른 동기들의 시선이 돌아왔다. 막 물을 한 모금 마신 지환이 잔을 내려놓았다.

"이거, '이경재단' 힘 아니냐? 너희 장인어른 태일하고 친하시잖아. 아, 이제 장인어른 아닌가? 이혼했으니?"

강석은 늘 지환을 자극하려 들었다. 평소 같았으면 도규가 중재했을 것이다. 하지만 국회의원이 된 뒤로 도규는 사적인 자리에 얼굴을 비치는 것을 무척이나 꺼려했다. 그래서 여기에선 중재를 해줄 사람이 없다. 다른 동기들은 뭔가 흥미진진한 얼굴을 하고 있었다.

"아무튼 너 이혼 잘한 거다. 그 약혼자랑 사이에서 애까지 있었으니 말 다 했지."

강석의 말에 동기들의 눈이 튀어나올 듯 커졌다.

"뭐야, 그때 지환이 전 와이프 충격으로 유산했다는 거 사실이었어?"

"이경대학병원에서 쉬쉬했잖냐. 딸이 약혼자 죽고 유산한 거."

"아무리 요즘 말세라고 해도 혼전임신 그거 뭐 자랑이라

널 사랑하다가

고 떠들겠냐. 그나마 우리 유지환이니까 그 여자하고 결혼했지. 안 그러냐?"

지환은 왠지 모르게 웃음이 터져나올 것 같았다.

"저 녀석 보기와 다르게 야망이 상당한 놈이라니까. 검사 차고 나오자마자 이경재단으로 장가간 거 봐라. 나 같으면 아무리 이경재단이라고 해도 남의 남자 애 뱄던 여자랑은 결혼 못 하지."

쾅, 소리가 방 안에 울렸다.

그 두 개의 소리는 하나로 합쳐졌다. 문을 벌컥 연 것은 도규였고, 잔을 세게 내려놓은 것은 지환이었다. 모두 놀란 얼굴로 도규와 지환을 보았다. 도규가 잔뜩 굳은 얼굴을 하고 지환의 옆에 앉았다.

"마침 저녁 약속이 취소돼서."

잔뜩 꼬인 목소리로 말하는 도규를 보고 지환이 픽 웃었다. 그런 지환의 웃음에 다들 안심한 건지 다시 태이에 대한 이야기를 늘어놓았다.

"미국인가 영국에 있을 때부터 사귀었다며? 동거한 거 아니냐?"

"사실혼 관계지 뭐. 그리고 원래 한태림 친구였다잖냐. 그럼 학생 때부터 그렇고 그런 거지."

"야, 너희⋯⋯."

지환이 당장이라도 화를 내기 직전인 도규를 막았다.

"유지환."

"재밌네. 더 해봐."

낮은 지환의 목소리에 모두의 낯빛이 변했다. 아마 강석을 빼고는 다들 지환이 이혼을 했으니 나름대로 위로차 태이를 씹어주려고 했을 것이다. 그게 남자의 우정이라고 믿고 말이다.

"왜? 할 말 다 끝났어?"

"인마, 우리는…….."

"우리가 아니라 강석이지."

지환의 말에 강석의 주먹이 부들부들 떨렸다.

"방금 했던 말들은 사실이 아니니 혹시라도, 일이 생긴다면 책임져야 할 거다."

"인마, 이쪽 세계에 파다해."

"없는 굴뚝에서 연기가 나는 곳이기도 하지."

그 말에 강석이 입술을 부들부들 떨며 할 말을 찾지 못한 듯 입을 다물었다.

"이경이 바보라고 참고 있는 줄 알았나 보지? 피라미들 상대하다 자식 상처가 더 벌어질 것 같아 참는 분들이신데 너희가 그런 식으로 말하면 안 되는 거지. 김강석, 너희 로펌 이번에 태일 하청 쪽과 일한다면서. 절대 못 이길 거다. 내가 막을 거거든."

지환이 자리에서 일어서며 재킷을 단정히 정리하고 코트를 껴입었다. 그런 지환의 모습에 모두가 당황한 얼굴이었다.

"야, 인마. 너 이혼한 옛날 마누라 때문에 지금 동기고 뭐고 보이는 거 없냐?"

"이혼했다고 무조건 사이가 나쁘라는 법 있던가?"

"그래서 일에 지금 사적인 감정 넣겠다는 거냐?"

"사적인 감정이 아니더라도 문제 많던데. 왜? 더 적나라 하게 까발려줄까? 아예 항소도 못 할 정도로."

사실 학교를 다닐 때나, 연수원에 있을 때 지환은 동기 들이 뒤에서 은밀히 자신을 폄하한다는 것을 알고 있었다. 태이와 결혼이 정해졌을 때도 기껏 뒷바라지 해준 여자친 구를 버린다는 말이 많았던 것도 안다.

고아라 폄하했고, 성공을 위해 사랑하는 사람을 버린다 폄하했다. 그럼에도 불구하고 지환은 한 번도 화를 내거나 이렇게 비꼬듯 말하지 않았다. 그저 침묵으로 일관했고 그 런 지환의 반응에 다들 멋대로 말들을 만들어냈다.

"다신 얼굴 보는 일 없었으면 좋겠다. 이런 말도 안 되는 소리들이 다시 내 귀에 들어오면 그땐 각오하는 게 좋을 거 다. 법은 나보다 잘 알 테니까, 김강석 변호사가."

그건 경고와도 같은 말이었다. 지환은 문을 열고 밖으로 나왔다. 등 뒤는 쥐 죽은 듯 고요하다. 마음 같아서는 주먹 이라도 날렸으면 했지만 갖은 이성을 동원해 참아낸 건 역 시 태이 때문이다. 괜한 쓰레기들 때문에 마음을 쓸 필요 는 없었다.

"차는?"

어느새 뒤따라온 도규가 지환의 옆에 섰다.

"사무실이 바로 앞으로 이전했어."

"주먹이라도 날릴 줄 알았더니."

"그러고 싶었지. 한 번씩 내가 이성적인 인간이라는 게 싫어질 때도 있어."

"한태이 씨 때문에 참았군."

도규가 알겠다는 듯 고개를 끄덕였다. 밖으로 나서자 차가운 바람이 뺨을 때렸다. 도규는 앞섶을 여미며 팔짱을 꼈다.

"감정은?"

지환이 도규를 보았다. 도규는 지환의 표정에서 답을 찾은 모양이었다.

"사랑하면 늦기 전에 잡아."

"천천히, 욕심이라는 걸 내보려고."

지환이 웃었다.

　　　　　　🌸 🌸 🌸 🌸 🌸 🌸

학생들을 보내고 청소를 하는데 도어락 버튼을 누르는 소리가 났다. 쓸던 빗자루를 던져두고 문앞으로 걸어가는데 문을 열고 들어서는 사람들 때문에 당황했다.

당연히 지환일 거라고 생각했다. 물론 지환도 이곳의 비밀번호를 알고 있다. 하지만 그의 성격상 초인종을 누르지 이렇게 무작정 비밀번호를 누르진 않았을 것이다. 거기다 이제 8시에 가까워지는 시간이다. 지환이 오려면 한 시간 은 더 남았다.

"뭐야, 한태이. 왜 우리 보고 실망한 얼굴이야?"

"어서 와. 오빠 웬일이야?"

"정아만 반갑고 나는 아닌가 봐?"

태림이 양손 가득 들고 온 짐들을 식탁에 내려놓으며 말 했다. 태이는 빗자루로 청소를 마무리 지으며 식탁 앞으로 걸어갔다. 태림은 각종 과일이며 반찬들을 냉장고에 열심 히 집어넣는 중이다.

"오빠가 너 좋아하는 해파리냉채 했어. 같이 먹자."

"지금?"

"왜? 약속 있어?"

정아가 큰 눈을 껌뻑였다. 어색하게 웃자 열심히 짐정리 를 하던 태림이 뒤를 돌아보았다.

"뭐?"

"아니, 두 사람 너무 갑자기 와서 당황해서 그랬지."

일부러 오늘 과외를 조금 앞당겨 끝낸 참이다. 음식 솜씨 야 지환이 월등히 뛰어나지만 그래도 뭔가 좀 해주고 싶어 오전에 백화점에 들러 몇 가지를 사왔다.

"그래도 혼자 좀 챙겨먹으려고 하나 보네. 불고기도 사 놓고, 야채도 있고."

태림의 투덜거림에 태이가 웃었다.

"나가서 사 먹자. 이 앞에 맛있는 갈비집 있어."

"오빠, 해파리는 태이 나중에 먹으라고 하고 우리 갈비 먹자. 갈비 생각하니까 얘가 발로 차."

고개가 태림을 향해 있으면서도 정아는 태이의 손을 잡아 자신의 배로 가져갔다. 정말 배 속의 아이가 발로 차는 게 손바닥에 고스란히 느껴졌다. 그 반응에 태이가 웃었다. 그때 초인종이 울렸다.

"누구 오기로 했어?"

화면을 보기도 전에 태림이 나가서 문을 벌컥 열었다. 지환이 태림을 보고 당황한 듯 태림의 어깨 너머로 태이를 보았다. 태림 역시 지환의 등장에 놀란 얼굴로 뒤돌아 태이를 보았다.

"들어와, 지환 씨."

"아, 그래. 들어와."

"잘 지내셨습니까? 오랜만입니다."

"네, 아주버님. 오랜만이에요."

정아가 눈동자를 굴리며 태이의 옆구리를 툭 쳤다. 갑자기 나타난 지환의 등장에 태림과 정아는 무척이나 당황한 듯 놀람을 숨기지 못했다. 결국 식탁 위로 지환이 사온 초밥과 태림이 만들어 온 음식들이 차려졌다. 갈비를 먹으러 가지 못하는 게 아쉬웠는지 태림은 인덕션 앞에 서서 정아의 요구대로 불고기를 볶는 중이었다.

고기가 다 볶이자 프라이팬째로 들어 태림이 식탁 가운

널 사랑하다가

데에 놓았다. 그리고 자연스럽게 정아의 옆에 앉으며 지환과 태이를 번갈아 보았다.

"뭐, 아직 이혼 문제 남았나?"

"오빠."

"아닙니다."

"그럼 이혼한 부인 작업실은 왜 드나들어."

태이는 태림이 괜히 툴툴거리는 것을 알아차렸다. 정아는 태림의 옆에서 좌불안석인 듯 엉덩이를 들썩거렸다. 태이는 젓가락을 들어 불고기를 정아의 밥에 올려주었다.

"배고프지. 식기 전에 먹어."

정아가 살짝 인상을 찌푸렸다. 지금 이 상황에 먹으라는 거냐는 눈빛으로 태이를 노려보면서.

"뭐 며칠 눈 속에 갇혀 있다 보니 사람 괜찮은 거 같아 다시 시작해보겠다 이건가?"

잔뜩 빈정거리는 태림의 말투에 태이가 웃고 말았다.

"형님."

"왜."

"제가 많이 부족해서 죄송합니다."

지환의 진지한 목소리에 당황한 건 태림만이 아니었다. 태이 역시 당황해서 고개를 돌려 지환을 보았다.

"아니, 나는……. 아무래도 두 사람 사이도 그렇고…….."

"제가 겁이 많아 진심을 보이지 못해 태이를 한 번 놓쳤습니다. 이제 조바심 내지 않고 시작해보겠습니다."

태림의 시선이 태이에게로 돌아왔다. 놀란 듯 벌린 입을 다물지 못한 채였다.

"우리 연애하려고."

기가 막힌지 태림은 한참간 말을 잇지 못하고 그저 한숨만 내뱉었다. 그런 태림의 반응을 충분히 이해할 수 있어 태이는 아무 말도 하지 않았다. 사실 반대를 한다 하더라도 상관없었다. 그녀는 더 이상 착한 아이 같은 건 하지 않기로 결심했다.

어릴 때부터 말수가 없기는 했다. 윤 여사는 여느 정략 결혼 부부가 그렇듯 한 이사장과 사이가 그렇게 좋지도 나쁘지도 않았다. 살아가다 보니 친구처럼, 연인처럼 지내게 되었다고 했지만 어쨌거나 한 이사장 부부는 시간이 아주 오래 흐르고 나서야 맞추며 살아가게 된 평범한 중년 부부였다.

그래서인지 윤 여사는 어려서부터 태림이나 태이에게 집착 비슷한 것을 보이곤 했다. 태림이야 쾌활한 성격에 친구들도 많아 말 잘 듣는 모범생이었지만 나름대로 사춘기도 겪었고 소소한 반항도 했다.

반면 태이는 그저 윤 여사가 입히면 입히는 대로, 움직이라는 대로 순응하며 살아왔다. 심지어 친구관계에도 간섭을 당했는데 그거야 대학을 가면서 없어진 게 다행이었다. 가끔씩 혜령이 장난으로 '내가 널 고등학교 때 만났다면 바로 절교였을걸?'이라며 놀리곤 했다.

널 사랑하다가

승혁과 사귀게 되었을 때도 윤 여사가 반대를 하지 않았던 건 역시 그 집안 때문이다. 태림이 꽤나 반항을 하기는 했지만 교우관계에서는 결국 손을 들고 말았다. 어쨌거나 1차적으로 검증이 되었으니 승혁과의 관계는 반대에 부딪치지 않았다. 반면 한 이사장은 두루두루 사귀고 만나보는 것도 좋다 생각하는 편이었다.

윤 여사와 한 이사장이 처음으로 집안이 떠들썩하게 싸움을 벌인 건 역시 지환 때문이었다. 윤 여사는 지환을 받아들이기엔 너무나 속물적이었다. 그건 윤 여사 스스로도 인정한 바였다.

몸져눕기도 하고 협박도, 애원도 해보았지만 태이는 지환과의 결혼 결정을 번복하지 않았다. 한태이 인생에 있어처음으로 윤 여사의 뜻을 거스르는 일이었다. 그래서 결혼전날 태림은 태이를 향해 대단하다고 박수를 쳐주기까지 했다.

사실 태이는 결혼이 진행되지 않을 거라 생각했다. 한 이사장이 결국 윤 여사에게 져줄 거라 생각했기 때문이다. 결혼생활 내내 윤 여사가 남편이라는 존재를 믿고 신뢰한건 그에게 있어 늘 1순위가 윤 여사 자신이었기 때문이었다. 하지만 결국 한 이사장은 태이의 결정을 존중해주었다.

한 이사장은 어떻게 지환의 진가를 알아봤던 것일까. 두사람이 알고 지낸 지는 고작 몇 개월 되지 않았다고 했는데

말이다. 그녀는 지환과 1년 넘게 사는 동안도 알아차리지
못한 것을 말이다.

　태림과 정아를 보내고 두 사람은 산책을 하기로 했다. 꽤
늦은 시간임에도 불구하고 공원엔 사람들이 꽤 많이 보였
다. 주로 산책을 하거나 운동을 하는 사람들이었다.
　"이번 주에 몽글이 중성화하기로 했어."
　그 말에 지환이 걸음을 멈추었다. 손을 잡고 있던 터라
태이도 더 이상 앞으로 나가지 못했다.
　"중성화?"
　"사실 나도 새끼를 보면 어떨까 싶었는데 몸에 무리가 많
이 간대. 생명도 짧아지고."
　"강아지들 중성화는 어떻게 하는 거지?"
　"난소하고 자궁 들어내는 거야."
　"아……."
　생각도 하지 못했는지 지환은 꽤 충격을 받은 표정을 지
었다. 한쪽 눈썹이 치켜올라가고 눈살이 찌푸려졌다. 태이
는 그런 지환의 표정변화를 보는 게 좋았다. 사실 그동안
지환의 얼굴은 늘 무표정에 가까웠다. 고모도 지환이 티
없이 웃는 걸 언제 보았는지 기억이 나지 않는다고 했다.
　"잔인하긴 하지만 우리와 오래 살기 위해선 어쩔 수 없잖
아."
　"음…… 그래."

여전히 충격이 가시지 않는지 지환의 말투는 느릿했다. 그리고 다시 천천히 걷기 시작했다.

"왜? 몽글이 새끼 보고 싶었어?"

"그건 아니지만 무의식적으로 당연히 그럴 거라고 생각했던 모양이야. 어릴 때 시골에서 키우던 발바리도 새끼를 곧잘 낳고는 했거든. 지금 생각해보니 건강을 제대로 챙기지도 못했네."

그때가 후회되는 듯 지환이 이마를 구겼다. 태이가 지환의 손을 힘주어 잡았다. 그러자 지환이 인상을 펴고 태이를 내려다보았다. 이렇게 자신을 바라보는 눈빛이 부드럽다는 것을 예전엔 왜 진작 알아차리지 못했을까. 지환의 마음을 알아가게 될수록 남는 건 후회뿐이었다.

"지환 씨."

"말해."

"왜 우리 부모님껜 당분간 비밀로 하는 게 좋겠다고 했어?"

태이는 지환이 그런 말을 할 줄 몰랐다. 하지만 생각이 있겠거니 해서 입을 다물었다. 태림은 한참 생각하는 듯하더니 지환을 존중하겠다는 듯 고개를 끄덕였다. 그녀가 모르는 사이 태림과 지환 사이에 쌓인 신뢰는 꽤나 두둑한 듯했다.

"난 이미 한 번 죄인이 됐잖아."

"죄인은 무슨. 굳이 잘못을 따지자면 90 정도는 나야."

"90?"

"그땐 정말 아무 생각도 없었거든. 솔직히 말하자면 자존심이 구겨진 것 같기도 했어. 나하곤 자지도 않던 남자가 다른 여자를 원하는구나 싶어서."

꽤 직설적인 말에 지환이 놀란 얼굴을 했다. 꽤나 다양한 표정변화를 보여주는 지환이 마음에 들어 태이가 웃었다.

"어쨌거나 우린 부부였잖아."

지환이 어쩔 수 없다는 얼굴로 고개를 끄덕였다.

"난 흘러간 것엔 크게 미련 두는 타입이 아니었는데. 꿈에 승혁 오빠가 나타나서 꽤 미안했나 봐. 소리 내어 이름을 뱉었을 거라곤 정말 생각도 못 했어."

"과거일 뿐이야."

지환의 말이 맞다. 승혁은 이미 흘러 지나간 과거의 사람일 뿐이었다. 그런 과거의 사람 때문에 두 사람은 힘든 시간을 겪었다. 하지만 태이는 완전히 미안한 마음을 접을 수가 없었다.

"우린 이제 연애를 시작하는 풋내기들이니까. 오늘은 어쩔 수 없이 형님을 만나서 이야기했지만, 조금 더 신중한 편이 좋겠다고 생각했어."

"한 번씩은 충동적이 되고 싶은 적 없었어?"

"없었어."

대답은 일 초도 걸리지 않을 정도로 단호했다. 태이가 눈을 동그랗게 뜨자 지환이 픽 웃으며 그녀의 흘러내린 머리카락을 쓸어올려주었다.

"타고난 성미가 이래서."

"하긴, 충동적인 유지환은 좀 이상하긴 해."

"혹시 장인 장모님껜 조금 더 시간을 두고 말하자고 해서 기분 상했어?"

아주 조심스럽게 물어오는 지환을 보며 태이가 고개를 저었다. 지환의 신중한 성격을 그녀도 잘 알고 있다. 걱정이 많은 사람이라는 것도, 생각 또한 많다는 것도. 그런 지환의 심정을 이해 못 하는 것은 아니었다.

"나는 지환 씨가 그때그때 감정을 알려주면 좋겠어."

"그러려고 노력 중이야."

긍정적인 대답이 나왔다.

"그런데 지환 씨, 오늘 일 많았어?"

"일?"

"피곤해 보여. 좀 안 좋은 일이 있었던 것도 같고. 혹시 재판 불리하게 돌아가?"

태이가 그의 감정을 바로 짚을 줄은 예상도 못 한 일이다. 지환은 저도 모르게 웃으며 고개를 저었다.

"아냐, 멍청이들이 좀 있어서."

"오늘 있다던 동기모임?"

"앞으론 그 모임도 없어."

단호한 지환의 어조에 태이가 눈을 깜박였다. 논산에서도 그랬지만 그는 친구들과 있는 것을 꽤나 편안해했다.

거기다 오늘 약속이 있다는 것은 대학에다 연수원 동기들이 아니던가. 논산의 친구들보다 훨씬 오랜 시간을 함께한 친구들일 것이다.

"그 모임에서 다퉜어?"

"아니."

그렇게 말하지만 분명 일이 있었음에 틀림없다. 하지만 지환의 목소리가 무거워 태이는 더 이상 묻지 않기로 했다.

"신경 쓰지 않아도 돼. 그냥 별 볼일 없는 모임이었으니까."

태이도 법조계는 잘 모른다. 하지만 그쪽은 동기들의 인맥이 상당히 중요하다고 들은 것도 같다. 왜 지환은 혼자를 자처하는 것만 같을까. 태이의 마음이 불편해졌다.

"지환 씨."

"응."

"지환 씬 왜 선을 긋고 살려고 해?"

"선?"

무슨 뜻인지 제대로 이해하지 못했다는 지환을 보며 태이가 손을 놓았다. 갑작스레 태이가 손을 빼자 텅 빈 손바닥이 허전한 듯 지환이 고개를 숙였다. 그리고 공중에 어색하게 떠 있는 손을 보며 주먹을 쥐었다.

"곁을 좀 내줘."

여전히 태이가 하는 말이 이해가 가질 않는다. 그래서 지

널 사랑하다가

환은 고개를 삐딱하게 기울였다.

"나는 지환 씨를 좋아해."

갑작스러운 고백이다. 지환은 할 말을 찾지 못하고 입만 벙긋거렸다.

"그런데 다가가기 어려운 사람이야, 지환 씬."

움켜쥔 주먹에서 힘이 탁 풀렸다.

"지환 씨에게로 옮기는 발걸음이 힘겨울 때가 있어."

"한태이."

"우리……."

"아니, 한태이 부탁 안 들어줄 거야."

"지환 씨."

"시간을 두자거나, 거리를 두자는 말이라면 안 들어, 난."

사랑 전후

    태이가 웃자 지환의 미간이 좁아졌다. 왠지 계속 지환을 보면 웃을 것 같았는지 태이가 고개를 돌렸다. 지환은 아예 고개까지 태이의 키에 맞춰 기울여 얼굴을 가까이 가져다 대며 손을 다시 잡았다. 그러자 태이가 뒤로 한 걸음 물러섰다.

    "지환 씨도 고집 꽤 세겠구나. 그 생각 한 거야."

    "고집?"

    "내 말을 그런 식으로 끊는 것도 처음인 것 같아서. 그리고 손에 힘 좀 풀어주면 안 될까? 좀 아픈데."

    그 말에 지환이 재빨리 손에 힘을 풀며 놓았다. 확실히 강한 힘이 실리긴 한 모양이다. 손이 꼭 전기가 통한 듯 저릿하고 손가락 모양으로 하얗게 질려 있었다.

    "미안해."

    "그런 말 안 해도 돼."

    "태이야, 난……."

    지환이 길게 한숨을 뱉었다. 하루쯤 그냥 짓이겨버리고

싶은 그런 날이 있다. 오늘이 그런 날이기도 하고, 아니기도 했다. 태이에 대해 그런 말들이 떠돈다는 건 지환도 결혼 전부터 알고 있었다. 그게 사실이든 아니든 상관없었다. 누군가는 그땐 그녀를 사랑하지 않아서라고 할지도 모른다. 하지만 지환은 과거를 그다지 깊게 생각하는 타입이 아니다.

사람의 인연이라는 것은 앞을 알 수 없는 일이라 어떻게 연결될지 모른다. 그가 한태이라는 여자를 만날 수 있었던 건 행운이다. 누군가를 욕심내어보는 것도 처음이라 덜컥 겁이 날 때가 있다. 욕심이 앞서 모든 걸 잃어버릴까 봐 두려운 것이다. 그때 손끝으로 따뜻한 온기가 느껴졌다. 고개를 숙이자 태이가 작은 손으로 그의 손을 잡고 있었다. 다신 닿을 수 없는 사람이라고 생각했었다.

"요즘은 가끔씩 후회가 돼."

지환의 말에 태이의 긴장이 고스란히 손가락을 통해 느껴졌다. 지환이 가볍게 웃으며 고개를 저었다.

"당신에게 이혼 사유를 묻지 못한 일. 난 원래 과거를 되새김질하며 떠올리는 타입이 아니었는데도 그래."

"지환 씨."

"난 당신과의 관계에 신중을 기하고 싶어. 그러면서도 그냥 무작정 치고 나가고 싶기도 해. 당신 귀를 막고 싶기도 하고, 남들 입을 봉해버리고 싶을 때도 있어."

불안한 음성에 태이의 까맣고 큰 눈동자가 미세하게 흔

들렸다.

"지환 씬 날 믿어?"

"아니."

단호한 말투에 태이는 놀라면서도 어딘지 실망한 표정을 지었다.

"나는 한태이라는 여자를 신뢰해."

고개를 갸웃거리는 태이를 보며 지환이 고개를 숙여 그녀의 정수리에 입을 맞추었다. 그는 그녀를 신뢰한다. 누군가는 신뢰와 믿음은 결국 같은 말이 아니냐고 할 것이다. 하지만 지환은 그 믿음이라는 것은 차곡차곡 오랜 시간 쌓이는 것이지 단번에 생기는 감정이 아니라고 믿었다.

"둘 다 같은 말 아닌가?"

"난 다르다고 생각해."

확실히 지환은 모임에서 그들의 이혼에 대해 좋지 않은 말을 들은 게 틀림없었다. 하지만 지환이 말하고 싶지 않아함을 알아차린 태이는 굳이 캐낼 생각은 없었다. 지환은 지극히 정중하고 이성적인 사람이다. 그 사람들을 다시 만나지 않기로 했다면 충분한 생각 끝에 결정한 것이 틀림없다.

두 볼이 빨개진 태이를 본 지환이 서둘러 근처의 카페를 찾았다. 김이 모락모락 나는 게 보일 정도로 뜨거운 코코아를 내려놓은 지환이 태이의 손을 가져왔다.

"미련하다, 한태이."

널 사랑하다가

"그렇게 추운 줄 몰랐어."

지환의 커다란 손이 태이의 이마로 다가왔다. 그리고 열을 가늠하듯 눈을 가늘게 떴다.

"열이 조금 있는 것 같기도 한데."

그렇게 말하며 자신의 이마에 손을 가져다 댔다.

"비슷한가."

"열 없어. 그리고 지환 씨 볼이 더 빨간 거 같은데?"

멋쩍은 듯 웃으며 지환이 자신의 볼을 슥 쓸었다. 지환은 무척이나 피부가 하얀 편이다. 노란빛이 도는 게 아니라 파란빛이 돌 정도로 창백했다. 처음엔 어디 아픈 게 아닐까 생각했었는데 고모를 보고 생각이 바뀌었다.

고모 역시 지환과 마찬가지로 피부가 창백했는데 유전이라며 호탕하게 웃으셨다. 피부색 때문인지 지환의 두툼한 입술은 꼭 물을 들여놓은 듯 붉었다. 지환의 첫인상이 강하게 남은 건 역시 저 붉은 입술 때문일 것이다.

"논산에서 들었는데 지환 씨 인기 많았다면서?"

"내가?"

금시초문이라는 얼굴로 지환이 따뜻한 코코아를 한 모금 마시곤 서둘러 잔을 내려놓았다. 어쩌면 저런 무심한 모습에 여자애들이 좋아했던 건 아닐까? 학창시절의 지환이 왠지 궁금해졌다.

"근데 말도 못 걸어봤대, 여자애들이."

지환이 웃음을 터트렸다.

"무서워서?"

"응."

그냥 아무 말이나 뱉었는데 태이가 긍정을 비치자 지환은 제법 놀란 모양이었다. 기가 막힌지 몇 번이나 웃음을 터트리며 코코아를 한 모금 마셨다.

"고모님이 지환 씨 어릴 때 앨범 보여주셨어."

지환이 눈동자를 살짝 굴렸다. 정작 자신은 본 적이 없는 모양이었다.

"지환 씬 돌 때 아무것도 잡지 않았대."

"내가?"

긴장이 풀린 건지, 기분이 풀린 건지 지환의 표정이 편안해졌다. 의자에 편히 몸을 기대며 태이를 따뜻한 눈길로 보고 있는 게 고스란히 느껴졌다. 그 단정하고 다정한 눈빛이 좋아 태이가 가만히 시선을 맞추었다. 그것만으로도 지환의 귀가 살짝 붉어져 태이는 시선을 옮길 수가 없었다.

결국 지환이 먼저 시선을 피하며 괜히 얼굴을 손바닥으로 쓸어내렸다. 그리고 콧등을 매만지는 것도 잊지 않았다. 오늘 지환의 버릇을 또 하나 알게 되었다. 쑥스러울 땐 저렇게 콧등을 만지는 버릇이 있다.

"흠흠, 한태이는?"

"나?"

"한태이는 돌에 뭘 잡았는데?"

272   널 사랑하다가

"나는 그냥 평범했지. 실?"

"한태인 오래 살겠네?"

"돌잡이대로라면?"

"그럼 나도 실을 잡았어야 했는데. 한태이와 오랜 시간 함께 살고 싶거든."

왠지 눈물이 왈칵 쏟아질 것 같았다.

태이는 헤어짐이라는 게 이렇게 아쉬운 것임을 처음 알았다. 연애라는 것을 할 때도 딱히 이런 감정을 느껴본 적이 없었다. 지환과 손을 잡고 삼십 분 이상을 천천히 걸었다. 동네 어귀에 도착했을 때 잠시 망설이며 손목시계를 보았다.

시각은 벌써 새벽 2시를 넘어가고 있었다. 이렇게 시간이 훌쩍 가버릴 거라고는 생각하지 못했다.

바람이 살짝 불어와 머리카락이 흩날렸다. 지환은 다정한 손길로 얼굴을 가린 머리카락을 쓸어넘겨주었다. 그 손길이 좋아서 살짝 눈을 감고 느낌을 즐겼다. 지환의 기분 좋은 웃음소리가 울렸다.

"지환 씨."

"말해."

"진짜 연애하는 기분 난다."

"기분이 좋다는 뜻이야?"

고개를 끄덕이며 눈을 떴다. 지환은 그녀의 머리카락이

잘 잡히지 않는지 꽤나 집중한 표정을 하고 있었다. 입술이 살짝 앞으로 모인 채 벌어져 있다. 태이가 눈동자를 굴려 주변을 확인했다.

새벽이라 길거리엔 사람이 없다. 특히 이곳은 주택가라 더더욱 고요했다. 지환의 앞섶을 잡고 발뒤꿈치를 들어올려 입을 맞추었다. 놀란 듯 굳어 있는 지환을 보자 절로 웃음이 나왔다.

"싫어?"

여전히 놀란 표정으로 굳어 있던 지환이 반사적으로 고개를 저었다.

"다행이네, 싫진 않아서."

"좋아."

"그래?"

"한태이가 내게 이렇게 표현을 해주는 게 좋아서 믿기지 않을 때도 있어."

지환에게 불안감을 안겨준 건 자신이다. 그래서 제대로 된 부부가 될 수가 없었다.

태이는 저도 모르게 한숨을 뱉었다.

"질책하려고 한 말 아니야."

"나도 알아."

"어쩌면 난 결혼이란 걸 했어도 우리가 그저 법적으로 얽혀 있을 뿐, 영원히 닿을 수 없다고 생각했던 걸지도 모르지."

그런 지환의 심정이 이해가 되어 태이는 잔뜩 풀이 죽은 얼굴로 고개를 끄덕였다.

"한태이."

"응."

"이제 말해봐."

"뭘?"

"아까 내가 말 끊었잖아."

"아, 이제 들을 준비 됐어?"

"어떤 이야기든 존중할게. 난 한태이를 존중하고 싶어."

몇 시간 동안 가슴이 울컥한 기분을 몇 번이나 느껴야 할까. 태이는 눈물이 차올라 눈가에 잔뜩 힘을 주어야만 했다.

"한태이, 지금 울어?"

"이건 그냥 감동받은 거야."

"그럼 다행인데."

"우리, 동거할래?"

사실은 지환이 그 말에 놀랄 것이라고 생각했다. 하지만 지환은 그저 너털웃음을 터트리며 고개를 저었다. 태이가 고개를 기울이고 지환을 빤히 바라보았다.

"왜? 싫어?"

"내 오피스텔에서?"

"어?"

"우리 살던 집은, 장인 장모님도 오실 것 같은데."

"우리 엄마, 아빠가 무서워?"

지환이 천천히 고개를 저었다.

"지환 씨 집이라도 상관없어."

"태이야."

듣기 좋은 나른한 목소리다. 태이는 지환의 그 목소리가 좋다고 생각했다. 그래서 어쩔 땐 그가 책을 읽을 때면 저도 모르게 귀를 기울이곤 했다. 아마 지환은 모르겠지만 그는 한 번씩 소리를 내며 책을 읽는 경우가 있었다. 헌법이 되었든, 행정법이 되었든 내용은 상관없었다. 그녀의 목적은 그의 목소리를 듣는 것이었으니까.

"우린 평범하지 않은 시작을 했고, 끝을 냈었잖아. 그래서 난 우리가 천천히 가도 좋겠다고 생각해."

"내가 너무 조바심 낸 거야?"

"아니, 나도 한태이를 보면 그런 생각을 해."

입가에 살짝 미소를 지으며 지환이 말을 끊었다. 태이가 아, 소리를 내며 고개를 끄덕이자 지환의 광대뼈 부근이 조금 붉어진 것 같기도 했다.

"뭐 어때, 성인인데."

"그냥 몸만 안고 싶다, 이런 건 아니야. 내 욕심은 그것보단 조금 더 크거든."

"궁금하다, 그 욕심."

"언젠간 한태이가 알게 되어 숨막힌다고 도망칠까 봐 겁날 때도 있어. 나는 한태이라는 여자를 잃고 꽤 힘들었어.

널 사랑하다가

그 아픔에 언젠간 무뎌지겠지 생각도 했는데 그 무뎌지는 게 무서웠던 것 같아. 어떻게든 연결된 것들을 놓치고 싶지 않았어."

지환의 간절함을 그땐 알지 못했다. 아니, 그가 영광에 같이 가자고 했을 때도 몰랐었다. 그가 얼마나 용기를 그러모아 그 말을 꺼낸 것인지 이제는 알 수 있다.

"아무튼, 농담은 아니야. 동거 잘 생각해봐."

"그럴게."

"그리고 내 통장으로 그 위자료 넣지 말고."

"넣을 거야."

일말의 망설임도 없이 지환이 말했다. 태이의 이마에 절로 주름이 생기자 지환은 손을 들어 그 부근을 꾹 눌러주었다.

"주름 생겨."

"주름 생기면 싫을 것 같아?"

"아니."

지환이 고개를 숙여 부드럽게 입을 맞추었다.

"한태이는 내게 용돈을 줘."

"용돈?"

태이의 눈이 함지박만 해졌다.

"내 월급 다 넘길 거거든. 내가 쓰는 건 별거 없어. 기껏 휴대전화 요금이나 공과금 정도?"

"만약 내가 용돈 안 주면 어떡해?"

"안 쓰면 돼."

윤 여사가 한 이사장에게서 가계를 완전히 받은 건 결혼을 하고 꼭 10년 만이라고 했었다. 본인도 꼼꼼한 성정이지만 한 이사장이 훨씬 낫다 판단을 해서 윤 여사는 별 상관없었다고 말했었다. 하지만 한 이사장은 가계를 완전히 맡겼을 때 진정한 부부가 되었다고 느꼈다며 그날의 희열에 대해 몇 번이나 말했었다.

지환과 태이는 결혼을 해서 딱히 돈 문제를 가지고 이야기한 적이 없었다. 지환은 자연스럽게 태이에게 쓰라며 카드를 주었다. 하지만 태이는 한 번도 그 카드를 쓴 적이 없었다. 강사나 과외를 하면서 받는 돈은 한정적이라 학생때부터 계속 가지고 있던 부모님의 카드를 썼다.

결혼을 해서도 마찬가지였다. 그것에 대해선 부모님도 아무 말을 하지 않았다. 오히려 한 이사장은 결혼해서 돈 쓸 일이 더 많을 거라며 그녀의 통장에 한두 달에 한 번씩 용돈을 넣어주기도 했다.

"사실 결혼해서 바로 통장을 주려고 했었어."

"아……."

언제인지 알 것 같았다. 신혼여행에서 다녀와 약 열흘 정도 지났을 때였을 것이다. 그때 윤 여사는 결혼을 축하한다며 그녀를 백화점으로 불러내 이것저것 물건을 떠안겼다. 그녀의 물건뿐만이 아니라 지환의 것도 무척이나 많았다. 누가 봐도 명품임이 분명한 로고들을 보고 지환은 들

널 사랑하다가

고 있던 서류봉투를 내려놓으며 그녀의 짐들을 받았었다. 그럼 그 노란색 서류봉투가 그의 전 재산이었던 셈이다.

"평균보다 연봉은 조금 나은 수준이겠지만 아무래도 당신이 누리고 살던 것에 비하면 턱도 없겠지, 생각도 했고."

"나 생각보다 과소비하는 타입 아니야."

"알아. 내가 통장 주려고 했던 날……."

"응. 우리 엄마가 죄다 사서 안겨준 거지."

"나중에 장모님께 들었어. 왜 사준 것들 하나도 하고 다니지 않냐고."

"나 그거 서재에 가져다 놨는데?"

"이상하게 손을 댈 수가 없더라. 그래서 겨우 하나 든 게 지갑이었어."

그때까지 태이는 지환의 지갑에 신경을 쓰지 않았다. 그리고 이제 기억났다. 유일하게 그녀가 벌었던 돈으로 샀던 게 그 지갑이었다.

"아직도 그 지갑 써?"

지환이 고개를 끄덕였다.

"그거 내가 강사로 일하고 처음 받은 돈으로 산 거야."

그 말에 지환이 눈을 살짝 크게 떴다.

"아니, 뭔가 나도 사주긴 해야겠다고 생각했어. 결혼 비용은 전부 부모님 돈이었고, 내 돈으론 뭔가를 사본 적이 없었거든. 내 액세서리 하나 사는 것보다 그게 더 낫겠다고 생각했어. 어쨌거나 우린 부부였잖아."

씁쓸한 목소리가 절로 튀어나왔다. 그때 신혼인데 어쩜 신랑 물건은 하나도 보지 않냐며 윤 여사가 타박했었다. 그때까진 혜령과 정아에게 줄 머플러를 보고 있었다. 처음 번 돈으로 친구들에게 선물을 하는 것도 나쁘지 않겠단 생각이 들어서 말이다.

"지갑 속에 들어 있던 지폐, 그대로 두고 있어."

지갑을 빈 채로 선물하는 게 아니라고 들었다. 그래서 지폐를 종류별로 네 장 넣어두었다. 지환이 그런 것에 신경을 쓸 거라고 생각하지 못했다.

"맞아, 내가 넣어둔 거야."

"몰랐어."

"우리 엄마 센스가 그렇게 좋진 않을걸?"

"그때의 한태이는 아마 날 생각하며 지갑을 고르진 않았을 걸 알아."

지환의 표정을 읽을 수가 없다. 실망인지, 아니면 씁쓸함인지. 가로등을 등지고 있어 지환의 뚜렷한 이목구비는 짙은 음영을 이루고 있다. 마치 석고상 같았다.

"그런데 그것만으로도 고마워."

"나도."

가만히 태이의 말이 떨어지기를 기다리는 지환을 보고 있자니 만감이 교차했다.

"나도 지환 씨에게 고마워. 결혼생활 1년간, 잘 견뎌내줘서."

뜨거운 손길이 느껴졌다. 지환이 그녀의 손을 잡아올려 손등에 입을 맞추었다.

"백일 뒤에, 같이 살자."

⁘

팔짱을 낀 채로 우두커니 서서 구두 앞굽으로 바닥을 툭툭 쳤다. 그러고 보니 이 구두도 많이 해졌다. 바꿔야겠다 생각만 하고 바꾸지 못한 건 아마 결혼하기 전날 태이가 골라주었던 유일한 물건이었기 때문일 것이다. 고개를 들자 먹구름이 잔뜩 낀 하늘이 보였다. 금방이라도 눈이나 비가 쏟아질 것 같다.

차라리 눈이 아닌 비가 쏟아졌으면 좋겠다 싶었다. 태이는 비가 더 좋다고 했다.

그때 거짓말처럼 빗방울 하나가 속눈썹 위로 툭 떨어졌다. 고개를 숙이자 빗방울이 보도블록 틈으로 스며들었다.

"지환아."

앞에서 들리는 목소리에 지환이 고개를 들었다. 상대를 확인하고 지환은 쓰게 웃었다.

앞에 있는 차는 뜨거운 기운이 모두 가신 뒤였다. 두 사람은 차가 모두 식은 뒤에도 섣불리 입을 열지 않았다. 아니, 지환은 지금 기다리고 있는 중이었다. 하지만 그가 입을 열기 전에는 상대 역시 입을 봉하고 있을 생각인 듯했다. 지환이 손을 뻗어 잔을 들었다. 레몬차는 이미 미지근하게 식은 뒤였지만 상큼한 향은 변하지 않았다.

"입맛 변했나 봐. 원래 식은 거 안 마셨잖아."

천천히 고개를 끄덕였다. 뜨거운 걸 원래 잘 먹는 편이기도, 마시는 편이기도 했다. 아마 어느 회식 날이었을 것이다. 결혼을 한 후로 처음 있는 회식이기도 했고, 꽤 큰 소송을 성공리에 마무리 지었다. 그래서 축하의 의미로 사무실 사람들이 그에게 많은 술을 먹였다. 사무실 대표이자 선배인 인성은 내일 푹 쉬라며 생맥주 잔에 위스키를 그득 부어주기도 했다.

평소라면 무시하고 사무실을 나갔을 것이다. 하지만 그는 그날 오후 2시쯤이 되어서야 가까스로 몸을 일으켰다. 얼마나 술 냄새가 지독했는지 태이는 직접 나가서 포장해왔다며 황태 해장국을 준비해두었다. 그것도 돌솥에 담아 지글지글 끓여서 지환과 함께 식탁 앞에 앉았다.

속이 좋지 않아 정신없이 국을 마시듯 먹기 시작했다. 절반 정도 비워냈을 때 고개를 들자 태이는 국을 작은 접시에 덜어 식기를 기다리고 있었다. 숟가락에 내용물을 올리고서도 몇 번이나 불고 입술로 온도를 확인한 다음 입에 넣었다.

지환은 그때 물끄러미 태이를 보았다. 뜨거운 것을 잘 못먹는 여자. 아마 그 뒤로 그도 먹는 속도를 태이에게 맞추

널 사랑하다가

었던 것 같다.

"이것도 제법 괜찮아."

"지환이 너하고 이렇게 느긋하게 차를 마신 건 처음인 것 같아."

그 말에 잔을 내려놓던 지환의 한쪽 눈썹이 치켜올라갔다.

"만나도 늘 빨리 마시고 일어났잖아. 그것도 거의 차가운 차만 시키면서."

이상하게 기억이 잘 나지 않는다. 예전의 자신은 어떤 마음을 가지고서 여자를 사귀고 대했던 것일까. 사람을 대할 땐 늘 진심을 가지고 있다고 믿었다. 아니었던 것일까.

"날 먼저 떠났던 건 너였어."

그 말에 미주가 씁쓸히 웃었다.

"넌 조건 좋은 남자가 더 좋다고 했고 난 그걸 받아들였어. 그때의 난 네가 더 행복해졌으면 좋겠다고 생각했거든."

"지환이 널 다시 만나고 난 운명이라고 믿었어. 내 고백에도 감흥 없이 받아주었잖아. 그래도 난 좋았어. 그런데 사귀다 보니 참 공허하더라. 마음이 잡히지 않는 것 같아서."

"그땐, 진심으로 대했어."

"맞아. 그런데 지환이 너에게 난 사랑은 아니었던 거지."

사랑? 그것을 어느 누가 간단히 정의를 내릴 수 있을까.

어쩌면 그것도 한 형태의 사랑이었을 것이다. 형태의 모양이 다를 뿐이지 그게 사랑이 아니었다고 생각할 수는 없다.

"지환이 널 사랑하지만 곁에서 버틸 자신이 없었어."

"그럼 끊어냈어야지, 왜 자꾸 내 곁에서 맴도는 건지 모르겠다."

지환의 목소리가 날카로웠다. 그 톤에 미주의 어깨가 가늘게 떨렸다.

"네게 빌려준 돈 같은 건 받지 않겠다고 했었어. 그런데 왜 다시 찾아왔고, 태이가 그런 모습을 봤는데 왜 해명도 하지 않았던 건지 난 그게 궁금하다."

"한태이 씨에게 해명할 필요가 없다고 생각했어."

"뭐?"

"따지고 보면 지환이 너도 사기결혼 당한 거니까."

기가 막히다. 두 사람은 선을 봐서 결혼을 했다. 그런데 어떻게 사기결혼이 될 수 있단 말인가.

"우리 병원 의사 선생님께 이야기 들었어. 그 여자 다른 남자 아이까지 지우고 아무렇지 않은 척 지환이 너와 결혼했다고."

지환이 낮은 숨을 뱉었다. 술을 마신 다음 날도 아닌데 머리가 지끈거리는 것만 같다. 손끝으로 관자놀이를 꾹꾹 눌렀다.

"과거는 의미가 없어."

"유지환."

"너도 내게 과거지. 태이에게도 송승혁 씨는 그냥 과거
야."

"지환아."

"돌이킬 수 없는."

테이블 위에 올려놓은 미주의 주먹이 새하얗게 질려 떨
리고 있다. 지환은 왠지 모르게 웃음이 나올 것 같았다. 그
런 지환의 반응이 이해가 되지 않는다는 얼굴로 미주는 인
상을 구겼다.

"태이가 이혼녀였건, 아니었건 나는 상관하지 않았을 거
야."

"뭐?"

"나는 한태이라는 여자가 좋은 거거든. 솔직히 나는 지
금 좀 화가 나려고 해. 알지도 못하는 인간들이 왜 그런 소
리를 떠들고 다니는지. 그렇게 해서 이득 볼 게 있나? 아니
면 재밌어? 최소한 남의 상처 후벼 파며 좋아하는 사람은
아니었잖아."

그 말에 미주가 시선을 피했다. 정성스레 마스카라를 바
른 속눈썹이 파르르 떨리는 게 보일 정도였다.

"그런 말 함부로 지껄였다는 의사에게 전달해주면 좋겠
는데. 책임질 수 있으면 마음껏 떠들라고. 그리고 미주 너
도 앞으로 입조심하는 게 좋을 거야. 다신 마주치지 않았
으면 한다."

"지환아, 너 이혼했잖아. 아직도 그딴 여자가 신경 쓰여?"

지환이 낮게 웃었다.

"우리 뒤늦은 연애 중이야."

● ●● ● ● ●

되었다고 해는데도 굳이 광영은 사과의 의미라며 태이의 집으로 딸기를 한가득 보내왔다. 어떻게 해야 하나 망설이다 정아의 집으로 온 참이다. 혜령과 정아는 이렇게 크고 맛있는 딸기는 처음이라며 무척이나 맛있게 먹었다.

"우리 태이 연애하더니 얼굴이 쫙 폈다."

"내가 저럴 줄 알았어. 한태이가 유지환하고 영광갔다고 할 때 알아봤다니까."

혜령이 기가 막힌지 딸기를 입에 가득 넣고 씹으며 말했다. 그런 혜령에게 차마 할 말이 없어 태이는 웃고 말았다.

"그래서 영광 가서 거사는 치렀어?"

정아의 말에 혜령의 눈이 커졌다.

"그게 무슨 말이야?"

역시 눈치가 빠른 백혜령답다. 정아가 미안하단 얼굴로 태이를 보며 두 손을 모아 비는 시늉을 했다. 웃으며 고개를 끄덕이자 정아가 속 시원한 얼굴로 말했다.

"세상에, 둘이 섹스도 안 했대."

널 사랑하다가

"뭐어?"

어이가 없다며 혜령은 태이의 허벅지를 찰싹찰싹 소리가 나게 연속으로 때렸다. 그 손이 어찌나 매운지 태이는 허벅지를 몇 번이나 문질러야 했다.

"미쳤어. 그래놓고 1년을 넘게 살았니? 뭐야, 그렇게 안 봤는데 지환 선배 문제 있는 거 아니야?"

"에이, 설마."

"설마는 무슨. 정아 너도 태림 선배가 막 덤벼들어서 곤란했다고 막……. 아니고, 내가 시누이 앞에서 못 하는 말이 없네."

어차피 다 알고 있는 사실이다. 태이가 못 말리겠다는 듯 고개를 젓자 혜령이 가슴을 퍽퍽 내리쳤다.

"야, 요즘 성기능 장애 있는 남자들 얼마나 많은 줄 알아? 하긴, 지환 선배가 원래도 좀 돌부처 같은 느낌이기는 했어. 진짜야? 아직도 안 잤어?"

이 노골적인 대화에서 아마 빠져나갈 수 없을 것이다. 정아도 눈을 반짝이며 태이를 보고 있었다.

"우리 문제야."

"얘, 우린 첫날밤도 다 공유한 사이다?"

"애가 들어."

"들으면 어때. 기억도 못 할 건데."

태이가 한숨을 뱉었다.

"우리 이제 연애 시작하는 거야."

"요즘은 연애도 하기 전에 섹스하는 시대거든요?"

결국 혜령의 말에 웃음이 터졌다. 정아 역시 참지 못하고 웃으며 소파를 몇 번이나 쳐댔다. 혜령은 "저 갑갑한 것."이라며 혼자 답답해했다.

"참, 백화점 오는 길에 유모차 주문했어. 내일 배달해달라고 했어."

"진짜?"

혜령이 두 손을 모으며 눈을 깜빡였다.

"내가 우리 조카들 탈 유모차는 꼭 사준다고 했잖아."

"고맙게 받을게. 그리고 우리 애 한 번에 낳아서 기른 뒤에 멋있게 놀기로 했잖아. 태이 너 너무 늦다. 우리 중에 제일 빨리 낳을 수 있었는데 아깝다."

뭔가 툭 떨어지는 소리가 들려 세 사람의 고개가 동시에 돌아갔다. 그 자리에 서 있는 건 태림과 지환이다. 왠지, 지환의 얼굴이 어둡다.

식탁에서 이야기를 주로 이끌어나가는 사람은 혜령과 정아였다. 혜령의 남편인 상현도 참석했으면 좋았겠지만 세미나로 출장을 가 있는 게 아쉬웠다.

두 사람이 어떻게 같이 왔냐는 정아의 말에 태림은 여기 다들 모여 있다고 해 저녁이나 먹자며 지환을 불렀다고 했다. 지환은 들고 온 꽃다발을 정아에게 내밀고 혜령에겐 다음에 꼭 사주겠다는 말을 잊지 않았다.

태이는 손을 씻고 오겠다며 부엌을 빠져나가는 지환의 뒷모습을 물끄러미 바라보았다.

"지환 씨 오늘 엄청 피곤해 보이는데?"

혜령의 말에 태이도 동의하듯 고개를 끄덕였다. 지환은 평소 집에 와서도 피곤한 기색을 비치는 타입이 아니었다.

"말이야 원래 없다고 했잖아."

그 말에도 고개를 끄덕였다.

"하긴, 변호사니까 밖에서 말을 얼마나 많이 하겠어. 나 같아도 퇴근하고 나서 말하기 싫겠다."

"백혜령 선생님, 학교에서 하는 말 지겹대놓고 나오면 더 하시잖아요."

태이가 은근히 놀리자 혜령이 웃으며 박수를 쳤다.

"우리 혜령이 물에 빠지면 입술만 동동 뜰걸?"

정아가 합세했다. 곧 배달 음식들을 들고 온 태림이 식탁에 가득 차려놓기 시작했다.

"아가씨, 이해 좀 해주세요. 제가 요즘 거동이 불편해서 음식 하기가 힘들거든요."

물론 전혀 이해를 바라는 말투는 아니다. 배가 고팠던 건지 정아와 혜령도 태림을 도와 열심히 포장지를 뜯기 시작했다. 음료수 잔이라도 내와야겠다 싶어 자리에서 일어나 중문을 넘어 부엌 싱크대 앞으로 걸어갔다. 어느새 다가온 지환이 그녀의 뒤에 서서 위쪽에 있는 잔을 꺼내주었다.

"앉아 있어. 내가 가져갈게."

"지환 씨, 피곤해 보이는데 괜찮아?"

"아, 일이 좀 밀려서. 별거 아니야. 자고 나면 좋아지니까."

고개를 끄덕이며 태이가 옆으로 살짝 비켜섰다. 지환은 담배를 태우지도 않았고, 술을 즐겨 마시는 타입도 아니었다. 처음엔 저래서 어떻게 스트레스를 푸나 생각했지만 지환은 주로 책을 읽는 것으로 풀었다.

그런 지환이 이해가 안 됐었는데 얼마 후에 태이는 그녀 자신도 아무 말도 하지 않고 잠을 자는 것으로 스트레스를 푼다는 것을 알게 되었다. 그게 정신 건강에 좋지 않다는 것을 알게 된 건 지환의 책 중 있던 심리학 관련 서적 덕분이다. 그 뒤로 태이도 활자를 보는 것으로 스트레스를 조금은 풀게 되었다.

"이번 주말은 도서관에서 데이트할래?"

쟁반에 잔을 내려놓으며 지환이 태이를 보았다.

"어떻게 알았어?"

"뭘?"

"내가 스트레스 받으면 도서관 가는 거."

"우리 대화는 없었지만 1년 넘게 같이 살았어."

지환의 눈이 놀라움으로 물들었다. 사실 결혼생활 동안 태이는 그를 딱히 궁금해하는 것 같지는 않았다. 한 번씩 같이 밥을 먹거나 야식으로 떡볶이를 먹기도 했다. 어느 날부터인가 그가 서재에 앉아 책을 읽고 있으면 태이도 옆의 흔들의자에 앉아 책을 읽어나갔다. 지환은 그 시간이 참 편안하다고 생각하게 되었다. 아마 그 시간이 조금 더 오래갔으면 했던 듯도 싶다.

"고마워."

"뭐가?"

"당신이 내게 관심을 줬을 거라고 생각하지 못했어."

태이는 왠지 지환의 그 말이 무척이나 아프게 가슴을 찌르는 것 같아 저도 모르게 입술에 힘을 주며 눈썹을 찌푸렸다. 지환이 고개를 숙여 그녀의 눈썹 부근에 가볍게 입을 맞추었다.

"두 사람 뭐 그렇게 오래 걸려. 빨리 나와. 음식 식어."

태림의 목소리에 두 사람은 서둘렀다. 부엌과 식당이 분리되어 있는 터라 두 사람이 하는 이야기는 들리지 않았을 것이다. 그리고 지환의 그 다정한 모습도.

태이는 그런 지환의 다정한 모습을 보는 유일한 사람이 자신이라는 것이 무척이나 좋았다. 그러다 문득 다른 생각이 차오른다. 미주도 이런 지환의 모습을 알고 있다고 생각하면 속이 뒤틀리는 것만 같다.

이게 질투라는 것을 알고 스스로를 비웃었다. 과거는 그저 흘러가버린 것이다. 어찌할 수 없는. 현재가 중요한 것이라 생각해도 역시 사람의 마음은 무척이나 간사해서 뛰는 가슴을 감추기 위해 무던히 애를 써야 했다. 앞서간 과거의 사랑에 질투를 하는 것만큼 추한 것은 없다.

식탁으로 돌아와 앉아 잔을 돌렸다. 혜령과 정아는 사과 주스를 따랐고 지환과 태림의 잔엔 맥주가 채워졌다. 태이 도 잔을 앞으로 내밀었지만 태림이 웃으며 맥주병을 뒤로 뺐다.

"왜?"

"넌 좀 조심해야 하는 거 아니야?"

"무슨 소리야?"

어리둥절한 사이 지환이 태림의 손에서 병을 가져와 태 이의 잔에 채워주었다. 그 모습을 보고 태림이 괜히 쯧, 소 리를 내며 맥주를 한 모금 마셨다. 이제야 태림의 반응을 이해한 태이가 웃으며 고개를 저었다.

"또 혼자 앞서 나갔다."

"난 두 사람 사이도 좋고, 또 연애도 한다고 하기에."

태이는 딱히 아이에 대해 생각을 해보지 않았다. 결혼을 하면 부모가 되는 건 통과의례라고 생각했지 계획 같은 것 을 해야 하는 줄도 몰랐다. 그녀가 결혼을 하고 3개월 뒤부 턴가 은근히 윤 여사가 물어오기도 했지만 그땐 그냥 웃으 며 넘겼다. 지환과 잠자리를 한 적도 없는데 임신을 할 수 는 없는 노릇 아니던가.

"결혼도 제일 일렀던 터라 그런 거다."

"다들 허니문 베이비라고 광고를 하시죠?"

그 말에 혜령과 정아가 얼굴을 붉히며 웃었다. 요즘 부부 들이 임신이 잘 안 된다는 말들이 많아 두 사람이 결혼 얼마 후에 소식을 알려왔을 땐 정말 놀라기도 했었다. 생각해보니 윤 여사는 정아가 임신을 하고 나서 더욱 태이를 닦달했던 것도 같다.

포장해 온 것이지만 베트남 음식들은 꼭 식당에 가서 먹는 것과 흡사한 맛을 자랑했다. 먹고 마시며 떠들다 태이는 지환의 접시에 놓아주었던 음식들이 거의 그대로인 것을 보았다.

"지환 씨, 입맛 없어?"

지환이 살짝 고개를 숙여 태이의 귓가에 속삭였다.

"사실 사무실 나서기 전에 간식을 먹었거든."

고개를 끄덕였다. 지환은 과식을 그다지 좋아하지 않는 타입이다. 늘 딱 적정 수준의 식사량을 지켰고, 간식도 다음 식사에 크게 부담가지 않는 선에서 해결을 하거나 아예 먹지 않았다.

"정아 넌 좋겠다. 막달인데 어쩜 그렇게 날씬해? 난 벌써 체중 조절하라고 의사가 난리야."

"아냐, 나도 8킬로나 늘었어."

"난 벌써 이런데. 출산일까지 어쩌니."

확실히 혜령은 임신을 한 뒤로 몸의 곡선이나 얼굴이 둥그스름하게 변했다. 그에 비하면 정아는 오히려 임신을 하기 전보다 말라 보일 정도였다. 막 맥주잔을 입으로 가져가던 태이의 행동이 멈췄다.

윤 여사는 결혼하기 전부터 몸에 좋은 것을 먹어야 한다며 태이를 닦달했다. 정아 역시 결혼이 확정되자마자 윤여사가 직접 데리고 가 몸에 좋다는 약을 먹였다. 그렇다는 건 지환 역시 피해가지 못한 건 아닐까?

지환은 스프링롤에 땅콩버터를 살짝 찍어 태이의 앞접시에 놓아주었다. 하지만 태이가 먹지 않고 멍하니 그를 바라보자 살짝 몸을 틀어 태이를 보았다.

"왜? 맥주가 입에 안 맞아?"

"지환 씨, 잠깐만."

태이가 자리에서 일어서자 모두의 시선이 돌아왔다.

"먹고 있어. 잠깐 지환 씨랑 이야기 좀 할게."

"이혼한 부부 거 되게 다정한 척한다."

역시 태림은 그녀와 지환이 이혼을 했었다는 게 확실히 마음에 들지 않는가 보다. 꼭 한 번씩 저렇게 삐딱하게 나올 때가 있었다.

"죄송합니다, 형님."

사과할 일이 아닌데도 지환은 자리에서 일어서며 태림을 향해 살짝 고개를 숙였다. 그리고 태이의 뒤를 따라 나왔다.

태이는 베란다로 걸어 나와 창문을 살짝 열었다. 차가운 공기가 폐부 깊숙이 들어왔다. 지환은 베란다로 나와서 거실 창을 닫았다. 그리고 재킷을 벗어 태이의 어깨에 걸쳐주었다.

"추워."

널 사랑하다가

집이 따뜻해 얇은 캐시미어 반팔 니트만 입고 있었다. 베란다라고 해도 바닥에 열선이 들어와 그렇게 춥진 않았다. 하지만 지환은 잔뜩 걱정스러운 얼굴로 그녀의 얼굴을 한 번 쓸고 나서 태이가 열어놓은 창문을 반쯤 닫았다.

"음식이 입맛에 안 맞아?"

"아니. 혹시 우리 엄마가 지환 씨 귀찮게 했나 싶어서."

"장모님?"

"결혼 전부터 뭐 마셔야 한다, 먹을 거 따로 챙겨야 한다면서 귀찮게 하지 않았어?"

"아……."

확실하다. 윤 여사는 분명 지환도 그 한의원으로 끌고 간 게 틀림없었다.

"말을 좀 하지."

"그러게, 그때 말 좀 할걸."

"과거…… 후회해?"

"요즘 들어 조금은?"

지환이 쓸쓸하게 웃었다. 태이는 자신 역시 과거를 곱씹고 후회하는 타입이 아니라고 여겼었다. 하지만 지금은 아니다. 아주 많은 후회를 하고 있다.

"다 말해줘."

"뭘?"

"지환 씨 밖에서 힘든 일이 있어도 내색하지 않잖아. 그러니까 이제 나 보면 다 말해줘. 재미없는 이야기라도 다

듣고 싶어.”

태이는 왠지 모르게 떼쟁이가 된 느낌이었다. 사실 그저 질투에 몸부림치는 것이면서.

오늘 지환이 미주를 만나고 왔다는 사실은 알고 있다. 지환이 말을 했기 때문이었다. 바로 묻지 않은 건 지환에 대한 배려였다. 사실 그런 배려 같은 건 하고 싶지 않았지만.

“내가 좀 닦달하기 전에 말해줄래?”

그 말에 지환이 낮은 웃음소리를 뱉었다. 하지만 곧 인상을 구기며 손바닥으로 배 부근을 꾹 눌렀다.

“지환 씨, 어디 아파?”

“아니, 괜찮아. 태이야, 나는 너에게…….”

갑자기 지환의 상체가 그녀에게로 확 기울었다.

“지환 씨!”

하지만 태이가 받치기도 전에 지환은 바닥으로 쓰러졌다.

이별 후 오는 것들

창밖으론 눈이 흩날리고 있다. 창에서 들어오는 달빛에 의지해 태이는 잠든 지환의 얼굴을 물끄러미 바라보았다. 어떻게 기절하기 직전까지 아픈 걸 참았던 걸까. 저도 모르게 한숨이 짙게 흘러나왔다.

복막염 직전의 충수염이라며 의사는 다행이라고 했다. 그리고 자신이 지환의 친구라고도 말했다. 어떻게 이렇게 아플 때까지 참았냐며 역시 유지환답다며 웃었다.

마취가 풀려 입원실로 이동할 때 지환은 가물가물한 눈을 겨우 떠 그녀를 보고 웃으며 미안하다고 했다. 의사는 사실 지금도 제정신은 아닐 거라며 그런 지환의 반응에 웃었다.

태이는 손을 뻗어 이마를 살짝 가리고 있는 지환의 머리카락을 쓸어올려주었다. 지환은 그냥 지나가는 복통 정도라고 생각했을 것이 틀림없다. 아플 때마다 진통제를 먹고 참진 않았을까 걱정이 되었다.

단정한 이마와 짙은 눈썹을 손가락으로 쓸었다. 가방에

서 물티슈를 꺼내 조심스레 이마를 닦아주는데 손목이 잡혔다. 몸이 제대로 움직이지 않는지 지환이 눈살을 찌푸리며 눈을 떴다.

"한태이."

"지환 씨, 정신 좀 들어?"

목소리가 잔뜩 갈라져 나오자 지환은 몇 번이나 헛기침을 했다. 그러다 배가 당기는지 이마를 구기며 손바닥으로 배 부근을 눌렀다.

"너무너무 아팠을 텐데 어떻게 참았어. 지금은 어때? 아프진 않아?"

지환이 고개를 저었다.

"못 참겠으면 꼭 말해. 진통제 들어가고 있긴 하지만 아프면 한 번씩 더 누르래. 그것도 못 참겠으면 주사 놔준대."

고개를 끄덕인 지환이 입가에 살짝 미소를 띠고 다시 천천히 눈을 감았다. 태이는 잡힌 손을 보며 조심스레 쓰다듬어주었다. 거친 지환의 손은 늘 따뜻했다. 하지만 지금은 차가워서 꼭 이렇게 잡아주어야 할 것 같았다.

아무것도 하지 않고 누군가의 얼굴을 보고 있기만 해도 이렇게 시간이 빠르게 흐를 거라고 생각하지 못했다. 막 흩날리던 눈은 어느새 창틀에 하얗게 쌓이고 있었다. 조심스레 지환의 손을 놓고 창문으로 걸어갔다. 눈은 거리를 모두 메웠다. 밤의 거리는 새하얀 눈에 점령당해 빛나고 있다.

입원실은 따뜻하지만 왠지 찬바람이 들어오는 것 같았다. 침대 옆의 간접조명을 켜고 블라인드를 내렸다. 그때 조용히 노크 소리가 났다. 지환이 잠에서 깰 것 같아 태이는 문가로 가 손잡이를 잡아당겼다.

"아빠?"

당연히 간호사라고 생각했기 때문에 놀란 태이의 눈이 커졌다.

한 이사장이 태이에게 과일 바구니를 내밀었다. 왠지 이것도 한 이사장다워 태이는 웃으며 바구니를 받아들어 옆에 내려놓고 입원실에서 나왔다.

"방금 잠들었어요."

"그래."

"커피 한잔하실래요?"

한 이사장이 고개를 끄덕였다. 두 사람은 휴게실로 가서 자판기 커피를 뽑아 테이블 앞에 앉았다. 평범한 부녀 사이였다. 그렇게 대화가 많지도 않고, 사이가 멀지도 않지만 가깝지도 않은. 문득 태이는 한 이사장과 이렇게 단둘이 있어본 적이 없다는 것을 깨달았다. 한 이사장은 벌써 커피를 반 이상 마셨다.

"안 물어보세요?"

한 이사장의 시선이 그대로 딸을 향했다.

"어떻게 알고 오셨어요?"

"여기 원장이 내 친구잖니. 응급실에서 너와 태림이 봤다더라."

"놀라셨겠네요."

"당연히 놀랐지."

한 이사장이 남은 커피를 모두 비워냈다. 태이는 자리에서 일어나 자판기에서 옥수수차를 뽑아 한 이사장 앞에 놓아주었다.

"태림이에게 전화했더니 이제 막 유 서방 수술 마치고 입원실 올라갔다 해서 오던 참이다."

"급성충수염이었대요."

"그 정도로 그쳐서 다행이다."

"기절할 때까지 아픈 걸 참았나 봐요."

"난 사실 후회했었다."

한 이사장의 말에 종이컵을 쥐고 있던 태이의 손가락에 힘이 들어갔다. 미지근한 커피잔을 그대로 두고 손을 테이블 아래로 내렸다.

"나는 태이 네가 참 힘들 거라고 생각했어. 그래서 멋대로 유 서방과의 결혼을 밀어붙인 건데 또 네가 하겠다고 해서 놀랐다."

"밀어붙여놓고 놀라셨어요?"

"만나보란 말은 했지만 사실 결혼을 할 거라고 생각하진 못했지. 혹시 네가 그냥 모든 걸 놓은 줄 알고 걱정도 했다."

"그땐 그랬어요."

가감 없는 대답에 한 이사장이 놀란 얼굴을 했다. 하지만 예상을 했었는지 이내 씁쓸하게 웃으며 고개를 끄덕였다.

"사실 저는 주체적으로 인생을 살아본 적이 없는 것 같아요. 미술도 엄마의 꿈이라 했던 거고. 조각을 선택했던 게 아마 유일한 제 선택이었나 봐요. 승혁 오빠도 그냥 그때 마침 옆에 있어서 만났던 거고. 지환 씨를 만나지 않았더라면 전 계속 그렇게 살았을 거예요."

어딘지 불편한 것처럼 한 이사장은 인상을 찌푸렸다. 확실히 태이는 윤 여사의 인형처럼 살아온 것과 다름없었다.

"아빠."

"그래."

한 이사장의 목소리가 잔뜩 낮아졌다.

"많은 사람이 있었을 텐데 왜 지환 씨였어요?"

잠깐 안경 안쪽에서 한 이사장의 눈이 커졌다. 그리고 옥수수차를 반 이상이나 비워내었다.

"자신을 소개하는 말이 참 간결하더라."

그때가 떠오르는지 한 이사장은 입가에 부드러운 미소를 짓고 있었다.

"멀쑥한 모습을 한 남자가 들어오는데 뭐 무명 배우나 되는 줄 알았지. 유 서방이 꾸미지 않아서 그렇지 화려하게 잘생긴 얼굴 아니냐."

그 말엔 태이도 동의하는 바라 고개를 끄덕였다. 태이 역시 처음 지환을 보았을 때 그 비슷한 생각을 했으니 말이다.

"으레 만나본 사람들은 무슨 출신이라든가, 어떤 재판으로 꽤 유명하다든가 하며 자신을 피력하는데 유 서방은 그냥 인사만 하고 명함을 건네주더라. 그리고 내 명함을 받으면 보통 사람들은 거의 두 가지 반응을 보이거든. 이야기 들어봤다면서 살갑게 굴거나, 어쩔 줄 몰라 하거나 말이다."

다시 생각을 해도 웃음이 나는지 한 이사장이 웃으며 고개를 저었다.

"유 서방은 꼭 그 명함 속의 내 이름과 얼굴을 매치시키려고 하는 것처럼 보더구나. 바로 지갑에 넣지 않고 가슴 주머니에 명함을 조심히 넣는 모습을 보고 괜찮다고 생각했던 것 같다."

지환의 그런 행동이 꼭 눈앞에 보이는 것 같다. 그는 무슨 물건이 되었든 일단 받으면 유심히 살폈다.

"검사 출신인 것도 나중에야 알았지."

사람은 누구나 약간의 과시욕 같은 게 있다. 하지만 지환은 그런 것을 한 번도 내세우거나 하지 않았다.

태이는 자신이 참 무심하다는 생각도 했다. 지환을 처음 만났을 때 그가 내미는 명함을 받아서 보지도 않고 가방으로 구겨 넣었던 제가 떠올랐다. 그의 직업을 궁금해하지도 않았으며 기억도 하지 않았다.

미술을 전공해서 명함 같은 건 없다고 하는 자신의 말에 지환은 그저 고개를 끄덕였다. 그리고 웃으며 아는 미술가는 마네, 모네, 드가와 고흐뿐이라고도 했다. 그 말을 듣고 지환이 수업시간에 그저 열심히 공부만 하는 학생이었을 거라고 생각했다. 보통 미술 선생님들은 '마네, 모네, 드가'를 외치는 경향이 강했기 때문이다.

"공부를 했다는 사람인데 손이 참 거칠어서, 그것도 이상했지. 어부였던 아버지가 참 좋았다고 말하는데, 그저 그 한마디였는데 왠지 눈물이 날 것 같아서 혼났다."

한 이사장의 눈가에 눈물이 맺히는 것 같기도 했다. 지환은 아버지와 유대감이 강했을 것이다. 지환은 자신의 아버지에 대해 많은 것을 말하지 않았다. 하지만 목소리에는 아버지에 대한 믿음과 존경심이 녹아 있었다.

"유 서방 아버지는, 흠흠."

목이 메는 것인지 한 이사장은 기침을 하며 차를 한 모금 삼켰다.

"알아요, 뱃일 하다가 돌아가신 거."

꽤 놀란 모양이었다. 한 이사장은 마저 차를 마시려던 행동을 멈추고 태이를 빤히 바라보았다.

"아빠, 그렇게 이혼했어도 우리 1년 넘게 같이 살았어요."

"흠흠, 그래."

"물론 그 사실은 이별 후에 알았지만."

그 말에 한 이사장은 왠지 혼란스러운 표정을 지었다.

"전 사실 이혼을 하면서, 이혼을 하고서도 지환 씨에 대해 크게 생각해보지 못했어요. 그런데 어느 한 가지를 겪게 되면서 생각이 나는 거예요. 지환 씨가 날 참 많이 배려해주고, 기다려주고. 사실 나 이상한 소문도 되게 많이 돌잖아요."

"이상한 소문?"

한 이사장은 전혀 영문을 모른다는 얼굴을 하고 있었다. 하긴, 원래 당사자의 소문은 제일 늦게 듣게 되는 법이다. 태이야 옆에 있는 정아나 혜령 덕분에 그 소문을 빨리 접했다. 다만 그 질 낮은 가십거리들이 상대할 가치도 없는 것들이라 무시했을 뿐이었다.

"정말 모르셨어요?"

"말해봐라."

한 이사장의 목소리가 잔뜩 낮아졌다.

"제가 승혁 오빠와 동거를 하고 아이를 가졌는데 미래에 지장이 있을까 봐 오빠가 죽자마자 낙태를 했다."

"뭐?"

"지환 씨도 이야기 들었을 거예요. 제가 유산했다는 거."

충격을 받은 듯 굳어 있는 한 이사장을 보며 태이는 씁쓸히 웃으면서 눈꺼풀을 내렸다.

널 사랑하다가

수술 후 이틀이 지났지만 지환의 목소리는 완전히 돌아오지 않았다. 하지만 그 살짝 허스키한 음성도 태이는 좋다고 했다.

지환은 목소리를 찾으려는 듯 몇 번인가 혼자 신문을 보고 소리 내어 읽어보기도 하고, 재판에 필요한 자료들을 읽기도 했다.

가벼운 유동식으로 식사를 하고 다음 주에 있을 재판에 대한 자료들을 한창 읽던 중이었다. 노크에 대답을 하고 서류를 내려놓는데 도현이 들어왔다.

"수술 부위는 좀 어때?"

"좋아."

"윤성 선배한테 전화 왔더라. 우리 변호사님 빨리 낫게 좀 해달라고."

전문의가 된 뒤로 제법 한가해졌다며 도현은 조만간 술자리를 마련하자고 했다. 하지만 계속 서로 시간이 맞지 않아 어그러졌는데 지환이 충수염으로 실려 오면서 만나게 되었다.

"너 실려 오는데 와이프 얼굴이 하얗게 질려서 금방이라도 쓰러질 줄 알았다."

"아……."

지환이 저도 모르게 낮은 숨을 뱉었다. 며칠 전부터 배가 아프다고는 생각했다. 하지만 그렇게 심한 것 같지도 않아서 진통제를 몇 번 먹었다. 그럼 또 통증이 잦아들기에 그저 스트레스로 인한 복통 정도라고 생각했다.

"아프면 엄살 좀 피우고 그래. 어떻게 기절할 때까지 인간이 참아."

"그러게."

"결혼하면 엄살 심해진다고 하던데 유지환 보니 꼭 그런 것도 아니네."

도현이 냉장고에서 주스를 꺼내 마시며 의자에 앉았다. 지환은 씁쓸하게 웃었다.

누군가에게 엄살을 부린다는 것은 평생 해보지 못한 일이다. 할머니는 돌아가시기 전 고모 앞에서 어린것이 마음대로 울지도 못하고 어른이 된 게 너무 짠하다며 우셨다고 했다. 그럴 줄 알았으면 남들처럼 사춘기도 겪어볼 걸 그랬다며 지환은 할머니의 영정 앞에서 눈물을 흘렸다.

어머니는 그를 낳자마자 사라졌고, 자연히 할머니 손에서 크게 되었다. 아버지가 돌아가실 때까지도 늘 현실에 버거워하시는 모습만 보아 지환 자신은 누군가에게 투정을 부리거나 기댈 생각도 하지 못했다.

"암튼 너 실려온 날 응급실 난리 났다. 연예인 온 줄 알았다고."

"나?"

"아니, 제수씨. 짜식, 그렇게 안 봤는데 너 은근 왕자병 있다?"

널 사랑하다가

기가 막힌다는 얼굴을 하며 도현이 남은 주스를 모두 입에 털어 넣었다. 그런 도현의 반응에 저도 모르게 웃다 배가 당기는 느낌에 인상을 찌푸렸다.

"결혼식 날 봤을 때도 그랬지만 나도 모델 정도인 줄 알았지. 대단한 집안 딸인 것도 몰랐네."

어떤 사람들은 지환에게 남자 신데렐라라고도 했고, 기회주의자라고 말하기도 했다.

"버겁진 않고?"

"좋은 분들이야."

"뭐, 들리는 소문에 의하면 그쪽 집안사람들 괜찮다고는 하더라. 나도 유지환이 집안 보고 골라 갔다고는 생각하지 않았고. 어제 가까이에서 제수씨 얼굴 처음 봤잖냐. 이 자식도 얼굴 밝히네 생각했지."

지환이 도현을 좋아하는 이유는 저런 것들이었다. 유쾌하고, 남들의 시선에 신경 쓰질 않는다. 고등학교 때 만난 도현은 지환이 고아라며 때 아닌 따돌림을 당하자 유치하다며 동기들에게 다짜고짜 주먹을 날려 싸운 적도 있었다. 그리고 보면 자신이 참 인복이 많다고 지환은 생각했다.

"참, 아직이야?"

"뭐가?"

"애. 슬슬 가질 때도 된 거 같던데. 와이프 불임센터 다니지 않았어? 요즘 뭐 둘 다 건강해도 자연임신 안 되는 경우 많으니까 너무 걱정 마."

"불임센터?"

지환의 미간이 접혔다. 두 사람은 관계를 가진 적이 없다. 그러니 임신에 대해선 단 한 번도 생각을 해보지 않았다.

"언제부터 다녔는데?"

"아니, 너희 결혼하고 몇 개월 뒤? 나도 지나가다 몇 번 만났거든. 너한테 말 안 하든?"

고개를 끄덕였다.

"태이에게 내가 알고 있단 소리 하지 마."

"아, 너 몰래 다녔었나? 내가 괜한 말을 했네."

"아니야. 내가 걱정할까 봐 말 안 했을 거야."

"아무튼 애 안 생긴다고 너무 걱정 말고. 하여간 이놈의 호출은. 퇴원하고 시원하게 술 마시자. 내가 아주 풀로 쏘마."

"그래, 수고해라."

자리에서 일어난 도현이 쓰레기통에 음료수병을 넣고 병실을 나섰다.

불임센터라…….

지환이 한숨을 뱉으며 자리에서 일어났다. 배가 욱신거리기는 하나 돌아다니지 못할 정도는 아니었다. 담당 의사도 하루에 삼십 분 정도는 걸어다니라고 했었다. 링거를 이동대에 걸고 입원실 문을 열었을 때 바로 앞에 서 있는 태이를 보고 지환은 잠시 주춤했다.

널 사랑하다가

"지환 씨, 이렇게 걸어다녀도 돼?"

"좀 걷는 게 좋겠다고 해서. 벌써 와?"

"오늘 과외 취소됐어. 죽 좀 사왔는데 걷고 나서 먹을 래?"

지환이 고개를 끄덕이자 태이는 들고 있던 종이가방을 병실 바닥에 내려놓고 이동대를 잡았다.

"지환 씨가 끄는 게 나으려나?"

"당신이 손 잡아줘."

고개를 끄덕인 태이가 왼손을 내밀었다. 지환은 팔을 뻗어 태이의 손을 살짝 힘주어 잡고 천천히 걷기 시작했다. 태이는 이동대를 천천히 밀면서 지환의 발걸음을 유심히 살폈다. 그는 남들보다 살짝 다리를 벌리고 걷는다.

"왜 웃어?"

저도 모르게 웃은 모양인지 지환이 궁금한 듯 물었다. 태이가 고개를 저으며 웃었다.

"아니, 지환 씨는 남들보다 다리를 더 벌리고 걸어서. 팔 자걸음도 아니고, 조금 독특해."

"내가?"

전혀 의식하지 못했던 부분이다. 지환이 걸음을 멈추고 자신의 다리를 내려다보았다.

"잘 모르겠는데."

"아냐, 그렇게 이상하지 않으니까 괜찮아."

그렇게 말해놓고도 웃고 있는 태이를 보며 지환이 왼손

을 들어올려 머리카락을 넘겨주었다. 가늘고 결이 고운 태이의 머리카락을 만지고 있으면 마음이 간질거린다. 커다란 눈이 반쯤 감기며 반달이 되는 것도 좋다. 이 모습이 무척이나 사랑스러워서 계속 눈에 담고 싶었다.

"웃는 게 좋아."

"나?"

"웃는 게 참 예쁘다고 생각했어. 눈이 반달이 되거든."

그 말에 태이가 손을 들어올려 눈가를 쓸어내렸다.

"내가 그래?"

"눈웃음이 참 예쁜 사람이구나 생각했는데. 생각해보니 날 보면서 그렇게 웃었던 적은 없더라."

"아⋯⋯."

결혼생활 중엔 지환과 마주 보며 웃을 일이 거의 없었다. 서로 말도 거의 하지 않았으니까.

"몽글이 보고는 많이 웃어줘서 좋았어."

처음 지환에게서 몽글이를 받았을 땐 황당해서 말이 제대로 나오지 않았다. 아니, 지금 생각하니 화를 냈다. 무작정 이런 생명을 데려오면 어떡하냐고. 그때 지환은 이 작은 애가 작은 유리관 안에서 밥통을 담는 사료 그릇만 보고 있는 게 너무나 안타까웠다고 말했다. 태이도 그때야 그런 애견 숍에서는 아이들이 더 이상 자라지 못하게 사료를 아주 조금 준다는 것을 알게 되었다. 지환은 다시 아이를 데려다줘도 된다고 했지만 차마 그럴 수 없어 태이는 몽글이를 받아들였다.

그렇게 한 생명을 키워보는 것도 처음이었고, 너무 작아 안을 때도 조심스러웠다. 혹시나 조금 힘을 주어 안으면 뼈가 부러지진 않을지 걱정스러웠다. 하지만 키우다 보니 요령이 생기고, 더더욱 사랑스러워졌다.

"지환 씨가 처음에 몽글이 데려왔을 때 내가 화냈잖아."

"그럴 만했지. 내가 너무 생각이 없었어."

"무서웠던 것 같아."

"무서워?"

다시 천천히 복도를 걷기 시작했다. 지환은 태이의 보폭에 맞추어 발걸음을 옮겼다.

"생명이 있는 걸 키우겠다 결심하는 게 얼마나 무서운 데. 거기다 하루 이틀 살 것도 아니고 최소 10년 이상은 같이 살아야 하고. 지환 씨, 그날 기억나? 진짜 나한테 몽글이만 떡 안겼어. 필요한 게 얼마나 많았는데."

지환이 고개를 끄덕였다. 정말 앞뒤 생각 없이 몽글이만 안고 데려왔다. 사료나 배변 기저귀가 필요하다는 것도 몰랐다. 태이의 화가 일단락된 건 몽글이가 지환의 품에 안긴 채 그의 옷에 그대로 소변을 보았을 때였다.

"몽글이 보고 싶다."

"병원이라 못 데리고 왔어. 퇴원하면 지환 씨 오피스텔로 바로 데려갈게."

"태이야."

"응?"

"난 우리가 다시 결혼하기만 한다면 아이가 없어도 괜찮아."

태이의 눈이 커졌다.

"나는 한태이와 둘이서만 살아도 평생 행복할 수 있어."

어쩐지 꼭 다짐처럼 느껴졌다. 물론 그 말에 충분히 진심이 담겨 있다는 것도 알 수 있었다. 태이는 고개를 한쪽으로 기울이고 지환을 뚫어져라 바라보았다. 잠깐 지환의 광대뼈 부근이 살짝 붉어지는 것 같더니 슬쩍 고개를 돌렸다. 분명 지환은 지금 시선을 마주치는 것을 쑥스러워하고 있다.

그것을 깨닫자 태이의 눈이 당장이라도 튀어나올 듯 커졌다. 사람을 상대하는 일을 하면서 아마 지환은 한 번도 먼저 시선을 피하지 않았을 것이다. 그런 지환이 자신의 시선을 자꾸만 먼저 피하니 어쩐지 재밌기도 하고, 신기하기도 했다.

"어쩌지, 나는 지환 씨와 둘이 살기 싫은데."

그 말에 지환의 시선이 다시 돌아왔다. 말투에 장난기가 가득함이 분명한데도 지환은 놀란 얼굴을 하고 있었다.

"나는 아빠가 된 유지환도 보고 싶어."

"아……."

"한번 생각해봤는데 그걸 보는 게 참 행복할 것 같아."

"나는 사실…… 자신이 없어."

널 사랑하다가

지환은 고개를 떨궜다. 태이와의 결혼을 진행하면서도 딱히 아이를 가진다는 생각은 해보지 않았다.

으레 결혼을 하면 다들 아이를 가진다. 계획적으로 가지지 않는 사람들도 있겠지만 대부분이 가족계획에 대해서 생각은 할 것이다. 하지만 우습게도 지환은 단 한 번도 아이를 가져야겠다는 생각을 해보지 못했다.

어머니라는 존재가 없다고 자라면서 사랑을 받지 못한 건 아니다. 아버지나 할머니, 고모 내외가 충분히 사랑과 관심을 주었다. 사촌동생들과도 가깝게 지냈고, 자라는 동안 크게 결핍 같은 것은 느끼지 못했다. 그럼에도 불구하고 가족을 이룬다는 생각을 해보지는 못했다. 결혼을 결정하게 된 주된 이유는 아마, 그때쯤 많이 지쳤었기 때문일 것이다.

그땐 한창 삶의 회의를 느끼던 때였다. 누군가는 재판에서 패하면 그런 기분이 든다고 말하며 그의 어깨를 두드리기도 했다. 하지만 그런 이유 때문은 아니었다. 주위에 아무도 없다는 것을 느낀 순간 형언할 수 없는 외로움이 찾아들었다. 태어나 그런 감정은 처음이었던 것 같다.

아버지가 돌아가셨을 때도, 할머니가 돌아가셨을 때도, 혹은 사춘기 때도 느껴보지 못했던 것들이라 뭐라 설명을 할 수도 없었다. 그래서 계속 선 자리를 거절하다 한 이사장에게 긍정의 뜻을 비쳤을 때 주변 사람들도 다 놀랐었다. 물론 지환은 그 자리에 한 이사장의 딸이 나올 거라고는 정말 상상도 하지 못했었다. 아마 다른 사람들도 마찬가지였을 것이다. 사무실 사람들은 평소에도 으레 그에게 들어왔던, 돈은 많으나 명예가 부족한 집안의 선 자리가 아닐까 하는 추측들을 했었다.

지환이 결혼을 결정한 건 태이가 그런 대단한 집안의 딸이라서가 아니었다. 목소리에 먼저 귀가 트였고, 분위기에 끌렸다. 꼭 태이를 볼 땐 밝은 태양을 보는 느낌이라 지환은 그녀와 함께 있으면 스산한 마음이 사라질 것이라 믿었다.

"나도 자신 없어."

너무나 해맑게 말하는 태이 때문에 지환은 말문이 막혔다. 어쩐지 미소를 머금고 있는 태이의 얼굴이 무척이나 말갛다. 참 순수하고, 어린아이의 모습도 섞여 있는 듯했다. 문득 지환은 태이의 어린 시절이 보고 싶다고 생각했다.

"어쩌면 임신이 힘들지도 모르고."

가슴이 철렁 내려앉았다. 지환은 저도 모르게 몸에 힘을 주다 수술 부위가 아려 낮은 신음을 뱉었다. 하지만 태이는 그 소리를 듣지 못한 모양이었다. 조금 전의 말간 느낌이 사라지고 어쩐지 표정이 어두워 보였다.

"어릴 때부터 생리통이 심하고 날짜도 제멋대로였거든. 크게 신경을 안 썼었는데, 건강검진 받다가 알게 됐어. 다낭성 난소 증후군이라고 하는데 내막도 좀 두껍고 자연임신이 힘들 것 같다는 진단을 받았어. 치료 받으러 다니긴 했는데 이상하게 지환 씨에게 입이 안 떨어지더라. 우리가 결혼은 했어도 관계가 없었잖아. 그래서 말하기 좀 그랬는지도 몰라."

지환은 낮게 숨을 뱉으며 천천히 고개를 끄덕였다. 왜 도현이 태이를 불임센터에서 보았다고 했는지 이해가 되었다. 말도 하지 못하고 태이는 대체 어떤 마음이었을까? 한 이사장과 윤 여사가 지환에겐 차마 말을 하지 못하고 태이를 압박했을지도 모르겠다는 생각이 들었다.

"장인 장모님께서 종용하셨어?"

"아빠는 그냥 워낙 그런 말씀 없으신데 엄마가 그랬지. 지환 씨도 검사받으라고 하는 거 말리느라 혼났네."

한쪽 눈을 찡그리며 웃는 태이의 모습을 보고 지환이 눈을 끔뻑였다. 왠지 앞이 흐리게 보이는 것 같기도 하고, 태이의 형상이 일그러지는 것 같기도 했다.

"지환 씨, 울어?"

그 말에 지환이 손을 들어올려 손등으로 눈가를 비벼냈다. 거짓말처럼 눈물이 차올랐던 모양이다.

어쩌면 지난 결혼생활에 있어 방관자는 저가 아니었을까 싶었다. 얼굴에 차가운 감촉이 느껴졌다. 태이의 손은 따뜻하지 않다. 하지만 눈물을 닦아주는 손이 좋아서 지환은 그 손바닥에 얼굴을 묻었다.

"미안해."

손바닥에 얼굴을 묻고 있어 발음이 뭉개졌다. 어쩐지 태이의 손이 굳은 것 같기도 해 지환은 그 손을 소중히 잡고 고개를 들어올렸다.

　"우리 이혼의 원인 제공자는 나였어."

　"지환 씨."

　"그게 너무 미안하고, 후회되고…… 그럼에도 다시 한 번 내 손을 잡아준 게 고마워서 뭐라 내 마음을 표현하기가 힘들어."

　"왜 그렇게 생각해? 난 우리 둘에게 다 책임이 있었다고 생각하는데. 너무 자책하지 마. 앞으로 그냥 우리 둘이 더 행복해지면 되는 거잖아."

　지환이 고개를 끄덕였다.

　"과거는 중요하지 않다는 걸 당신을 만나면서 자꾸 잊게 돼."

　그 말이 이해가 가지 않는 건지 태이가 고개를 갸웃거렸다.

　"처음으로 누군가의 어렸을 때 모습이 궁금해졌어. 이혼했다는 것도 후회가 돼. 그때 내가 당신에게 더 다가갔다면 훨씬 좋았을 텐데. 자꾸 그렇게 과거를 후회하게 돼. 과거에 미련을 두는 사람도 아니었는데."

　"나도 지환 씨와 같아."

　지환이 팔을 뻗어 태이의 작은 어깨를 감싸 끌어안았다. 지금이라도 다행이다. 이런 사람을 온전히 알게 되고 사랑하게 되어서. 순간 지환은 머리가 주뼛 서는 느낌이었다.
이 감정이 사랑이라는 것을 이렇게야 새삼 깨닫게 되다니.
왠지 스스로에게 어이가 없어 웃음이 다 나올 것 같았다.

복도를 지나다니는 사람들이 흘낏 보는 게 느껴졌지만
지환은 한참 동안 태이를 끌어안은 팔을 풀지 못했다.

❁ ❁ ❁ ❁ ❁

사실 태이가 할 줄 아는 요리는 몇 가지 없었다. 그래서
샐러드를 사와 모차렐라 치즈를 썰어 넣고 시판용 소스를
부었다. 그나마 스테이크를 굽는 건 쉬웠는데 막상 하려다
보니 지환이 안심을 좋아하는지 등심을 좋아하는지 몰라
결국 두 개를 구워냈다.

가니시로 올려놓은 버섯이나 단호박, 아스파라거스도
자주 가는 레스토랑에서 죄다 손질된 것을 가져와 굽고 담
은 것뿐이었다. 그래도 꽤나 잘 차린 한 상 같아 만족하고
있을 때 문소리가 났다.

태이는 고개만 내밀고서 현관문을 열고 들어서는 지환
을 보았다. 집안에 감도는 온기와 음식 냄새 때문에 지환
은 놀란 얼굴이었다. 이내 태이를 본 지환이 웃으며 들어
와 소파에 가방을 내려놓았다.

"그래서 몇 시에 끝나냐고 자꾸 물어봤군?"

"생각보다 일찍 왔네? 지환 씨 오면 그때 고기 구웠어야

했는데 그냥 구워버렸어. 손만 씻고 빨리 와서 앉아."

서둘러 지환을 욕실로 보냈다. 코트도 제대로 벗지 못한 지환은 얼떨결에 욕실에서 손을 씻고 나온 뒤 코트와 재킷을 벗어놓고 소매도 걷어올렸다. 지환의 손목에서 반짝이는 시계를 보며 태이가 잠시 생각에 잠겼다.

"지환 씨, 내일은 몇 시에 끝나?"

"재판 없는 날이라 빨리 나올 수도 있어."

"그럼 4시쯤에 앞에 있는 백화점에서 만날래?"

지환이 고개를 끄덕이며 식탁 앞에 앉았다.

"갖고 싶은 거 있어?"

"응."

"내일 사줄게."

"다?"

"얼마든지."

"그러다 내가 지환 씨 돈 다 쓰면 어떡해."

"또 벌면 돼."

무심한 듯 말하고 있지만 그게 지환의 진심이라는 것을 알고 있다. 그 진심이라는 게 이렇게 느껴지니 가슴이 아릿거리는 것 같기도 하고, 심장이 눌리는 것 같기도 했다.

"지환 씨, 등심? 안심?"

"아무거나."

태이는 그 말의 뜻도 알고 있다. 그녀가 좋아하는 것을 고르라는 뜻이다. 태이는 지환의 앞에 등심 스테이크가 담

널 사랑하다가

긴 접시를 내려놓았다.

"지환 씬 살이 찔 필요가 있어."

잠시 생각을 하는 듯하던 지환이 고개를 끄덕였다. 확실히 결혼을 갓 했을 때보다 지환의 턱선은 더욱 뚜렷하게 드러나 있었다. 그때도 마른 편에 속했지만 지금은 혜령의 말을 빌리자면 '런웨이를 걷는 몸매' 같았다. 어깨가 반듯하고 넓어 옷을 입고 있으면 괜찮지만 확실히 지환은 평균에 훨씬 못 미치는 무게 같았다.

"당신도."

"나?"

"볼살이 많이 빠졌어."

요즘 태이의 몸무게 변화는 크게 없었다. 다만 살짝 통통하게 올라 있던 젖살이 빠진 것뿐이다.

"태이야."

"응."

"우리의 이별 후에 내가 얻었던 건, 절망이었던 것 같아."

지환의 목소리가 낮게 깔렸다.

아주 잠깐이지만 손가락 끝으로 모든 기운이 빠져나가는 것 같았다. 지환이 느꼈던 그 절망은 무엇이었을까. 하지만 지환은 말없이 그저 입꼬리만 올리고 웃으며 고기를 썰기 시작했다. 그리고 그녀의 접시까지 가져가 고기를 전부 썰고 나서 그제야 안심을 입으로 가져갔다.

"그거 내가 먹을 건데."

"등심 더 좋아하잖아."

태이는 입술을 꾹 다물었다. 지환은 그녀의 식성을 꽤 잘 알고 있다. 역시 관심의 비례는 지환이 훨씬 높았음을 부정할 수 없다. 그것을 이렇게 확인당할 때마다 태이는 가슴이 문드러진다는 게 무슨 뜻인지 알 수 있을 것만 같았다.

그녀가 이혼을 했다고 말했을 때 윤 여사가 그런 말을 했었다. 딱히 마음에 드는 사윗감은 아니었지만 이왕 결혼했으니 행복하게 살았으면 얼마나 좋았을 거냐면서. 그리고 이 가슴 문드러지는 심정을 너도 자식을 낳아봐야 알 거라면서. 그리고 태이가 임신이 힘들지도 모른다는 말을 했을 때 윤 여사는 정말 집이 떠나가라 울었다.

정아나 혜령이 임신 소식을 알려왔을 때 태이는 정말 진심을 다해 기뻐해주었다. 하지만 윤 여사는 며느리의 임신 소식에도 태이의 눈치를 봐서인지 크게 기뻐하지도 못했다.

"지환 씨."

"식겠다. 먹고 이야기해. 맛있어."

입에 고기를 넣고 씹으며 지환이 가니시를 먹기 좋게 썰어주었다. 그리고 버섯 조각에 후추를 살짝 찍어 그녀의 고기에 올려주었다. 하지만 그녀가 먹을 생각이 없는 듯 보였는지 아예 입에 넣어주었다.

반사적으로 고기를 씹으며 태이는 물끄러미 지환을 보았다.

"알고 있었어?"

"뭐가?"

"나 아이 갖기 힘든 거."

잠시 멈칫하던 지환이 포크를 내려놓았다. 와인병을 들자 태이는 앞에 두었던 스템리스 와인잔을 지환의 앞으로 밀어주었다. 와인을 잔에 반쯤 따른 지환은 한 번에 마시고 내려놓았다.

"자세한 건 몰랐어."

"그럼 어떻게 알았어?"

지환은 침묵을 지키기로 한 모양이었다.

그가 다시 와인을 따르고 한 모금 마시며 태이의 잔도 채워주었다. 태이는 잔을 가져와 움켜쥐었다.

"친구가 불임센터에서 당신을 봤다고 해서."

"그래서 그랬구나……."

"하지만 그거랑은 상관없어. 아이에 대해 한 번도 생각해보지 않았고……."

"이야기 들었지?"

이번에야말로 지환이 침묵했다. 태이는 와인을 한 모금 마시고 낮은 한숨을 뱉었다.

"태이야."

태이는 지환을 그저 바라보았다.

"난 그냥 한태이라는 사람의 성장과정이 궁금했던 거지, 과거가 중요하진 않아."

"그래도 충분히 기분 나쁠 이야기 아니야?"

어쩐지 말이 삐딱하게 나간다. 그것을 스스로 알고 있었지만 제어할 수가 없었다. 지환은 그런 태이의 반응을 아무렇지 않게 받아들이고 있었다.

"상관없어."

"지환 씨."

태이의 목소리가 누그러졌다.

"진심이야."

지환의 눈빛이나 목소리는 흔들림이 없다.

"나는 한태이라는 사람이 좋은 거야. 다른 건 다 상관없이. 한태이가 할머니라도, 남자라도 상관없을 만큼."

가슴이 묵직해졌다. 손가락 끝이 피가 통하지 않는 것처럼 저릿저릿 거리고 왠지 모르게 눈물이 핑 돌 것도 같았다. 그리고 목소리가 제대로 나오지 않아 몇 번이나 고개를 끄덕이기를 반복했다.

"나도 그랬을 거야. 지환 씨가 할아버지건, 여자이건 혹은 어린아이든. 유부남이었다면 곤란했겠지만."

"나는 한태이가 유부녀였더라도."

그렇게 말하며 지환이 말끝을 흐렸다. 어쩐지 그런 지환이 신기해서 태이는 저도 모르게 입을 벌리고 말았다. 지환은 지극히 도덕적인 사람이다. 그 정도는 태이도 알 수 있었다. 하지만 저런 말을 할 수 있다는 건 역시 그만큼 태이에 대한 마음이 깊기 때문이 아닐까?

"그래도 좋았을 것 같아."

태이는 답을 하지 않았다.

"아니, 그래도 좋았어."

지환은 아예 확신을 가지고 말했다. 왜 저 사람이 좋아질수록 자꾸 이렇게 확인을 받는 게 좋아지는 것일까. 말을 굳이 하지 않아도 행동으로, 눈빛으로 알 수 있는데도 말이다.

"나도 처음이야."

이번엔 지환이 고개를 한쪽으로 기울였다. 의자에 몸을 편하게 기대어 앉아서 그 '절망'을 말했던 때보다는 불안이 가신 얼굴이다.

"내 아이를 가져보고 싶다고 생각한 것은."

지환의 상체가 앞으로 조금 기울었다.

"태이야."

"나도 알아, 이상한 소문 도는 거. 낙태했다, 유산했다. 나도 왜 그런 소문이 도는지는 모르겠지만. 아마 내가 약혼을 했었기 때문에 그런가 보다 생각했어. 승혁 오빠 그렇게 가고 나서 딱히 결혼 생각도 해보지 않아서 소문 진화할 생각도 못 했고."

"알고…… 있었다고?"

"응."

"화도 안 났어?"

"지환 씨와 다시 만나기 전까진."

지환이 인상을 찌푸렸다. 그것은 화가 났다는 방증이기도 했다. 태이는 지환이 왜 화를 내는지 이해할 수 있었다. 그런 불쾌한 소문을 듣고 신경이 쓰이지 않을 남자는 없다.

"지금이라도 바로잡자."

"지환 씨가 왜 화가 난 건진 알겠어. 그런데 굳이 그러고 싶진 않아."

"내가 왜 화가 났는지 알겠다고?"

"속았다는 느낌 들 수도 있지. 만약 그게 사실이었다면."

지환이 들고 있던 잔을 탁 소리가 나게 식탁에 내려놓았다.

"그런 건 정말 상관없었어. 난 당신에 대해 함부로 말하고 다니며 그걸 즐긴 게 너무 화가 났던 거야."

태이는 뒤통수를 세게 맞은 느낌이었다. 사실 자신은 지환이 전 여자친구와의 사이에서 혹시라도 아이가 생겨 유산이나 낙태를 했었다면 정말 싫었을 것이다. 아니, 상관없는 척을 했을 수도 있다. 시간이 흐르며 그 기억을 곱씹을수록 지환을 원망했을지도 모른다.

하지만 지환은 그런 건 정말 상관없다고 단호히 말하고 있다.

"지환 씨."

"만약 당신이 아이를 가졌건, 혹은 아이가 두셋은 있었건 나는 정말 아무렇지도 않아. 그저 내가 화가 난 건, 당신을 뒤에서 간식거리처럼 씹어대면서 앞에선 웃으며 위선을 떠는 인간들이 싫어서였어."

사랑고백을 받았을 때보다 가슴이 더 떨리는 것을 지환은 알고 있을까? 아마 모를 거라고 생각한다.

태이는 팔을 뻗어 부들부들 떨리고 있는 지환의 주먹을 감싸쥐었다. 다행히 지환의 주먹에서 천천히 힘이 빠져갔다.

"지환 씨."

스스로의 목소리가 격앙되었다는 것을 알아차렸는지 지환이 몇 번 헛기침을 뱉고 고개를 끄덕였다.

"말해."

"이번엔 거절하지 마."

지환의 얼굴, 몸이 그대로 굳었다. 그리고 목울대가 크게 일렁거렸다. 태이는 다시 한 번 용기를 그러모아 말했다. 지환이 거절하지 않길 바라며.

"우리 자자."

몸 안을 파고드는 다급한 움직임, "한태이."라고 떨며 부르는 낮은 속삭임, 어깨를 끌어안은 팔의 강한 힘. 태이는 오늘 밤을 몇십 년이 지난 후라도 모두 기억할 수 있을 것만 같았다. 이날의 공기, 이날의 하늘, 이날의 마음까지.

태이는 지환의 어깨를 있는 힘껏 끌어안았다. 있는 그대로의 지환을, 날것 그대로 받아들이고 싶다고 생각했다.

지환이 부드럽게 태이의 손목을 잡아 풀자 두 사람의 사이에 어느 정도 공간이 생겨났다. 하체는 여전히 딱 붙이고선 삽입을 반복하고 있지만 서로의 숨결을 느낄 수 있을 만큼 상체가 멀어졌다.

지환의 긴 손가락이 그녀의 눈가를 어루만졌다. 저도 모르게 눈물이 흘러내린 모양이다. 밭은 숨을 내뱉으며 태이는 지환의 거친 손바닥에 볼을 맡겼다. 잘생긴 한쪽 눈썹이 일그러지고, 그 눈빛은 사랑을 말하고 있다. '사랑'이라는 단어는 없었지만 그 정도는 태이도 알 수 있었다.

"태이야, 한태이."

널 사랑하다가

응, 이라는 대답을 하기도 전에 지환이 입술을 맞췄다. 달뜨고 조급함이 가득한 입맞춤이라 태이는 더 이상 떨릴 심장이 없을 거라던 자신의 생각을 철회했다. 지환의 움직임이 다급해질수록, 입맞춤이 깊어질수록 심장은 사정없이 떨리고 마구잡이로 펌프질을 해댔다.

지환의 방 안은 두 사람의 살이 부딪치는 소리, 질척이는 소리, 심장의 고동으로 가득 찬 채 밀폐되었다.

태이는 두 손을 뻗어 지환의 양쪽 볼을 부여잡았다. 뜨거운 혀가 입안을 빠져나가 그녀의 입술을 몇 번이나 핥아댔다. 꼭 강아지 같아서 태이는 저도 모르게 웃고 말았다. 그러자 지환은 더 큰 자극을 받은 듯 낮게 숨을 뱉으며 잠시 움직임을 멈추었다.

"왜?"

그가 사정감을 참아내기 위해 행위를 잠시 중단했다는 것을 알면서도 태이는 뻔뻔하게 물었다. 하지만 지환은 그저 뚫어지게 태이를 바라보고 있었다.

"예뻐서."

"응?"

"예쁘거든, 한태이는."

갑자기 무슨 말이냐고 묻기도 전에 다시 지환의 움직임이 커지기 시작했다. 입이 절로 벌어졌지만 너무나 격한 쾌감에 소리도 제대로 나오지 않았다. 그저 억억거리는 소리만 나올 뿐이었다.

"지환 씨…… . 지환 씨."

태이는 그저 지환만을 불렀다. 그 어느 것도 떠오르지 않았다. 그저 제 안으로 박혀드는 지환이 고스란히 느껴질 뿐이었다. 마침내 지환의 몸이 멈추고 세상이 빙글 도는 것 같을 때 두 사람의 방향이 바뀌었다. 태이는 지환의 가슴에 얼굴을 대고 밭은 숨을 몰아쉬었다.

사정이 끝났지만 지환은 아직도 그녀의 몸속에 남아 있었다. 태이는 이게 좋다고 생각했다. 그와 이어진 지금이 참, 행복하다고.

손가락 하나 움직일 힘이 남아 있지 않아 태이는 푸르스름하게 조금씩 밝아지는 바깥 풍경을 보며 그대로 잠이 들었다.

🍎🍎🍎🍎🍎

혜령은 살짝 부푼 배를 몇 번이나 쓰다듬으며 빵 조각을 입으로 가져가 쉴 새 없이 씹었다. 태이는 그런 혜령을 보며 홍차를 한 모금 마시고 잔을 내려놓았다.

"진짜 이 빵을 지환 선배가 만들었어?"

태이는 고개를 끄덕였다. 지환이 음식을 잘 만들기는 했지만 시폰케이크까지 구워낼 거라고는 생각하지 못했다. 마침 오븐이 있으니 한번 해볼까 하던 지환은 몇 시간도 걸리지 않아 폭신한 케이크를 만들어냈다.

널 사랑하다가

"지환 선배 변호사 관두고 빵집 차려도 되겠다."

"나도 아침에 그거 절반이나 먹었어."

"빵을 싫어하는 한태이가?"

가볍게 고개를 끄덕였다. 지환이 만든 빵은 느끼하거나 많이 달지 않으면서 고소했다. 그래서 태이는 아침에 빵과 흰 우유를 잔뜩 먹어 배부른 상태로 혜령과 만났다.

"배 속의 우리 똘똘이가 또 먹고 싶다고 하면 지환 선배가 만들어주려나?"

"얼마든 만들어줄걸?"

"우리 한태이 요즘 왜 이렇게 얼굴이 폈나 싶었는데 지환 선배가 만들어준 빵 먹고…… 아니지, 빵을 먹으면 살이 쪄야 하는데?"

혜령이 고개를 갸웃거리다 이내 깨달은 듯 손바닥으로 테이블을 쳤다.

"웬일이야, 했니? 했어?"

남들이 그랬다면 너무 노골적이라 눈살을 찌푸릴지도 모른다. 하지만 태이는 혜령의 저 말에 악의나 놀림이 없다는 것을 알고 있다. 그저 놀라움이 가득하고 믿기지 않는 것임이 틀림없다.

혜령은 태이의 웃음에서 답을 찾은 모양이었다.

"어머, 세상에. 지환 선배 그래도 임포는 아니었네? 구실은 해서 다행이다."

혜령은 마지막 남은 빵 조각을 입에 가득 넣었다. 그리고 우유 반 컵을 모두 비워내었다. 태이는 자리에서 일어나 아주 엷게 우려낸 연잎차를 따라 혜령의 앞에 놓아주었다.

"그럼 이제 지환 선배 여기서 살아?"

"그건 아니고, 주말 정도에만."

물론 주중에도 자고 가는 날이 많아지기는 했다. 하지만 온전히 다시 같이 살게 되었다고는 할 수 없었다.

"부모님은? 다 아시고?"

"아빠만."

"너 어머님한테 걸리면 뼈도 못 추리는 거 아니야?"

그 말에 태이가 웃었다. 그렇지 않아도 윤 여사는 요즘 선 좀 보라며 난리였다. 다행히 윤 여사가 그럴 때마다 한 이사장이 그러지 말라며 큰 소리를 내주었다.

처음 보는 한 이사장의 화난 모습에 윤 여사의 그 잔소리도 조금은 줄어들었다. 한 이사장은 잔뜩 풀이 죽어 있는 윤 여사를 미안한 얼굴로 보다 태이와 눈이 마주치면 한쪽 눈을 찡긋 감아 보이곤 했다.

"그렇지 않아도 걱정이야, 엄마한테 어떻게 말할지."

"뭐 어쩌겠니? 성인남녀가 좋다는데."

"우린 이혼했잖아."

"이혼 전엔 감정을 몰랐는데 어떡해. 거기다 섹스도 안 했던 사이고."

직설적으로 말하는 혜령이 웃긴 나머지 태이는 견디지 못하고 크게 웃음을 터트렸다.

널 사랑하다가

혜령의 따뜻한 시선이 느껴졌다.

"왜 그렇게 봐?"

"좋아서."

"뭐가?"

"한태이 그렇게 시원하게 웃는 모습 참 오랜만에 보니까 내 기분이 좋아서."

이래서 좋은 친구는 돈을 주고도 구할 수 없다고 하는 모양이다. 태이는 자신을 그렇게 생각해주는 혜령의 마음이 너무나 고마워서 가슴이 울컥했다.

"혜령아."

"응."

"난 그동안 너무 솔직하지 못했어."

혜령은 말없이 차를 한 모금 들이켰다. 태이의 눈이 커졌다. 평소의 수다쟁이 혜령이라면 그게 무슨 말이냐며 계속 물었어야 했다.

"애, 나도 그 정도 눈치는 있거든? 들어줘야 하는 것쯤은 알아."

태이는 웃으며 고개를 끄덕였다.

"착한 아이만 되려고 했어. 부모님 뜻에 반항하기도 싫었고 그냥 이게 내게 맞는 길이라 생각했었어. 그게 어른이 되어서까지 계속 이어지니까 원래의 내 성격처럼 굳더라. 그래서 결국 지환 씨에게도 솔직하지 못했던 거지."

이혼 전을 생각하면 왠지 모르게 웃음이 나온다. 같이 밥을 먹기도 하고, 한 공간에서 조용히 책을 보기도 했다. 지환이 편해서 할 수 있는 행동이었는데 그 당시엔 그 사실을 몰랐다.

"지환 씨와 함께 지내온 그 1년이 너무 아깝더라."

"태이야."

"응?"

"그렇게 생각하지 마. 살아온 시간보다 앞으로 살아갈 날이 더 많아."

따뜻한 위로에 태이는 결국 눈물을 참지 못하고 왈칵 쏟아내고 말았다.

지환을 빼고 누군가의 앞에서 이렇게 눈물을 보인 건 처음이다. 스스로가 당황스러운데 눈물은 그치질 않았다. 혜령은 말없이 태이를 위로했다. 그저 티슈를 뽑아주고, 다정스럽게 손등을 두드려주며.

한참을 시원하게 울고 난 뒤 태이가 붉은 코를 한 채 웃었다.

"어쩜 우리 한태이는 그렇게 울고 나서도 예쁘니? 나 좀 질투 나려고 한다."

"백혜령 씨가 더 예쁘거든요?"

"후, 그렇지? 내가 이렇게 배불뚝이가 되기 전까지만 해도 날 우러러보는 남자들이 참."

혜령이 분위기를 밝게 만들기 위해 저런 말을 한다는 것을 알 수 있었다. 그래서 태이도 맞장구를 치며 웃어주었

널 사랑하다가

다.

"그럼 이제 어른의 대화로 넘어가볼까?"

"어른의 대화?"

"어때? 지환 선배 잘해? 스킬 뛰어나?"

태이는 눈을 크게 깜빡였다.

"아님 그저 열심히만 하는 스타일?"

"어?"

"내가 진짜 우리 상현 씨 가르치느라 얼마나 힘들었는데. 나도 처음이지, 상현 씨도 처음이지. 둘이 얼마나 힘들었는지 알기나 해? 우리 첫날밤도 사흘 만에 성공한 거 알잖아."

처음 그 말을 들었을 때 정아와 태이는 참지 못하고 웃음을 터트렸다. 혜령은 '아프기만 한 거 뭐가 좋다는 거야.'라며 불만을 토해냈었다.

"지금이야 매번 오르가슴을 느끼지만."

"아……."

"왜?"

"나도."

"뭐가?"

"처음으로 느낀 것 같아."

저도 모르게 얼굴을 붉혔다.

🍂 🍁 🍂 🍁 🍂

사무실 회식은 대체적으로 점심시간에 이루어졌다. 앞에서 지글지글 끓고 있는 해물탕을 보며 조만간 태이와 함께 와야겠다 생각했다. 태이는 대체적으로 해산물을 좋아하는 편이었는데 그중에서 특히 낙지를 좋아한다고 했다.

"우리도 이번 판례는 좀 더 생각을…… 유 변?"

인성의 목소리에 지환이 들고 있던 국자를 놓고 고개를 들었다. 어쩐지 인성의 얼굴엔 장난기가 가득했다.

"거, 어제 재판도 승소했다고 얼굴이 반질반질한 건가, 아니면 연애가 잘돼가서?"

지환은 대답하지 않고 앞접시에 여러 해산물과 국을 떠 앞에 있는 여직원들에게 건네주었다. 그런 지환을 보며 인성이 혀를 쯧쯧 찼다.

"우리 사무실 식구들끼리 뭐 어때."

"문 대표님, 우리 지금 회식하는 거거든요? 회식 자리에서 일 이야기 계속 하신 분이 뭘 또 그렇게 유 변호사님 사생활까지 캐물으세요."

"야, 막내. 너 많이 컸다?"

막내이자 후배인 강미경 변호사가 지환의 변호를 자처하고 나섰다. 농담 섞인 진담에 찔렸던 건지 인성이 헛기침을 하며 오징어를 잘근잘근 씹었다.

"근데 유 선배님, 진짜 연애하세요?"

미경 역시 궁금하긴 한 모양이다. 지환은 저도 모르게 얼

널 사랑하다가

굴을 쓸어내렸다. 딱히 피부가 좋아졌다든가 하는 것은 느낄 수가 없었다. 인성이 고개를 저으며 지환을 향해 손가락질을 했다.

"혼자 멍하니 있으면서 해죽해죽 웃고. 전엔 퇴근시간 돼도 죽어라 사무실에서 나가지도 않더니 지금은 아주 그냥 6시 딱 되면 바로 나가고."

저도 모르는 사이에 그랬던가 보다. 지환은 어색하게 웃으며 물을 한 모금 마셨다. 사실 요즘은 먹지 않아도 배부르다는 게 어떤 건지 알 것 같기도 했다.

옆에서 잠들어 있는 태이의 모습을 보며 잠에서 깬다는 건 참 행복한 일이었다. 그래서 저도 모르게 곤히 잠들어 있는 태이의 이마나 볼에 입을 맞추기도 하고 때론 아침임에도 불구하고 욕망을 주체하지 못하기도 했다.

"뭐야, 왜 웃기만 하고 말을 안 해."

"그래요, 선배님. 궁금해요."

"이혼한 지 얼마나 됐다고, 뭐 이런 말 신경 쓰지 마. 인생 짧다? 젊은 기간은 더 짧아요. 마구 즐겨야 돼."

여직원들의 눈길이 곱지 않았다. 그때 지환의 휴대전화가 울렸다. 고개를 숙여 발신자를 확인한 지환이 자리에서 일어나자 모두의 시선이 그를 향했다.

"요즘 제 전부인과 연애 중입니다."

그 말에 모두가 벙찐 얼굴로 입을 벌린 채 지환을 보았다. 지환은 웃으며 서둘러 신발을 신고 룸에서 나와 전화를 받았다.

"네, 장인어른. 접니다."

— 음, 바쁜가?

"아닙니다, 편히 말씀하십시오."

1월 말. 쌀쌀한 날씨가 지속 되는 듯하더니 오늘은 웬일로 무척이나 포근하다. 내일부터 있을 설 연휴를 맞기엔 무척이나 좋은 날씨였다.

— 태이에 대한 허황된 소문들 말인데.

"네."

— 허 참, 자네도 알지 모르겠지만…… 전에 태이가 사귀던 친구가 있어.

지환의 심장이 철렁 내려앉았다.

⚬ ⚬ ⚬ ⚬ ⚬ ⚬

지환은 오늘 점심 회식만 하고 끝난다고 했다. 논산은 내일 아침에 함께 내려가기로 했고 오늘은 함께 쇼핑을 하기로 했다. 결혼생활 중에도 두세 번 정도 같이 쇼핑을 하기는 했었다. 그땐 정말 대화도 없이 그냥 필요한 것들만 담는 정도라 기억도 나지 않았다.

정아나 혜령은 신랑과 함께 장 보는 게 그렇게 재미있다고 했다. 어쩌면 오늘, 태이도 그 재미를 느끼지 않을까 조금 기대가 되었다.

넬 사랑하다가

강아지 전용 소파에 누워 있던 몽글이가 갑자기 후다닥 뛰어나감과 동시에 초인종이 울렸다. 인터폰에 비치는 지환의 모습에 태이가 서둘러 버튼을 눌러 문을 열고 중문을 향해 걸어갔다.

몽글이는 이미 반가워서 그 자리에서 빙글빙글 돌며 지환을 마중하고 있었다. 현관문을 열고 들어선 지환을 보고 태이가 중문을 열자 몽글이가 재빨리 현관으로 뛰어나갔다. 하지만 지환은 몽글이보다 먼저 태이 앞으로 걸어와 가볍게 안아주었다.

"한 시간 늦었네?"

"갑자기 일이 좀 생겼거든."

지환이 가방을 내려놓고 욕실로 들어가 바로 손을 씻고 나왔다. 그리고 여전히 흥분을 감추지 못하는 몽글이를 안아올려 몇 번이나 머리를 쓰다듬어주었다. 뭐가 그리 좋은지 몽글이는 뽀뽀 세례를 멈추지 않고 있었다. 하지만 지환이 바닥에 내려주면 바로 자신의 소파로 갈 것임을 잘 알고 있었다.

"몽글이 데리고 갈까?"

"쇼핑?"

"아니, 논산에."

"그냥 우리 집에 두자. 장거리 이동하는 것도 스트레스고, 환경도 그렇고."

생각이 짧았다는 듯 지환이 고개를 끄덕였다. 한 발자국

I love you

앞으로 다가온 지환이 손을 뻗어 태이의 머리카락을 쓸어 넘겼다.

"사실 잠깐 잠들었었거든. 머리카락 엉망이야?"

"예뻐."

무덤덤하게 말하고 있지만 거기에 지환의 진심이 담겨 있다는 것을 지금은 안다. 흘러나온 머리카락을 귀 뒤로 넘겨주었지만 지환의 손가락은 계속 그곳에 머물러 있었다. 귓바퀴를 타고 움직이는 따뜻한 손가락에 태이의 허리가 꼿꼿이 세워졌다.

그것이 성적 긴장감을 불러일으키는 움직임이라는 것을 너무나 잘 알고 있다. 왠지 이 순간은 얼굴이 홧홧해지는 것 같기도 하고, 괜히 긴장이 되어 입술을 깨물게 된다.

지환의 손가락이 귓가를, 턱선을 타고 내려왔다. 엄지는 그녀의 도톰한 입술을 쓸고 있었다. 아주 천천하고, 그리고 섬세하고 조심스러웠다. 태이가 손을 뻗어 괜히 지환의 코트 깃을 매만졌다.

"지환 씨."

"말해."

낮고 다소 거칠어진 지환의 목소리가 그대로 귓가를 타고 흘러들어왔다. 태이는 지환과 눈을 마주치지 못하고 모직 코트의 결을 괜히 손가락으로 계속 문지르기만 했다.

이름을 불러놓고 말을 하지 않는 태이를 보며 지환이 고개를 숙여 시선을 맞추려 했다. 하지만 태이가 시선을 피하자 결심했다는 듯 그녀를 안아 들었다. 순식간에 지환에 게 안긴 태이가 어쩔 줄 몰라 하며 그의 목을 끌어안았다.

지환은 소파에 앉았고 태이는 자연스레 그의 허벅지 위로 앉게 되었다. 자연스레 태이가 고개를 반쯤 숙여 지환을 보았다. 여전히 놀라움이 가시지 않은 커다란 눈을 보며 지환이 웃었다.

"차분히 말해봐."

"이 자세로?"

"이 자세로."

지환의 허벅지에 앉아 무릎을 구부린 상태였다. 우스꽝스럽기도 했지만 여전히 그 묘한 긴장감은 계속되고 있었다.

"지환 씬 정말 이대로가 좋아?"

"응, 난 편해."

고개를 끄덕이며 지환은 소파 등받이에 편히 몸을 기대었다. 그녀의 허리를 껴안고 있는 지환의 팔 때문에 태이의 몸도 자연히 앞으로 쏠렸다. 하지만 그의 어깨에 손을 짚고 약간의 거리를 두었다. 태이의 자세가 불편해 보였는지 지환이 허리를 껴안고 있던 팔에서 힘을 살짝 풀었다.

"그게 아니라 우리 연애 말이야."

"우리 연애?"

지환이 고개를 왼쪽으로 살짝 기울인 뒤 눈꺼풀을 길게 감았다 떴다.

"이렇게 정말 연애만 할 생각이냐고."

"싫어?"

고개를 저었다. 싫은 건 아니다. 지환과 함께하는 시간이 좋고 행복하다. 계속 이 시간이 이어졌으면 좋겠다고 늘 생각한다.

"장모님이 압박하셔?"

그 말에 태이가 픽 웃었다.

"장난 아니야. 설마, 지환 씨, 솔로가 훨씬 좋아서 그래?"

그 말에 지환이 왼쪽 손을 들어 보였다.

"무슨 뜻이야?"

"결혼반지, 한 번도 뺀 적 없어."

뭉클함에 가슴이 묵직해졌다.

"인사 가자."

"어?"

"프리지아 사들고."

윤 여사는 프리지아를 굉장히 좋아했다. 한 이사장이 프러포즈를 할 때 프리지아를 한가득 안겨주었다면서. 그 전엔 프리지아를 보고 향만 강한 꽃이라 생각했는데 프러포즈를 그렇게 받고 나니 세상에 이렇게 예쁜 꽃이 없다고 했었다.

"지환 씨, 어떻게 알았어?"

"뭐가?"

"우리 엄마 프리지아 좋아하는 거."

"장인어른께서 가르쳐주셨어. 불안했어?"

아니라고는 말을 할 수가 없어 태이가 고개를 끄덕였다. 물끄러미 그런 태이를 바라보던 지환이 팔을 들어올려 그녀의 뒤통수를 감싸쥐고 앞으로 끌어당겼다. 그리고 봉긋 솟은 이마에 입을 맞추었다.

"문도 제대로 안 닫고 정신이 하……."

뒤에서 들리는 목소리에 태이의 몸이 그대로 굳었다.

태이가 지환의 다리에서 내려와 어정쩡한 모습으로 서서 뒤로 돌아섰다. 경악한 듯 서 있는 윤 여사를 보며 태이가 저도 모르게 웃고 말았다. 윤 여사는 늘 보조키를 걸어야 한다고 입버릇처럼 말하곤 했다. 어차피 건물에 들어올 때부터 보안이 잘되어 있는데 굳이 그럴 필요 없다며 태이는 무시했었지만 그게 오늘 딱 이렇게 후회될 줄은 몰랐다.

"안녕하십니까, 장모님."

"허 참, 자네…… 자네가……."

지환이 윤 여사의 앞으로 걸어갔다. 그리고 윤 여사의 손에 가득 들려 있는 종이가방을 받아들어 바닥으로 내려놓았다. 방금 전까지 자신의 눈으로 본 것들이 현실인지 아닌지 도무지 믿기지 않는 듯했다.

"엄마."

"너 지금 뭐 하는 거야? 자네 지금 뭐 하는 건가?"

윤 여사의 목소리가 부들부들 떨렸다. 하긴, 윤 여사는
애초에 두 사람이 결혼을 한다고 했을 때도 마음에 들어 하
지 않았다. 이혼을 한다고 했을 때도 딱히 크게 뭐라 말을
하지도 않았고 오히려 환영하듯 여기저기 선 자리를 물고
오기 바쁠 정도였다.

"장모님, 저희가⋯⋯."

"장모님? 두 사람 이혼했잖나. 그런데 내가 자네에게서
계속 장모님 소리 들어야 해?"

날카로운 목소리가 귀를 찔렀다. 스스로 터트린 일들에
대한 책임을 져야 한다는 것은 너무나 잘 알고 있다. 그건
성인이 되기 전부터 어느 순간 깨닫게 된 것이다. 하지만
그 무게감이 지금만큼 버겁다고 느낀 적은 없었다. 자신의
철없는, 생각 없던 행동에 뼈저리게 후회를 하고 반성해보
지만 이미 엎질러진 물이고 흘러간 시간이었다.

"저희가⋯⋯."

"뭐? 다시 보니 괜찮다, 그래서 다시 살아보려 한다, 그
건가? 그래놓고 또 쉽게 이혼하려고?"

태이가 낮게 한숨을 뱉었다.

"엄마, 말이 너무 심한 거 아니야?"

"뭐? 심해? 너 결혼 어떻게 결정했니? 선보고 오자마자
괜찮다면서? 남들이 뭐라고 하든 잘 살 수 있다 하지 않았
니? 고작 1년 살고 이혼하려고 그랬던 거야? 이혼은 또 얼
마나 쉬웠으면 하고 나서 통보를 해!"

"왜 내 인생을 엄마 가치관에 맞춰? 엄마, 난 평생을 엄마가 시키는 대로 살았어. 학교도, 친구도 다 그렇게 다니고 만들었어. 결혼까지 엄마 때문에 좌지우지되면서 살았어야 해? 난 지금이 좋아. 난 지금 지환 씨가 좋고, 같이 있으면 편해. 내가 집에 살면서 행복했던 적이 있었던 것 같아? 엄만 내 행복에 대해 생각해봤어?"

"얘, 태이야."

"결혼도, 이혼도 내 결정이었어. 아마 돌아가도 똑같았을 거야. 그때를 나도 후회해. 그렇지만 이제는 현재가 중요하고, 내가 내 인생 생각하면서 옆에 두고 싶은 사람이 지환 씨라는 걸 알았어. 엄마가 이해를 해주든 해주지 않든 그런 게 중요한 게 아니야. 엄마, 나가줄래? 여기 내 집이야."

윤 여사의 얼굴색이 붉으락푸르락 시시각각 변하고 있었다. 지환은 여기서 두 사람을 중재해봤자 싸움이 더 커진다는 것을 깨닫고서 뒤로 한 발자국 물러서는 것을 택했다. 사실 태이를 우선 좀 내보내고 윤 여사의 화를 혼자 다 받을까도 생각했지만 이미 타이밍을 놓치고 말았다.

"얘, 얘. 정신 차려. 이 집이 어떻게 네 집이야? 이 집 나하고 네 아빠가 산 집이야."

"엄마 말이 맞네. 내가 나가야겠네."

태이가 몽글이를 안아 들고 지환의 팔을 잡아 이끌었다. 하지만 지환이 꿈쩍도 하지 않자 다시 한 번 잡은 팔에 힘을 주었다.

"태이야."

"지환 씬 이런 대접 받고도 여기 있고 싶어? 결혼하고 나서도 우리 엄마한테 따뜻한 밥 한번 못 얻어먹었잖아. 그냥 나가."

"한태이."

지환이 말리듯 태이를 불렀다. 한 차례 화는 내려간 모양이지만 여전히 분이 풀리지 않은 듯 그녀는 몽글이를 그의 품에 안기고 그대로 집을 나갔다.

마음 같아선 태이를 따라나서고 싶었지만 윤 여사만 남겨두고 갈 순 없었다. 몽글이를 내려놓자 꼬리를 흔들며 윤 여사에게 다가갔다. 윤 여사는 아직도 붉게 열이 오른 얼굴로 어쩔 줄 몰라 하며 소파에 털썩 주저앉았다. 그러다 윤 여사와 지환의 눈이 마주쳤다.

"자네 지금 뭐 하자는 건가?"

"제가 태이 붙잡았습니다."

"뭐?"

"죄송합니다."

기가 막힌지 몇 번이나 한숨을 뱉던 윤 여사가 자리에서 일어나 부엌으로 들어갔다. 정수기에서 얼음과 함께 물을 받아 두 잔이나 연거푸 마시고 식탁 앞에 앉았다. 지환은 매실액을 따라 따뜻한 물을 받은 후 윤 여사의 앞에 놓아주었다.

"자네 원래 우리 태이 좋아했나?"

지환이 윤 여사의 앞에 앉았다.

"처음엔 아니었습니다."

그 대답이 기가 찬 모양이다. 윤 여사는 입도 제대로 다물지 못하고 턱을 부르르 떨다 매실차를 한 모금 마셨다.

"하긴, 뭐 자네라고 내 딸을 처음부터 좋아했겠나?"

"좋은 여잡니다. 착하고, 따뜻한."

"태이가?"

엄마임에도 불구하고 도무지 믿기지 않는 듯 윤 여사가 되물었다. 사실 지환은 오늘 태이가 윤 여사에게 그런 어린애 같은 모습을 보일 거라고 생각하지 못했다. 은연중한 태이라는 사람은 늘 어른스럽고 정적인 모습이 가득하다고 생각했기 때문이다. 그런 모습의 태이를 보는 것은 색달랐다.

"본인도 모르게 착한 아이 콤플렉스를 가지고 있었다고 하는데 저는 태이가 원래 착한 사람이라 송구스럽게도 장모님이나 장인어른께 늘 맞추었다고 말해주었습니다."

윤 여사가 지환의 눈을 피했다. 아마 태이는 저를 만나지 못했더라면 지금도 그저 말 잘 듣는 아이처럼 행동했을지도 모르겠단 생각이 들었다. 자신이 끼어들어 바람의 방향이 바뀐 것이다. 자신이 아니었다면 지금도 이 집안은 평안했을지도 모른다. 태이 혼자 속을 삭혀가면서.

"그래서 이제 하고 싶은 걸 하면서 살라고."

I love you

"언젠 내가 꼭 뭐……. 아니, 그럼 대체 언제부터 우리 딸 좋아한 건가? 나는 자네가 그냥 마지못해서 한 결혼이라 이혼도 그냥 막 했다고 생각했네. 더군다나 자네 만나는 여자도 있다고 하고."

그 소문에 대해선 차마 할 말이 없어 지환이 고개를 떨구었다. 어떤 변명을 해도, 혹 그게 사실이었든 아니었든 서로에겐 그저 생채기가 된다. 그가 혼자 이혼 후 겪었던 시간이나 아픔을 헤집는 건 여전히 아프다. 상처는 아직 완전히 아물지 않아서 또 다른 고름을 만들어낸다. 그건 아직도 진행 중이다.

"아쉽게도, 결혼 후에 다른 여자를 만나거나 마음에 담은 적 없습니다."

"흠흠."

윤 여사가 헛기침을 하며 차를 한 모금 마셨다. 분명 지환이 자신의 뒤를 밟았다는 것을 알고 있는 게 틀림없었기 때문이다.

"미안하게 됐네."

"아닙니다."

"자네 능력이야 있다지만 주변 사람들 부추김도 그렇고, 또 아무래도 딸 가진 마음에 걱정이 되어 그랬는데 후회 중이야."

찻잔을 쥐고 있는 윤 여사의 곱고 긴 손가락이 가늘게 떨고 있다. 지환은 할 수 있다면 팔을 뻗어 윤 여사의 손을 잡

널 사랑하다가

아주고 싶었다. 어머니의 손이다. 그가 태어나 단 한 번도 잡아보지 못했던. 몇 번이나 망설이던 손이 결국 용기를 내지 못하고 그러모였다.

"괜찮습니다. 당연하신데요."

"손 아픈가?"

"네?"

"손을 자꾸 움직여서."

"괜찮습니다."

지환이 결국 손을 식탁 아래로 내렸다. 손가락 끝이 차갑다. 이건 스스로가 긴장을 했다는 뜻이었다. 허벅지에 올려둔 손가락 끝이 간헐적으로 떨리고 있었다.

"장모님."

"말해보게."

"송승혁 씨 가족분들과 아직도 왕래하십니까?"

승혁의 이름이 나오자 윤 여사의 안색이 순식간에 파래졌다.

"자, 자네가 그 이름을 어떻게…….."

"태이에 대한 황당무계한 소문…… 그쪽 같습니다."

※ ※ ※ ※ ※

서둘러 내려왔다고는 하지만 차에 기대서 있는 태이를 보자 지환의 발걸음이 더욱 빨라졌다. 두르고 있던 머플러를 풀어 태이의 목에 감아주고 빨리 차에 태웠다. 시동을 켜자마자 히터를 가장 세게 높이고 열선 버튼을 눌러주었다. 손바닥을 볼에 가져다 대니 찬 기운이 고스란히 전해졌다.

"당신 차에라도 들어가 있지 그랬어."

"공업사에 맡겼어."

"공업사?"

"누가 박았거든."

"왜 말 안 했어?"

지환이 펄쩍 뛸 것처럼 말하자 태이가 서둘러 입을 열었다.

"아니, 주차해놓은 차. 그래서 맡긴 거야."

한시름 놓았다는 얼굴로 고개를 끄덕이는 지환의 얼굴은 어쩐지 파리했다. 사실 태이는 자신이 그렇게 유치하게 윤 여사와 다툴 거라고 생각을 하지 못했다. 그래서 어쩐지 지환의 얼굴을 마주한다는 게 조금은 쑥스럽기도 하고 부끄럽기도 했다.

"아까 나 너무 유치했지?"

"유치는 무슨."

다정한 손길로 태이의 앞머리를 쓸어넘기며 정리해주는 지환의 눈빛은 무척이나 따뜻하다. 진심이라는 것을 그저 그 눈빛으로도 알 수 있다.

"부럽던데."

널 사랑하다가

"부러워?"

"친구 같은 어머니."

"아⋯⋯."

지환에겐 어머니라는 존재가 없다. 그를 낳자마자 떠났다고 했으니. 태이는 본의 아니게 지환의 상처를 들쑤신 것 같아 마음이 불편해졌다. 지환의 손길은 변함이 없었다. 그녀의 결 좋은 머리카락을 귀 뒤로 완전히 넘겨주고 나서야 손을 내렸다.

"그런 얼굴 할 필요 없어. 그냥 장모님과 당신 사이가 좋아 보인다는 거니까."

"지환 씬 늘 날 배려하는데 나는 그러지 못하는 것 같아."

지환이 살짝 몸을 틀어서 시트에 기대어 태이를 바라보았다. 태이는 괜히 손가락으로 이마를 문질렀다. 그저 물끄러미 따라오는 시선이 느껴져 왠지 얼굴에 열이 오르는 것도 같다. 그래서 몇 번이나 따라오는 시선에 눈을 맞추지 못했다.

"나도 한태이의 배려를 늘 받아."

"나한테?"

"응. 나도 늘 한태이에게서 받는 게 많아서 때론 가슴이 벅찰 때가 있어. 일찍 부모님을 잃어도 괜찮았던 건 아마 이렇게 내가 한태이를 만나 보상받기 위함이 아니었나 생각이 들 때도 있거든."

왠지 가슴이 뭉클하기도 하고 내려앉는 것 같기도 하다. 그 말에 그동안 지환이 겪었던 서러움이 녹아 있는 듯했다.

"지환 씨, 나는 가끔 생각해. 결혼을 하기로 결정했으니까 조금 더 이야기를 해볼걸, 데이트도 해보고 화도 내볼걸."

"나도 그래."

지환은 태이의 벨트를 매주고 꼼꼼히 확인한 뒤 천천히 차를 몰았다.

"이따 쇼핑하고 나서 지환 씨가 몽글이 데려올래?"

"아니, 장모님께 맡겼어."

"엄마가 몽글이는 또 데리고 가신대?"

고개를 끄덕이는 지환을 보며 태이가 한숨을 길게 내뱉었다. 지환이 팔을 뻗어 태이의 손을 잡고 자신의 허벅지로 끌어왔다.

"이번 설은 처가댁부터 가자."

"어?"

"고모도 걱정하셨어. 늘 우리 집부터 오면 어떻게 하냐고. 막말로 시대도 아닌데."

"고모님이 그런 말씀을 하셨어?"

"섭섭해하지 말고. 그냥 고모가 당신을 좋아해서 그러신 거야."

그건 태이도 알고 있다. 하지만 고모님이 은연중 그런 생각을 하신 게 아닌가 해서 마음이 철렁했다. 태이는 당연히 논산이 시댁이라 생각했으며, 두 분이 지환의 부모님이라 생각했다. 표현을 하지 않아서 그렇지 지환 역시 그렇게 생각할 것이다.

"지환 씨는 괜찮겠어?"

"뭐가?"

지환의 차가 자연스레 도로로 합류해 백화점을 향하고 있었다. 태이가 슬쩍 지환의 손가락을 힘주어 잡았다. 거리가 있어 보이는 백화점 입구 쪽에는 벌써부터 차들이 길게 줄을 지어 있었다.

"우리 집 먼저 가도."

"나는 상관없어."

"우리 엄마가 불편하게 할걸?"

"내가 더 잘할게."

"그럼 그냥 백화점 가지 말자. 우리 부모님 어차피 들어오는 선물 많아. 설 다음 날도 문 여니까 그때 고모님 선물 사면 돼."

하지만 지환은 자연스레 백화점으로 핸들을 틀었다.

"나는 장인 장모님께 봉투를 드린 기억밖에 없어서 선물하고 싶어."

"괜히 부담 가질 필요 없어."

"아니, 지금 나는 한태이를 위해서 선물한다는 게 아니라 내 마음으로 선물 드리고 싶다고 한 건데?"

그 말에 태이가 결국 웃음을 터트렸다.

　백화점은 사람들로 인산인해였다. 아마 윤 여사였다면
바로 라운지로 올라갔거나 아예 나오지도 않고 사람을 불
렀을 것이다. 태이는 지환의 손을 잡고 그가 이끄는 대로
끌려갔다. 그런데 막상 백화점에 들어서자 지환은 어디로
가야 할지 갈피를 잡지 못했다.

　"지환 씨, 생각해둔 선물이 있어?"

　"사실 가방을 사드릴까 생각했는데."

　"우리 엄마 스카프 좋아해. 그리고 이 브랜드 좋아하고."

　태이가 지환을 이끌고 바로 앞에 있는 매장으로 들어섰
다. 잠시만 기다려달라는 직원의 말을 듣고 멈춰 섰다. 아
마 지환은 명품 가방을 사려고 했을 것이다. 하지만 윤 여
사는 이미 가방을 많이 가지고 있고, 남들이 쉽게 상상할
수 없는 고가의 물건들도 많이 소유하고 있었다. 스카프
역시 많이 있지만 지환의 부담을 덜어주기 위해 태이가 선
택한 것이다.

　"그러고 보니 난 우리 아빠 넥타이도 사드린 적 없는데.
아빤 엄마가 해주는 거라면 무조건 하시거든. 여기서 엄마
스카프하고 아빠 넥타이 같이 사는 게 좋을 것 같아."

　"너무 약소한 거 아닐까?"

　"뭐가 약소해. 바쁜 사위가 이렇게 시간 내어 직접 선물
사러 온 건데."

　　　　　　　　　　　　널 사랑하다가

그 말에 지환이 고개를 끄덕였다. 아마 지환은 한 이사장이나 윤 여사가 성의를 먼저 알아봐주는 어른이라고 생각할 것이다. 태이 역시 그렇게 생각을 해주는 지환이 고마워서 가슴이 뭉클했다.

"기다리게 해드려 죄송합니다. 이쪽으로 오십시오."

직원의 친절한 안내로 두 사람은 매장 안쪽으로 걸어갔다. 그리고 쇼케이스 앞에 서서 직원이 꺼내는 스카프와 넥타이를 하나씩 들어보았다. 태이가 화려한 색으로 가득한 스카프를 들어 자신의 목에 둘러보았다.

"이거 어때?"

"잘 어울려. 그런데 장모님이 하시기엔 너무 화려한 거 아닌가?"

"우리 엄마 화려한 거 좋아하거든."

"그래? 그럼 당신 안목이 맞겠지. 이걸로 포장해주세요."

"넥타이는 지환 씨가 골라. 남자들이 넥타이 더 잘 보겠지. 난 넥타이는 그게 그거 같더라."

고개를 끄덕인 지환이 금빛으로 빛나는 넥타이를 들었다. 직원은 이번에 새로 나온 신상이고 젊은 층이나 중년층에서도 무척이나 반응이 좋다며 호응했다. 선물포장을 해드린다며 잠시 자리를 비운 직원을 기다리며 지환이 태이를 이끌었다.

"왜?"

I love you

"이 원피스는 어때?"

지환이 고른 건 톤이 낮은 붉은색 원피스로 어깨선이 고스란히 드러나는 디자인이었다. 평소 원피스를 잘 즐겨 입는 윤 여사가 떠올랐다.

"엄만 이렇게 어깨 드러나는 거 잘 안 입어."

"아니, 당신 마음에 드냐고."

"나?"

"굳이 원피스가 아니어도 좋아. 그냥, 당신에겐 이런 걸 다 해주고 싶어. 늘 보면 당신은 무채색 계열 옷을 많이 입잖아. 이런 게 훨씬 잘 어울릴 것 같다고 생각했거든."

태이는 빠르게 눈을 깜박였다. 지환의 옷장을 정리할 때 보았던 노란빛 실크 원피스가 떠올랐다. 그때 지환은 사촌에게 주려고 샀지만 아직 만날 시간이 없었다며 얼버무렸다.

"지환 씨."

"응?"

"그 옷장에 박혀 있는 실크 원피스 혹시 내 거야?"

지환이 슬쩍 시선을 피하며 헛기침을 했다. 그리고 한 번 고개를 끄덕였다.

"언제 샀어?"

"당신 생일에."

"그런데 왜 안 줬어?"

"그날 당신 약속 있다고 했잖아."

널 사랑하다가

기억은 자세히 나지 않지만 늘 있던 모임일 것이다. 어차피 그녀는 생일을 따로 챙기는 것도 좋아하지 않았다. 윤 여사는 미역국을 먹어야 한다고 호들갑을 떨었지만.

"당신이 똑같은 디자인에 색만 다른 원피스를 입고 나와서 줄 수가 없었어."

그 말에 기억났다. 그녀는 그 브랜드의 네이비 색 원피스를 태림에게서 선물받았었다.

"사실 그 원피스를 선물해주면서 마음을 전해보려 했던 건데."

"마음?"

"그때쯤부터 나는 한태이 때문에 가슴이 뛰기 시작했어."

쇼핑을 마친 뒤 카페에서 시간을 보냈다. 그리고 지환의 고모에게 전화해 정말 죄송하다는 말씀도 드렸다. 고모는 처음부터 그렇게 해야 했다며 아무 신경 쓸 필요도 없다고 오히려 태이를 다독거렸다.

반쯤 마신 커피를 들고 근처의 화덕피자 전문점으로 자리를 옮겼다. 지환은 음식을 딱히 가리는 것이 없었고 태이는 좋아하는 음식이 한정적이었다. 대체적으로 지환이 그녀의 취향에 맞추어주는 편이기도 했다.

"난 미국식 피자는 소화가 잘 안 돼서 안 먹게 되더라. 지환 씬 어떤 피자 좋아해?"

"아무거나."

"지환 씬 꼭 아무거나라고 하더라."

"정말이야. 아무거나 잘 먹으니까."

"그래서 내가 했던 맛없는 음식들 다 먹어줬구나."

알겠다는 듯 고개를 끄덕이자 지환이 웃었다. 사실 태이의 요리가 정말 못 먹을 정도는 아니었다. 정확히 말하자

널 사랑하다가

면 간이 2퍼센트 정도 부족하다는 것 정도? 그리고 대부분이 만들기 단순한 음식이기도 했다.

"맛있었어."

"요리학원 좀 다녀야 하려나. 친구들이 몇 다닌다고 하던데."

"내가 만들어줄게."

"나도 맛있는 거 만들어주고 싶어서 그래."

"충분히 맛있어."

"거짓말 너무 못한다."

얼마 안 가 식전 빵과 에이드가 앞에 놓였다. 지환은 물수건으로 손을 깨끗이 닦은 뒤 에이드를 잘 섞어 태이의 앞에 놓아주었다. 저녁을 먹기엔 이른 시간이기도 하고 손님이 워낙 없던 터라 주문했던 음식이 빠르게 나왔다.

지환은 피자 한 조각을 태이의 앞접시에 놓아주고 샐러드를 버무렸다. 태이는 피자를 접듯이 들어 한입 크게 베어물었다. 그런 태이를 보고 지환이 웃으며 티슈를 들어 꿀이 묻은 그녀의 입가를 닦아주었다.

"천천히 먹어."

"지환 씨도 빨리 먹어봐, 맛있어."

사실 태이는 무슨 음식을 먹든 크게 감흥이 없어 보일 때가 많았다. 맛있게 먹은 적은 논산 고모댁에 갔을 때나, 그가 떡볶이를 만들어주었을 때 정도였다. 오늘처럼 이렇게 잘 먹을 때면 마음껏 먹게 해주고 싶었다.

막 샐러드를 입으로 가져가려던 태이의 행동이 멈췄다. 왜 그런가 싶어 태이의 시선이 멈춘 곳으로 고개를 돌렸다.

두 사람이 있는 테이블 쪽으로 태이의 또래로 보이는 여자가 걸어오는 중이었다. 머리부터 발끝까지 명품으로 치장한 여자는 어쩐지 무언가가 못마땅한 얼굴이다. 처음엔 친구인가 싶었는데 태이의 불안한 얼굴을 보니 그런 관계가 아니라는 것을 알아챌 수 있었다. 거기다 태이는 괜히 목 부근을 매만지기까지 했다.

"한태이, 오랜만이다?"

태이가 자리에서 일어났다.

"오랜만이야, 승진아."

"좋아 보이네. 이혼했다며? 이 남잔 누구야?"

승진의 다분히 공격적인 말투에 지환의 미간이 구겨졌다. 태이는 이 순간을 피하고 싶어 하는 것 같기도 했고 곤란해하는 것 같기도 했다.

"유지환입니다."

지환의 목소리에 승진이 고개를 돌렸다. 그의 키가 큰 탓에 승진은 저도 모르게 뒤로 한 발자국 물러섰다.

"이혼한 줄 알았는데 사이좋네?"

승진이 지환과 태이를 번갈아 보며 말했다.

"저 아십니까?"

"어떻게 몰라요? 무려 한태이하고 결혼하신 분인데."

널 사랑하다가

"누구십니까?"

"인사가 늦었네요. 송승진이라고 해요."

승진이 지환에게 손을 내밀었다. 승진이 누군지 파악이
된 지환의 얼굴이 살짝 굳었다. 기가 막혔다. 태이가 저자
세인 것은 아니었지만 승진을 불편해하는 게 무척이나 마
음에 들지 않았다. 무엇보다 승진의 고자세 역시.

"제가 악수 받아야 합니까?"

공격적인 지환의 말투에 승진뿐만이 아닌 태이의 눈도
커졌다. 사실 이곳에서 승진을 만날 거라 생각을 하지 못
했다. 어찌 되었건 승혁의 가족들과 만나기가 아직도 부담
스러운 일이다. 거기다 한때 친구이기도 했던 승진을 마주
하기란 역시 괴롭다. 한때 이 집도 승진과 자주 오던 곳이
라는 것을 잊었다. 세월이 흐른 탓도 있겠지만 기억이 희
미해진 것도 이유가 되었다.

"변호사시라면서요? 소문이 좀 늦으신가 보다."

"소문?"

"얘 엄청 재수 없는 애잖아요. 옆에 있는 사람 다 재수 없
어지는데. 그쪽도 잘나가던 검사였다면서요?"

"어떤 소문 말입니까? 그 추잡한 소문들?"

여전히 지환의 목소리는 공격적이다. 이미 지환이 사실
을 모두 알고 있음에도 불구하고 태이의 심장은 철렁 내려
앉았다.

"추잡한 소문들?"

"내가 전남편이었는데 뭐가 더 필요합니까?"

"네?"

"부부간의 사적인 일까지 모두 까발려야 하는 겁니까?"

승진의 미간이 사정없이 구겨졌다. 그리고 원망 가득한 눈으로 태이를 쏘아보았다.

"송승진 씨."

지환의 부름에 승진이 큰 눈을 부라리며 고개를 돌렸다.

"송승혁 씨의 죽음, 안타깝게 생각합니다. 하지만 책임 전가를 그딴 식으로 하면 안 되는 거죠. 그건 송승혁 씨 선택이었을 뿐입니다. 그리고 송승혁 씨 가족들만 힘들었던 것도 아니었습니다. 친구였던, 연인이었던 사람을 잃은 사람들은 생각도 안 해봤습니까?"

부들부들 떨리는 승진의 입술을 보며 지환이 살짝 눈꺼풀을 깔았다.

"그 송승진 씨가 말하시는 추잡한 소문. 곧 책임지셔야 할 겁니다."

"뭐라구요?"

"이만 가주십시오. 저희, 식사 중이었습니다."

힘을 준 주먹이 부들부들 떨리는 것이 보일 정도였다. 승진은 몇 번이나 입술을 떼었다 닫았다를 되풀이하다 돌아서서 레스토랑을 나가버렸다. 승진과 함께 왔던 사람들이 그녀를 부르며 쫓아나갔다.

"한태이, 안 앉아?"

지환의 목소리에 태이가 천천히 자리에 앉았다. 방금 전 아무 일도 일어나지 않았던 것처럼 지환은 입으로 음식을 가져가고 있었다. 태이가 먹을 생각을 하지 않자 지환은 직접 그녀의 입에 연어 조각을 넣어주었다.

"배고프다며."

"지환 씨."

"우선 먹자. 먹고 나서 이야기해."

입맛은 달아난 지 오래다. 하지만 지환의 목소리가 어쩐지 절박해 태이는 다시 포크를 집어 들었다. 무슨 맛인지도 모르고 그저 입안으로 욱여넣었다. 그러다 결국 반도 채 비우지 못하고 포크를 내려놓았다. 지환은 꿋꿋이 남은 음식들을 모두 해치웠다. 음료수까지 비운 뒤 지환은 계산서를 들고 자리에서 일어났다.

태이는 여전히 표정이 굳어서 지환을 보고만 있었다. 지환은 태이를 향해 손을 내밀었다. 물끄러미 지환의 거친 손을 바라보던 태이가 팔을 뻗었다. 거칠고 큰 지환의 손을 잡는 게 좋다. 이 손을 잡아서 참 다행이라는 생각이 든다. 방금 전까지만 해도 풍랑이 일던 마음이 순식간에 고요를 되찾았다.

차에 올라탄 뒤에도 지환은 말이 없었다. 하지만 태이는 불편하다는 생각이 들지 않았다. 지환의 오피스텔에 도착하자 두 사람은 말없이 손을 잡은 채 엘리베이터에 올라탔다. 태이는 손을 잡은 채 지환의 어깨에 고개를 기대었다.

I love you

지환이 고개를 숙여 그녀의 정수리에 입을 맞추었을 땐 내심 놀랐다. 이런 사이가 될 때까지만 해도 이런 식으로 바깥에서 애정표현을 할 줄은 몰랐다. 놀라서 고개를 들어 지환을 바라보았다. 지환은 고개를 숙여 태이의 이마에 가볍게 입을 맞추었다.

두 사람은 엘리베이터 구석에 있고 앞에 선 사람들은 올라가는 숫자만 보고 있었다. 다행이라고 생각하면서도 웃음이 나왔다. 엘리베이터 문이 열리자 지환이 먼저 발걸음을 옮겨 태이를 이끌었다.

현관문을 열고 신을 벗어 안으로 들어설 때까지도 지환은 태이의 손을 놓지 않았다. 하지만 태이는 손을 빼지 않았다.

"지환 씨."

지환이 소파에 태이를 앉히고 그 옆에 앉았다.

"재판할 때도 그런 모습이야?"

"그런 모습?"

"엄청 냉정해 보이더라."

"거의 싸움이긴 하지. 그래 보일 수도 있을 것 같네."

지환이 재판 때의 자신의 모습을 떠올리는 듯 자유로운 왼손으로 턱가를 매만지며 말했다.

"무서웠다고?"

"아니. 그것도 멋있더라."

"다행이네. 한태이에게 멋있어 보여서."

널 사랑하다가

"생각해보면 처음에도 그런 모습이었던 것 같아."

"처음?"

"냉정하고, 빈틈없어 보이고."

"피도 눈물도 없는?"

그 말에 태이가 웃음을 터트리며 고개를 끄덕였다. 확실히 잘생긴 것을 떠나 지환의 외모는 좋게 말하면 샤프했고, 상대의 입장에서 보자면 날카로워 보였다. 그녀의 손을 잡고 있는 지환의 손에 살짝 힘이 들어갔다.

"사실 승혁 오빠 죽고 승진이에게 목이 한 번 졸렸었거든. 좀 무서웠나 봐. 그 뒤론 목에 답답한 걸 하지 못했어."

지환의 입에서 깊은 한숨이 흘러나왔다.

"천천히 나아지겠지. 그런데 책임져야 한다는 말 뭐야?"

조금 더 잡힌 손에 힘이 들어갔다.

"나에 대한 소문들…… 승혁 오빠 집에서 만들어낸 거였어?"

지환이 낮은 숨을 뱉었다.

어떻게 가족을 잃은 슬픔을 타인이 헤아릴 수가 있을까. 비록 연인이었다고 하더라도 말이다. 하지만 승혁의 가족들은 오히려 태이를 위로해주었다. 적어도 겉으로는 말이다. 뒤에서 말도 안 되는 낙태나 유산 같은 이야기를 퍼트렸을 거라고는 정말 생각도 하지 못했다. 절로 한숨이 새어나왔다.

지환은 말없이 태이를 잡고 있는 손을 바라보며 그저 위로하듯 엄지로 그녀의 손등을 쓰다듬어주었다.

"내가 승혁 오빠 잊고 좋은 사람 만나 좋다는 말이 다 빈
말이었구나."

생각보다 화가 나지도 않았고, 또 내고 싶은 생각도 없었
다. 그냥 맥이 탁 풀리는데 사람에게 실망하는 게 바로 이
런 것임을 처음 깨닫게 되어 그런 모양이다.

"지환 씨, 나 좀 이상한 것 같아."

그 말에 지환이 인상을 찌푸렸다.

"별로 화가 안 나서 나 지금 당황하는 중이야."

지환은 태이의 현재 감정이 무엇인지 이해할 수 있을 것
같았다. 본인이 엮인 일에 크게 화를 내는 사람이 있는가
하면 웃어넘기는 사람들이 있다.

후자는 좋지 않다. 대부분이 혼자서 시간이 흐른 뒤 끙끙
앓는 편이 많기 때문이다. 찬찬히 태이의 얼굴을 훑어보던
지환이 가까이 다가오는 얼굴을 보고 저도 모르게 뒤로 물
러났다.

"덮치려던 거 아니야."

"뭐?"

"지환 씨 눈동자 색은 새까매서 사실 볼 때마다 신기했었
거든."

"나는 한태이가 화를 냈으면 싶으면서도 그게 힘들다
면……."

지환이 말을 끊은 건 태이가 맞잡은 손에 힘을 주었기 때

널 사랑하다가

문이다.

"지환 씨가 없었다면 화를 냈을 거야. 울었을지도 모르지, 억울해서. 그런데 지금 내가 이렇게 아무렇지도 않은 건 거짓말 같게도 지환 씨가 있어서야. 지환 씨를 다시 만나기 전이었다면 이런 생각은 하지도 못했을걸?"

지환은 말없이 태이의 눈을 보았다. 한 치의 흔들림도 없는 그 눈빛이 그녀의 진심을 말해주고 있다. 왠지 눈물이 왈칵 쏟아질 것 같아 지환은 길게 눈을 감았다. 감정이라는 것은 눈을 통해 나온다.

많은 사람들을 만나며 한 번도 눈길을 피하지 않고 마주 보았다. 기쁨, 환희, 분노, 슬픔 그 모든 희로애락을 보았다. 태이의 눈빛 역시 거짓말을 하지 않는다. 그 맑은 눈동자를 마주하자 눈물이 차오른 것은 그녀의 눈빛에서 그에 대한 무한한 신뢰와 사랑을 읽었기 때문이다.

대화라는 것은 중요하다. 하지만 굳이 대화를 하지 않아도 느낄 수 있는 건 역시 마음의 창이 눈이기 때문이다. 태이를 한 번 놓쳤던 건 역시, 그 눈을 보고 대화를 하지 않았기 때문이다. 그저 겁에 질려서.

지환이 팔을 뻗어 태이를 숨 막히게 끌어안았다.

많이 피곤했던 건지 태이는 아주 깊게 잠이 들었다. 지환

은 모로 누워 태이의 젖은 머리카락을 들어 매만지다 입을
맞추었다. 자신과 똑같은 샴푸 향이 나는 것도, 이렇게 옆
자리에 누워 자는 것도 신기하기만 했다.

태이를 안게 될수록 가슴이 벅차지만 한편으론 두려움
이 생기기도 한다. 그 초조함은 역시 사랑이 깊어지는 데
에서 오게 될지도 모르는 집착 때문이다. 혹, 자신의 사랑
이 너무나 깊어져 그녀를 숨막히게 만들진 않을까 싶어 거
리를 조금 둘까 하면서도 그러지 못하는 스스로의 욕심에
참을 수가 없어진다.

태이를 끌어안으려고 할 때 진동 소리가 들려왔다. 움찔
거림도 없는 것을 보니 태이는 완전히 잠에 빠져든 게 틀림
없었다. 조심하면서도 빠르게 침대에서 내려와 바닥에 떨
어진 바지만 걸쳐 입고 방을 빠져나와 문을 닫았다.

아직 동이 트지도 않았고 시계는 아침 6시 10분을 가리
키고 있었다. 이미 사무실은 휴가에 들어가 연락이 올 일
도 없었다. 바닥에 아무렇게나 떨어져 있는 태이의 옷들을
들어 소파에 놓으며 휴대전화를 들었다.

시골은 보통 아침이 일찍 시작된다. 그렇다 해서 고모가
이렇게 이른 시각에 전화를 걸었던 적은 한 번도 없었다.
게다가 어제도 통화를 마치지 않았던가. 지환은 서둘러 신
발을 신고 아예 복도로 나와 전화를 받았다.

"네, 고모."

– 자고 있었니?

널 사랑하다가

"조금 전에 깼어요. 무슨 일 있으세요?"

– 일은. 이번 설엔 그냥 안 내려와도 될 것 같아서.

고개를 갸웃거렸다. 복도 끝으로 걸어와 창밖을 보았을 때 눈이 한 송이씩 흩날리고 있었다. 새벽의 청명함이 보이지 않는 것을 보니 꽤 쏟아질 것 같았다.

"태이는 꼭 내려가고 싶어 하던데. 고모가 보고 싶은가 봐요."

– 아니, 애들이 놀러 가자고 하잖니. 남해 이쪽이 보고 싶다고.

고모는 밝은 목소리로 말하고 있었지만 어쩐지 초조함이 보였다. 이제 아침 6시가 겨우 넘은 시각.

"고모."

– 응?

"무슨 일이세요?"

지환의 목소리가 심상치 않다는 것을 공기 중으로 고모도 느낀 모양이었다. 낮게 한숨을 내쉬는 소리에 지환이 등 근육이 움찔거렸다.

"고모."

– 지환아, 그게 말이지…….

지환이 입술을 깨물었다. 설마 태이와 이혼한 사실을 알게 된 걸까? 분명 복도의 공기는 싸늘했지만 왠지 이마에 식은땀이 흐를 것 같았다.

"고모."

– 네 엄마 말이야…….

한숨이 새어나왔다. 그것은 안도의 한숨이었다. 태이와의 이혼 소식이 거기까지 들어가지 않았다는 안도.

"그 여자가 왜요? 이제 와 제가 보고 싶어지기라도 했다고?"

– 지환아…….

어딘지 어르는 고모의 말투에 지환이 이마를 긁적였다. 고모가 말은 안 했지만 알고 있었다. 그 여자가 몇 년에 한 번씩 전화를 해서 고모에게서 돈을 가져갔다는 것을. 모르는 척하고 고모에게 만기가 된 적금통장을 내밀었던 건 그 여자에게 주라고 한 게 아니었다.

고모는 지환이 결혼을 할 때 그 모든 돈을 한 통장에 모아 그에게 내밀었다. 아니, 돈을 더 넣어서. 물론 지환은 받지 않았고 고모는 아직도 그 통장을 신주단지 모시듯 가지고 있을 것이다.

"고모, 그 여자한테 저자세로 나갈 필요 없어요."

– 나는, 휴, 그래도 올케였고. 네 아버지 생각도 나고.

"절 위해서 그렇게 하지 말아주세요."

흐느끼는 소리가 들려왔다. 울컥, 지환은 목이 메어 침을 꿀꺽 삼켰다. 언젠가 이 말을 꼭 해야지 했다. 하지만 표현하는 데 서툴러 기회를 자꾸 놓쳤다.

"고모, 저는 지금까지도 그래왔지만 앞으로도 제 어머니는 고모라고 생각해요. 그 생각은 변함이 없고 또한 그럴 겁니다. 고모, 절 그냥 조카로만 생각하세요?"

— 아니야. 내가 어떻게 널 조카로만 생각하니.

"그 마음이에요, 저도. 이제 그 여자가 와도 돈 같은 거 쥐여주지 마세요. 제가 드린 돈 그냥 고모가 다 쓰세요."

— 지환아, 너 알고 있었니?

"그 여자에게 주라고 드린 돈 아니었어요. 그냥 장성한 자식이 부모에게 용돈 드리는 거라고 생각했던 거예요."

— 고맙다. 마음만이라도 참 고마워.

"혹, 그 여자에게 연락 오거든 저한테 보내세요. 다신 만나지 마시고."

— 그럴게. 그렇게 하자.

"고모, 눈이 꽤 올 것 같아요. 설 조심히 보내시고 그다음 날 조심히 내려갈게요."

서러움인지 기쁨인지 모를 것들이 복받쳐 고모는 한참이나 전화기를 잡고 울었다. 지환은 전화를 끊지 않고 그 울음소리를 모두 들어주었다.

통화가 끊겼을 땐 아스라이 동이 터오는 중이었다. 아직 하늘은 짙은 남색이다. 눈은 아직 간간이 오는 중이었다. 그때 등 뒤에서 허리를 감싸는 팔에 지환은 고개를 숙였다. 하얗고, 작고 예쁜 손이다.

"미안."

"뭐가?"

"통화하는 거 다 들었어."

지환이 고개를 끄덕였다.

"지환 씨."

"말해."

"사랑해."

눈가가 뜨거워졌다.

● ● ● ● ● ●

태이는 그 루머의 처분을 모두 지환에게 맡겼다. 지환은 본인이 처리를 하는 것보다 한 이사장과 윤 여사가 하는 게 좋을 거라 했고 태이 역시 동의했다. 두 사람은 씻고 나서 오피스텔을 나섰다.

"우리 엄마 쓰러지시는 거 아니야?"

"내가 가서?"

"아니, 내가 가서."

그 말에 지환이 웃으며 태이의 볼을 쓸어주었다. 태이는 이런 자연스러운 지환의 손길이 좋았다. 기분이 좋으면 지환은 낮은 소리를 내며 웃는다. 지환은 크게 소리를 내며 웃어본 적이 있는 것일까? 하지만 태이는 묻지 않기로 했다. 이렇게 지환의 옆에 있으면 언젠간 그런 모습을 볼 수 있을 테니 말이다.

아직 두려운 것은 많이 남아 있다. 하지만 태이는 지금 그 말을 꺼낼 수 없었다. 조금만, 조금만 더 이 행복을 만끽

널 사랑하다가

하고 싶었다.

집 앞에 도착했을 때 의외로 수월하게 대문이 열렸다. 그래도 윤 여사가 원천봉쇄하라 말을 하진 않은 모양이다. 정원을 지나쳐 문을 열고 들어서자 몽글이가 제일 먼저 달려와 안겼다. 태림과 정아가 놀란 얼굴로 태이를 맞이했다. 아니, 정확히는 그 뒤로 짐을 바리바리 싸들고 들어오는 지환 때문이다.

태림과 정아는 마주 보며 놀란 모습을 숨기지 못했다. 정아는 부푼 배를 쓰다듬으며 바로 안방으로 걸어갔다.

"아버님, 나와보세요."

애교 가득한 정아의 말투에 태이가 웃었다. 태림은 떨떠름한 얼굴로 다가와 지환의 손에서 짐들을 받아들었다.

"이게 다 뭐야?"

"필요하신 거 다 사셨겠지만 제 성의입니다."

"그냥 빈손으로 와도 되는데……."

"태이 왔…… 아, 유 서방 왔는가."

이미 두 사람의 사이를 잘 알고 있는 한 이사장이 생각보다 훨씬 밝은 얼굴로 지환과 태이를 맞아주었다. 태이는 몽글이를 쓰다듬으며 안방 문을 보았다.

"엄마는요?"

"흠흠, 엄마가 몸이 좀 안 좋아서 말이다."

"왜요?"

서둘러 몽글이를 내려놓고 태이가 안방으로 걸어갔다.

아무래도 어제 유치하게 윤 여사를 밀어붙여 그런 게 아닌가 생각됐다. 안방 문을 열고 들어서자 침대에 누워 이마를 짚고 있는 윤 여사가 보였다.

"엄마!"

태이의 목소리에 윤 여사의 몸이 눈에 띄게 움찔거렸다.

"붕대? 어디 다쳤어?"

재빨리 침대에 걸터앉으며 윤 여사의 손을 잡았다. 윤 여사는 한숨을 내쉬며 벽 쪽을 향해 돌아누웠다. 태이는 윤 여사의 어깨를 잡고 똑바로 눕히려고 했지만 윤 여사는 몸에 힘을 주고 있었다.

"엄마!"

"어휴, 나가 있어. 좀 이따 나갈게."

"목소리가 왜 그렇게 잠겼어. 감기야?"

귀찮다는 듯 손사래를 치는 윤 여사를 보고 태이가 한숨을 내쉬었다.

"엄마, 어제 너무 속 좁게 굴어서 미안해."

윤 여사의 어깨가 가늘게 떨렸다. 그런 윤 여사의 모습을 보자 태이도 눈가가 시큰해졌다. 아무리 속이 상했어도 윤 여사에게 그렇게 화풀이하듯 대하면 안 됐다. 태이가 윤 여사를 끌어안았다.

"엄마, 미안."

갑자기 윤 여사가 숨기지 않고 엉엉 울기 시작했다. 윤 여사가 이렇게 큰 소리로 우는 건 처음 보는지라 당황해서

널 사랑하다가

태이는 굳었다. 그때 한 이사장이 태이의 어깨를 살짝 짚었다.

"아빠."

"네 엄마 그냥 둬."

한 이사장의 말에 윤 여사를 물끄러미 보던 태이가 침대에서 일어나 안방을 빠져나왔다. 하긴, 태어나 처음으로 윤 여사와 싸워봤다. 늘 공주나 여왕처럼 떠받들어주던 사람들만 주위에 있어왔던 탓에 어제는 윤 여사도 충격을 받았을 것이다. 안방 문이 닫히자 태이가 한숨을 내쉬었다.

"엄마 많이 삐졌어?"

태이의 물음에 한 이사장이 괜히 헛기침을 하며 그녀를 이끌고 식당으로 데려갔다. 식탁 앞에 앉아 있던 지환이 자리에서 일어났다.

"아냐, 앉아. 밥 먹세. 잠깐 볼일이 있어서 내가 점심이 늦었어."

한 이사장은 마침 막 식사를 하려던 참이었던 듯했다. 서두른다고 했는데 벌써 시각이 1시를 넘어가고 있었다. 식탁엔 음식들이 가득 차려져 있었다. 지환은 멀리 있다고 느꼈는지 고추장굴비를 태이의 밥에 올려주었다.

"그나저나 논산으로 안 가고 왜 여기로 왔어?"

"제가 처가댁 먼저 오자고 했습니다. 장인어른."

지환의 말에 한 이사장의 눈이 커졌다.

"사돈께 죄송하구먼."

"아닙니다. 제가 생각이 짧아서 그동안 먼저 오지 못했습니다. 죄송합니다."

"죄송하긴. 그 만두 먹어보게. 어젯밤에 나하고 태림이가 열심히 만들었어."

한 이사장은 음식을 잘하지 못했지만 만두만은 윤 여사보다 훨씬 예쁘게 잘 빚었다. 태이는 앞에 있는 주황빛 도는 김치만두를 지환의 앞접시에 놓아주었다.

"우리 아빠가 만두 하나는 타의 추종을 불허해."

"내 꿈이 퇴직 후에 학교 앞에 만두집 차리는 거지."

물론 꿈일 뿐이었다. 윤 여사는 퇴직 후에 여행을 다녀야지 무슨 가게냐며 정색을 했었다. 태이가 만두를 한입 크게 베어물었다. 촉촉하고 적당히 매콤한 맛이라 질리지 않고 맛있게 먹을 수 있었다.

"오후엔 고기만두 빚을 건데 같이 하세."

"손재주는 없지만 해보겠습니다."

"되게 쉬워. 내가 가르쳐줄게."

마저 반쯤 남은 만두를 입에 넣으며 고개를 돌리다 흐뭇하게 웃고 있는 한 이사장과 눈이 마주쳤다. 태이는 울컥 무엇인가가 솟아올라올 것 같아 물을 찾아 마셨다.

아마 두 사람의 이혼에 제일 속을 끓인 사람은 역시 한 이사장일 것이다. 내색도 하지 못하고 그동안 속으로 앓기만 했음이 분명하다. 거기다 윤 여사는 아마 계속해서 한 이사장의 속을 긁었을 것이다. 한 이사장에게도 그러고 보

넌 사랑하다가

니 미안했다고 말을 못 했다. 태이는 괜히 헛기침을 하며 머리를 긁적였다.

한 이사장은 가시를 발라낸 갈치를 태이의 밥에 올려주었다. 어렸을 때부터 한 이사장은 늘 이렇게 갈치를 좋아하는 태이를 위해 살을 발라주고는 했다. 물론 윤 여사가 이 자리에 있었다면 태이의 순서는 나중이 되었겠지만.

"아빠 드세요. 나도 이제 가시 바를 줄 알아."

"부모 눈엔 늘 어린애같이 보여서 그래."

괜찮다고 해도 한 이사장은 아마 끝까지 살을 발라줄 것이다. 태이는 한 이사장의 그런 모습을 물끄러미 바라보았다.

"밥 먹지 뭘 그렇게 보고 있어?"

"아빤 이마에도 눈 달렸나 보네?"

"유 서방도 어서 먹게. 제주 지인이 보내준 거야. 통통한데 촉촉하고 아주 맛이 좋아."

커다란 토막을 열심히 바른 건 지환을 주기 위해서인 모양이다. 한 이사장은 잠시 망설이더니 지환의 앞접시에 잔가시를 바른 두툼한 토막을 놓아주었다. 태이는 왜 한 이사장이 잠시 망설였는지 알 것 같았다. 밥에 올려주어야 하는지, 접시에 올려주어야 하는지 갈등을 한 것이다.

"비린 거 싫어할지도 몰라서 말이야."

"잘 먹습니다. 아버지가 어부셨잖아요."

"그렇지 않아도 자네에게서 바다낚시 배우기로 했는데

언제 가야 할지 모르겠구만."

"조만간 휴가 내겠습니다."

두 사람은 낚시 이야기로 대화를 이어갔다. 태이와 지환이 처음부터 대화를 자주 나누고 서로 가까워지려 노력을 했었다면 진즉 이런 모습을 볼 수 있었을 것이다.

태이는 고개를 저었다. 이런 후회는 하지 않기로 했다. 앞으로 있을 미래만을 생각하기로 마음먹었는데 역시 물밀듯 밀려오는 후회는 어쩔 수 없었다. 그때 지환이 자리에서 일어났다.

"장모님."

그 소리에 태이가 고개를 돌렸다. 윤 여사는 두 눈만이 아니라 얼굴이 퉁퉁 부어 있었다. 저 모습은 태이가 와서 울고 난 직후의 모습이 아니었다. 적어도 몇 시간을 울었던 게 분명했다.

"엄마……."

"태이야."

"엄마, 괜찮아?"

"태이야, 엄마가 미안해."

윤 여사가 그 자리에 주저앉아 땅을 치고 울기 시작했다.

어린아이처럼 울기 시작하는 윤 여사를 달랜 사람은 결국 한 이사장이었다. 윤 여사와 한 이사장이 안방으로 들어가고 지환과 태이는 서로를 보며 영문을 몰라 했다. 정아와 태림은 잔뜩 난처한 얼굴로 두 사람의 눈치만 보고 있었다.

결국 먼저 입을 연 건 태림이다. 어제 지환과의 대화로 윤 여사는 바로 승혁의 집에 찾아갔고 보자마자 손을 날렸다는 것이다. 폭력 같은 건 아예 상상도 하지 못했던 윤 여사가 다짜고짜 손부터 날리다니. 그래서 손톱까지 부러지고 손목 인대까지 시큰거려 윤 여사는 붕대를 하고 있다고 했다.

"엄마가?"

"고소장 접수했고 결과야 아마 벌금 정도로 끝나지 않을까 싶은데 아버지, 엄마는 민사소송까지 가실 생각 같아."

태림의 말에 태이가 고개를 끄덕였다.

"나쁘지 않네."

"괜찮겠어?"

조심스레 묻는 태림의 목소리에 태이가 어깨를 들썩였다.

"안 괜찮을 게 뭐가 있어. 우리나라 사람들 잘 알잖아. 사실이 밝혀져도 사과할 사람들 아마 거의 없을 거야. 그러니 그런 식으로라도 나도 좀 풀어야지. 이런 식으로 악연이 될 줄은 몰랐네."

사실 태림에게서 듣는 이야기는 꽤 충격적이었다. 어떻게 혼자 간 자식이 불쌍하고 그립다는 이유로 멀쩡한 그녀에게 그런 소문들을 뒤집어씌울 수 있었던 것일까. 결국 태이가 승혁만을 그리다 살아가다 죽을 거라 생각했을까.

승혁이 죽고 나서 오히려 냉정하고 차분히 행동했던 태이에게 화가 났었다며 무릎을 꿇었다는 승혁의 부모를 윤 여사는 정말 마구잡이로 때렸다고 했다.

옆에 앉아 있는 지환이 화를 이기지 못하고 부들부들 주먹을 떨고 있었다.

"매부는 어떻게 하는 게 좋다고 생각해?"

"장인 장모님께 맡기겠습니다. 남편의 입장인 제가 나서는 게 모양새가 좋지 않으니까요."

화를 누르고 있는 목소리가 고스란히 흘러나왔다. 말은 그렇게 하고 있지만 지환은 아마 상대가 변호사를 고용한다면 있는 힘을 다해 압박할 것이다. 정말 어이가 없는 이유로 치졸하게 상대를 괴롭혔다는 게 이해가 되질 않아 당사자인 태이도 기가 막힌데 그걸 지켜보는 지환은 오죽할까 싶었다.

결국 식당을 치우는 건 태림과 지환이 하기로 하고 태이는 정아와 함께 2층으로 올라왔다. 지금 윤 여사는 속도 상하고 태이에게 미안하다는 말을 제대로 하지 못해 더 울고 있을 것이 분명했다. 그동안 아무것도 모르고 그 집에 더 신경을 쓰고 눈치를 보았던 게 얼마나 억울했을까.

"어머님 밤새 끙끙 앓으셨어."

"전화 좀 해주지."

"그 난장판에 어떻게 전화를 해?"

"너도 놀랐겠다."

정아가 고개를 끄덕이며 배를 쓰다듬었다.

"애, 어떻게 그 집에서 그럴 수 있니? 진짜 어이가 없어서. 오빠도 화가 나는지 부들부들 떨면서 울더라."

"오빠가 울었어?"

놀라서 태이의 눈이 휘둥그레졌다. 태림이 우는 것은 한 번도 보지 못했다. 승혁이 죽었을 때도 태림은 두 눈이 새빨갰지만 태이의 앞에선 울지 않았다. 그런 태림이 울었다니.

"오빠 자기 때문에 네가 승혁 오빠랑 만난 거 같다면서 많이 울었어."

그러고 보니 들어올 때 보았던 태림의 얼굴이 푸석푸석했던 것 같기도 했다. 며칠 전에도 정아의 입덧으로 인해 태림이 제대로 잠을 자지 못한다는 이야기를 들어 그 때문인가 싶었다.

"내가 이런 데서 남매 우애를 다 확인하네."

"한태이, 넌 웃음이 나와?"

"너무 기막히기도 한데 지금이라도 알아서 다행이란 생각도 들고."

결국 눈물을 흘린 건 정아였다. 기가 막힌지 웃으면서도 우는 정아를 보고 태이는 꼭 껴안아주었다. 식구들이 자신을 위해 눈물을 흘려준다는 게 참 고맙기도 하고 든든하기도 했다.

펑펑 우는 정아를 한참 달래는데 문이 살짝 열리며 지환이 들어섰다. 정아는 주책을 부렸다며 눈물을 갈무리하고 자리에서 일어났다. 정아가 문을 닫고 나가자 지환이 침대에 걸터앉으며 쟁반을 내려놓았다.

"레드향 좋아한다면서."

고개를 끄덕였다. 과일을 잘 먹지는 않았고 특히나 과일을 까서 먹는 건 더 선호하지 않았다. 특유의 신맛을 싫어했는데 어느 날 선물로 받은 레드향은 단맛만 가득해서 생각이 나거나 철이 되면 한 번씩 사서 먹었다.

태이는 집중해서 껍질을 까고 있는 지환을 뚫어져라 보았다. 지환은 집중을 하면 미간이 약간 좁아지고 시선 역시 느끼지 못하는 모양이었다. 껍질을 다 까고 붉은 과육이 드러나자 만족한 얼굴로 고개를 들던 지환이 그제야 시선을 알아챘다. 웃으며 태이의 입안에 한 조각을 집어넣었다.

"밥 많이 못 먹었는데 배고프지 않아? 이런 거 말고 배좀 채울 만한 걸로 가져올까 싶어서."

"난 괜찮은데 지환 씨가 배고픈 거 아니야?"

"나도 괜찮아."

"지환 씨."

"말해."

"화 많이 났어?"

지환의 손가락이 멈췄다. 그러다 이내 빈 접시에 다 까놓은 알맹이를 내려놓고 다른 것을 들었다.

널 사랑하다가

"나는 생각보다 괜찮은 것 같아."

그 말에 지환이 고개를 살짝 기울이며 태이를 바라보았다.

"처음엔 내가 너무 당황해서 화가 나지 않는 거라고 생각했어. 그런데 곰곰이 생각해보니까 날 위해주는 사람들이 많아서. 그게 든든해. 어떤 결과가 나와도 괜찮아. 지금도 충분히 좋아."

지환이 팔을 뻗어 태이를 끌어안았다.

◦ ◦ ◦ ◦ ◦

설은 꽤 무난히 넘어갔다. 나름대로 명절 분위기 좀 내보자며 한 이사장과 태림, 지환은 만두를 빚고 전도 두어 가지 부쳤다. 떡국도 끓였고 세배를 해서 세뱃돈도 받았다. 윤 여사는 지환에게서 절을 받는 것을 무척이나 어려워했다. 그러면서도 준비해둔 봉투를 내밀었다.

어른인데 두 사람이 알아서 잘하리라 믿는다며 윤 여사는 말을 아꼈다. 태이는 그런 윤 여사가 고마워 끌어안았다. 아침만 먹고 태림과 정아는 친정으로 향했다. 윤 여사는 태이에게도 어서 논산으로 가라 난리였다.

"나도 친정 가야지. 태이 너도 빨리 유 서방하고 내려가."

"엄마, 나도 외갓집 가고 싶거든?"

"얘, 그럼 유 서방은 가서 식구들 안 보니?"

예전 같았다면 윤 여사는 태이를 보내지 않고 계속 옆구리에 끼고 다녔을 것이다. 덕분에 태이와 지환은 거의 쫓겨나듯 집을 나설 수밖에 없었다. 한 이사장이 지환의 차 트렁크에 잠들을 마저 실어주며 웃었다.

"자네가 이해해. 집사람 지금 쑥스러워서 저러니까."

"아닙니다, 장인어른."

"조심히 다녀오고."

"다녀와서 인사드리겠습니다."

한 이사장이 지환의 어깨를 두드려주었다. 그리고 태이가 차에 오를 수 있게 문을 직접 열어주며 주머니에 봉투를 넣어주었다.

"아빠, 이거 뭐야?"

"내려가는 길에 맛있는 거 먹으라고."

"세뱃돈 많이 받았는데?"

"그런 건 원래 비상금으로 챙겨두는 거야. 흠흠, 조심히 다녀오게."

지환이 트렁크를 닫고 운전석에 올라타자 한 이사장은 아무 일도 없었다는 듯 뒤로 물러났다. 그리고 보조석 문을 닫고 손을 흔들었다. 태이는 창문을 열고 한 이사장에게 손을 흔들어주었다.

"아빠, 다녀올게요."

"다녀오겠습니다, 장인어른."

고개를 끄덕인 한 이사장이 뒤로 물러나자 지환의 차가 천천히 움직였다. 다행히 눈이 그냥 흩날리는 정도로만 그쳐 운행을 하는 데는 아무것도 걸릴 것이 없었다. 태이가 주머니에서 봉투를 꺼냈다.

"내가 아빠 때문에 못살아."

"뭔데?"

지환이 슬쩍 보며 물었다.

"내려가는 길에 맛있는 거 사 먹으라면서 몰래 주시는 거야. 근데 이 봉투 오빠가 준 거 그대로 주신 거네. 딱 보니까 지환 씨가 준 건 새언니 손에 들어갔어."

그러면서 웃음이 실실 나오는 건 역시 느껴지는 한 이사장의 사랑 때문이다. 태이는 그 봉투를 지환의 주머니에 넣어주었다.

"논산에서 우리 밥 먹으러 나갈 때 고모님이 봉투 주셨어. 그 꾸깃꾸깃한 봉투 보는데 고모님이 이걸 줘야 하나, 말아야 하나 고민 많이 하신 게 느껴지더라. 그거 못 쓸 것 같아."

"태이야."

"응?"

"고마워."

"뭐가?"

"내게 가족을 만들어줘서."

진심이 담겨 있는 목소리에 태이는 고개를 끄덕였다. 정말 지환에게 좋은, 그리고 따뜻한 가족이 되어주고 싶다.

아이가 찾아올 수 있을까? 울컥, 눈물이 차올랐다.

태이와 정아는 혜령의 타령을 계속 들어주는 중이었다. 역시 '시'가 앞에 붙으면 어쩔 수 없다면서 혜령은 열변을 토하는 중이다. 태이가 보기엔 혜령이 임신을 해서 호르몬 변화로 인한 서운함 같았지만 일단은 편을 들어주었다.

"아니, 내가 임신해서 잘 움직이지도 못하고, 그래서 상현 씨 설거지 좀 시킨 거 갖고 '집에서도 매일 이러니?'라고? 나 참, 시누이 너무 얄미워."

혜령은 가슴을 치며 오렌지주스를 순식간에 반이나 비워냈다. 정아와 태이는 그저 서로 눈치만 보며 눈동자를 굴렸다.

"세상에, 이제 상현 씨도 미운 거 있지?"

"그럴 만해."

"정아 너도 시누이가 그러면 진짜…… 아, 우리 한태이가 시누이지."

이번엔 혜령이 태이의 눈치를 보았다. 태이가 웃으며 들고 있던 잔을 내려놓았다.

"내가 빠져줘? 새언니도 제 욕 하고 싶으면 실컷 하세요."

"얘, 정아가 네 욕 할 게 뭐가 있어? 나 같으면 업고 다니겠다. 결혼한다고 가방 사줘, 조카 가졌다고 여행 보내줘, 너 같은 시누이가 어디 있어. 우리 태이에게 오빠만 한 명 더 있었어도."

역시나 혜령은 그렇게 속을 토해내다가도 금방 풀리곤 했다. 그러면서 이번에 시부모님이 고생했다며 꽤 큰돈이 든 봉투를 주셨다 자랑까지 했다. 결국 그 봉투에 마음이 풀려 웃으며 파니니를 입에 넣었다.

"참, 내가 지금 이런 이야기 할 때가 아니지. 그래서? 그 루머 퍼트린 인간들 다 고소하기로 했어?"

혜령이 화를 파르르 냈다. 목소리가 어찌나 큰지 태이가 주변을 둘러보았다. 다행히 1층엔 그녀들을 빼고 테이블이 비어 있었다.

"응. 민사까지 간대."

"잘했다. 아주 그냥 콩밥을 먹여야 돼. 입 무서운 거 모르고. 야, 아무리 그래도 그렇지 진짜 너무한 거 아니니? 송승진 그년은 친구였다는 애가 그런 무서운 소리를 하고 다닐 수 있는 거야?"

"혜령아, 애가 들어."

"한태이 넌 너무 물러서 탈이야. 나 같으면 가서 머리카락 다 뜯어놨어."

다시 생각해도 화가 솟구치는지 혜령은 앞에 있는 물을 단숨에 비우며 얼굴에 부채질을 했다.

"걱정 마. 어머님이 가셔서……."

"어? 태이 어머니? 너희 시어머니?"

"응. 오빠가 가서 같이 보고 왔다는데 오빠도 진짜 놀랐대. 어머님이 그렇게 혼신의 힘을 다해서 사람을 때릴 줄 몰랐다고."

그 말을 하며 정아도 흥분했다. 태이 역시 자세히 듣지는 못해 대체 윤 여사가 승혁의 집에 가서 어떻게 했기에 태림이 절대 자기 입으로 말 못 한다며 고개를 저었을까 궁금하기까지 했다.

"오빠 말로는 어머님이 정말 체중을 실어서 사람을 때리시더래. 그거 진짜 싸움꾼들만 하는 거라면서, 오빠가 나한테 뭐랬는 줄 알아? 자기가 지금은 웃으면서 말하지만 그땐 정말 사람 죽는 줄 알았다고, 입술이 찢어져서 막 피가 나는데 어머님이 정말 눈 하나 깜짝 안 하셨대. 어떻게 사람 똑같이 죽어야 속이 시원하겠냐고. 이제껏 자기 호의를 보면서도 그 짓 했냐면서. 그 집 사람들 입이나 입안 다 터져서 며칠은 고생할 거라고. 오빠도 사실 진짜 때리고 싶었나 봐. 그런데 어머님 보고 말려야겠단 생각부터 들었대. 이러다 어머님 먼저 쓰러지시고 감옥 가시겠다고."

역시 태림답다. 그 순간에도 농담이라니. 낯짝이 있다면 아마 윤 여사를 폭행으로 고소하지는 못할 것이다. 아니,

그 사람들이라면 그러고도 남았으려나? 태이가 한숨을 내쉬자 정아와 혜령이 눈치를 보았다.

"승혁 오빠가 죽는 순간부터 나나 부모님이나 그 집과는 그냥 인연을 끊었어야 했어."

"진짜 그랬어야 돼. 아니, 자기 자식이 선택해서 그런 일 벌어진 건데 위로는 못 할망정 입에 담지도 못할 쓰레기 같은 소리나 하고 다니고. 진짜 내가 열받아서."

"열 그만 받으시고요. 혜령이 너 3시까지 병원 가야 한다며."

"맞다. 내가 이렇게 정신이 없어."

태이의 말에 혜령은 병원에 가야 한다며 서둘러 자리에서 일어났다.

"상현 씨는?"

"일 때문에. 병원에서 보기로 했어."

"조심히 가고."

"응. 전화할게."

서둘러 걸어가는 혜령의 뒷모습을 보며 정아가 웃었다.

"하여간 우리 백혜령. 오빠가 말 좀 조심하라고 했는데. 네 앞에서 괜히 말한 거 아닌가 몰라."

"괜찮아. 나 진짜 아무렇지도 않아. 그리고 강정아, 너도 혹시 나한테 섭섭한 거 있으면 말해."

"내가 섭섭할 게 뭐가 있어. 너무 잘해줘서 고맙지. 나 고백할 거 있는데."

"뭔데?"

정아가 갑자기 고백할 게 있다고 하자 태이는 저도 모르게 허리를 꼿꼿이 세우며 긴장했다. 별거 아니라며 정아가 손을 저었다.

"아버님이 맛있는 거 사 먹으라면서 용돈 주셨는데 너희 부부가 드린 봉투더라."

"그럴 줄 알았다. 나한테 온 봉투는 오빠가 드린 거더라."

"정말? 그럼 오늘 밥 내가 사야겠다."

"그럼 새언니한테 좀 얻어먹어볼까? 그런데 오늘은 안 돼. 지환 씨 만나기로 했거든."

"같이 봐야지 어떻게 우리만 먹어."

"그럼 날짜 정하자. 이만 일어날까? 집까지 내가 태워다 줄게."

"아냐, 택시 타면 금방인데 뭐하러 돌아가."

고개를 끄덕이며 일어난 태이가 먼저 트레이를 들고 카운터로 걸어갔다. 카페를 나오며 미리 주문한 케이크를 받아 정아의 손에 들려주었다.

"생일 축하해."

"고마워."

"오빠한테 내일 미역국 꼭 끓여달라고 하고."

"내가 우리 올케 때문에 산다."

마침 바로 앞에 있는 택시 정류장에 서 있는 모범택시에 다가가 태이가 문을 열었다.

"날짜 정하면 연락할게. 올케, 케이크 잘 먹을게요."

"네, 언니. 조심히 들어가."

문을 닫자 정아가 웃으며 손을 흔들었다. 택시가 멀어지자 태이는 다시 카페로 들어갔다.

"선물할 건데 지금 포장할 수 있는 케이크가 몇 개나 될까요?"

"종류별로 해도 열다섯 개 정도밖에 안 나올 것 같은데요."

"그럼 우선 그렇게 주시겠어요?"

"알겠습니다. 잠시만 기다려주세요."

태이는 고개를 끄덕이고 의자에 앉았다. 지환에게 전화를 걸었지만 신호가 가기만 할 뿐 전화를 받지 않았다. 태이는 이번에는 윤 여사에게 전화했다.

– 응, 딸.

"엄마, 어디야?"

– 어디긴, 집이지.

"혹시 뭐 먹고 싶은 거 있어?"

– 먹고 싶은 거? 너희 집 앞에 있는 빵집 치즈 타르트.

태이가 웃으며 고개를 끄덕였다.

"알았어. 내일 사갈게."

– 유 서방도 같이 오니?

"바쁜 일 없으면?"

널 사랑하다가

- 그나저나 너희 그냥 그렇게 살 거야?

"우리 사는 게 뭐 어때서?"

- 법적으로 다시 부부가 되든지 해야 할 거 아니야.

지환은 서류 작성에 대해 말하지 않았다. 물론 다시 결혼을 하자는 말도 하지 않았다. 왜일까?

- 여보세요? 한태이.

"응, 엄마."

- 빨리 마무리해. 그리고 너희 신혼집 너희 명의로 바꿔주기로 했어.

"어?"

- 너희 아버지가 우리 유치하게 군 거 보고 뭐라고 하잖니. 어차피 애들 사는 집인데 아예 명의까지 바꿔주자고. 혼인신고 다시 하면 선물로 줄게.

큰 선심이다. 입을 내민 채 말하고 있을 게 분명한 윤 여사가 귀여워 태이는 저도 모르게 웃고 말았다.

"알았어. 지환 씨하고 이야기해볼게. 내일 봐."

전화를 끊고 나자 직원이 준비가 다 되었다며 상자를 보여주었다. 서둘러 계산을 하고 포장된 케이크를 들고서 직원들과 주차장으로 걸어갔다. 직원들은 친절하게 뒷좌석에 상자를 차근차근 쌓아주었다.

차에 올라타 목적지를 정하자마자 빠르게 출발했다. 사실 지환의 사무실은 처음 가보는 것이라 화분 같은 것을 생각하지 못했다. 직원들이 더 많다면 그 근처의 베이커리에서 주문을 해도 될 것이다.

지환이 새로 문을 연 사무실은 이층주택을 개조한 것으로 입간판이 없으면 그냥 스칠지도 모르겠다는 생각이 들었다. 차를 주차하고 트렁크에서 이동용 카트를 꺼냈다. 상자를 모두 옮겨 담고 안으로 들어서자 직원이 맞아주었다.

"어머, 사모님."

"안녕하세요."

전에 있던 오피스텔에서 몇 번인가 마주쳤던 직원이었다.

"뭘 이렇게 가져오셨어요."

"진작 와봤어야 했는데 좀 늦었어요. 모자라면 제가 더 보낼게요."

"어휴, 남겠어요. 그런데 지금 유 변호사님 손님 오신다고 방금 나가셨는데."

"그래요?"

"여기 블록 지나면 카페 하나 있어요. 노출 콘크리트 건물이거든요? 아니면 사무실로 들어가서 기다리시겠어요?"

"그럼 카페로 제가 가볼게요."

아무래도 여기 있으면 괜히 직원들이 신경을 쓰겠다 싶었다. 서둘러 직원들이 다가와 케이크 상자를 옮기자 태이는 고개를 숙이며 건물을 빠져나왔다. 차에 다시 카트를 접어 넣고 인도를 따라 걸었다.

막 코너를 돌자 딱딱하게 굳은 표정으로 앉아 있는 지환이 보였다. 무슨 생각에 잠겨 있는 것인지 미동도 없었다. 태이는 조용히 카페 안으로 들어가 조용히 홍차를 시키고 나무화분으로 가린 바로 뒤 테이블로 가서 등을 마주 대고 앉았다. 아마 지환은 태이가 왔다는 것을 꿈에도 모를 것이다.

직원이 홍차를 가져와 내려놓자 태이는 목례로 감사의 뜻을 전했다. 슬쩍 몸을 틀자 지환이 보였다. 웬 중년 여성이 왔는데도 지환은 자리에서 일어나지도 않았다. 의뢰인이 아닌 모양이다. 아니, 태이는 본능적으로 깨달았다. 저 중년 여성은 지환의 생모임이 분명했다.

"왜 그러셨어요."

단번에 튀어나온 지환의 목소리는 딱딱했다. 이렇게 화가 가득한 지환의 목소리는 처음 듣는지라 태이는 저도 모르게 눈을 크게 떴다.

"낳았다고 부모 권리가 있다고 생각하십니까?"

"지환아, 나는……."

"아뇨. 저는 그쪽 이야기 들으러 나온 게 아닙니다. 통보하러 나온 겁니다. 한 번 더 우리 가족에게 접근한다면 법적 조치를 취해서라도 처벌하겠습니다. 내 어머니는 그쪽이 아닙니다."

지환은 잠시 말을 멈추었다. 얼굴이 새하얗게 질린 여자의 귀에 자신의 말이 제대로 들리지 않는 것 같아 시간을 주기로 한 것이다. 한 번 말없이 걸려왔던 전화의 주인공이 바로 이 여자라는 것을 알 수 있었다.

앞에서 손을 부르르 떠는 여자를 보면서도 아무 생각이 들지 않는다. 여자의 손은 새하얀 석고상같이 주름 하나 없다. 물론 저 손에 주름이 가득했더라도 동정심 하나 일지 않았을 것이다.

"제 고모께 받아간 돈은 어떻게 하든 마련하시는 게 좋을 겁니다."

일순 여자의 어깨가 굳었다.

"아시다시피 제 직업은 변호사고 고소하는 게 일이니까요. 지금 살고 계시는 집이나 가게 둘 중 하나만 팔아도 답 나올 거라 생각하는데 기한은 한 달 드리죠."

"지환아!"

"저 무서우셔서 저한텐 못 오고 고모, 고모부께 가셨죠? 가져가신 거 그냥 토해내라는 겁니다. 이자도 받지 않는데 이 정도면 관대하지 않습니까? 다시 말하지만 저는 그쪽 이야기 들으러 온 거 아닙니다."

"너 내 뒷조사까지 했니?"

"못 할 거 있습니까? 그쪽도 충분히 고모 뒷조사 하셨을 텐데."

입술을 질끈 깨문 채 시선을 피하는 여자를 보고 지환이 코웃음을 쳤다. 이런 여자에게 그저 저를 낳았다는 이유

널 사랑하다가

하나로 돈을 건네주었을 할머니나 고모가 생각나 가슴이 울컥했다.

"제가 이제껏 나서지 않았던 건 그쪽을 위해서가 아니었습니다. 그저 엮이는 게 나를 좀먹는 것 같아 싫었던 거지. 내가 이 직업을 가지게 된 건 고모와 고모부의 힘이지 그쪽의 힘이 아닙니다. 멋대로 착각하시면 곤란합니다. 정말 구질구질한 게 어떤 건지 알고 싶으시다면 한 달 뒤에 보시면 됩니다. 충분히 알아들으셨을 거라 생각하고 이만 자리에서 일어나겠습니다."

지환이 자리에서 일어났다. 카페를 빠져나와 사무실을 향해 걸었다. 생각했던 것보다 기분이 더러운 것도, 후련한 것도 아니다. 그저 상대하기 싫었던 의뢰인 정도를 만나고 돌아오는 길목 같았다.

사무실 문을 열고 들어서는데 직원들은 티타임을 준비하는 듯했다. 접시에 보기에도 싱그러운 딸기케이크 조각을 옮겨 담고 있었다.

"어머, 유 변호사님. 사모님 못 만나셨어요?"

"사모님이요?"

"이 케이크 들고 오셔서 변호사님 카페에 계시다고 알려드렸는데."

대답하지 않고 지환은 돌아섰다. 그런 여자를 보여주기가 싫었던 게 아니다. 그냥 그 여자를 대하는 자신의 모습을 보여주기가 싫었다.

카페로 향하려던 지환의 걸음이 멈춘 건 건물 옆 주차장에 세워진 태이의 차를 발견해서였다.

 운전석에 앉아 있는 태이를 물끄러미 보던 지환이 차창을 똑똑 두드렸다. 잠시 놀란 듯 눈을 동그랗게 뜬 태이가 몸을 일으키자 지환이 차문을 열었다. 가슴이 철렁 내려앉는 건 태이의 눈가가 젖어 있었기 때문이다. 절로 숨이 막히고 낮은 목소리가 흘러나왔다.

 "아……."

 "지환 씨."

 목소리가 갈라지고, 가슴의 통증이 묵직해서 차마 답을 하지 못한 지환이 고개를 끄덕였다.

 "후련해 보인다."

 또 한 번 고개를 끄덕였다. 울었던 사람은 태이인데 감정의 널을 뛰는 사람은 지환이다. 오히려 태이는 너무나 태연해 보여서 지환은 놀람과 동시에 안도하는 중이었다. 차에서 내린 태이를 물끄러미 바라보던 지환이 허리를 잡아 끌어안았다.

 "내가 돌아올 곳이 있다는 게 좋다."

 태이는 말없이 그의 등을 쓸어주었다. 지환의 그 목소리에는 모든 감정이 들어 있는 것 같았다.

 "나는 늘 지붕이 없는 곳에 우두커니 서 있는 느낌이었어. 외롭지 않다고 생각했었는데 사실 늘 외로웠던 것도 같아. 내가 내밀었던 손 잡아줘서 고마워."

널 사랑하다가

지환의 어깨에 얼굴을 묻었다. 따뜻하고, 상쾌한 향이 난다. 지환에게선 그런 향이 났다. 마음이 차분해지고, 안심이 된다.

"내가 지환 씨의 지붕이 빨리 되어주었으면 좋았을걸."

"받으려고만 해서 미안해."

"내가 받은 게 훨씬 많을걸?"

장난기 어린 태이의 말투에 지환이 뒤로 한 걸음 물러섰다. 태이는 두 손으로 지환의 재킷을 꽉 잡고 있었다.

"가족 빼고 난 아무것도 없었어. 살아가고 싶어지도록 만든 게 지환 씨야."

어딘지 울 것 같은 얼굴로 서 있는 지환을 보고 태이는 두 손을 꼭 잡아주었다. 지환은 잡힌 손에 긴장을 한 것인지 빼려다 이내 멈추었다. 한 번씩 지환은 자신의 거친 손을 잡는 태이를 보며 그게 부끄러운지 숨기려고 했었다.

"나는 지환 씨의 거친 손이 좋아. 치열한 흔적이 고스란히 남아 있는 것 같아서 마음에 들어."

지환이 고개를 숙여 자신의 손을 물끄러미 바라보았다.

"당신이 그렇게 말하니까 나도 그렇게 생각하게 되는 것 같아."

고개를 끄덕인 태이가 지환의 허리에 팔을 두르며 다시 껴안았다.

"어젯밤 꿈을 꾸었어. 지환 씨하고 내가 눈이 가득 쌓인 산 정상에 올라갔는데 거기에 핀 샛노란 봉오리가 달린 꽃을 보고 나도 모르게 웃었거든? 지환 씨가 소중히 그 꽃을 뿌리까지 파내어서 화분에 옮겨줬는데 받는 순간 꽃이 피었어. 향이 참 좋더라. 나는 그 향이 지환 씨 향이라고 생각해."

지환이 고개를 숙여 태이의 이마에 입을 맞추었다.

"지환 씨."

"말해."

"데이트하자."

🌰 🌰 🌰 🌰 🌰 🌰

태이가 고른 데이트 장소는 의외의 곳이었다. 두 사람이 처음 만났던 호텔에 있는 카페로 자리도 그때의 그 자리였다. 카푸치노 두 잔을 주문하는 태이를 보고 지환이 웃었다.

"지환 씨, 기억나?"

"기억나."

"아무거나 괜찮다는 내 말에 지환 씨가 카푸치노 두 잔 시켰잖아. 아, 이 남자 진짜 센스 없구나, 그 생각 했어."

우유거품이 풍성하고 시나몬가루가 그 위를 다 덮도록 뿌려져 있는 카푸치노는 이 카페의 특성이기도 했다. 덕분에 그걸 마시다 기침을 된통 하기도 했다. 결국 태이는 눈물이 그렁그렁한 얼굴로 커피를 저어야만 했다. 그러면서도 거품 하나 입술에 묻히지 않고 마시는 지환을 신기하게 보기도 했다.

"지환 씨."

"말해."

"난 사실 이제까지 아이 같은 건 진지하게 생각해본 적 없어. 그런데 이제 갖고 싶다는 욕심이 생겨."

지환이 팔을 뻗어와 그녀의 손을 잡았다.

"내가 좋은 엄마가 될 수 있을 거라고 생각을 한 번도 해본 적 없거든. 그런데 지환 씬 좋은 아빠가 될 수 있을 것 같아. 난……."

"태이야, 아이가 없어도 난 괜찮아."

지환의 목소리가, 눈빛이 진심을 말하고 있다.

"내 가족을 만들어주고 싶어서 그래?"

태이가 고개를 끄덕였다.

"당신도, 장인 장모님도 모두 내 가족이야. 우리 몽글이도. 나는 욕심이 크지 않은 사람이라서 지금도 행복해."

"우린 살아갈 날이 더 많아."

"당신이 내 곁에 있어주면 그것만으로도 난 충분해."

눈물을 가까스로 참아내었다. 태이는 그런 지환의 손을 힘주어 잡았다. 두 사람은 사랑을 하고 있다. 너무 많은 것에 욕심을 내지 않기로 결심했다.

"사무실 갔는데 의외였어. 나한테 사모님이라고 불러주시더라?"

"내 얼굴이 다시 환해졌나 봐."

"우리 이혼하고 나서는 죽을 것 같은 얼굴을 했어?"

"나도 모르게 그랬나 보지?"

그렇게 말하며 지환이 둥글고 커다란 잔을 들었다. 여전히 지환은 카푸치노를 깔끔하게 마신다.

"그리고 또?"

"좋은 일 있냐고 물어서 고개를 끄덕였는데 사람들이 알아챘나 봐."

지환이 감정을 흘리고 다녔다고는 믿기 힘들었다. 그녀가 결혼을 하자고 말했을 때나 이혼하자고 말했을 때, 지환의 표정은 변화가 없었다. 그저 사무적인 일을 대할 때처럼 무표정했다.

"지환 씬 사무실 사람들 앞에서 표정 막 짓고 다녀?"

그 말에 지환이 손을 들어올려 자신의 얼굴을 만졌다. 전혀 의식하지 못했다는 얼굴을 하는 지환을 보니 왠지 모르게 웃음이 나온다.

"결혼하기 전에 그래도 만나긴 했었잖아, 우리."

"다섯 번."

태이가 살짝 눈을 크게 떴다. 지환이 기억하고 있을 거라고 생각하지 못했다.

"세 번은 영화를 보고, 두 번은 산책을 했지."

"세 번 내리 영화는 너무 심했어."

"태이 네가 말 안 했다면 아마 다른 두 번도 영화를 봤을 거야."

"지환 씨, 영화 좋아해?"

지환이 웃으며 고개를 저었다. 태이는 그런 지환을 보고 궁금증 가득한 얼굴로 눈을 깜빡였다.

"그런데 왜 자꾸 영화만 본 거야?"

"긴장돼서."

"긴장?"

"마주 보고 있으려니 자꾸 긴장되고 떨려서."

왠지 웃음이 나올 것 같았다. 지환은 한 번도 그런 내색을 하지 않았다. 아무리 표정변화가 없는 사람일지라도 그런 건 느낄 수 있지 않던가.

"무섭기도 했었던 것 같아."

"무서워?"

"태이 네가 결혼을 번복할지도 몰라서."

"지환 씨."

"생각해보면 난 그때부터 당신을 좋아하고 있지 않았나, 그런 생각이 들어."

"어떻게? 우린 대화도 많이 안 했고 자주 보지도 못했는데."

"당신 얼굴도, 목소리도. 그냥 모든 게 좋아졌던 것 같아."

가슴이 조여드는 건 아마 산소가 모자라기 때문이 아닐까? 이런 고백을 듣게 될 줄은 몰랐다.

"유지환은 한태이에게 첫눈에 반했었어."

그의 목소리엔 거짓이 하나도 없다. 태이는 그때 손가락에 느껴지는 차가운 물질에 고개를 숙였다. 새로운 반지다. 왈칵, 눈물이 차올랐다.

"다시, 결혼하자."

남은 이야기

또다시 코끝이 아프도록 시린 겨울이 찾아왔다. 지난봄에 두 사람은 다시 혼인신고를 하고 신혼집으로 들어갔다. 몽글이는 결국 데리고 오지 못했다. 몽글이가 없으니 한 이사장과 윤 여사가 너무나 적적해했기 때문이었다. 덕분에 지환과 태이는 1,2주에 한 번 정도는 성북동에 들러 몽글이를 보곤 했다. 지환은 태이와 많은 시간을 보내고 싶다며 거의 서류업무를 보는 중이었다.

상대적으로 지환이 쉴 수 있는 시간이 많아져 두 사람은 한 달에 한 번 정도는 논산에 내려갈 수 있었다. 여름휴가엔 고모 가족들과 함께 대둔산 계곡에서 정말 즐겁게 놀았다. 휴가는 딱히 챙기지도 않았고 바다에만 몇 번 갔었던지라 태이는 계곡에서 놀았던 것을 무척이나 즐거워했다. 지환이 내년 여름에도 꼭 다시 계곡에 가자고 할 정도로.

가을엔 친정부모님을 모시고 내장산 단풍 구경도 했다. 윤 여사는 왜 국내여행을 해볼 생각을 못 했는지 모르겠다며 무척이나 즐거워했다. 그것을 보면서 태이는 왜 부모님과 이렇게 함께할 시간을 진작 마련하지 못했던 것일까 후회했다. 사실 부모님과 함께 여행을 하면서 더 즐거워했던 사람은 지환이었다. 식당이나 여행지에서 만난 사람들은 지환이 아들이고 태이가 며느리인 줄 알 정도였다.

"무슨 생각을 하는데 그렇게 웃고 있어?"

지환이 난간에 테이크아웃 잔을 내려놓고 그녀의 목에 머플러를 감았다. 요즘은 머플러를 두르는 것 정도는 아무렇지도 않았다. 그게 좋았다.

지난 1년간 지환을 대하면서 느낀 건 생각보다 훨씬 더 배려심이 많다는 것과, 연락하기를 좋아한다는 것이다. 옆에서 정아와 혜령은 무슨 군대 보고냐며 놀리기도 했다.

지환은 사무실에 도착을 하면 전화를 했다. 그리고 점심을 먹기 전 연락을 하고, 점심을 먹은 후에도 연락을 했으며 한가할 때면 전화를 하기도 했고 퇴근을 하기 전엔 꼭 전화를 주었다. 그러다 보니 기본적으로 하루에 적으면 세 번, 많으면 다섯 번 정도의 전화가 왔다. 사실 그 전까지 태이는 스스로 통화하는 것을 싫어한다고 생각했었다. 그런데 이제 지환의 전화가 기다려진다. 특히 그 오후 시간대에 전화가 없으면 은근히 섭섭하기도 했다.

처음엔 무슨 전화가 그렇게 자주 오냐고 타박을 했던 정아와 혜령도 이제 슬슬 남편들에게 눈치를 주고 있다고 했다. 저렇게 많이 바라지는 않으니 하루에 한 번이라도 전화를 해달라면서. 지환의 전화를 받는 태이를 보며 정아와

널 사랑하다가

혜령은 섭섭함을 감추지 못했다. 특히 더 섭섭함을 느끼는 건 정아였다. 연애를 할 땐 그렇게 쉬지 않고 울리던 휴대전화가 이제는 유물이 된 것처럼 잠잠하다며.

덕분에 요즘은 태림이 하루에 한두 번 정도는 연락을 한다고 하는데 그것도 마지못해 하는 기색이 역력하지만 무척이나 행복해했다. 그러다 아이를 보느라 전화를 받지 못하면 또 태림이 초조해하는 기색을 보인다며 정아가 크게 웃었다. 그러고 보면 행복이 멀리 있는 것도 아니었다.

"우리 부모님하고 어디 다니면 지환 씨가 아들인 줄 알고 내가 며느리인 줄 알잖아."

"아……."

그 말을 들었을 땐 지환도 재미있어서 웃고 말았다. 거기다 윤 여사와 지환이 많이 닮았다는 말을 특히나 많이 들었다. 처음에 윤 여사는 황당한 표정을 금치 못하더니 요즘엔 그 말을 들을 때마다 혼자 입술을 실룩이며 웃었다. 어느 날은 '얘, 나도 차라리 유 서방이 내 아들이고 네가 며느리였음 좋겠다.'고 반 정도 진심을 섞어 말할 때가 있었다.

"엄마도 그 소리 듣기 좋은가 봐."

"장모님께서?"

"은근히 좋아해. 혼자 돌아서서 웃는 거 몇 번이나 나한테 들켰어."

의외였는지 지환이 살짝 놀란 표정을 지었다. 그리고 그녀의 목에 머플러가 잘 둘러졌나 꼼꼼히 살펴보고 잔 뚜껑을 열었다. 차가운 공기 때문에 김이 모락모락 나고 있었지만 이미 처음보다 많이 식은 듯했다. 지환이 잔을 손에 쥐여주자 따뜻한 온기가 손바닥을 파고들었다.

회색빛 바다와 하얗게 부서지는 파도를 보며 태이가 웃었다.

"여긴 1년 전이랑 풍경이 똑같은데 마음이 달라서 그런가?"

"어떤데?"

"멋있어 보이고, 좋아. 1년 전 지환 씨는 어땠어?"

"그때 나는……."

그날을 떠올리는 건 어쩐지 가슴이 시리다. 그건 비단 태이뿐만은 아닐 것이다. 지환 역시 그날의 기억을 떠올린다는 게 힘들지는 않을까? 이번 겨울 휴가지를 다시 영광으로 정한 것은 그날의 기억을 바꾸고 싶기 때문이었다.

으레 사람들에겐 그런 것들이 있지 않나. 그날을 떠올리는 것만으로도 하늘, 냄새, 풍경 그 모든 것이 생각나는 것들. 태이에게 그날은 코가 시큰할 정도로 공기가 차가웠고, 그 차디참에 절로 몸을 떨 정도였다. 그리고 역시 지환에게서 이별의 그늘을 느꼈기 때문에 하루라도 빨리 지우고 싶었다. 후각이라는 것은 참으로 오랜 시간 남아서 사람을 괴롭힌다.

"그때의 나는 새로운 시작을 준비하려고 했었어."

새로운 시작? 코끝으로 레몬 특유의 상큼한 향이 느껴진

406

널 사랑하다가

다.

"한태이라는 여자를 묻어두고 원래의 혼자였던 나로 돌아가려는 준비. 내 마지막 욕심이라고 생각했거든. 한태이와 함께하는 마지막 여행이."

"정말 날 지우려고 했었구나."

"힘들어서."

지환의 목소리는 무척이나 낮아서 겨울바람 소리에 섞여 순식간에 사라졌다. 왜 그 목소리를 듣는 것만으로도 울컥하며 가슴이 시큰거리는지 모를 일이었다.

"짝사랑이라는 게 생각보다 꽤 힘들었거든. 내가 이렇게 참을성 없는 놈인가 싶기도 하고, 용기가 없는 놈인가 싶기도 하고. 생각해보면 난 치열하게 살지 못했던 것 같아."

아니다. 그녀가 알고 있는 유지환은 인생을 치열하게 살아왔다. 주어진 모든 것들에 최선을 다하고 노력하는 사람이었다.

"지환 씨가 그렇게 말하면 난 정말 쓸모없는 사람이 된 것 같아."

태이의 말에 지환의 짙은 눈썹이 살짝 치켜올라갔다.

"난 늘 현실에 안주하고 살았거든."

지환은 들고 있던 잔을 옆에 놓아두고 난간에 팔을 편하게 기댄 뒤 태이를 보았다. 태이도 똑같이 잔을 내려두고 지환을 보았다.

"당신이 먼저 다가와줄 거라곤 생각도 하지 못했어."

"지환 씰 놓치면 평생 후회할 것 같았거든."

"나도 그래."

"그런데 왜 놓으려고 했어?"

"나보다 한태이가 훨씬 행복했으면 좋겠다고 생각했어. 난 참 가진 게 없는 남자라 줄 수 있는 것도 없었거든."

"겸손한 거야, 바보인 거야."

그 말에 지환이 픽 웃었다. 그리고 팔을 뻗어 태이의 허리를 끌어안았다. 태이는 지환의 허리에 팔을 둘러 안고 어깨에 턱을 괴었다.

"왜 꼭 지환 씨는 무엇인가를 주어야 한다고 생각했어?"

"마음이 가난해서."

태이는 지환의 그 말이 뭔지 이해할 수 있을 것 같았다. 그런데 지환은 아직 모르는 모양이다. 물질적으로 주는 것보다 마음을 주는 것이 훨씬 어렵다는 것을.

"지환 씬 그릇이 큰 사람이야."

"그릇이 커?"

"보통사람은 마음을 줄 수 있는 생각을 못 하거든. 나도 방금 지환 씨 말을 듣기 전에는 생각하지 못했어."

마음을 주는 것이 제일 쉽다는 얼굴을 하고 있는 지환을 보자 왠지 웃음이 나왔다. 그에겐 그 마음이 그저 숨을 쉬는 행위처럼 자연스러운 것이라 아마 앞으로도 특별하다는 생각을 못 할 것임을 깨달았다. 굳이 지환의 머릿속을 복잡하게 만들고 싶지 않았다.

"지환 씨."

"말해."

"지환 씨가 만들어주는 떡볶이 먹고 싶어."

지환은 그녀의 머리카락에 가볍게 입을 맞추고 차에 탈 준비를 했다. 보통사람 같으면 어제 또 먹어놓고 오늘도 먹고 싶냐고 장난으로라도 말할 것이다. 하지만 지환은 그녀가 보고 싶다고 하는 것, 먹고 싶다고 하는 것에 단 한 번도 부정의 말을 하지 않았다.

작년에 눈이 너무 많이 와 잠을 자지 못하고 올라가야만 했던 그 펜션으로 두 사람은 다시 향했다. 두 사람이 차에서 내리자 주인 내외는 반갑게 맞아주었다. 게다가 이번엔 5박을 예약하면서 백수해안도로로 매일 나가기로 약속도 했다.

"양념 같은 건 다 있응게 편히 사용하믄 돼요. 모자란 거 있으믄 말하고."

"알겠습니다. 감사합니다."

"우리가 더 고맙제. 잊지 않고 찾아줬는디. 그라믄 편히 쉬시요."

1년 전과 똑같은 아주머니의 친절함에 태이는 절로 웃음이 나왔다. 그땐 이렇게 편히 웃지도 못했었는데. 새삼 사람의 감정이 이렇게 순식간에 변하는구나 싶어 놀랍기도 했다.

지환은 코트만 벗어두고 니트 소매를 걷은 뒤 장을 봐온 것들을 꺼내기 시작했다. 떡볶이는 무조건 고운 고춧가루로 만들어야 한다며 잊지 않고 사왔다. 떡볶이만은 꼭 지환이 만들어주었다. 논산에 가서도 지환이 몇 번인가 떡볶이를 만들었는데 그럴 때마다 고모는 정말 엄마가 해준 맛이 난다며 눈물을 흘리곤 했다.

"앉아 있어."

"지환 씨 구경하는 것도 재밌어."

태이는 지환의 뒤에 서서 그가 음식을 만드는 것을 보는 걸 좋아했다. 크게 움직이지도 않고 빠르게 움직이는 것 같지도 않은데 지환은 쉽고 간단히 음식을 만들어내곤 했다. 그녀는 무엇인가를 하면 준비도 오래 걸리고 설거지도 많아서 치우는 데 더 많은 시간을 들여야 했다. 하지만 지환은 가만히 보면 모든 것을 정리를 하면서 음식을 만들었다. 성북동에 가서도 지환은 곧잘 음식을 만들곤 했는데 그때마다 윤 여사도 감탄을 했다.

떡볶이는 순식간에 주황색의 걸죽한 모습으로 완성되었다. 그녀가 좋아하는 당면을 가득 넣어 이게 당면볶이인지, 떡볶이인지 모를 정도였다. 태이가 움직일 필요도 없이 지환은 식탁 위에 앞접시와 포크를 놓아둔 뒤였다.

"앉아. 마실 건 어떤 걸로 할래?"

"맥주?"

지환이 냉장고에서 맥주를 꺼내 잔과 함께 식탁에 내려놓고 앉았다. 태이가 캔음료는 잘 못 마신다는 것을 잘 알

널 사랑하다가

고 있었다. 이런 사소한 지환의 배려가 좋았다. 태이가 잔을 들고 말했다.

"건배사는?"

"즐거운 여행을 위하여?"

"위하여!"

쨍 소리가 나게 잔을 부딪치고 맥주를 마셨다. 차가운 맥주가 식도를 타고 내려가자 콧등이 어는 느낌이었다. 지환은 접시에 당면을 건져놓고 잘 식을 수 있게 펼쳐주었다. 뜨거운 음식을 먹지 못하는 태이를 위한 배려였다.

"난 진짜 신기한 게, 어떻게 같은 재료로 만들어도 아예 다른 맛이 나지?"

"당신이 만든 것도 맛있어."

선의의 거짓말임을 잘 알고 있다. 하지만 지환은 정말 그녀가 만들어주는 음식들을 정말 맛있게 먹어주었다. 그녀가 먹어도 맛이 뭔가 맹맹할 때도 있고 싱거울 때가 많은데 지환은 맛에 대해선 단 한마디도 하지 않았다.

"우리 몽글이 새끼 두 마리 데려올까?"

몽글이는 한 달 전 새끼를 세 마리 낳았다. 태이는 중성화를 하고 싶다고 했고 한 이사장과 윤 여사는 몽글이의 자식을 보고 싶어 했다. 수의사는 외국에서는 중성화를 굳이 하지 않는다고 말했다. 그리고 이렇게 예쁜데 유전자를 남기지 않는 건 서글픈 일이 아니냐며 태이를 설득했다.

태이는 분명 수의사가 한 이사장과 윤 여사의 부탁을 받앉다고 생각했다. 건강상태는 계속 체크를 할 테니 새끼들을 보자는 말에 결국 태이도 고개를 끄덕이고 말았다. 윤 여사는 욕심껏 세 마리를 모두 함께 키운다고 했지만 한 이 사장은 난감한 얼굴을 했다.

"장모님이 데려가라고 하실까."

"원래 몽글이 우리 애야."

지환이 픽 웃으며 고개를 끄덕였다.

"왜 웃어?"

"그러네. 우리 애인데 뺏겼지."

"엄마 얼마나 웃긴 줄 알아? 오빠가 엄만 손자도 안 보고 싶냐고, 어떻게 한 번도 안 올 수가 있냐고 징징거렸나 봐. 그러니까 엄마가 우리 애들 보기도 바쁜데 어떻게 가냐고, 정 보고 싶으면 오빠더러 도영이 데리고 오라고 했대."

하지만 태림은 강아지 털이 날린다며 오지 않겠다고 한 모양이었다. 윤 여사는 그 이야기를 듣자마자 '어머, 어머. 그럼 엄마도 애들 털 묻어 있으니까 너희 집 가면 안 되겠다.' 하면서 또 고집을 부리고 있었다.

"도영이는 당신 많이 닮은 것 같아."

"저번에 주사 맞는데 정아하고 같이 갔거든? 내가 안고 있는데 사람이 다 내가 애 엄마인 줄 알더라."

"그랬어?"

"정아 말로는 임신했을 때 오빠보다 날 더 많이 봐서 그런대. 그게 말이 돼? 근데 나 닮긴 했나 봐. 사람들이 볼 때

널 사랑하다가

마다 딸이냐고 물어."

확실히 도영은 눈이 동그랗고 예뻐서 딸로 많은 오해를 받았다. 그리고 유난히 태이를 닮아 태이의 아이로 아는 사람들이 많았다. 그럴 때마다 태이는 엄마인 척을 할 때도 있었다. 언젠가 지환의 아이가 태어나면 누굴 닮게 될까 생각한 적도 있었다.

두 사람은 딱히 피임을 하지 않았다. 윤 여사는 여자의 몸에 좋다는 것들을 부지런히 태이에게 먹였고 병원도 꾸준히 다녔다. 자궁환경이 많이 완화되었다는 의사의 말에 태이는 안심을 했다. 요즘은 아무 문제가 없어도 아이가 잘 생기지 않는 경우가 많으니 조급해하지 않아도 된다고, 그리고 두 사람 모두 아직 젊으니 조금 더 여유를 두자고 의사는 말했다. 하지만 윤 여사는 무척이나 조바심을 내었다.

정작 지환은 아이를 갖는 것에 그렇게 관심을 두지도 않았다. 역시 아직 부모가 될 준비가 되지 않은 것일까. 꼭 결혼의 모든 것이 아이라고는 할 수 없었다. 지환의 말처럼 혹시라도 아이가 생기지 않는다 하더라도 태이는 평생 그와 함께 행복할 수 있다고 자신했다.

"지환 씨, 나 요즘 든 생각인데."

지환이 고개를 끄덕이며 태이의 접시에 계란을 놓아주었다. 떡이나 당면을 더 건져주는 것도 잊지 않았다.

"만약 우리 아이가 태어나도 도영이만큼 예쁠까?"

그 말에 지환이 들고 있던 포크를 내려놓으며 낮은 숨을 뱉었다.

"아이…… 갖고 싶어?"

"부담 가지라고 하는 말 아니야. 그냥, 나중에 혹시라도 우리 아이가 생기면 어떻게 생겼을까 궁금해서."

"예쁠 거야."

태이는 지환을 물끄러미 바라보았다. 지환을 닮은 아이라면 무척이나 예쁠 것이다. 하얀 얼굴, 커다란 눈망울. 새빨간 입술. 빨려들어갈 정도로 새카만 눈동자. 이국적인 외모인 데다 머리카락색도 밝은 갈색이라 눈동자도 비슷할 거라고 생각했었다. 하지만 지환은 정말 인형처럼 새카만 눈동자를 가지고 있었다. 그리고 꼭 렌즈를 낀 것처럼 눈동자가 크고 반짝였다.

"어떻게 자신해?"

"외모를 떠나서 당신 아이니까 내겐 예쁠 수밖에 없어."

지난 1년간 태이는 의도적으로 아이 이야기를 피해왔다. 이렇게 자연스레 이야기를 해도 됐을 텐데, 어쩌면 아이를 갖지 못하게 될지도 모른다는 불안함이 스스로를 움츠러들게 만든 모양이었다.

"만약 우리에게 아이가 찾아오지 않으면……."

왠지 두려운 마음에 태이는 말을 마치지 못했다. 지환은 팔을 뻗어 태이의 손을 잡아주었다. 거칠지만 따뜻한 이 손이 태이에게는 마치 안식처처럼 느껴졌다.

널 사랑하다가

아침부터 부지런히 움직이고, 오랜 시간 차를 탄 탓에 피
곤함을 느낀 태이가 일찍 잠자리에 들었다. 지환은 그녀가
잠이 들 때면 늘 곁에 누워 지켜봐주었다. 그러다 저도 모
르게 잠이 든 모양이었다. 끙끙 앓는 소리에 지환이 천천
히 눈꺼풀을 들어올렸다. 그 앓는 소리는 태이의 입에서
흘러나오고 있었다.

서둘러 자리에서 일어난 지환이 스탠드를 켜고 태이의
안색을 살폈다. 이마는 식은땀으로 젖어 있었고 간혹 몸을
떨기도 했다.

"태이야, 한태이."

지환의 목소리에 태이가 천천히 눈꺼풀을 들어올렸다.

"열이 꽤 높은 것 같아. 병원 가자."

"자고 일어나면 나을 거야."

"아냐, 겨울 감기 독해. 가서 바로 링거 맞자."

지환이 서둘러 자리에서 일어났다. 그러고 보니 떡볶이
를 다 먹고 나서부터 태이의 얼굴이 유난히 하얗다고 생각
했다. 그땐 조명 탓이려니 했는데 지금 보니 저도 모르는
사이 아팠던 모양이다.

일어나는 것도 귀찮아하는 태이를 앉힌 지환은 점퍼를
입히고 지퍼를 목 끝까지 채워주었다. 모자까지 씌우고 머
플러를 목에 둘러주었다. 바지런히 움직이는 지환을 보며
태이가 힘없이 웃었다.

"웃음이 나와?"

"꼭 어린애 된 것 같아서."

"안아줄까?"

"이 정도는 걸을 수 있어."

태이가 침대에서 일어나 지환에게 팔짱을 꼈다. 막 처음 잠에서 깼을 때보다는 얼굴색이 나아 보였지만 안심할 수는 없었다. 지환은 조심히 태이를 차에 태우고 재빨리 종합병원을 검색해 차를 출발시켰다.

종합병원까지 꽤 거리가 있었다. 부지런히 밟는다고 했는데 새벽인 데다 어두워 삼십 분 가까이 걸려 병원 앞에 도착했다. 색색거리며 자고 있는 태이를 깨우지 않기 위해 조심스레 안아들고 응급실로 들어섰다. 태이는 꼭 아이처럼 칭얼댔지만 다행히 잠에서 깨진 않았다.

"처음 오셨어요?"

"네."

"이쪽에 인적사항 적어주세요."

응급실에 들어서서 태이를 간호사가 안내하는 침대에 눕히고 지환은 재빠르게 인적사항을 적어주었다. 그때 의사가 다가왔다.

"어떻게 안 좋으세요?"

"갑자기 열이 나고, 식은땀이 나서요."

"임신 여부는요?"

"어……."

"주무시니까 피 검사 진행할게요. 어차피 염증 수치도

봐야 하니까요."

지환은 고개를 끄덕였다. 검사를 해서 나쁠 건 없었다. 간호사는 열을 재본 뒤, 조심히 태이의 팔에서 피를 빼냈다. 요즘 태이는 한번 잠이 들면 쉽게 깨지를 못했다. 오늘은 특히나 아파서 더 그런 모양이었다.

"열이 살짝 있으시네요. 이것 좀 눌러주시겠어요?"

"네."

"그럼 잠시만 기다려주세요."

"감사합니다."

피가 멎을 때까지 지환은 알코올 솜을 아프지 않게 눌러주었다. 다행히 금방 피가 멎자 다시 한 번 확인하고 솜을 내려놓았다.

지환은 침상 옆에 서서 태이의 이마를 쓰다듬어주었다. 태이는 유난히 잔머리가 많았다. 그게 꼭 어린아이처럼 보이기도 했다. 결혼을 하고 나서 살이 조금 붙었나 싶더니 어느새 다시 말랐다. 요즘은 과외도 하지 않고 겨울방학이 되어 강의도 쉬고 있는데 힘든 일이 있나 싶었다.

두 사람은 다시 결혼한 뒤 되도록 많은 대화를 하려 노력했다. 서로 숨김없이 모든 것을 공유하고 싶다는 지환의 뜻이었다. 요즘 별다른 고민도 없고, 모든 게 행복해서 오히려 두려울 정도라고 했다. 그때 지환의 머릿속 섬광을 스친 건 다름 아닌 승혁의 기일이었다.

보통의 사람들은 먼저 떠난 사람을 가슴에 묻어두고 살아

간다. 태이는 아마 승혁을 온전히 잊지는 못할 것이다. 이따금씩 생각을 할 것이다. 태림은 태이가 승혁의 기일쯤이 되면 아프다고 했었다. 작년엔 그와의 갑작스러운 여행 때문에 생각하지 못했다고 했지만 올해는 아닐지도 몰랐다.

죽은 사람을 질투하는 스스로가 우습기도 하고 어이가 없어 지환은 저도 모르게 웃었다. 다시 한 번 태이의 얼굴을 쓰다듬었다. 핏기가 없이 새하얗게 변한 얼굴이 안쓰러워 허리를 숙여 이마에 입을 맞추었다.

다행히 열이 조금은 떨어졌다. 지환이 안도의 숨을 뱉으며 침상에 살짝 걸터앉았다. 하지만 여전히 파리한 안색에 마음이 서걱거린다. 그때 의사가 다가왔다.

"축하드려요."

"네?"

"임신이신데 내일 산부인과로 오셔서 진료 보시겠어요? 임신 때문에 열이 오른 것일 수도 있습니다. 제가 산부인과 전문의가 아니라 정확한 진단은 못 내리겠지만 염증 수치도 괜찮으니……."

의사가 하는 말이 꼭 진공상태에 있는 것처럼 크게 들렸다 작게 들렸다 마음대로 진동했다. 지환은 그저 기계마냥 고개를 끄덕였다.

"축하드립니다."

"감사합니다. 저, 지금 깨우기가 힘들어서, 잠시만 쉬었다 가도 되겠습니까?"

"그러십시오."

아마 응급실이 아수라장이었다면 지환도 이런 말을 하지 못했을 것이다. 하지만 지금 침상을 차지하고 있는 사람은 태이뿐이었다. 지환은 태이의 침대 옆에 한쪽 무릎을 꿇고 앉아 얼굴 높이를 맞추었다. 그리고 태이의 손을 잡아 손등에 입을 맞춘 뒤 하얗게 질릴 정도로 입술을 깨물었다.

지환의 시선이 절로 태이의 납작한 배로 향했다. 저 안에 생명이 들어 있다. 지금의 이 기분은 뭐라 형언할 수가 없다. 무섭기도 하고, 떨리기도 하며, 정말이지 묘한 느낌이라 정신을 차리기도 힘들었다.

"태이야."

지환이 아주 낮은 목소리로 태이의 이름을 불렀다. 태이의 볼에 아주 옅게 홍조가 돌아왔다. 지환이 그런 태이를 보며 웃었다.

"일어나면 해주고 싶은 이야기가 참 많아. 이렇게 당신을 사랑하다가 언젠간 심장이 멎을 것만 같다."

지환이 태이의 손을 잡고 마치 기도를 하듯 고개를 숙였다. 마음이 벅차올랐다.

널 사랑하다가…… 그렇게 내 자신도 사랑하게 되었다.

– fin.

작가 후기

최양윤입니다. 오랜만에 인사드립니다.

한 해가 참 빠르게 지나갑니다. 나쁜 일도, 좋은 일도 많았습니다. 그래도 나쁜 일보단 좋은 일이 많았던 것 같은 한 해였어요. 그리고 제 마음가짐이 정말 거짓말처럼 참 많이 달라지기도 한 해였습니다.

'널 사랑하다가'란 작품이 이렇게 책으로 나오기까지 꼬박 1년이라는 시간이 걸렸네요. 정말 시간이 너무 순식간에 지나간 기분입니다.

'보이지'라는 글을 쓸 때, 이 시리즈로 세 편을 써보면 어떨까 싶은 생각을 했었어요. '보이지', '동화의 사랑' 그리고 '널 사랑하다가'까지 오게 되었는데. 어쩌면 '보이지'와 정말 쌍둥이 같은 글은 이 글이 아닐까 생각됩니다. 마무리까지 꼬박 3년이 걸렸네요.

어느 글 속의 주인공들이나 그렇겠지만 유지환은 제게 참 특별한 주인공입니다. 보면서 '아, 말투가 나와 닮았구나.' 생각이 들어 몇 번이나 웃었습니다. 물론 저는 유지환처럼 차분하지도, 이성적이지도 못하지만요.

　글을 쓰는 사람 누구나 그렇듯 참 애착이 가는 주인공들이 있을 것 같습니다. 제겐 한동안 유지환이 그럴 것 같아요.

　'널 사랑하다가'가 이렇게 좋은 책으로 나오게 도움주신 가하 출판사 관계자분들께 무척이나 감사합니다. 게으른 절 끝까지 이끌어주셔서 몸 둘 바를 모르겠습니다.

　언제나 절 응원해주는 가족들, K, N, H양들. 잊지 않고 제 글을 지켜봐주시는 분들. 고맙습니다.

　이렇게 하나의 항해가 끝났습니다. 같이 해주신 분들 고맙습니다. 앞으로도 늘 행복하시고, 건강하세요. 저는 또 다른 이야기로 찾아뵙겠습니다.

최양윤